男根山

吴景娅 著

重庆出版集团 重庆出版社

图书在版编目(CIP)数据

男根山 / 吴景娅著.-重庆：重庆出版社，2011.7
ISBN 978-7-229-03833-5

Ⅰ.①男… Ⅱ.①吴… Ⅲ.①长篇小说—中国—当代
Ⅳ.①I247.5

中国版本图书馆CIP数据核字（2011）第047788号

男根山
NAN GEN SHAN

吴景娅　著

出版人：罗小卫
策　划：华章同人
责任编辑：陈建军　王　水
特约编辑：孟繁强
封面设计：纸上魔方

重庆出版集团
重庆出版社　出版
（重庆长江二路205号）

北京温林源印刷有限公司　印刷
重庆出版集团图书发行公司　发行
邮购电话：010-65584936
E-mail：haiwaibu007@163.com
全国新华书店经销

开本：787mm×1092mm　1/16　印张：20　字数：250千
2011年8月第1版　2011年8月第1次印刷
定价：32.00元

如有印装质量问题，请致电023-68706683

版权所有，侵权必究

"男根山"的实与虚（自序）

2009年的春天，我与一群朋友来到位于重庆的綦江。这里以盛产农民版画和东溪美女著称，时常令人为之动容。那些田野工作者们的版画语言，一不小心就与当今世界艺术最先锋的东西撞了个正着；而东溪生生不息的美女与那里清澈的河水、石桥以及树冠盛大的黄葛树，都具有不可思议的、顽固的基因密码。但，我只不过与它们擦肩而过，更如一枚身不由己的石子，被上帝之手扔向了綦江永新的万亩梨花海洋之中。

那真是海洋。梨花从一座山向另一座山行进，谁也无法阻挡这白色的脚步，即便是遭遇沟壑，白色也不过顺势而下。春天的薄雾在山谷间弥漫、飘浮，让远处危险的悬崖也更像是审美意义上的优美线描。我被这大自然深厚的宽容感染，却不知它只是即将到来的一切朦胧的序曲而已。

夕阳西下，我站在了中峰镇一座破庙前的石柱子下。石柱子两三米高，直端端地向暮色的天空插去，令人惊愕。有人告诉我，它并不是普通的石柱子，而被当地人称作"桄子"，即一种男性生殖崇拜的图腾。

中峰镇地处渝黔交界的莽莽大山之中，山岩峭壁间，或呈U型蜿蜒的河道上，处处可见"桄子"们的身影。它们最早的该是远古僰人巢居、穴居此地时凿岩而刻的。千百年岁月摧残，仍历历在目。

据说，男性生殖崇拜始于母系氏族社会向父系氏族社会的过渡时期。可以想见当时的女性是拽着怎样的一腔无奈，跟上时代脚步的，并激活母性天生的大气概，挥手向男性致敬的。而这样充满着远古女性情义的"男根山"在中国乃至世界各地，还有多少呢？我很好奇。

我身处的破庙位置极高，有一种被春风拎在半空中的奇迹。看到了翠竹弥漫的清溪河咫尺天涯般的在眼皮子下流动，让我对它"阴阳合"的图案一目了然却又不敢相信：老天，大自然真敢这样在光天化日之下肆无忌惮地交欢么？我内心隐秘之处被如此巨大的图案震撼与启动了，也被如此巨大的对抗与和谐所困惑与引诱。而耳边却一次次被山下载重货车爬山发出的吼叫声所干扰。这些大家伙们承载的将是去填埋当今人类欲壑的物质，物质总是大过承载，总把大家伙们压得气喘吁吁。于是，它们的吼叫往往尖厉，往往响遏行云，浸入我们的大脑、骨髓，渐渐被我们接纳甚至消化，我们也变成了大家伙，埋头，爬山涉水，忘了思维。

在到处晃动着"桄子"影子的中峰镇，我突然看到了存在于冥想世界中的那座"男根山"：它的神秘、不可一世以及摇摇欲坠。它会不会真的就存在呢？会在哪里？

我的探索，与大家伙无关，与难填的欲壑无关，不过是像担忧一颗星辰的命运一般来担忧漫无边际的问题，比如男人的消失和许多的消失。我渴望答案。

从2009年10月动笔到2011年春节前真正的完成，一直在苦与累、肯定与否定间挣扎。感谢住在天堂的父亲给了我勇气与信心，让我最终战胜了徘徊。

在此，还要衷心感谢在我写作与出版过程中给予我真诚帮助的出版界、评论界的老师和朋友们，我一一铭记在心，并化作向善的力量，继续前行。

吴景娅

2011年4月于重庆

目录 Contents

楔子：归
001

男根山
007

女人的天敌
019

月圆之夜
035

垭口
043

告密者
057

恐惧
071

丹巴
093

素荷
113

他的身体
139

狂
181

背叛
207

奥涅金
241

旗袍
259

上邪
269

从遮蔽，到盛开
295

庄严而富有诗意地表达
303

楔子：归

1.

奕华45岁那年对人说，我得弄出点动静。结果便是把自己的笔名改成了"男根"。她用该名发了一大堆小说，什么贱就写什么。但，一切反响平平。文坛上那些爱骂人的老人家都很忙碌，忙着走南闯北开研讨会或采风，场子都串不过来了，哪有时间来顾及一个有些黄色的笔名？网上倒有几个人骂上了几句，没人附和，也就偃旗息鼓了，接着便是无边的沉寂。

奕华有些愤愤然。前些年，她已成为国内活跃的畅销小说作家，还是某大学古典文学教授、硕导和博导。奕华的风光可想而知，她一直很感谢这个无庄严感的时代。

但仅仅几年后，她就有被抛弃的危机感，所以她渴望骂声。她对骂声的渴望，如此真实，远胜赞美。

奕华想让"男根"彻底主宰自己，就把户口名也改成了它。因为人的破旧立新有两种途径：一种是死亡，彻底地消失，然后重新投胎；一种便是改名，虽虚伪，到底是让自己从形式上重新做人。

让奕华郁闷的是，改名时，竟没招致那位女民警的好奇或阻拦。那是个心不在焉的女人，这个时代到处都是这样心不在焉的女人。她行云流水般地在计算机表格上输入"男根"二字，淡淡地对奕华说：一个月后来取新户口。

取新户口那天，奕华穿了一条黑绸长裙，及踝，下摆阔大，像一朵倒放的、快开过气的黑色郁金香。头上用红丝线扎了高高的朝天独辫，化了个深不可测的烟熏妆，着黑色的夹趾沙滩拖鞋，十个脚趾甲涂成金色。那还只是四月天，气温却邪乎地直逼39度，炫目的金色在可怕地融化。她还在胸口前垂着一把匕首的首饰，刀尖直指心窝，令人发怵。

其实，在45岁之前，奕华的装扮一直趋于保守，也算优雅。她热爱灰色，虽然中性而平庸，有时还显出老气和沉闷，但她认定灰色是安全的。谁知，突然就来了一次革命，这种革命对于一个45岁的女人来说相当冒险。比如，她把黑色作为衣着的基本色，神秘之间，却透露出不可告人的目的；再比如烟熏妆，它本适合长得野性与叛逆的年轻女孩，化在奕华原本清秀的脸上，像是挂上了一张吓人的假面具。没有比这更绝望的事了。人们见着奕华都会暗自嘀咕：这女人怎么啦？打算摧毁自己吗？

是的，摧毁。

45岁像女人的分界线，雌激素开始下降，围绝经期。女人何去何从？当初因为一滴血，从无性别的孩童变成了女人。如今又将因一滴血，回到无性别之中去？

那会是万劫不复，还是轮回中的驿站，乃至尘埃落地呢？奕华困惑无比。

奕华想着，宁可摧毁一切，也不能就着平庸，心安理得地老去。她穿成这样，就是打算吓那女民警一跳，从而引起她对自己新名字的高度重视。结果，女民警"叭"的一声，把新户口本扔过来，倒吓了奕华一跳。那女人扭过头，眼神一飞，找隔栏的男民警聊天去了。

与45岁前"蓝奕华"这个名字的告别式，竟被女民警的不用心搞得草草收场。这哪像一场革命？

但，很奇怪，奕华的告别式不久就见到效益，"男根"这名字火起来了——文坛上的老人家组成敢死队向她冲锋，网上的骂声像盛夏的蛙噪。读者循着骂声，把她一本叫《男根山》的新作买了个精光。好多影视公司与她接触，想买小说的影视改编权……

好消息赶在暮春之前纷纷抵达。奕华想起妮儿河的洋槐树上，开始垂下花串了吧，像搁置到天荒地老的一串串鞭炮，哑了声，却仍兴致勃勃，白色的像经了岁月的老玉或变成寡淡的月牙色，绛紫的则有了阅人无数的风情。但它们只会开得更烂更贱，永世地贱。

奕华真要感谢这无庄严感的时代。虽然骨子里仍旧害怕，一遍一遍叫着自己：奕华。仿若叫魂，但已感到"男根"这个名字日益夸张与强悍，甚至，无法控制。它挣脱她的躯体、意志，满世界飞窜，浩浩荡荡的，像一些赶场子的演艺明星，变得相当轻佻……"男根"，突然让奕华厌恶，连同自己。

她选择离开，让"男根"暂离一片沸腾的沃土。她去了俄罗斯的彼得堡。

在彼得堡，和当地的文学同行搞了一个聚会。她发现，俄罗斯作家远不如而今许多中国作家那样享福，几乎是单干，惨淡经营着可能是世界名著的文学。奕华有些黯然。尤其见着一位小老鼠一般的男诗人，在会场里蹿来蹿去，一边送着自己凑钱出版的诗集，一边推销某种家用洁厕精，身上大概洒了半瓶香水，仍压不住一身狐臭。奕华可怜这男人的同时，竟对文学生出无尽的厌恶。

那天，还发生了一段插曲：主持人介绍奕华，直译，俄语的弹音弹出"男根"时，会场马上有了哗然，眼睛"唰"地全盯了过来，笑，憋住的那种。两三人发言后，一位红发的女士悄悄向奕华打手势，并起身向门，圆滚滚的屁股像吃饱食的海豹，"嗖"地挤过了门缝。

奕华寻去。门后是长长的厅廊，明暗不定。两边的墙上挂着前苏联芭蕾女皇乌兰诺娃各时期的照片。有一张的容颜已经很老了，鼻与唇间的皱纹如梦魇般幽深，仿若被岁月雕刻在石头上了，甚至听得见铁器击石的叮当声。但，她仍有一双肌肉发达的腿，像男人一样有力量。只有眼睛还是女人的，勇敢的妩媚。奕华想，人一老，竟是雌雄同体哩。

厅廊很长，全是乌兰诺娃，这个雌雄同体物真是无尽头啊。终于挨着了门，推开，竟是波光粼粼，原来是涅瓦河。红发女士坐在河边石凳上抽烟，用虚无缥缈的眼神看着奕华走向她。奇怪的抽烟姿势，让这个女人充满着悬念。

她们沿着河岸闲逛，用都不太好的英语说些令人似懂非懂的话题。

初夏，涅瓦河的黄昏已开始漫长，似乎要长得与白夜接壤。天上的颜色艳红。奕华想起这种红曾被一位美丽的女作家形容成天空种满了玫瑰。她不知这位美丽的女作家是怎样想出这个天才的比喻，可谁会上得了天去种这些玫瑰呢？那些传说中粗枝大叶的俄罗斯人吗？

俄罗斯人真让人奇怪啊：男人年轻时帅气逼人。奕华便见到克里姆林宫走出一队去换岗的士兵，修长的腿穿着马靴，咔—咔—咔，步伐有力而神气，表情庄严而神圣，像肩负着重大的使命，让他们更性感无比。奕华不由得热血奔涌，私下里有着冲动，脸竟红了。而来到附近的亚历山大花园，见着几个俄罗斯老头坐在那里聊天，却大腹便便，从上到下的线条都是柔和圆润的，像慈祥的老奶奶；而俄罗斯的女人恰恰相反，姑娘时身段妖娆，摇曳多姿，很苗条柔弱。

老了老了，腰圆膀粗，男人般地巨大。

他们——俄罗斯人，总在两性间神奇地转换。

红发女士的庞大也超乎奕华的想象，像个凶悍的动物傍在她的身边，与刚才那个小老鼠般的男人形成了雄雌概念上戏剧性的颠覆。奕华甚至担心，如果，她粗壮的手伸过去，会不会就捏碎那可怜巴巴的小东西？

红发女士突然顿了顿，把烟头摁在垃圾箱上，伸出食指，耸立，说，你怎么叫这么个名字？很需要这玩意儿？

红发女士的食指，简直称得上粗壮，立在那里，硬邦邦的，像乌兰诺娃强壮的大腿，脚尖一踮，插向舞蹈深处。奕华不敢看。红发女士的眼睛眯成了缝，一种异味在缝间的微光中徘徊，呼应红玫瑰般的天光。奕华猛地转过身，抓住河边栏杆，干呕了几声，却什么也没吐出来。

2.

奕华看见了什么？今生最不想看到的男根山。男根山很像奕华一生都放不下的十字架，背来背去，不知何时是个头。

她一直回避那座山以及叫南亘山的小城，从不在任何简历里提及。但所有的人都知道她来自哪里，使她失去了伪造另一种经历的机会。而当她干脆就改名为"男根"，有点破罐子破摔的时候，却已没人有什么闲工夫来"八卦"她的身世了。

彻底远离和忘掉南亘山，曾被她当做一生最大的事业。她基本成功了，那里再没有她的亲人和朋友，那座小城也不会再流传她的故事。甚至，她完全改掉了南亘山人说话时老爱带出的"哦呜"——你问一个南亘山男人街上好玩吗？他肯定，便是一声"哦呜"；你问一个女人衣服好看吗？她说好，也是一声"哦呜"。"哦呜"，是南亘山人对事物的判断词，一针见血，言简意赅。这也是南亘山人与生俱来、难以磨灭的标志。这些人不管到什么地方，那地方有多遥远，因为一声顽固的"哦呜"，便可被人轻易地拎出他是个南亘山人来。

奕华却生生磨去了"哦呜"的印记，说了一口带点江浙口音的普通话。说话时，嘴角开展、上翘，让气流擦动牙齿往外轻送，婉转低回，像上世纪三十年代女演员说话的方式，有点造作，却造作得不惹人讨厌，横竖都是在背台词而已。很多人在电话中听不出她的年龄，更别想在千万人中把她这个有南亘山背景的人拎出来。是的，她算不得是南亘山人。就像有人曾调侃她，南亘山最多算是她的"养母"，可亲妈又在哪里呢？奕华成了身世糊涂的人。但再糊涂，南亘山也是她的上半生。

然而，她要的就是从自己的上半生中消失。很长的时间里，愈发老练的她，几乎做得天衣无缝了。却没想到身处异国，在离南亘山十万八千里远的地方，那座山却突然清晰地展现于她面前，丝毫毕现……

还有，在法国南部的一个小镇，坐在朋友家的院子里，风"哐"、"哐"就来了，吹掉奕华为了参加派对戴着的麻质玫红礼帽。风让所有的人都噤了声。朋友的先生说，风叫"莎乐美"，刮来时像砍头。单日不吹，双日吹。

奕华陡然所动，想起了南亘山也有这样的怪风，每年初夏五月底来，像守信的燕子。它不是铺天盖地、声势浩大地来，而是嗖嗖地吹成了几股，呼呼飞窜着，像龙蛇漫天搅动。偶尔，也成一把把锋利的剑似的，逮谁劈谁，拦腰一斩。

风来，奕华就会死死盯住妮儿河中间的那座山。风中的它，像突然减肥了，瘦得不成样子，被吹得晃来晃去。奕华真怕咔嚓一声，山断了，死在她面前。

在法国南部，奕华想起那个叫南亘山的地方，胸口止不住地痛。小时候写作文，她老把南亘山写成男根山。妈妈见到，呼地就是一个耳光，打得她痛了几十年。

男根山

1.

其实,南亘山这地方真正的名字就叫男根山,因那座山而定。改名,是1965年的事了。当时,来了一个上海人当县委书记,说:我怎么觉得这个地名如此粗俗呢?男根山就改作了南亘山。爱好舞文弄墨的书记对自己取的这个地名颇为得意,还专门写有文字诠释,其中有"西南之土,山貌诡然,衣食父母,是为亘古"云云。

但除了奕华的家人(她父母也是上海人),小城人从不忌讳说出"男根"二字。更有人直接叫男根山为"鸡巴山"。改名后,这里的人,说的写的地名仍是习惯中的男根山。书记私下里对奕华的父母抱怨:这是落后地区的落后意识。他有些难以理解,这里的人为何从不抱怨他们生在了这么个地名都难以启齿的地方,甚至还感激呢?偶尔,奕华内心深处也会涌动出这种感激,尤其是成为作家后。因为南亘山,是一个多么神秘而美丽的地方啊,像假设的天堂。

……

第一次坐飞机飞过南亘山,奕华才真正把这里看得一目了然。

南亘山是没有退路的地方,被四面大山死死围困,只有左边笛山悬崖上凿出的一条公路才能通向外面的世界。南亘山像渝都城的某种遗弃,孤儿似的被扔在了大山之间,凹下去,凹成一个水土肥沃的平坝子,恍若北方。但刚让人松口气了,那座山突然在妮儿河中拔地而起。很唐突,没有任何预告、铺垫,山已耸立。像一根形神兼备却孤独的男性生殖器,离开地,直逼天。

它,天生就该叫男根山,怎么去改?

那山的确很孤独:三面都是万丈绝壁,赭色石崖。被太阳一照,没有鲜亮起来,反而暗下去,呈深紫,有时又呈深咖啡色。而从另一个角度看,山更像一柄古铜色的利剑,凶光毕现,不可一世,没什么能与之抗衡的。绝壁之下,是密实的竹林、芭蕉林和桑树。竹林黑压压的,像被浓墨浸泡过的云烟,把山脚的每一寸空隙统统塞满;芭蕉林兵荒马乱似的,像热带雨林的克隆。只有绿意盎然的桑树是温柔的景象,尤其是嫩叶儿刚爬上枝丫的那几天,像处子四处张望着的脸子,清纯又多情,向着妮儿河抛媚眼哩。是的,它在山与河之间,达成了谅解。

妮儿河时而烟波浩淼,时而盈盈一握的屑细。却总是绕山而行,成罕见而神秘的Q形,然后汇入嘉陵江。

妮儿河的名字也是有意思的。当地人习惯文绉绉地称女性生殖器为妮儿。有个段子说某男子趁着哥哥出门,向嫂子求欢。问:嫂子呃,想我不?嫂子答:嫂子不想,妮儿想。

妮儿河的水从哪里流出来?是从男根山里流出来的……小城人喜欢这样地自问自答,并为此推测感到兴奋和刺激。不是么?女人的一切本身就来自男人啊。如果说夏娃是来自亚当的肋骨,那么象征女性的妮儿河来自象征男性的男根山,不也是天经地义?

小城人还有个佐证,证明着山与河的关系:每月十五,如果有月,月亮的力量会把山细长的影子投进妮儿河的入江口。那夜,不过才八点左右,男根山就像一只大脚踏中江口的命门,毫不犹豫。它把江口变得比深夜更黑,伸手不见五指。水,疯也似的打着旋子,湍急,一口气憋不过来了,就厉吼,小城人叫作"阴阳欢"。

小城人白天有人划船去江口,是送客去嘉陵江边,转机动船下渝都。夜晚却少有人去。如果去,便是一次特别郑重的行动——"拜桅子"。

江口水中央有一石,形若女体,上立两根3米多高的石雕,把男人的那玩意儿雕刻得惟妙惟肖,连勃起时的条条青筋都历历在目。据说它们都是唐开元年间就耸立在这里的,水急浪高上千年了,却纹丝不动。它们神圣而强悍,有无尽的能量。拜它们的人,只要心诚,几乎是有求必应。因此,这个形若女体的江中石又被称为灵应石。

但到这里"拜桅子"却有着苛刻的条件:必须是天寒地冻的正月十五,求事的人必须赤身裸体。如果是求子嗣,拜祀的男女需在"桅子"前交欢,高潮叠叠。灵应石一夜只能接受一桩拜奉。所以,小城一些老人死前都会留下遗憾:

等了一辈子，也上不了灵应石。

这些事，自然很古老了。解放后，打击上灵应石"拜桄子"的行为如同打击卖淫嫖娼，"拜桄子"便绝迹了。

小城人私下却说，其实他们天天都在"拜桄子"，谁让他们抬头就见男根山呢。山，耸立在小城人的眼前，不分昼夜。看久了，小城人便会去想山上的事情。山顶是非人间的，除了一些疯长的巴茅草和小灌木，几乎什么也不长。但生出了玉色的花岗岩，成弧形，像一只硕大的碗倒扣在了那里，与白云、星辰接壤。

那岩石，洁白光滑，没有寸草的打扰，比男子最优质的"龟头"还清白，小城人称它为"出阳石"。

寺庙就建在"出阳石"岩下，据说也有上千年了。奕华见到的寺庙，不过几间破房，竹篱笆糊泥筑成。之所以在年年的怪风中没倒，大概因为它躲在了"出阳石"之下吧。再多的雨水，冲刷着"出阳石"，也只在寺庙前形成一道水帘而已。

那时，寺里住着三位女人，小城人叫她们大姑、二姑、三姑。她们的身世一直很神秘和可疑，成为小城人争论的焦点。有人说，都是些老革命，身体不好，国家照顾，成了这里的文物管理员；有人说，她们都是牛鬼蛇神，关到这里改造的。奕华觉得，两种说法都有疑点：如果是后者吧，似乎小城的人对她们多少有着尊重；如果是前者吧，又看不出对她们有什么待遇，她们的生活一贫如洗。

奕华不想去思考这些问题，只知道自己很喜欢上寺庙里来玩，但不喜欢二姑，喜欢三姑。

二姑多少岁，奕华不知道，只觉得她行将就木似的。她能管理什么文物？更像一个可怜巴巴的老农民，大太阳天，身子成90度地佝偻着，背着背篓，举着小锄头，一步一步地挪动，在寺庙下的荒土里刨来刨去。听见人叫，抬起头，身子仍弓着，成90度（那身子似乎再也直不起来），冷着一张脸，眼有寒光，盯着你，嘴里骂骂咧咧。谁也不知她在愤怒什么，为什么愤怒。

也不知三姑的年龄。三姑长得也许不漂亮，但喜气，无忧无虑的。其实，她脸的下半截是很漂亮的，一笑，俩酒窝儿。但鼻子以上的眼睛一大一小，相互挤兑，长成了个喜剧演员的滑稽相。

而大姑，很少有人把她看得清楚。据说，她50岁上下了，却细皮嫩肉赛过二十多岁的女子哩。她一年四季都坐在寺庙最里端的石壁前，低头面壁。无论外面发生什么事情，都少有回首张望。奕华曾在春天的黄昏，见着她的侧面，白沁沁的脸，眼珠一动不动，毫无喜乐。奕华看着，胃突然就痉挛了。

三姑尤其喜欢孩子，包括像奕华这样的。记得奕华9岁的时候，指着寺庙门口立着的三根石柱子问，是什么？三姑哎呀哎呀地叫着，捂住奕华的嘴：别问，这东西就长在你老子身上啊。三姑又道：我给你说了，不许再去问其他的人了，包括你妈你老子。她告诉奕华：这叫"桄子"。又带奕华登上"出阳石"，让她看花岗岩石上密密麻麻刻着的这玩意儿，说是宋代就有的。它们或两个一对，或4个、8个、16个，全是成双成对地躺在地上，硕大、粗壮、威风凛凛。奕华心里疑惑：这样的东西怎么能长在父亲的身体上呢？它们那样的硕大无朋，躺在地上也像武器一样地凶猛，怎么可能是父亲身上的东西呢？

奕华还问了三姑一个问题：为何这些"桄子"都成双数，你们寺庙前的却是三根呢？三姑眼神缥缈，不作答。

于是，9岁那年，奕华发现了一种不可思议——她的小城有种东西，是长在男人身上的。她却无法把它们同男人联系起来。她想不出男子的身体怎么可能放下这些硕大无朋的家伙。

奕华还发现，这种东西像无人管教的野草，疯长在小城的各个地方，见缝插针：不但男根山的"出阳石"上有，寺庙前有，沿着山路下来的石壁上有，并且，妮儿河两岸排列的石柱子、洗衣场伸进水中的大青石、海棠码头爬上来的那一坡石梯的每一阶梯上……树立的、雕刻着都是这玩意儿。甚至，她们小学经常用来挂革命标语横幅的两根石柱也非常可疑……

9岁的奕华感到自己被包围了，被对她来说还似是而非的东西。那东西究竟是什么呢？一看到它们，奕华只能把它们联想成三姑那笑起来极不对称、滑稽的脸。至于匆匆忙碌着的父亲，以及班上那些穿得脏兮兮、爱打臭屁的男同学，奕华怎么也无法把他们与"桄子"随便联系起来，那将是一宗罪——要被妈妈扇耳光的罪。

奕华很想弄清楚小城其他的人是否也有这种被包围感。然而，谁也不会与她讨论这样的问题，三姑也不。她很快就离开了奕华的人生，死在奕华 10 岁的那年。怎么死的，奕华至今也不清楚。

小城人似乎就这样沉着镇定，在高高耸立的男根山俯瞰下，在众多男根图腾的包围之中，奔去忙来，娶妻生子、生老病死，却对一个充斥着男根图腾的世界视而不见、听而不闻。有段时间，小城的当权派把南亘山改名为东方县，连小学生开大批判会，也会左一个"我们的东方县"，右一个"我们的东方县"地说，小城人试图做到出淤泥而不染。

被改名为东方县的小城却发生了两件事，轰动一时。

2.

第一件，发生在 1971 年的正月十五。

下河街有一对土著男女，婚后几年未育，中医西医看了不少，就是没有。男方又是三代单传，全家都快急疯了，便冒天下之大不韪，趁着月黑风高，划船到江口的灵应石。

年轻的男女把船划到灵应石边，靠了船，正好月亮出来了。江口这边开始暗下去，男根山巨大的影子已踏进江口，如男女交欢时的入港。渐渐地黑，一切的一切，渐渐地更黑暗，伸手不见五指了。女的就对男的说：你先脱。男的在黑暗中偷偷一笑，说：你也脱。

两个年轻的肉体开始在灵应石上滚动，在两根"榥子"前滚动。身子下就是依依呜呜厉吼着的江水。

多怕人的"阴阳欢"啊，像人在嚎哭，凄厉之声不忍卒听；又像女人在撒娇，兴奋地哆嗦，欢愉地哼唱。两个人已分不清水的声响意味着什么了，他们冷得牙齿打颤，浑身发抖，却更坚定地抱紧彼此，手指、心跳、欲望、欢乐和痛统统都要嵌进对方的血肉之躯中。男子感到女子的一股热流迎着他来了，女子的潮湿如山崩地裂前的预告，他又偷偷地笑了。他感到自己被这滚滚而来的湿润沉浮着、温暖着，这是一个女人多么贵重的礼物啊，他差一点不知该拿什么来回报了。只是感到黑暗中，他的女人在开始退缩，像是怕被什么撞击和毁灭。她向后退缩，向着水的方向。她紧皱着眉头，痛不欲生的样子，向着水的方向退缩。

男子扭过头来,猛然见到几束雪白的手电筒光射过来,像高射炮或机关枪的子弹,击中他裸露的身子,甚至,击中男根。

"站起身来,不许乱动。"他听见有人猛喝,雪白的手电筒光再次在黑暗中亮起,把他暴露在光明中。他低下头,见到自己的男根像一窝乱草,被风吹得乱七八糟、东倒西歪。他想到要用衣服来掩护。但,他的衣服呢?他的衣服已经被当成战利品,被一手持电筒者夺去,另一手持电筒者又一把抓去他女人的衣服,紧紧抱住,像在把守一堆赃物。这一切的完成都是在黑暗与手电筒光的交织间,他无法看得真切,只能凭想象弄清眼前发生的事情。他又听到几个人猛喝:"站起身来,不许乱动。"这次的吼声是针对他女人的,因为他听到这一片吼声中竟有不怀好意的笑。

他的女人并没站起来,继续向水边退去,扑通一声,她跳下了江。

手电筒光全射了过去,形成火力更猛烈的炮火一般,劈头盖脑向那个赤裸的女人发起冲锋、包围。女人死死地抓住礁石的一角,整个身子全沉入水中,牙齿打颤碰撞的声音压过了"阴阳欢"。她脸色在手电筒的光亮中变白、变青、变紫,眼睛里充满恐惧,像一只兽等待着被宰杀,恐惧之极。

这反而激起持手电筒者的兴趣与斗志。他们嘻嘻哈哈用手电筒在女人脸上照来照去,逼得很近,在那张绝望的脸上嬉戏,猫捉老鼠似的,嘴里一个劲地嚷:上来啊,我拉你上来,你也来试试老子的比你男人的谁个厉害?

说着,持手电筒者蹲下去,争先恐后去拉女人。有的更伸长了手,在水里一阵乱摸,女人的尖叫和男人们的哄笑交织一片。

终于,女人一放手,蓦然转身,向江口深处游去。她边游边骂,骂声在黑夜中比水的呜咽更令人害怕。谁也没料到女人这般决然,她游得飞快,向漩涡密集的地方。几个男人呆呆地站在那里,像被梦魇定住了,包括她的男人。他站在两根"桅子"下面,颤颤巍巍,一边用手掩护自己的私处,一边哭得稀里哗啦。知道女人无踪无影了,被江水和黑暗共同出卖了、弄丢了,他才如梦初醒,寻死觅活,要去找自己的女人。

那群持手电筒者是小城的巡夜民兵,从各个单位临时抽来的。但他们是无产阶级专政的化身,有着捍卫道德文明的高度权力。他们最擅长的事莫过于这样地抓"狗男女"。

女人再也没从水中上来,她似乎消失到一个不可知的梦里去了——黑暗中的噩梦。开始,男人还等着。见人竟絮絮叨叨,哭得稀里哗啦。小城的人说他是被那夜吓坏了,再加上想念女人,脑子出了问题,那玩意儿也被毁了,三天两头得往医院跑。

然而,人们这样的议论并没持续多久,仅仅是第二年的正月,男人却又结婚了。娶的是小城新调来的一位漂亮的女医生。那是一位有文化懂科学的职业女性,绝不会因生育的事跟着男人去"拜桄子"的。奇怪的是,结婚不过三四年,他们竟生出两个结结实实的儿子。

风刮过了六月初,小城就安详了。天,不冷不热,河对岸的桑树有了殷红,点缀于翠绿间。指头大小的殷红在积攒自己的甜,它们似乎知道只有越加甜蜜的时候,人们才会拿它们当成桑葚果摘下来。否则,它们便会蔫得不成样子,自己掉在地上,默默成泥。河这岸的洋槐树又遇第二茬花期,挂满一串串沉甸甸的花,玉白色或绛紫的,香得闷人。有些几十年的洋槐,如同聊发少年狂的老翁,每年都会长出几枝细权丫出来,被沉甸甸的花串拖累,垂悬在妮儿河边,像谁垂在那里的鱼竿。玉白与绛紫成了诱饵,鱼,一群群蹿过来,在水中的花影间啄来啄去,永无休止。

男子经常在这个时节,带着他的媳妇和两个儿子在河边溜达。他精神抖擞,声若洪钟,一点也看不出有什么不正常。路过河岸的那些"桄子"时,他擦身而过。

第二件事情就没这样的结局了。

也是1971年,小城的"文化大革命"向深入发展。然而,搞来搞去,总达不到上级需要的激烈场面。小城的有些人想到了联系实际——把南亘山,不,东方县几万根石雕、浮雕、木雕、木刻,站立的、躺着的"桄子"们,一扫而光。

"这是封资修、走资派、牛鬼蛇神留下的东西,几千年了,他们就是拿这些来祸国殃民。不摧毁这些黄色的东西——'地、富、反、坏、右'的'命根子'、赫鲁晓夫的'命根子',他们随时都会借尸还魂。"

慷慨激昂、颠三倒四说这番话的是位女人,叫姚俐俐。她是中心中学的政治老师。中师毕业从外面分来的。已婚,丈夫在青海当兵,连级干部,还没资格带家属。姚俐俐又无儿无女,孤零零地自个儿待在小城。

姚俐俐很要求上进,一直在争取入党。但身材成了她入党的最大障碍。她人很高,但身长腿短、上粗下细,像一支大号的毛笔插在了细颈的笔筒中,让她变成了一个笑柄。这还不是什么问题。关键在于,她的上半身其实也没什么肉,简直称得上瘦骨嶙峋,却偏偏拥有非常丰满的乳房。那一双东西挂在那里,姚俐俐一走路,就呼呼上蹿下跳,像两只撞向山崖不要命的兔子,让人很看不惯。姚俐俐再有一脸进步的表情,都会被这两个激烈的家伙破坏掉——哪怕她总在革命最激烈最艰苦的地方出现,经常穿着丈夫弄来的女式旧军装,把自己打扮成勇敢的女战士,人们仍不相信她,料定她是一个想干些偷鸡摸狗勾当的骚女人。

姚俐俐不理会别人的白眼,甚至来自组织的。她的革命观正如领袖所讲的,不是请客吃饭,不是做文章,不是绘画绣花,不能那样雅致。她要的是粗犷、豪放,也许流血成河。姚俐俐不管那么多,她喜欢这样疾风暴雨的时代。她正带着一帮学生,拿着铁锤、钻子、斧头之类,忙活于小城上下,摧毁着那些帝修反、封资修、牛鬼蛇神留下来的"命根子"。

却没想到,那些千百年就存在着的"命根子"相当难毁。木头的好办,立起来的石雕也多少有办法。但那些刻在绝壁悬崖上的、山顶"出阳石"上的,要把它们弄干净,太难,进度相当慢。另外,妮儿河水中的"桄子"以及灵应石上那可恶的两根,因为涨水,姚俐俐也只能暂时地望洋兴叹。

正当姚俐俐对革命的如此不顺利忧心如焚时,偏偏跑出一个女人来捣乱。这个女人姚俐俐几乎不认识,小城也没什么人认识她。她自己介绍是文化馆的,才有人"哦呜"一声说,对了,是文化馆管演出服的上官老师。

上官老师三十岁上下,倒真像个老师,戴着厚瓶盖似的眼镜,把脸遮去了三分之一。有人曾见过她取下眼镜的模样,说倒长得细皮嫩肉,眼睛是一双丹凤眼,蛮漂亮的。

上官老师平常很少与人接触,基本都待在文化馆装乐器、演出服的仓库里,哒哒哒踏着缝纫机在制作演出服，或用烧红的铁熨斗把演出服一件件熨得平平展展，一遍又一遍。她侍弄那些服装如同自己的儿女。

她做的演出服特别漂亮，尤其是新疆舞蹈中女子穿的小背心：红平绒或黑平绒上，用金色花边滚一道、镶一道、压一道，挨近领边，还会绣上几朵小花，花的颜色与大裙子呼应，女演员扭动脖子时，花朵便要姹紫嫣红地绽放了。

小城人如果有人接触到她，也仅限于借还服装之间。奕华的班上参加学校演出，跳舞，父亲写了个纸条，奕华拿着去找上官老师开后门借（因为服装一般只借给县里的大单位，不会给学校的孩子）。上官老师很爽快地答应了，看得出，她很给父亲面子。奕华借的是藏族服，跳《洗衣歌》用的。围裙是用各色布条镶拼而成，针脚精细，恍眼看，以为就是整片的花条子布。上官老师叮嘱奕华小心，别弄脏。若脏了，拿回来给她洗："各色布容易相互浸染的。"

她还为奕华洗了一个大苹果，先用冷水洗，再用温水浸，又用开水烫小刀。她站在那里，为奕华削水果，不声不响的，恍若天堂里的菊花。

后来，奕华才听人说，当初父亲从复旦大学分配到南亘山中心中学教高中，上官便是他的女学生。上课，她目不转睛地盯着自己的老师，老师也时不时悄悄睃她一眼，脸便红。谁料，一年后，奕华的母亲从复旦毕业，以未婚妻的名义追随父亲来到这里。上官就逃跑似的考大学走了，读的专业也奇怪，学了考古。她毕业后竟又回到南亘山，却躲进了文化馆的仓库，一躲就是好些年。

她一直是这样，活得不声不响，吃住也在仓库里。偶尔见到人，便安静地一笑，不爱说话，尽量打手势。比如，奕华来还服装，没一件弄脏的，她笑眯了眼，高兴得双手一攥，作揖似的向着奕华一个劲地捣着，奕华觉得这个动作好生奇怪。

但她却跑出来给姚俐俐添乱了。

她老是跟在姚俐俐一行人后面，细声细气、和颜悦色地说着什么。外边的人听不清，姚俐俐们显然听清楚了，集体地一阵哄笑，然后，根本不理睬她，又浩浩荡荡地东奔西走，去摧毁"桄子"。上官老师仍跟在后面，也是东奔西走的，一头一脸的汗水。但她总被形只影单地甩在后面。浩浩荡荡的队伍像躲瘟疫一样地躲着她。但，她像看不清形势，不屈不挠地追赶着，嘴里不停地对姚俐俐们说着什么，细声细气、和颜悦色。

姚俐俐不耐烦了，找了两个高大的男学生把她架起来，拖得远远的，扔掉。但不一会，她又出现在姚俐俐的面前，说，不停地说，细声细气、和颜悦色。

一日，姚俐俐再次登上"出阳石"，眼看着白晃晃的花岗岩上密密麻麻的"桄子"，像一些手臂把花岗岩抓得死死的，姚俐俐表情凝重地叹道："不摧毁这些，帝修反随时都可能复辟啊。"她悲切的声音，让学生们陡感背脊寒凉，黑暗的旧社会如在眼前。他们不说话，憋住一口气，举着钉锤与钻子，叮叮当当，对准"桄子"，摧毁！摧毁！

姚俐俐欣慰地转过身来，却冷不丁地见到上官老师就站在面前，她见鬼似的哇哇大叫，然后指着上官吼道：你疯了！你疯了！

上官老师穿着白底蓝碎花布衬衣，烟灰色的薄长裤，脚上是米白色塑料凉鞋。凉鞋的款，简简单单，挺朴实，不过是几根横线条。可中间却意外地斜拉了一根，如一个飞逸而过的眼神，朴实的鞋着实让人一惊。另外，她手中攥着一个很大的网兜，也是淡蓝色的。显然，网兜是她自己用尼龙线编织的，在每一个纵横交叉处都点缀了一颗玫红的纽扣。结果，网兜成了她出现时最鲜艳的标志。

上官老师用朴素又惊艳的鞋，踩在学生正叮叮当当敲打的"桄子"上，恳求着说：你们不能毁掉它们！真的，毁不得，它们是文物。仍是细声细气、和颜悦色。姚俐俐大怒，抡起手，"刮"一声狠狠扇了上官一巴掌，扇得后者一趔趄，脸上即刻出现红印。当着学生的面，她也破口大骂：你没得男人，想它们想疯了吧……她本想滔滔不绝，但话一出，又觉得不妥，毕竟自己也属于暂时没男人的女人。她立马改口：你再不走，破坏革命行动，信不信我让这些革命小将每人扇你一个嘴巴子。话音刚落，真有学生跃跃欲试了。她用下巴朝两个高大的男生示意，让他们赶快把这个破坏革命行动的不速之客带走。

上官老师用手按住姚俐俐扇过的面颊，泪，簌簌而出。她的脸有些变形：正午强烈的阳光在她脸上制造出些零乱的光影，而"出阳石"白色花岗岩的反光，又让光影有了雾一般的迷蒙。她神情异样、充满悲伤的脸，藏在光雾之后，令人心碎。正午的"出阳石"上没有一丝风，却看得见岩石边缘有几丛矮小的巴茅草摇曳的样子，风去了那里。二姑在下面荒土里刨土的声音，"扑扑"，也隐约可闻。

上官老师轻轻推开来拉扯她的学生，自己走，朝来的方向。她一步步，像梦游，又有点像戴着镣铐的烈士，沉重而坚定地走着，让姚俐俐有些悻悻然。她解开用来束马尾辫的花手绢，跟上去，想递给上官老师擦眼泪。然而，上官老师却突然折回头，几步就跑到姚俐俐正前方的舍身崖，跳了下去。

她跳之前，右手一挥，网兜，一个艳丽的标志，似盛开的蓝莲花，盘旋着坠落，划过纷纭的人间，最后驻足悬崖边的巴茅草上。

一刹那的事，没有任何声响的死亡，姚俐俐们甚至都忘了尖叫。只有永失主人的蓝色网兜挂在巴茅草上，为那场悲剧作证。

可是，整日面壁的大姑，却在那一刹那回头，泪流满面，哭，撕心裂肺……

上官老师的尸体第二天上午才找到。她压倒了一片竹林，躺在了厚实的竹叶之上。看上去，并没有任何伤痕，只是凉鞋掉了一只，不知去了哪里。

单位做主，下午就火化，把她葬在了那片竹林里，立了一石碑，上书：上官子丹之墓。此时，许多小城人才记全她的姓名。之所以没写同志二字，是因为她的死因有着破坏革命行动的嫌疑，而死亡自然是自绝于人民了。几年后，南亘山发大水，竹林葬身水中。水退后，那里变成了许多水洼，不长竹了，只长巴茅草，慌乱地疯长。上官老师的墓地只剩下石碑躺在了地上，骨灰盒被大水冲走了，如同那只不知去向的凉鞋的命运。

两件事，奕华断断续续从各种人那里听得。版本不同，情节也不同，尤其是细节上的夸张或遗漏，常让奕华不知所措。转述，有时远比亲历更可怕，因为它留下无尽的想象空间，尤其是对于一个少女。奕华正是从那时开始了多愁善感，并且心思缜密，有了城府。

她常常坐在自家的后门口，隔着水朝灵应石或那片竹林的方向眺望、发呆，脸上呈现出莫测古怪的复杂表情。她学会了不与人交流的独处。

母亲发现了她爱发呆，却不知道为何，于是把一张纸条放在她的语文课本里，上面奇怪地写着：还没学会爬，就想飞？奕华看完条子，一笑，再也不坐在家的后门口对着心中的世界发呆了。

她找到了另一处地方来发呆。路过小城的火葬场，看到里边的鸡冠花开得特别红火，她就情不自禁走了进去。

她把两株肥大的鸡冠花拔起来，查看它的根部。因为听人说，火葬场的花开得好，皆因死人的骨灰为土……猛然抬头，却发现自己站在了焚尸炉的高烟囱之下，蟹青色的砖砌成的烟囱正吐着黑烟，让奕华一眼见到了死亡的具象……

回家后，奕华高烧不止。烧得迷糊时，奕华发现南亘山所有的"桄子"都像士兵一样站立，成伍，浩浩荡荡地行走，无边无际。而大片大片的鸡冠花涂脂抹粉，妖娆无比，穿梭在"桄子"的队列间载歌载舞。原来，鸡冠花竟是些不要脸的东西。奕华在梦中想。又突然，"桄子"于一瞬间撤退，无影无踪了，鸡冠花还在载歌载舞，无法停息，直到死亡……

奕华好虚弱，她的手往前一伸，想抓住点什么，睁开眼，才发现自己攥着爸爸的手。妈妈呢？她突然对妈妈有了强烈的渴望。爸爸告诉她，妈妈到市里学习去了，学习对妈妈很重要。所以，妈妈两天前已走了。

泪，从奕华的眼里夺眶而出，她感到某种怨怼和孤独。谁也不知道，这样的情绪竟主宰了她的一生。奕华更不知道，这次病，是她第一次、也将是唯一一次——离父亲这样近。

女人的天敌

1.

　　大病初愈的奕华，走在小城的街道上，想起上官老师安静的笑，白底碎花的衬衣，花总是蓝沁沁的，下着烟灰色的裤子，一切都是安静的，包括厚镜片后的眼睛，从不惹春色似的，就觉得上官老师像一个蚕儿，躺在洁白的茧里，与她隔了永恒的距离。奕华明白了：有些人和事，不见得是传奇，有什么巧合或因果。往往是无头无尾，支离破碎。完了，就随风而逝。

　　她想这些事情时，正走到上河街的尽头。

　　小城其实只有一条街，以山为核心，绕河。山的阳面所对，便是上河街，山的阴面所向，便是下河街。两街陆路交接点是县中心中学。另一头，一桥把两街合二为一，水在桥下缓缓而过。尤其是初秋过后，这里的水就细了，露出嶙峋的青石，多有伸向水底的石板，使这里成为小城天然的洗衣场。

　　透过桥洞，也看得见江口，江口在桥的对面很孤独，包括灵应石。自那件事情后，小城再没有人上去过。奕华望了望灵应石，只觉两根"桅子"已很衰老，像耄耋之年的男人，站在那里，沐风浴雨，怪可怜的。想想，小城人好愚蠢，竟指望这两根可怜的家伙来拯救自己的命运，小城人亦可怜。

　　奕华坐在石桥上，发现堤岸过去像密林般的许多石"桅子"已不复存在，让堤岸顿时萧条。今年夏天的水，退得既快又狠，水退后，只剩下空旷而肮脏的河滩，大片大片的巴茅草已在沙与鹅卵石的交织间疯长。及人高的巴茅草像一种舞台布景，布置出这里的暧昧和神秘。奕华感到了它们的不洁以及刺激的氛围。她从大片巴茅草丛的边缘绕了过去，接近洗衣场。

　　奕华喜欢这里。

　　每个礼拜天，这里都聚集了小城差不多一半的女人。她们穿着露胳膊露腿的花背心、花裤衩坐在大青石上，或干脆站在水中，搓、揉、捣着衣物什么的。

她们捣衣的动作，简直让奕华着迷：随着手臂的起伏，头发飞舞，双乳也在飞舞。捣衣的动作在南方清澈的水边，成了最性感的舞蹈，伴着木头击水的声响（奕华觉得那捣杵也像"桄子"），闷闷的、闷闷的，很古老的声响，奕华看到有些年轻的乳房仿佛就要冲出来似的。

洗完衣服，女人也不会轻易离开。她们把洗干净的衣物，铺在大青石上，然后选一些干燥平坦的石头躺上去，露胳膊露腿地晒着太阳，三五成群地聊天，东家长西家短。这成了小城女人每周的一次议会，一次派对，很感性和性感的派对。

奕华经常坐在桥上看，看到花花绿绿的女人、花花绿绿晒在大石头上的衣物，她就不会那么反感"妇女"这个词了。因为正是妇女弄出了小城的某种热闹。

在很多时候小城是冷清的。为什么冷清？随着长大，奕华也略知一二：小城的男人太少了。

小城的居民分土著和移民。据说小城最先的居住者来自中国北方。他们骁勇善战，是被派来戍边的。所以小城人的语言中至今还残留着北方方言，比如叫女孩为妮儿或小妮子。而历史上这里又是进渝都城的要塞，兵家必争之地。争来争去，男人在战争中亏损，女人在战争中孤独。更奇怪的是，南亘山的山水先天养女不养男，曾有过十年不出一男婴的传说。土著女人生得高挑、白皙、灵巧。有民谚曰：美人挤破南亘山，柳眉杏眼屁股圆。土著男人却矮小、瘦，弱不禁风似的。他们的细胳膊哪里抱得动丰满的女人？而小城的新移民，是指六七十年代从外面移来的一些单位，它们多具野外作业性质，如某某冶金部门、地质队、石油开采队。它们在这里留下大本营，留下妻儿老小，留下孤寂的长夜和床枕，奋斗的男人在远方。他们与这座小城的联系，也许是每周一次、数月一趟，甚至一年只有12天。一大批孕妇或壮志未酬的怨女在这里望眼欲穿。但是，奋斗的男人总在远方。

奕华知道，小城一年只有几天的真正热闹和欢喜，那就是春节。那几天，小城的风俗与所有地方都不一样，从不时兴彼此拜年、串门、走亲戚，许多家都是门窗紧闭。但大街小巷全是小孩子在闲逛。突然变得慷慨起来的大人，大把大把地拿钱给孩子，让他们随意逛、随便吃，孩子们成了最快乐的流浪儿。

他们在街上流浪的时间越长越发讨大人的欢心。有些孩子似乎明白其中的奥妙，他们会三五邀约，通宵也不回家，找一个避寒的地方打牌、聊天、游乐，困了，就靠在彼此身上睡一睡。

奕华的父母是小城里很少不这样做的父母，反而不让奕华出门。在这样的时候。他们，一个看书，另一个也看书，也让奕华看书。奕华家的春节比平时还冷清。

奕华也曾经溜出去过，趁着父母都去单位加班的一个下午。她发现街上的热闹也是虚假繁荣，到处都是吃饱喝足的孩子在无事生非。他们把火炮炸得震天响，却始终压不住另一种声响。

奕华听到了，她很奇怪，为何其他的孩子对这种声响充耳不闻呢？这种声响从许多人家的门窗缝隙传出来，漫卷了小城，此起彼伏，一浪高过一浪。小城在摇晃、喘息，上气不接下气，偶尔还有高亢的吟唱响遏行云，像有上千头的妖魔在小城上空轰轰行走。奕华被这种巨大而集体的声响惊呆了，它像是从某个洞穴伸出的神秘之手，扼住她的咽喉。她感到口干舌燥，脸颊滚烫，一股热流撞击身体，发疯似的疼痛。她拼命往家跑，一到家就躺在床上。没想，身体又涌出一股热流，在床单上看得很清楚，那是血。

奕华有了初潮。

妈妈对奕华说：从此你是女人了。

奕华讨厌妈妈说她是女人。讨厌自己成为了女人。讨厌每月的不期而至，讨厌关门闭户的春节，讨厌无耻的声响，讨厌男人回家。

奕华就喜欢没有男人气息的地方，譬如，这样的洗衣场。女人把最美的和最丑的都露胳膊露腿地展现出来，女人不再乔张作致、装精作怪，女人与女人血浓于水，相安无事。

当然，奕华也发现，这里的女人好像并不像她想象的那样排斥着男人——她们大堆大堆洗着的往往就是男人堆积如山的衣服；高兴的，是男人就要回家来；骂骂咧咧的，是男人久久不回家。当她们不谈论男人的时候，她们的情绪会降到冰点，无精打采，捣衣的动作不再是舞蹈，像在摧毁——"空"、"空"、"空"地击打在大青石上，上面密密麻麻的"梜子"浮雕，因了这年年岁岁怒气冲冲的击打，模糊得不成样子了。

......021

偶尔她们会集体兴奋,那是突然有一个男人从桥上走过。如果是个比较年轻的男人,如果他心血来潮坐在桥石栏上正往这边看,那些站在水中勤劳的女人,立刻便会直起身来,拂拂头发,整理衣衫,搔首弄姿起来;至于正在捣衣的女人也会让动作由激烈变得轻缓,甚至像正在开派对的淑女,笑声也装腔作势了。

那时的奕华怎么也不明白,女人因为男人,会有如此多的面孔。为此,奕华更讨厌"妇女"这个名词:她们像妖,变幻无穷。为了不回家的男人,变幻无穷。

但讨厌归讨厌,她却偏偏往妇女成堆的地方凑。从这点已看出奕华性格矛盾性的端倪。此时,她已走到洗衣场,走过妇女们的当中,选了一块大青石坐下,带着大病初愈的身子。她坐的石头上,也刻满了"桄子",横横竖竖,向水里延伸。水清澈,小鱼小虾在这些唐代雕刻成的"桄子"上成群结队地聚集,让"桄子"有着漫漶的感觉,在水中一动一闪。

大多妇女都洗完衣服,坐在离水稍远的地方,晒九月底的太阳,聊天,东家长西家短。

今天她们没聊男人,聊着姚俐俐。一个女人说:姚俐俐都疯了。出了那件事后,她差不多变成了祥林嫂,见人就说"不是我推她下崖的哇,不是我推她下崖的哇"。自己做了缺德事还不承认,她凭什么扇人耳光把人给扇死了嘛?另一个女人说,她也可怜,总是孤人一个。年底男人又回不来了,说要提干了,不能走。男人又不让她去,怕误了工作,影响不好。

"那姚俐俐明年不怀娃了?也30岁的女人了,再不怀,怕也怀不上了。"

"谁知道?她那么先进,唱样板戏唱得那么跩,革命新女性,未必稀罕要娃。"

"你说错了,想都想疯了,还说想生个小子呢,不定就要请假去青海探亲了。"

"探亲也只有12天,除去路途,一周还不到呢,就能折腾出一儿子?她那身刮骨肉?再说,听说在那海拔高的地方一折腾,是要死人的。"

"瞎胡说,人家当地人也是要折腾的。"

……

奕华听着女人们的东拉西扯,知道了妈妈为什么瞧不起小城的女人,说她们是婆婆嘴,只会说闲话。奕华虽然似懂非懂,但也觉得女人们谈论的没啥意思。只是奇怪:女人谈及男人,哪怕鸡毛蒜皮,都又风趣又丰富,妙语连珠。而女人一说起女人，除了刻薄，就没有其他的智慧了。但，听到说别的女人的坏话，女人又是受用的，哪怕与那人无冤无仇。女人的天敌就是女人吧？譬如，姚俐俐。

2.

奕华第一次真正见到她，是在父亲的办公室。那是上官老师刚跳崖不久，姚俐俐成了小城最大的焦点人物。奕华曾在心里描绘过她的样子，把她往丑里想。但见到姚俐俐，还是很吃惊：她竟长成那个样子。

姚俐俐长得并不丑，而是让人不舒服的那种。脸不大，却面如圆盘，很薄，瓷盘子似的。双眉高挑，眼珠微凸，再加上鼻小嘴阔，恍然看去真像一只开动脑筋、寻找着登陆点的青蛙。

她走近爸爸的办公桌前，让她坐，她别着身，用半个屁股轻轻挨着板凳，轻脚轻手，像只猫。手一抬，泪已下。她说：蓝校长，我是活不了了，不知该怎么活了……声音那样沙哑，语速急骤，如过山车，快飞将起来似的。泪，又簌簌而下，也不拭，薄薄的脸被泪弄成了一盘糨糊。突然，她头一偏，溜着眼看人，耍娇。

那神态，让奕华呆住了。那一瞬间的神态，让奕华记了一辈子。怎么说呢？原本好端端地低着头，楚楚可怜，忽而翻起眼，向着人，似笑非笑，像钝钝的剑，慢镜头似的刺来。奕华在长大后看陈凯歌的电影《霸王别姬》，看到演小豆子他妈的蒋雯丽，也有这么经典的一翻一耍娇，才知那不过是女人对付男人的常规武器。

但，就是因为这个眼神，奕华开始讨厌起姚俐俐。只是她没想到，这样的讨厌也会是一生刻骨铭心的东西。而在洗衣场，奕华有种冲动，想加入到诽谤姚俐俐的队伍中去，因为那个她讨厌的眼神，更因为上官老师。那些婆婆嘴们针对姚俐俐的坏话，在奕华看来，太轻描淡写，无创造性，更无打击的力量。而如果她参加到这群妇女的队伍中去，她的话将是踏在姚俐俐身上的一只脚，让其永世不得翻身。

一个十一二岁的女孩，心竟是这样的毒，至少这一瞬，奕华自己也一惊。难道只是为两面之交的上官老师？

奕华自己也不知道为什么会那么喜欢上官老师。本身，她并没有这样的察觉，是后者的死亡告诉她的。死亡能告诉人们的，也许是正常的情况下穷尽一生都不会知道的真相或玄机。

奕华在发高烧前不是经常坐在自家的后门口，望着男根山发呆吗？妈妈不是讥讽她还没学会爬，就想飞了吗？妈妈是只知其一，不知其二。而如果妈妈知道，会很伤心，因为奕华竟是以缅怀母亲的情感在缅怀着上官老师。她希望的母亲就是那样的，踩着缝纫机，"嗒"——"嗒"——"嗒"，制造着美丽的新疆舞平绒小背心。说话低着头，像盛放在天堂的菊花，安静，不惹春色，连香气都不曾拥有。那是奕华理想中的母亲，微笑，春风一样的和煦，从不揭露、指手画脚。而奕华的母亲太聪明了，她轻而易举就能识破一切，谁在她面前都很难装假。谁也不能，包括父亲。

有时，奕华觉得母亲就像自己的天敌。

过12岁生日那天，奕华决定了一生的走向：当作家。她把自己的想法告诉了父母。父亲没说什么，但感到他的眉头凭空一皱。这位小城中心中学的副校长，在家几乎都扮演着沉默的角色。而在另一中学当教务主任的母亲却说：还没学会爬，就想飞？奕华才知道母亲其实早就知道她的心思，所以才有那张纸条。母亲何等聪明。奕华有点后悔向母亲坦诚，觉得是件很丢人的事。母亲的聪明总让她有这样的感觉：又被母亲剥去一种保护层，剩下赤裸的、可怜的自尊心。为此，她更有了怨懑。

所以，她竟希望另一个女人是她的母亲，却又为自己的想法感到大逆不道。母亲是不能选择和更改的，每个女儿都得无条件接受，并爱着。不爱母亲的女儿还叫什么女儿？

奕华极为痛苦。所以，她常常发呆。发呆是她平衡内心挣扎和矛盾最好的方式。她也想在发呆中找到逃避之路，但母亲不让。她会在奕华发呆时，用各种方法把她拽回，让她不得不重回痛苦的真实世界。

于是，奕华便喜欢跑到妇女成堆的地方，听妇女们东家长西家短，这也成了她逃避的方式之一。比起聪明的母亲，奕华觉得这里的愚蠢女人倒更像女人，她们至少是热闹的。奕华喜欢与她们搭话，东家长西家短，这样顺着势地平庸或愚蠢，让奕华感到了轻松。她不想自己变得像母亲一样的聪明，一样的一针见血。有段时间，她甚至学会了一手翘着指头，一手叉腰骂人了。不幸被母亲看见了。母亲冷着脸，刻薄地说：你已经很像妇女了，再没有女孩子的清纯了。

这样的话，让奕华霍然发现，母亲其实也不喜欢自己，也暗暗希望女儿是另一个人。

然而，一切皆成定局，彼此都有着无奈，心照不宣的无奈。

……

想到这些，奕华已没多大兴趣加入到诽谤姚俐俐的大军中去了。她觉得应该去另一个地方——小城电影院。

3.

奕华每周日的下午都会去电影院的门口转溜。它在中心中学旁边，是小城女人的另一聚集地。

周日下午的三点半，这里总有电影，但，女人们大多不是冲着电影来这里的。

这些不约而同晃动在电影院门口的女人，算是小城的漂亮女人。她们来这里，打扮得既慵懒又性感，洗过澡、洗过头，身子还有香皂的气味，披着的头发，水珠还滴滴答答。她们常常穿新衣服过来——找人在上海新带回来的，或学着书上的样式自己做的。小城的女人都有大把无聊的时光，让她们不得不用女红来打发。于是，小城女人多巧手。而这里，电影院门口周日下午的时光，便成为她们的服装发布会的走秀场。

但，照奕华看来，她们比河边的洗衣女更可怜一些。那些女人至少是忙碌着的，手持捣杵的动作让她们不显得孤独，有一种为家务操劳的故事情节支撑。电影院前的女人，穿得漂漂亮亮，才洗过的身子，显出浓郁的诱惑。被残存的香皂气味召唤出的诱惑，弥漫这里，香得令人窒息。恍惚间，你以为这些女人准备停当了，该出发了。结果，仍看到她们毫无目的地在这里瞎逛，逮着谁就说个不停。她们或假装在等人，从偶尔来这里看电影的男人身边穿过。但男人身边总会有别的女人。男人偶尔也会匆匆忙忙看她们一眼，就被旁边的女人拽进了电影院，剩下这些没有男人的女人，无所事事地在这里逛来逛去，穿着漂亮的新衣，我看你，你看我，怅怅对峙。

奕华过来的时候，一红衣女人正走在前面。她头上高高扎了个马尾辫，系着鹅黄碎花的手绢，却让她更显得身长腿短不成比例。她走起路来，身子毫无弹性，直伸伸，硬邦邦，只有屁股不自然地撅着，把胸高高地送出去，像一只弓形的虾试图在做反方向的动作。奕华知道，是姚俐俐来了。想起妈妈叫姚俐俐为"老挺"，奕华"扑哧"笑出了声。

　　姚俐俐穿了一件介乎砖红或深咖啡色的短袖衬衣，手里端着一只大号瓷盅，端了满盅的新上市的桂圆。她肥大的衣服在她走路时飘来荡去，使她的身子像伞骨一样去撑着大伞。她对两个站在花坛前的女人介绍，衣服是丈夫在北京开会时买的。男人心粗，忘了尺寸，所以不合身。但衣服是上好的的确良。说着，竟流泪，言语幽幽：我不知还活不活得到他回来……两女人边伸手从她瓷盅里拿桂圆吃，边安慰：别说丧气话。那女人跳崖不关你的事，是她自取灭亡。你要放宽心，养好身体才是。

　　姚俐俐含泪道谢。

　　不一会，她身边又围上了几个更年老一点的女人，其中一人还很像干部。她们伸手在瓷盅里取桂圆吃，用贴心的话安慰着这位已非常消瘦的军属，桂圆壳剥了一地。

　　被众人围着的姚俐俐，一定产生了某种幻觉，以为自己成了女英雄似的，说话突然提高了声音，有了慷慨，饱含热泪说：大家想想，姓上官的家伙为何要阻止一个革命的行动？一而再，再而三，又没挖她家的祖墓，她究竟为什么？后来才知道，姓上官的在大学竟学的是什么考古，专门去研究封建社会帝王将相的坟墓和尸骸，真够让人恶心的。那些东西（"桄子"）留着，特别毒害青少年，我们当老师的能吃得下饭、睡得着觉吗？

　　女人一片"哦呜"、"哦呜"的赞成声。但已显得心不在焉，只顾着伸手拿桂圆吃，地上又堆了不少果壳。只有那干部模样的女人，受到姚俐俐一番话的感染，很激动地抚着她的背说：姚老师，你受委屈了。我们要向有关方面反映，辨别是非，弄清黑白，让那些谣言没有藏身之地。干部模样的女人的话又引起那群女人的一片"哦呜"、"哦呜"声。

　　奕华在旁边听着，第一次觉得南亘山人的这种土话怎么听怎么难听，像公牛招呼母牛的声音。尤其是从女人尖尖的嗓音里发出来，让人难以忍受。奕华做了件自己都不想到的事情：挤到女人堆里去，伸手在姚俐俐的瓷盅里，把所剩的桂圆全部抓完，也学着女人们的样子，一口一个，只是呸呸有声，恶狠狠地把壳吐到地上。

这一切，很快，快得让奕华差点踩到干部模样的女人的脚上。姚俐俐正准备发作，又突然看清似的，难堪地笑：哦呜，原来是蓝校长的女儿啊。

失去桂圆的姚俐俐似乎失去了召唤能力，女人们迅速从她身边撤退，去找下一个更有趣的地方了。奕华倒有点可怜起姚俐俐来，她突然间就面对了孤独，一个人站在那里，端着空瓷盅，脚踩一片被嘴巴抛弃了的、还残留着湿润唾液的桂圆壳。在周日的下午，一个丈夫在远方的女人，一个每年或更长时间里只能见到丈夫十多天的女人，正无所事事——没有丈夫需要她去打理，甚至她需要的孩子也遥遥无期。她唯有端着一个空瓷盅，东张西望。

很久，姚俐俐才如梦初醒，端着瓷盅走到花坛的另一端。

一个身材高大的男人站在那里，一张小城人绝对陌生的面孔。

立刻，电影院前的女人都发现了他，眼睛呼啦啦全盯过来了，烈焰一般，肆无忌惮。一个面孔陌生的男人独自站在这里作焦急的等待状，对于这个女人们的聚集地实属罕见。

女人们迅速打量，立刻就归纳、总结：男人该有一米八五上下，宽肩窄臀，面容英俊，让人似曾相识。

看着他踮脚远眺又不时看表的样子，女人们的猜测都很肯定：他在等待一个女人，一个漂亮的、丰乳肥臀的女人。男人如此高大强壮，配他的女人，当然是丰乳肥臀。

男人仍在焦急，女人仍在猜测。女人觉得猜测也是幸福的，猜测让本来感到无聊的女人觉出了忙碌和某种期待——在周日下午，初秋的阳光像爽朗的笑声。女人们甚至产生了幻觉：不定自己就是那个被等的人呢。这样一想，女人们就开始拂拂头发，抻抻衣服，情不自禁地搔首弄姿。姚俐俐差不多已转到了男人的面前，挺着胸，脸上绽放出了吟吟笑容。

男人并没有注意到已出现在他面前的姚俐俐。他终于等来了要等的人——一个比他更年轻的男人。他们兴高采烈地从姚俐俐面前掠过，彼此亲密地拍拍对方肩膀，相拥着走进了电影院。姚俐俐的笑，顷刻间像被烙铁烙伤，由红转紫，好惨烈的笑。她的瓷盅"哐当"掉在了地上，砸掉了好大一块白瓷。

但，有一点是姚俐俐没想到的，仅仅几周后，她与这个男人就有了恩怨情仇的瓜葛。

小城来了一群北方男人，他们是北京某铁路设计院的勘探人员。十几个男人住进了中心中学风雨操场临时搭起的房子里。他们要完成一项国家重要项目的野外考察工作。

小城对他们的到来，表现出由衷的喜悦，尤其是女人，总找机会与他们搭讪：有事没事去他们住的地方提一桶水，或洗点衣物什么的。因为有关方面在那里安装了好些个公用水龙头，那些水是不要钱的。

女人们并不完全图省钱，是找个借口去接近这些北方来的男人。奕华也去过，拿着几块小手帕，在公共水龙头下慢吞吞地搓揉，正好碰到那天在电影院前见到的那男人也来洗衣服。男人不过二十多岁，用很好听的声音说着普通话，叫奕华"小鬼"。奕华故意生气：不许叫。男人说：偏叫，偏叫。小鬼，小鬼。奕华学着姚俐俐的模样，低着的头突然一抬，眼波荡漾，似笑还嗔地横将过去，娇声说：再叫，我不和你好了。男人被逗乐了：你这小鬼你是谁啊，你不和我好，我也没说要和你好啊。你懂什么叫好吗？

奕华自然是不太懂得。虽然12岁了，但母亲的严格管教，让她对男女之事仍懵懵懂懂。但她觉得这样与一个男人说话，太有趣了。过去，她与周围能见着的男性说话都不好玩。男老师不必说了，男同学要划清界限，几乎没机会；与父亲说话也是一本正经的，从不敢给父亲开玩笑或撒娇。她从来记不起自己与父亲有过什么属于亲情的亲密的肢体接触，除了那次发高烧。奕华在后来的岁月，曾无数次渴望着男人像父亲般的拥抱，并为此付出了沉重的代价。心理医生说，这叫肌肤缺乏亲情的安抚。

而在公共水龙头前，奕华体验到与男人调情的乐趣。并且，学会了在极短的时间搞清一个男人的背景资料并与之熟识的本领。譬如，她很快便知道，这男人姓白，25岁，未婚。

勘探队来到小城一月后，正值国庆。小城在县革委会礼堂组织了一台盛大的联欢晚会。勘探队也出了节目，样板戏《沙家浜》选段——"智斗"。一壮实男人演胡传魁，白姓男人演刁德一。白姓男人站在台上玉树临风，两眼炯炯有神。台下的女人看着，怎么也不像欲加害阿庆嫂的老奸巨猾的反派，倒很像电影《奇袭白虎团》中的严伟才严排长，那是当时全国人民公认的样板戏中最帅的男人。虽然有传闻说该演员本身长了一脸的大麻子，但妆一化，便英气逼人。小城女人恍然大悟：怪不得见到白姓男人时似曾相识，原来是现实版的严排长啊。从此大家就干脆叫他"严排长"了。由于勘探队都是男人，演阿庆嫂的就是"严排长"在电影院前等待的那个男人反串。他长得清秀文静，只是个头太高大了一点，超过了一米八五。

三个大男人威风凛凛地站在台上，看得小城女人目瞪口呆。她们从未见过几个大男人这么奢侈和漂亮地展现在面前。女人们一个劲地往台前挤，会场有些混乱，以至于拉二胡的人忙着维持次序，竟忘了伴奏，三个大男人被晾在那里，傻呆呆的，都有点不好意思了。这时，有个女人在人堆里喊起：怎么能让男人演阿庆嫂呢，我们这里的女人都死光了吗？边说边挤到了台前，伸出手让"严排长"拉她，还没待大家反应过来，她已纵身跳上台，站在了"严排长"身边。

又是姚俐俐。

台下的女人起哄，不多的男人却大声叫好。男人们公认，姚俐俐的样板戏是小城女人中唱得最好的。

台上的姚俐俐不急不躁，站稳丁字步，来了一个亮相的造型。曾因上官老师跳崖事件牵涉而变得有几分凄惶的那张脸，被灯光一打，简直脱胎换骨，变得神采奕奕，生动而漂亮，薄瓷盘般的脸儿陡然立体了许多。再加上她穿了一件鹅黄色的开司米线的短毛衣，掩盖住身材上长下短的毛病，胸部也完美地凸现了出来——鹅黄色的胸部，像鹅黄色的嫩鸡子，无比可爱地在舞台上蹦跳，令人热血贲张。

若干年后，奕华想起姚俐俐的这个镜头，不由感叹，有些人天生就是演员，永远的生存地也只能是在舞台。还感叹，再丑陋与平庸的人，都有一双水晶鞋等待着。如果找着了，穿上，哪怕只一瞬，都能从灰姑娘变成王子心仪的仙女。问题是，有些人恐怕永远都找不到自己的水晶鞋，只能郁郁平庸终生。

舞台便是姚俐俐的水晶鞋，声未动，一亮相，已有了仙女的雏形。其架式，让男版阿庆嫂自觉退出。二胡响起，"智斗"开始，"胡传魁"几乎靠边站，"智斗"完全属于了"阿庆嫂"与"刁德一"。"刁德一"风流倜傥地唱"这个女人啊不寻常"，"阿庆嫂"眼眸婉转、顾盼生辉地答"相逢开口笑，过后不思量"。两人都是一流的好嗓子、好唱腔，棋逢对手，惺惺相惜。"智斗"唱罢，干脆撇开"胡传魁"，唱沙奶奶与郭建光的"军民鱼水情"，唱小常宝与杨子荣的对手戏……

整个联欢会倒成了两人的专场演唱会。姚俐俐的脸越唱越红。唱《红灯记》铁梅的《光辉照儿永向前》唱段时，柔媚地一抬手，使出了兰花指，款款缓向"严排长"，泪眼婆娑，如泣如诉，现场的人无不动容。那一刻，姚俐俐成了主宰人们的女皇。男人正在后悔：平时对这个女人怎么没看上眼呢？女人也觉得素日乍乍呼呼、十处打锣九处都有的她，突然变得不讨厌了。而对面的"严排长"呆呆地望着"铁梅"，已经不知该如何接下去了。

两人顿时成为小城的明星，大大小小的会，没有两人到场唱几段，便不成为会。市里的样板戏汇演，两人获得了一等奖；小城照相馆里摆放的样片，便是两人的各种剧照……奕华甚至在家里也碰到姚俐俐来向爸爸请假，她要去北京汇演了，自然是与"严排长"一道。她对爸爸说，请组织安排，我必须全脱产……

不演出时，两人也形影不离，要排练。早上、中午或晚上，在勘探队"严排长"的宿舍、中心中学后的南墙坡、河边的沙滩……满城的人都听得到他们依依呀呀地唱，"这个女人啊不寻常"，"相逢开口笑，过后不思量"。那声音，有时暗含玄机，有时像一场荷枪实弹的争斗，充满火药味。小城人甚至听到他们彼此的指责、纠正；而有时，更像在打情骂俏，"这个女人啊……"唱腔未落，男的嘻嘻笑场了。女的唱"人一走，茶就凉"，嘴一撇，从头上取下束马尾辫的花手绢，向男人头上一甩，带着花露水的手绢不慎碰了男人的眼睛，男人蹲在地上，揉着眼，叫：嫂子喂，使不得。女人长声吆喝，小白啊，让嫂子帮你看看嘛，好不好嘛……

有关两人的议论自然鹊起。姚俐俐听见了，扭着腰说：乱讲嘛，小白才多大的花花。小白比姚俐俐小五岁多，小城人少见多怪，还从没有见过姐弟恋的，何况姚俐俐是军婚。

姚俐俐倒蛮不在乎，却急煞了一个人——奕华的父亲，姚俐俐的顶头上司。他到处为姚俐俐辩解：别乱说，小姚就是性格开朗点。有些话说过头要出事的，人家是军婚。奕华的母亲每次见到丈夫这样，会冷笑："老挺"值得你这样去帮吗？你不觉得你变得与她一样的可笑吗？母亲的话，常让父亲哑口无言，因为它是一针见血的。外面的确已有讽刺奕华的父亲的声音，这让父亲很难受，竟为此得了一场重感冒，也让奕华更加深了对姚俐俐的厌恶。

5

勘探队在小城一住就是大半年。人们已把他们当成了小城人，女人们爱把他们当丈夫支使，干点拉煤提水的力气活。小城人已习惯了这样，以为天长地久。

妮儿河的水，冬天是灰的，初春才有了绿模样。懒洋洋的绿，不情不愿似的，更别指望它惊艳了。河滩上的巴茅草汪洋恣肆，从桥上看过去，像辽远无边的森林，密密实实。春风吹起，巴茅草的花絮，雾一般在河滩上飞，银灿灿的，遮天蔽日，像怀揣某种预谋。又像春晓的梦，做得有些不清白——巴茅草统治的地带变得更无限了，仿佛成了要用钥匙才能开启的神秘之宫。

水还很凉，星期日的洗衣场也只有三三两两的人，何况一个平时的下午。

奕华到这里，是与几个女同学捡废铁来了。学校给了每个学生交40斤废铁的任务。另几个女同学离巴茅草林远远的，她们怕。奕华与她们打赌，如果她走进了巴茅草林并待上了半小时，她们就把已捡到的废铁全给她。

按游戏规则，她必须深入"森林"的腹地，不能让外面的人看得到，哪怕一角衣服。奕华往巴茅林的深处走，越走越忐忑。她有些害怕了，慌张中被一丛巴茅草狠狠绊了一跤。她干脆坐在了地上，想打发点时间，就往外走。突然，她见着前面不远处的一丛巴茅草在激烈晃动，窸窸窣窣传来声响。她被吓坏了，几乎停止了呼吸，差点就要尖叫。可突然听到很熟悉的一男一女的声音在说话，这，立刻遏制住她的尖叫。

男的说：嫂子喂，让我再吃几口，嚎……嫂子，大啊。女的好像很生气又像在喘气，上气不接下气地说：吃……嗯啊……吃……吃啊，就知道吃，你还能吃一辈子?

奕华不知道他们在争什么吃？她不敢站起身来，只能趴着。除了看见那些巴茅草在激烈晃动，听到噼噼啪啪的断裂声，她无所作为。

男人又在嚷着要再吃两口，用很好听的普通话。女人好像真生气了："这算个啥，有一天没一天的。有本事，吃上一辈子。"

"军婚哪。"

"怕啥，他又有病。说了可以离婚的。"

"不是你想象的那么简单。"

"我知道你不是真心。早晚回到你的京城，那里漂亮的大姑娘多得是，没开过苞的任你挑，谁也无法发现你是不是童男子。我只是个穷山沟的土包子，还大你这么多岁……"

女人呜呜地哭起来。趁着她的哭声很响，奕华在地上以手当足慢慢从巴茅草林出来。她没去找那些女伴，而是向小城的县革委会所在地跑去。

小城的民兵指挥部就设在那里。奕华找到巡逻民兵办公室。下午，没人，只有一个戴着民兵红袖笼的老头在那里拿着一叠牌，无聊地玩耍。

奕华很失望，准备走。老头两眼放光地叫住她，像干部似的问：啥事？说。

奕华犹豫了一下，说：有人搞流氓，你们管不管？说到流氓二字，奕华的脸突然通红，身体间竟有一种奔涌。她奇怪自己什么也没看到，怎么就知道那是在搞流氓行为呢？并且，什么是流氓行为，她也懵懵懂懂。因为，她对男女之事也是懵懵懂懂的啊。

老头一听有人搞流氓更是两眼放光。他叫奕华带路，突然又想起什么似的，该拿点武器吧，却什么也找不到。于是拎着扫街的大扫帚急急忙忙跟随奕华来到河边。在巴茅林外，他一脸暧昧地对奕华说：小妹妹，进去啊。奕华多了个心眼：你自己进去嘛。两人正僵持，奕华无意中向左看，只见姚俐俐竟坐在了桥上。

姚俐俐仍穿着那件鹅黄的开司米毛衣。失去了舞台和灯光，那衣服也是没精打采的。见着奕华与老头走近，没与他们搭话，仍表情漠然地坐在那里，远远地、呆呆地看着河滩上无边无际的巴茅草林。从桥上看下去，也不会看到森林般的里面有何动静。只有当人走过的时候，惊了巴茅草的花絮，飞起来，像一群群蚊虫，或者雾，铺天盖地。

　　不久，勘探队里再见不到"严排长"的身影。姚俐俐趁着课间或放学，会去风雨操场的公用水龙头处，洗件汗衣什么的，顺便问问勘探队的人：小白到哪去了呢（只有她一直坚持叫他小白）？同事开始时说：小白回北京出差了。后又说，他调回总部了，结婚了。

　　再过上半年，勘探队也离开了南亘山。他们撤房子的那几天，奕华也去了，并深深地感受到小城女人们的忧伤。房子撤后，风雨操场干干净净，一片空旷，像什么也没发生过。奕华他们下雨时会在里面上体育课，渴了，就用嘴接公用水龙头喝水。有只水龙头的开关已关不紧了，滴滴答答日夜滴水，下面形成了一个小水凼，还四处布满青苔。姚俐俐仍来这里洗件衣服什么的，边洗边唱样板戏，老是哼哼："人一走，茶就凉。"

月圆之夜

1.

奕华母亲的走路,在小城是出了名的。她总是慢吞吞、低着头、若有所思地走着。奕华听到过小城人有关她母亲走路的议论。她观察,母亲的确不像其他女人,下了班,或奔菜市场,或奔家,目标明确,来去匆匆。如果在街上逗留,人家也是有理由的,人家会看风景,找人聊天。

而奕华的母亲只是低着头、若有所思地走。

奕华不知道母亲低着头、在路上梦游似的走路时到底想着什么。小城人说曾看到她独自笑过,咯咯地发出了声。奕华不相信。这样就等于说母亲精神不正常。但私下里,奕华也怕在大街上猛然碰见母亲。那时,她叫母亲,母亲会像见到陌生人一样,打量她半天。那样警觉和冷漠的目光,让奕华从心里发怵。"原来是你。"母亲这样回答着奕华的呼叫,却更让奕华害怕。她不知道母亲以为见到的是谁?母亲想见到的又是谁?

于是,奕华放学会绕许多小街小巷回家——只是为了不路遇母亲。

一次,她与几个女同学穿着新疆舞服装,化了演出妆,在校门口等车,要去部队慰问演出。一同学指着过来的女人叫起来:奕华,你妈来了。奕华看见穿一身灰色的母亲,低着头,往这边走,仍是梦游的模样,女同学那么大的声音都没让她抬头。奕华却选择了逃逸,穿着金灿灿的舞蹈服装向学校里面跑去。可能是裙子太多的艳黄惊动了母亲,她霍然抬头,看到不可言状的黄色正在退缩,像春天的菜花地被风刮到了天上去。母亲神色疑惑而凄迷,望着逃走的女儿不知所措。

但回到家,母亲从未对奕华提起过这件事。

奕华发现,回到家的母亲,像一觉醒来或从远方回来,一切都恢复了常态。

小城的人是很羡慕他们这个家庭的。首先,奕华母亲也算得上小城的美人之一。她的美，南亘山少见。这里的女人太浓烈，犹如南方那些色彩浓烈的植物——山里的刺桐龙牙红花和路边的鸡冠花。大红大绿的自然，让南亘山的女人大爱大恨，如烈火烹油。而母亲的一切有着江南的清雅，白描几笔勾勒出的精致五官与白皙的肤色彼此呼应。她总是把浓密的长发盘髻，耸立头上，这让她脸的轮廓更完美无缺。母亲一直都梳着这样的发型，从不剪短发，她把短发称为男不男，女不女的。也对奕华说，一生不许剪短发，如宋美龄的母亲对宋氏三姐妹的规定。母亲在做人方面的坚持，几近固执。比如，她一年四季都穿灰色系的衣裤；她低头走路，不爱说话，表情总有些漠然。因此，小城人叫她冷美人。

的确，母亲是美的，美得神奇：灰套装穿在别的女人身上会显出老成与平庸，却把她衬托得优雅和不可言传的单纯。

已36岁的母亲总让人想起与少女有关的一切：苗条的身段，姿态也是少女的；笑，很柔弱无辜的样子。这种少女型女人不会招致其他女人的讨厌，又会让男人心痛。奕华长大后才知道，小城的许多男人都做过娶母亲为妻的春梦——不是图床笫之欢，只是想更近距离地保护她。母亲的性感在于温婉，这似乎更能激发男人的性幻想。

当然这只是外人的看法。

在奕华看来，母亲是强悍的。她的强悍具有进攻性，表现为过于聪明加精明，料事如神又决绝果敢。相比之下，父亲才可怜，需要人的保护。他经常不知道该拿一个聪明绝顶的妻子怎么办好，唯有沉默。在家里，他像一口水缸，置于一角，毫无声息，但奕华多次见识过他在学校操场上演讲的风采。那是个口才极好，富有激情的男人。听他朗诵毛泽东的《沁园春·雪》，"一代天骄，成吉思汗，只识弯弓射大雕。俱往矣，数风流人物，还看今朝"，奕华就热血沸腾。父亲穿着藏青色的中山装，围着烟灰色的羊毛围巾，站在操场的土台子上，很像一个革命志士，让奕华骄傲又自豪。

回到家，父亲就像抛了锚的汽车，身子陷落于沙发中，低着头，看报，看完了就看书，可有可无地在这个冷清的家中存在着。

奕华的父母都是上海人，都是复旦大学中文系的高材生。不同的是，父亲的父亲是大资本家，虽然公私合营，已把财产交给了国家，但历史上是有污点的，据说与蒋经国的私交就很好。而母亲出身于苦大仇深的工人家庭，现在仍住在上海下只角的棚屋地带。父亲比母亲先一年毕业，被分配到大西南崇山峻岭之中的南亘山小城。当初在大学，父母的关系仅仅是比较好。父亲不谈恋爱，嘴上说是不想拖累谁，骨子里却是父亲的骄傲，他还没爱上任何一个女人呢，不愿稀里糊涂便接受什么女人的可怜。可母亲偏偏就要可怜父亲。她以放弃留上海追随父亲来到小山沟的行动，感动了所有的人，包括父亲，虽然这种感动是强加的。于是，父亲便欠了母亲一个永世还不清的债。

他们像一对没有来途和归处的人，在这个无亲无故的小地方小心翼翼地活着，与世无争。他们从不会给奕华讲老家的人与事，当成与那里毫无关系似的。父亲不讲还可以理解，母亲好像也并不以她住棚屋的工人父母为荣。倒是有一次对奕华说：你出生晚了，没享上福。要不就是蓝家的大小姐，梳头丫头都会有的。奕华打断了妈妈的陶醉，说：那是剥削，有什么好？妈妈再不吭声了，她把从郊外乡下采来的腊梅，用绘有富春江烟云图的花瓶养起，又用白棉线勾成的太阳花图案的编织布把被子、枕头一一装点妥帖。

2.

奕华不得不承认，妈妈是经营家庭的高手。她家只有一间屋，不到二十平方米，很窄。但母亲却把房间布置得非常漂亮。虽住一楼，但老房子铺了红漆地板。母亲保持着上海人的习惯，天天把地板擦得亮可鉴人，全家人脱鞋进屋。屋内，家具是深咖啡色，而桌、床、沙发都铺上了白色的勾花装饰布，连灯罩也用此点缀。白与深咖啡色的对峙与融合，典雅之极，流逸着一种布尔乔亚的小资情调。母亲又把她年轻姑娘时的几张照片放大，挂满一堵墙。照片上母亲扎着两条大辫，辫梢绽放着两朵大蝴蝶结，侧面，抿嘴笑着，从高处望着他们的家，家便有了一个女人的深情和憧憬。

然而，奕华却从来不配合母亲对家庭的梦想。

母亲一直要求奕华叠被子的时候，把花被面叠在里面，白包单在外面，说是既透气，又利于铺上编织布时整洁好看。但奕华总忘。奕华的床很乱，臭袜子和有经血的内裤随意塞在枕头下，发出臭味。她还打烂了母亲从婆家带来的好几个花瓶,母亲喜欢它们的程度远胜于对女儿的喜欢。这些都是你奶奶的陪嫁哟,有次母亲突然说。奕华却打烂了好几个。妈妈竟哭了,像小姑娘一样翻江倒海地哭。奕华很害怕这样的哭,它好像无边无际。奕华甚至希望母亲骂她,骂个狗血淋头,或者痛打一顿。只要母亲不这样拼命地哭,坐在一片花瓶的残瓷碎片之中,哭得天昏地暗。

奕华只好选择逃逸,有时跑到河边的洗衣场,有时甚至跑到河对岸的男根山,爬上顶,坐在"出阳石"上,听二姑用锄头"空——空——空"地刨着地。三姑已过世,那个说笑的人走了,那山似乎一下子凄清了许多。奕华已不那么讨厌二姑了,正是她在这里弄出一点儿声响,仿若让这个悄然世界与孤独的人有了彼此的关照。有声响,那山就会吸引奕华。甚至,奕华觉得,二姑与有家难回的自己一样可怜。

父亲总会找到她。父亲一句责备的话都不会说,只是带她回家。

奕华喜欢父亲,并不是因为父亲宠她。父亲很忙碌,没多少时间与她在一起。父亲对于奕华一直是一个等待中的人。然而,父亲能了解奕华的一切:奕华对北方甜酱不可思议的喜欢;吃面条,永远是越宽的越好,有嚼头,最烦细面;奕华喜欢玫瑰红,色泽沉下去偏紫的那种,尤其是天鹅绒的玫瑰红幕帘,那是奕华在做梦时梦见的地方;喜欢雏菊之类乱哄哄的小花小朵,一大片一大片地开着,而不是三角脸的鸡冠花,有棱有角的东西,这会让奕华反胃。

父亲心细若发。他的懂得在于他的关注——一个把另一个生命当着了自己来关注与珍视的男人,他的眼睛和心,时刻都在注视奕华的一切。这种懂得成了只有父女俩拥有的秘密与承诺。奕华享受着父亲的注视与承诺,她想,人生是多么需要有人用眼睛和心来关注你的一切啊,否则,就失去了活着的证明,你的生死、荣辱和悲欢于这个世界又有什么关联呢?你不就成了真正意义上的孤儿了么?

奕华测试过多次,只要是她非常需要父亲的时候,在心里念上若干遍,父亲便会出现。暑假,她和邻居的小姐姐星期天下午排队买电影票,遇到了城南中学几名流里流气的男生。有一个瓜子脸的男生,笑得很阴,让她想到了三角脸的鸡冠花。他在几个男生的掩护下,挤过来,捏她的胸部,低声威胁:喊就打死你……

奕华心里急呼父亲。一回头，看见父亲挥动两只手臂从街对面跑过来，从天而降似的迅猛，连脚上的新皮凉鞋也没阻挡父亲的冲刺。在以后的岁月，奕华一闭上眼，还能听到父亲冲刺的呼呼风声。父亲用响亮的耳光吓退了侵犯他女儿的人。父亲站在那里，怒发冲冠，犹如一个暴力天使……

　　这是奕华第一次见着父亲动用暴力，只是因为她。平时，父亲善良，甚至善良得过于小心翼翼。奕华在他身上见到一种君子之风，哀而不怨，怒而不争，从不与人争辩，包括母亲。一遇到争端，他先低下头，退缩，默默无语。

　　父亲又是一个凡事追求完美的人。他身材保持得非常好，不沾烟酒，牙齿洁白，指甲修理得干干净净。藏蓝色的中山装每天都挺括地穿在身上，再配以合适的围巾与鞋子，父亲在小城很是鹤立鸡群。为此，曾招致某些人的攻击，说他改不了公子哥儿的派头，仍企图找回资产阶级失去的天堂。父亲不吭声、不回击，淡淡地笑着，笑得很凄迷的那种。

　　奕华能感受到父亲的压抑、不得志。所以，当有了机会能让他昂扬时，他会爆发出那么大的能量。奕华一次次回味着父亲挥舞着右手在风中招展的激情：数风流人物，还看今朝。父亲的朗诵字正腔圆，慷慨激昂，大树般地站在学校操场的土台子上，像一道彩虹凌驾于众人之上。那时的父亲恍若天人。

　　而父亲给奕华的更多感觉，是低到尘埃的姿势。到家，陷落于沙发中，看书看报，沉默。也做家务，洗果盘、茶杯，干丝瓜瓢子沾牙膏洗。洗干净后，用白色的小方巾一个一个擦干，分门别类地放进低矮的玻璃柜，再拿新鲜的橘子皮换掉蔫了的，柜里立马充满了橘子的香气。还有，每晚，奕华看见父亲收拾干净书桌，把妈妈、她以及自己第二天要穿的衣服，摊平，喷一口水，用装满滚水的大瓷杯，熨来熨去，再用衣架挨个挂好。他们家夜里的空中，挂着一排父亲熨好的衣服，那象征着一种生活态度与品质。父亲不像母亲那样：把对生活的憧憬用那么多的编织物夸张地铺满房间，而只是用了一个单调的熨衣动作。

3.

　　又是一个月圆之夜。月亮的力量把男根山的影子投进了江口。静心听，能听到影子走路的声音。更深的黑在一寸寸移动。"阴阳欢"的响,由着风刮过来,在说很奇怪的语言。

奕华躲在被子里打着手电筒看浩然的小说《艳阳天》。正看到男主角萧长春开会回来,在一片麦田里遇到焦淑红。

那是一个令少女心旌摇曳的美好场景:远处的燕山在傍晚的天光中已隐隐约约,擦着麦穗飞过的鸟儿互相呼唤着,准备归巢了。穿着红背心、绿军裤的男主角好像从山那边的天空上走下来的,大步流星。他健壮英俊,浓眉大眼,让奕华觉得他长得应该很像乒乓英雄庄则栋。迎接他的是无际的麦田和站在麦田中的姑娘。麦田在晚风中散发出芬芳,那是直抵人内心的东西。姑娘从麦穗间抬起头来,齐耳短发,英姿飒爽。四目在骤然间相遇,有些慌张,更有惊喜。

他们都爱着对方,用躲躲闪闪的眼睛。一切都隐而不发,没有任何肢体的表达,只有心灵默默的对话,在散发着土地最迷人气息的麦田之中,在沉甸甸的果实与另一个果实的亲昵接触与言语呢喃间。男人和女人甚至含笑而视,倒无言语,只是共看燕山那边云卷云舒……

这是奕华第一次读到的爱情,第一次知道的爱情,犹如知道了一朵可望而不可即的玫瑰,甚至嗅到了沁心的浓香。但手伸过去,玫瑰只是水中的一抹艳红。然而,奕华却对这样的爱如痴如醉。可以说萧长春与焦淑红柏拉图式的爱情,一直被奕华视为某种神圣,尘封于心底的最深处,影响着她的人生……

就在这个时候,来自隔壁的声音却打断了奕华的沉醉。准确地说,那声音并不是来自一墙之隔,而是一个大衣柜之隔的父母那边。

夜很深了,那声音特别清楚。她听见母亲压得很低却十分坚决而激烈地抱怨——

"你看,你看,你又把毯子打湿了,怎么这么不小心。你看,你看……"

"对不起,对不起。"父亲的声音犹如呻吟。

"你看,你看……"

母亲继续着抱怨,有什么东西被母亲"哗啦"扔到了地上。奕华想,会不会是父亲的手表?那可是父亲很在乎的东西,听说是父亲大学毕业离开上海时爷爷送的。

父亲轻轻地叹了口气,窸窸窣窣地穿了衣服下了床。他摸着黑蹑手蹑脚走过奕华的床，像个影子似的。他打开后门，一闪，出去了。

黑暗中，奕华感受着一切。她用被子死死捂住头，屏住呼吸，想用更深的黑暗将自己掩藏。

母亲拽着拖鞋"垮垮"走到她床前。隔着被，母亲说：知道你没睡。起来，拿着手电筒去找你爸。

……

高空的圆月已经在做落下去的准备。父亲站在离后门口不远的一棵洋槐树下，前面便是妮儿河，以及男根山高高耸立的剪影。奕华觉得那剪影竟是晃动着的，奕华靠近父亲一步，剪影就猛烈地晃动一下。

奕华不敢再往前走，怕剪影陡然间倾过来，砸到她的父亲。她本想用一己之力把男根山推得远远的。举起两只手，却做了一个取景的姿势，男根山被她框进了指间。没想到，男根山真正是在离她十万八千里之外的地方，永远也无法触及。她全身被定住了，无法动弹。只有嘴是自由的，冲着黑暗，叫了声：爸啊……

垭口

1.

奕华的母亲用早晨亲自做的豆沙小包子,作为与父亲和解的白旗。父亲似乎欣然接受。

做早餐的行为,对于母亲算是石破天惊。她厌恶厨房,拒绝烟熏火燎。她觉得锅碗瓢盏的琐碎是对生命最大的浪费,是自甘平庸的象征。这与她喜欢布置房间形成鲜明对比,她认为后者是创造和艺术,前者只是讨生存。母亲对因生存不得不做的事都视为平庸,加以抵制,包括生孩子。母亲在生下奕华后,更对生孩子的事深恶痛绝。

有时,奕华觉得母亲有强烈的仙女情结。

而这个仙女,在某个早晨为了缓和与丈夫的关系,亲自做了豆沙包,熬了放有小苏打的粥。家里形同虚设的冷锅冷灶终于有了热气。热腾腾的一切,在家中盘桓,饭桌也有了用武之地,父亲坐在桌边,就着咸菜,喝了三碗粥,吃掉三个包子,心满意足地打了一个饱嗝。打嗝时,他甚至是放肆的,并没注意到母亲悄然皱了一下眉头。

这个星期天的早餐,对于奕华家,似乎有着特殊的意义——它打破了惯例:她们家的吃饭问题永远是在父亲学校的食堂解决,一年365天,从早到晚,三口人,会在吃饭时间,各自捧着碗,聚集食堂,打发一顿顿生存的必需。而母亲的豆沙包早餐,让奕华领略到家的真正魅力——不过就是吃着热气腾腾的东西,有人添饭递箸,有人很响地打着饱嗝。家庭就得需要这种乱糟糟的声响,这样的肆无忌惮。

可惜,母亲的豆沙包早餐,只是昙花一现。奕华家吃饭时,仍是聚集食堂,各自捧着碗,匆匆一吃,然后在水龙头下把碗筷冲刷干净,扣放在食堂的碗柜里。家里的冷锅冷灶,继续虚设,连开水都不烧,他们会去小城的老虎灶买开水。奕华的家干干净净，纤尘不染。

2.

作为中心中学初中生的奕华，对舞蹈有了疯狂的热爱。这缘于她突然增高的个头。才13岁，个头儿却快到一米六五。迅速的发育，让奕华对自己难以辨别，不知该以女孩或女人的身份来为人处事了。

只是，她感到了青春波涛汹涌地到来，渐渐凸起的胸部，像地震之后陡然形成的山峰，恬不知耻地出现在世人面前。母亲看着她，脸上有了比惊讶更复杂的表情，也包含着厌恶，同类之间的对手意识，在母亲那里充分显现。奕华的身材几乎是母亲的翻版，但她却有一对母亲没有的、姚俐俐式的漂亮乳房。这样奇怪的遗传基因从何而来？令人费解。

也就是说，奕华身上嫁接了两个女人的基因。这样的嫁接让母亲暗自愤懑又忧伤——无可奈何。

奕华跳起了芭蕾。在学校宣传队，她与高中的同学一起跳，跳"白毛女"和"吴清华"的B角，基本是在台下坐冷板凳的，如同球场上的候补队员。而A角的"大春"或"洪常青"其实都更想与她跳对手戏，暗暗盼着A角的"白毛女"或"吴清华"不幸崴脚受伤之类的。那时的奕华便意识到，自己是那种容易引发战争的女人。这种女人来到世界上一颦一笑，总是带着邪气和不安定，由此影响周围的动荡。人们称她们为蝴蝶女人：她们不过是振动了一下自己的翅膀，却给远方带来灾难。

学校创作了小舞剧《乳汁》来参加全县的汇演。写的是抗战时期，太行山一个叫青嫂的女子用自己的乳汁救八路军伤员的故事，与后来全国著名的舞剧《沂蒙颂》很相似。

而那些骄傲的"白毛女"和"吴清华"都不愿跳青嫂，因为有一段青嫂挤出自己的乳汁来救八路军伤员的情节。虽然舞蹈中根本没有任何表现，女演员只是闪到岩石的布景后，便算表达这个意思了。但宣传队的女孩子都不愿意，哭着说，父母不同意。

奕华愿意，因为是主角。在县革委会礼堂公演那天，她穿着青嫂的偏襟斜扣的蓝布衣，站在舞台上，完全像个熟透了的女人：收腰的短上衣更挤出她乳房庞大的轮廓。她蹦一下，乳房也蹦一下，鲜活的性感提前降临到这个女孩身上，她的乳房在台上蹦跶得犹如千军万马似的，不可阻挡，连她自己也不能。她控制不了乳房，用害羞、廉耻、理性的力量都不行、都无用。眼睁睁看着乳房出尽了风头，一个个"迎风展翅"、"倒踢紫金冠"的动作，都把乳房的表达推向极致。她甚至怀疑自己的整个人已消遁，舞台上只剩下乳房在蹦跶，在千军万马中，一切的一切都以排山倒海之势向前，谁也挡不了它的路——它的世俗之美淋漓尽致。

演到那个敏感的情节，她看到台下前几排有个男人在笑，指着她对另一个男人说着什么，表情很猥亵。因为场内的男人屈指可数，男人的举止很快就引起其他女性的注意。奕华意识到他们可能在说自己的胸部，便力求想管好那不争气的东西，不让它们横冲直闯过于活跃。这一分散精力，差点让她摔下台，好在十二三岁的她有着极好的平衡力，一个侧身翻让一切化险为夷。台下响起了掌声。随着掌声，响起了"叭"地扇耳光的声音。她做了个探身的动作循声望去，是从她擅长扇耳光的母亲那里发出来的。原来，母亲一直坐在那里，亦喜亦悲地看着台上的女儿。

被扇耳光的男人正和母亲抓扯，马上被执勤的民兵带走。这些民兵都是父亲的学生，怎么能让师母吃亏？母亲昂首挺胸地站在那里，一副英勇的形象。据现场的人后来说，从未见过整日低着头走路的母亲会英勇成那样。看来母性的护犊本能，会创造出人间奇迹。

奕华回到家，正碰上母亲绘声绘色给父亲讲诉发生的一切。她犹如完成了一件壮举的英雄，激动而兴奋，显得神采奕奕。

奕华不知母亲为何会这样兴奋？母亲的兴奋让她很不舒服。她沮丧地走过父母的视线，看见了父亲忧心忡忡的目光。

父亲声音很低地问：还好吧？

还好。她差点哭出来了。

父亲说：不是你的错。你做了件很喜欢做的事件，就算成功了。那些伤害你的人，你敌不过他们，别灰心，就在心里诅咒吧。不信，你试一试，你在心里诅咒，他们便会倒霉的。他们做了坏事，老天爷看得见。老天爷会帮你惩罚的。

善解人意的父亲，既没看她的脸，更没看她的胸部——那些象征着女儿成熟的标志。父亲在刻意回避着。这是每一个热爱女儿的父亲万箭钻心的痛苦：乖乖女有一天就长大了，再不可能属于他们了，他们只能远远望着，女儿将会是他们可望而不可即的前世情人。所以，父亲在此刻把目光放得很低，有些缥缈地望着奕华。父亲想作的表达，奕华已懂得。在母亲的眼皮子下，父女俩心心相印。

母亲对奕华的舞蹈爱好非常支持。她对父亲说：我们的女儿在舞台上像变了个人儿似的，非常漂亮，她是天生的演员啊。父亲笑：你不也这样，过去在学校……

母亲听到这话，却是若有所思地低下头。

在家里，母亲有时帮奕华排练舞蹈，一个动作一个动作地琢磨与纠正。母亲是个做事很认真的人。只是，奕华总觉得母亲是借别人的酒浇自己心中的块垒。36岁的母亲做"迎风展翅"，脚踮起来，另一只脚向后抬起，成90度直角，两只手臂打开，鸟或蝴蝶翩翩飞动的姿势。而奕华却感到母亲做这个姿势时有来自内心的绝望：脚，如履薄冰；身子，战战兢兢。好像在害怕一件事情的发生，又像在聚集力量作抵御。

母亲这个战战兢兢的"迎风展翅"让奕华想起了男根山垭口的那棵巨大的老黄葛树。它真是巨大得吓人：四处蔓延的根须到达十米之外。但站在悬崖边的它，仍是恐惧的。一有风吹草动，黄葛树就怕自己被连根拔起，掉落深渊。

奕华长大以后，才渐渐明白了母亲——一个不能离开舞台的女人。她的生活需要奇迹、目光、牺牲、突发事件的刺激，唯独不能允许平庸。是的，母亲渴望着轰轰烈烈的牺牲。当初，她牺牲了上海，追逐一个男人来到蜀道之难、难于上青天的大西南，成为许多贪恋虚荣的上海女人中的另类，更是敢爱敢恨的传奇人物。她曾为自己的牺牲热血沸腾、唏嘘不已。但，小城的十几年时光，婚后琐碎的日子，一个平庸无能、常长吁短叹的丈夫，一个行为乖张、不讨她喜欢的女儿，一个小城偏远中学莫名其妙的行政工作，都让她痛苦，为自己揪心：

因为所有的牺牲竟变得如此地无意义……这个曾经的复旦校花，常常揽镜自怜，觉得自己的模样渐渐沾染上小城女人的痕迹，眼眉间有着平庸的危机。上海愈来愈遥远，远得她几乎忘了阿拉是上海人。于是，她低着头在小城走动，如同鸵鸟的行为，把自己的头埋进沙砾里，视而不见，拒绝小城的一切。让每个小城人都知道，她在这里活得是多么委屈、多么不快乐。小城也欠了她的。

所以，她会对舞台上的奕华表现出极大的热情。奕华让她重新成为小城人目光的聚焦点，在她常态的生活中扔下一粒能掀动波光的石子。36岁，对女人是岌岌可危的数字了，一切都稍纵即逝。不小心地一蹉跎，便是人到中年，便被命运的铁钉钉死，无法动弹。

父亲的父亲，也就是该被奕华称为爷爷的那个人要来小城居住。

本来，爷爷有着上海滩最漂亮的洋房和别墅，现在均由他过去的工人、现在当家做主人的人们居住着，他们连一间杂物间也不会留给这个剥削阶级的。好在姑姑漂亮，又是女大学生，嫁了一个老军人。他年龄是大了点，倒蛮疼姑姑，也很照顾老丈人一家。爷爷只好带着小奶奶去投靠姑姑。

但军区大院的有关负责人多次找上门来，要求爷爷离开——军队这样重要的单位，是不允许历史上有污点的资本家藏身的。姑姑打长途电话给父亲，父亲很为难，奕华家只有不到二十平方米的一间房，再也放不下一张床供两位老人住。

奕华在深夜隔着大衣柜，听到父母在那边嘀嘀咕咕。父亲是没用的，只知长吁短叹。母亲却来了精神，说有把握找到一间房子。奕华发现，母亲对有关婆家的事，非常积极。她很在乎自己是蓝家儿媳的身份，从不因嫁入一个被打倒的阶级而丧气或难受。

没过两天，母亲就带来好消息，找到一间房子了。她所在的城南中学有间蚕房空着，在男根山脚下。虽有些潮湿，但光线和通风都还行。她马上带着学生去收拾，让父亲不用操心。

一遇到具体困难时，母亲的聪明和工人女儿吃苦耐劳的精神总能让问题迎刃而解，把父亲的无能和懦弱暴露无余。

两周以后，父母带着奕华过河去看爷爷。

十一月是小城下雾的季节，雾把一切包裹了起来，山在十几米外就不真切了，只有山的气息隐约可嗅。河也不真切，袅袅升起的云烟把水隔离，恍惚在没完没了的梦中，只有桨的拨动，才把水叫魂似的哗啦叫回来。

河中也耸立着不少的石"桄子"，粗细不一，像一串串牵手渡河的人。春夏涨水时，它们藏于浩荡的水国；而枯水期，便密密麻麻现身河中，船要曲曲折折绕着它们走，如同扭秧歌。奕华坐在船头，看到船刚避开一根石"桄子"，又快要撞上另一根，手心都捏出了汗。她想起三姑曾说的，"桄子"都是女人立的，是想留住男人的心，男人的魂。记得她问三姑：怎么叫留住男人的魂。三姑被她问住了，半天都回不过神来，双眼潮润。很久才幽幽地说：人都死了，还能有什么指望？立一个"桄子"，让男人的魂走得再远，也知道你在望他，回来看一眼，托个梦，或许来生记得再寻你做夫妻……

奕华坐在船头上，想起三姑，她曾经的民间精神母亲，鼻子发酸。她望着雾蒙蒙的一片，很想透过雾看到垭口上的那棵老黄葛树。当然望而不得。她想起母亲的"迎风展翅"——那是另一棵老黄葛树，站在垭口，岌岌可危的样子，面临着无数的难以预测。

……

奕华长到13岁还是第一次见到爷爷，见到自己血脉的源头。但这次蓝姓家族的聚会，寡淡得令她吃惊。

爷爷见到他们一家人，只是轻轻地招呼：来了。见到她，爷爷说：是小华吧，这么高了，比小妹的儿子小健还高一头呢。

小健是姑姑的二儿子，比奕华还长一岁。

奕华尤其惊讶的是，父亲与爷爷彼此的称呼——父亲叫爷爷不叫爸，叫蓝委员。那是因为爷爷在抗美援朝时，捐了不少金条给国家，国家就给了他一个上海徐汇区的政协委员当。这是父亲曾引以为骄傲的事。再加上他不知道该怎么称呼已划清了界限的父亲，干脆叫他蓝委员。而知子莫如父，爷爷就称儿子为蓝校长。

家庭聚会变成了小心翼翼的外交活动，有理有节，就是没有情。几句开场白后，爷爷便沉默了，父亲也随手操起一张报纸看起来，剩下奕华与母亲面面相觑。

爷爷比父亲还要高大一些，也穿着藏蓝色的中山装，翻着裤边的藏蓝哗叽呢裤（据说这样的裤子款式是周恩来很喜欢的），头发剪得很短，打理整齐，还基本没有白发，皮鞋擦得亮锃锃，让六七十岁的他，看上去也就四五十岁。看得出他很重视这次见面，下足了工夫。

小奶奶站在这个家庭聚会的几米开外，眼睛活泛地瞄着这边，瞧着谁的茶没了、水果没了，便动作敏捷地续上。

小奶奶本来是蓝家的下人，是奶奶从老家扬州带来的。来时还是个孩子，瘦得像只猫。她那时的活儿就是侍候奕华的姑姑，替小姐梳头、拎书包上学，算是贴身丫头。解放那年，奶奶死了，爷爷就收她做了正房，这也是奶奶的意思。奕华没听过父亲和母亲怎么称呼她，不得不打招呼时，他们就叫她：嗨。但父亲私下叮嘱奕华，不得没礼貌，要叫奶奶。而奕华想着这个女人时，总叫她小奶奶。

与爷爷结婚后，小奶奶也一直保持着下人的规矩。主人家谈事，她远远呆着，从不插言。她习惯了侍候人，心无旁骛。她与爷爷没有一男半女。据说，当初也怀过，奕华的父亲正读大学。这个爷爷的大儿子说：都什么时候了，还有心情生孩子？生一些成分不好的，害人呢。小奶奶眼眶一红，就去做掉了。那时她也还年轻，却从不想东想西，一门心思跟着老爷，侍候老爷。之后，又侍候着姑姑一家人。

现在，她站在蚕房的门口，搓着手。她因还不适应西南地区的水土，手背上长满奇怪的疹子，红肿，又痒又痛。

奕华转过头去看她时，她便停止挠痒的动作，不好意思地一笑。奕华心有一动，觉得她身上有一种可怜巴巴的气息——垭口上的那棵老黄葛树似的，好生凄惶；又觉得她很像上官老师，开在天上的菊花，安静而凄清。

快到中午时间了，妈妈让奕华去帮忙弄饭。小奶奶说：哪用得着。小奶奶像找到用武之地，满心欢喜地干起活来。

她用肥皂和酒精给双手消毒，为主人一家做她最拿手的玲珑馄饨。干活的状态，是小奶奶最美的状态，她再不窘困或局促甚至傻乎乎的了。她眼明手快，每个环节都胸有成竹——

她的玲珑馄饨，买的是夹子肉，最讲究的环节是剁肉馅，肉的纹理、手的轻重都至关重要。馅里的老姜沫儿是去了皮的，葱花取小火葱的葱白，另要加荸荠泥、鸭梨沫、小虾米、蛋清。还有一个重要环节是掺入米汤水，然后顺时针搅拌，哗哗的声响，犹如打击乐，缓急有致，久久绕梁。音落，诱人的香气扑鼻，馅已弹性十足。

皮是自己和面擀出来的，薄如灯影，小如邮品，包出的馄饨不过手拇指般大小，是谓玲珑。

煮的工序也很重要。排骨熬好了高汤，捞起骨头，汤雪白，不油不腻，放适量紫菜和绿葱花。另用清水煮馄饨，一碗一碗地煮，每碗也就十多个，汤多。

奕华品尝到一生中最美味的馄饨，也品尝到厨艺是一种妙不可言的大美和创造。它不只是满足与愉悦胃口那么简单的事，甚至能改变人对生活的态度，人的性情，人与人的关系。

总之，一顿馄饨竟让爷爷和父亲都变得话多了起来。爷爷问奕华在学校当没当干部？

"当了班上的文娱委员。"父亲替她答。

"要积极求进步。我们蓝家的人什么时候都不能认输。"爷爷说得很铿锵。

父亲却说，不认输又能怎么样？

"成分又不是决定的因素。中央早就说了，有成分论，不唯成分论，重在政治表现。你不该这么消极。你是复旦高材生，应该争取升为正校长。"爷爷的声音愈发高亢。

父亲还没接话，母亲便插了进来："你儿子能保住副校长已不错了，别指望其他。你是历史问题，直接通蒋的人，严重哩。"

爷爷再不吭声了，刚才眼里热腾腾的东西转瞬即逝。

这次蓝家人的聚会在母亲的抢白中宣告结束。回去的船上，父亲幽幽地对母亲说：不该说那些话，爸爸听了多难受。奕华听到父亲在背地里叫爷爷为爸爸了，而不是奇怪地叫着蓝委员。

隔一两周，父母便会带奕华过河，去蚕房。蚕房孤零零地伫立在那里。向上望去，正好是男根山的垭口。老黄葛树的树根爬满山崖，垂下来，像一只只苍老的手臂，七八十岁老人摸索着的手似的。奕华不知道爷爷的手像不像这样——绝望？她与爷爷从没有过肢体接触，那仍是个陌生人，她每一两周例行公事要去看望的老男人。

私下里，她不得不承认，是小奶奶的饭菜对她的吸引。小奶奶好像有无穷无尽的拿手好菜展示出来——"红烧狮子头"、"西湖醋鱼"、"梅菜扣肉"、"米花鸡"……这对吃食堂饭长大的奕华，是眼花缭乱的诱惑。

她尤其惊叹小奶奶的一道菜，那是一幅色彩涌动的油画，比梵·高的《向日葵》还要大胆地挥霍着色彩。用菠菜羹制出了碧绿的底汤，加了几朵从男根山采摘来的野菊，艳黄或紫蓝的，大红的肉椒切成梅花状点缀其中。主角登场了，是白白胖胖的鱼丸。奕华问，这叫什么菜？小奶奶秘而不宣，只是幸福地微笑。长大后，奕华曾去了梵·高待过的法国南部的阿尔地区。阿尔的太阳让奕华神思恍惚，趴进她的记忆，里面竟是男根山下这钵流光溢彩的菜。便为小奶奶遗恨：她该是一个天生的艺术家啊。

有一天放学早，几个同学约她去男根山玩。肚子饿了，她去了蚕房。想着，小奶奶又会变出什么稀罕的食物让她一饱口福呢？

天很冷，过了二九，需要怀里揣手了。门关得紧紧的，敲了半天，小奶奶开门，伸出头来，头发乱糟糟，乡下老太婆的模样。而他们一家每次来时，小奶奶都打扮得体，女干部式的齐耳短发梳得利利索索。

爷爷坐在床上，用厚棉被捂着腿脚。潮湿的房子很是阴冷，棉被再厚也因为潮，挡不住逼人的寒气。爷爷不断地咳嗽、喘气，身子像随时都可能土崩瓦解……

这里除了两个没啃完的面饼，并没什么吃的。面饼还是小奶奶前天做的，已硬邦邦的了。原来，两个老人平时节衣缩食，只为每一两周能为奕华一家提供奇妙的大餐。

奕华回家，告诉了父亲。父亲长吁短叹，末了，对母亲说：我们得多去爸爸那里看看啊。母亲答：不巧，正遇上学校最近特别忙。父亲眼眶红着，再不说什么。

爷爷咳嗽愈来愈厉害了，"空"、"空"的声音总搅乱奕华的心绪。有时半夜里，她也会被这日益响亮的声音惊醒。它似乎是从蚕房那边渡了水抵达到她枕边的。

父亲大清晨去排队,给爷爷在县医院挂了号,就诊。临了,却让奕华陪着老人们进去,自己远远地在医院后门徘徊。医生说,爷爷问题不大,只是还不适应山里的气候而已。

父亲跑蚕房更勤了,三天两头便会过河。奕华看出了父亲的无所适从。奕华想分担父亲的无所适从。她也去。在蚕房与父亲会合,像小溪赶往海洋的身边,庆祝他们汇合的节日。

但,一次,她却在蚕房碰到了一个意外之人。

她还在门外就听到蚕房里热烈的笑声,很夸张的,像一种膨胀起来要把冬天撑得满满的东西。奕华很吃惊:蓝家人是不会这样不管不顾笑着的。进门,更吃惊,竟是姚俐俐。她身穿军大衣,系红围巾,端着一盘剥好的橘子像女主人一样,正用牙签串起,递给四周的人。

看到奕华,更是一盆子火赶过来,忙着给她削水果,又忙着找小奶奶要暖袋,给她暖手。

爸爸说,姚俐俐是来看望蓝校长的母亲,也就是小奶奶。她说,对,对,对,主要来看阿姨,才知蓝委员近来身体不适。说完欠欠身,奕华以为她要走了,谁知又一屁股坐了下去。

她似乎来了许久,仍没走的意思。看得出,除了奕华,在座的都不反感她。她山摇地动的笑声是爷爷从没见识过的,一种粗野又貌似天真的笑,显然让一个暮年男人着迷。甚至,他有好一阵都不咳嗽、喘粗气了。

姚俐俐的笑盘桓在蚕房上,像强大的热流,又像小奶奶的玲珑馄饨,给人感官或身体极大的满足。奕华盯着姚俐俐表演般的一举一动:说话时,双唇轻启、只露八颗牙微笑着,语调矫揉造作;走动时,故意脱去军大衣,让鹅黄色开司米毛衣下的双乳挺得老高,肆无忌惮地卖弄。而这卖弄到了无可救药的恶俗。但父亲对这么个有明显破绽的俗气女人,却不讨厌。相反,姚俐俐绘声绘色讲着什么的时候,父亲与爷爷都发出模糊而快乐的呵呵声,样子相当白痴,竟忘了有些话是不该当着奕华讲的。姚俐俐在讲学校的那个王姓的革委会主任,文化不高，所以最忌恨奕华的父亲，专设套让父亲钻。他常常得意地说自己是根红苗正的贫农好后代，差点要往市里调了，突然被调查出他是母亲与地主偷情的私生子。

王姓主任惨了。到处去表决心要与二分之一的血脉与身体划清界限。怎么个表法呢？自己扇自己的耳刮子。在市里有关领导那里扇，县里扇，学校教职员工大会上扇……脸都扇得变形了、红肿了，还扇。说是要年年扇、月月扇、天天扇，无止境地扇下去。他扇耳刮子也很有意思，只扇左脸，不扇右脸。大家奇怪，听他解释：左边是地主的血脉，右边却是贫苦丫头的。我妈就像《白毛女》中的喜儿，是被地主给霸占……人们终于懂了，他扇耳刮子大有深意，是告诉所有的人自己有二分之一血统是根红苗正的。你能因为那二分之一来消灭这二分之一？

姚俐俐还没讲完，奕华腾地站起来，对父亲道：我要先走了。

父亲疑惑地望着她。好。父亲说。

离开蚕房，过河，回家，奕华一直想哭。为什么？她说不清楚。她一直以来与父亲心心相印，彼此懂得。而这次不是。她有一种被遗弃的感觉，隐约感到某种危险的东西已插入她与父亲之间，她有了忐忑不安。

她把姚俐俐来蚕房的事，以及姚俐俐与"严排长"的事全说给母亲听。但一个字也没提及父亲，包括自己的感受。

这是她出生以来第一次给母亲讲这么多事。有人说，女人是为了友谊交换秘密，也包括母女。母亲对女儿的汇报显然很高兴。她对女儿叮嘱：离那女人远些。并做出夸张的表情居高临下地说：那女人算什么东西？啧啧，太脏了，太脏了。

几个月后的春天，爷爷突然过世。

过世的前几天，爷爷突然带着小奶奶从蚕房跑出来，过了河，来到南亘山街上。本来，他问了许多人，已问到了奕华家，却吃了闭门羹。他们便去了中心中学找奕华的父亲。

正遇上开教职工大会。父亲走上前黑着脸，不客气地问：蓝委员，有什么心急火燎的事吗？爷爷大汗淋漓地站在风雨操场的一角，窘住了，不知作何答。父亲甚而有些愤怒地看看后面开会的人又看看两个老的，说：无事就早点回去，别乱跑。话一落，转身又去开会了，看都不看已喘成一团的爷爷。王姓主任大概也一直在盯着这边吧，父亲还未落座，主席台上的他就用高音喇叭大声地说：蓝校长，那就是你那个与"蒋该死"（蒋介石）勾勾搭搭的老子吧，身板还雄赳赳的，听说你三天两头跑他那里跑得很勤哟。

　　王姓主任最近又得意起来了。因为外调人员调查的最后结果是：当年，她母亲的确是苦大仇深的地主家的下人。地主见她漂亮就要她陪睡。但地主早就有阳痿的毛病，睡，也就是过过干瘾而已。他母亲真正偷情的主儿，是地主的堂兄。堂兄一穷二白，帮堂弟做苦力，后来跑出去参加了革命，现已是军队里的人了。当时，他母亲是上半夜与地主睡，下半夜与地主的堂兄睡，偶尔回家才与他父亲有一个整瞌睡。所以，由此推断，王姓主任不是革命军人的后代，便是贫农的儿子。政治血液的纯洁度：百分之百。

　　……

　　奕华不知爷爷是如何回到蚕房的。她常常发现父亲对爷爷的态度喜怒无常、出尔反尔。父亲口口声声叫着"蓝委员"时，像一种发泄，向着爷爷，也包括自己。有时，他会用很尖厉的嗓音喊，像用手指拼命去拉长一根琴弦，手指都被勒破了，鲜血淋漓，仍不放手。父亲在自虐，他仿佛在渴望听那断裂的一声——"嘣"。

　　爷爷用令父亲愤怒的形式见了儿子最后一面，接着便是死亡。

　　那个晚上的记忆太黑暗了，从此，奕华对黑暗的描述再也没有一抹安宁之色了。

　　是的，无边的黑，仿佛地球还未出生就已经死亡——

　　深夜一两点，外面的雨不小，南亘山的狗却叫成了一片，很恐惧的慌乱。奕华翻来覆去睡不着。听听那边，父母也没睡着，母亲在说：狗叫成这样，出什么事了？

　　响起了敲门声。深夜的敲门声，让奕华觉得是世上最恐怖的声响。

　　敲门人是小奶奶，她全身水淋淋的，刚坐了一个打夜鱼的船过来报信——爷爷不行了。

父亲跑到最前面,然后是小奶奶、她和母亲。这支奇怪的队伍在小城的深夜,绕着河堤跑,狂奔,从这一头到那一头,想找一只船,过河。

她远远看着父亲疯了似的,狂躁的黑影像被困住的兽,挣扎着要冲破,冲破……父亲甚至跺着脚,用拳头锤打自己的腿、胸部、整个身体,嚎哭间夹杂着吼叫,嘶呀呀、嘶呀呀,像马匹面临绝境昂首发出的叫声,极其无辜、极其悲惨。虽是早春二月了,雨浇着这群人,仍跟下冰刀子似的,寒冷钻进骨头、肺、眼睛、大脑……不可抗拒的冷啊,奕华看到每个影子都在寒冷中颤抖。父亲摇摇欲坠。奕华终于听清楚了父亲吼叫的内容,他在叫:爸爸啊,爸爸啊,爸爸啊……对着一河水,一河绝望的水……

爷爷过世一个月后,小奶奶要回上海。父母都真心要留。父母知道无儿无女的小奶奶回到上海无处可去。她仍是资本家的老婆,姑姑那里也是不行的。小奶奶孩提时就离开了家乡,快五十岁的人了,在蓝家过了大半生,蓝家是她的天,是她的地,蓝家的鸡毛蒜皮都是她的大事。谁都不知道,离开蓝家,她该去干什么,何处安身。

但小奶奶执意要回上海:"大不了再去帮人。我得死在上海。"

死在上海本来也是爷爷的心愿,但命运弄人。

小城的三月天,让奕华想起了唐诗中的"烟花三月下扬州"。奶奶与小奶奶都是扬州人,她们似乎都忘记了春树如烟的时节应该回到故乡。

在小城的海棠渡,小奶奶拎着一个写着上海字样的旅行包,等在了那里,无助而茫然,像个孤儿。只有那个包是她的依靠,她攥得很紧——那便是她的家了,她像蜗牛一样顶着自己的壳在行走。

沿着河堤,虽然洋槐树的叶已吐出了不可置疑的绿,但那绿在阴冷的天气中显得可怜巴巴、势单力薄,它能代表春天已抵达吗?而灰色、皮肤皲裂的树干更暴露出这一树种的低贱与丑陋,靠它们来装点早春,实在是这座小城的大错。只是春雾还温柔,笼罩着渡口的一长串青石阶梯伸向水中。奕华就想,为何叫海棠渡不叫洋槐渡呢?这里哪有什么海棠啊?哄着人想美事吧。

父亲红着眼睛指着小奶奶对奕华说：好好看看那个人吧，可能，你这一生再也见不到她了……

也就是小奶奶离开的那天，男根山垭口的那棵老黄葛树，底朝天，被连根拔掉，掉下山崖来。人们哎呀哎呀惊叹着，无法相信：那么根深叶茂的老树子了，上百年的经营，又是无风无雨的天，谁有那么大的力气掀翻一种几乎是亘古的象征？

小城有人说了，看到了树的主根下面，其实是个很大的蛇窝，几十条蛇盘踞。蛇，窝里斗，树就倒了。

奕华听到这样的传闻，神思恍惚：原来过去看到的老黄葛树垂下崖的根须——苍老的手臂，不过是急着要下山的蛇啊。

告密者

1.

  很久，父亲都无法从丧父之痛中走出来。他动辄就落泪。泪中父亲孤苦无告的样子，奕华发现过好几次。有时奕华放学回家，爸爸早已在家里，坐在床上摊开一床的照片，是蓝家过去的。有许多当年爷爷留学西欧照的。

  年轻时爷爷长得一表人才，极像中国上世纪三十年代的影星、后来秦怡的丈夫金焰。有一张照片上的爷爷穿白西裤，配白衬衣、白马甲，靠着佛罗伦萨罗马广场一段残破的墙，一只脚漫不经心地搭在另一只脚上，握着一根文明棍，眼睛斜睨着，迷蒙的眼神漫过泛黄的相纸，向不可知的未来延伸……奕华觉得他的美，懒洋洋的，却渗骨，滴水穿石似的，不知不觉中便被诱惑了。因为在奕华的周围从没出现过这样的男人。

  父亲说，爷爷当年在留学生中有个绰号叫白衣歌王，是学声乐的。为了这个爱好，差不多与做蚕茧生意的家庭闹翻。他辗转奥地利、意大利学声乐，竟然能在欧洲的一流歌剧团唱威尔第《阿伊达》的男一号拉达姆斯。他的歌声金声玉振的，欧洲人怎肯相信是中国人在唱，专门跑到化妆间亲眼来盯着他卸妆。后来回国，看到一个破破烂烂的国家，人们那么穷，哪还有心思唱歌，就搞起了纺织实业。"你爷爷是个理想主义者，也是热血青年。脾气好，待人很和善，尤其对他的工人。厂里还办着文化班呢，专门请人教工人识字。"

  爷爷的故事，让奕华突然对命运这东西有了恐惧。那样漂亮的一个男人，最后的消失凄凉不堪，差不多是死在了荒郊野岭，孤零零的。想到他年轻时的倨傲、飘逸、玉树临风，也倨不过命——随波逐流而已。奕华有一天明白了，那叫：花自飘零，水自流。

2.

很久，父亲不再熨衣服了，读《红楼梦》，也让奕华读。母亲去开会学习的夜，父女俩各自躺在床上读。

暮春时节，寒暖未定，雨水多，雨一来，雾便来。与冬雾不一样，它像一床一床被撕破的棉被，被撕成了一团团或一条条，有了湿漉漉的分量。尤其是夜里。雾像一部"红楼"，充满着文艺气息的忧伤。看累了，奕华便会撩开后窗的窗帘看看男根山。那么大个物体，竟不见了，夜与雾的联盟，生生地将男根山抹去了。奕华想着：它也许便是青埂峰下的那石头，飞去飞来地乱投胎，坠落红尘，那么雄壮威武地站在妮儿河中央了，终不过如贾宝玉似的——无用。

父亲对奕华的一些想法很惊讶，其中也包含着欣赏和担忧。隔着大衣柜，父女俩会讨论《红楼梦》的情节、人物、形形色色，他们自称"卧谈会"。

奕华问父亲，哪个女人最后可能得到贾宝玉？父亲答：谁都得不到。因为贾宝玉从来不想做男人，只想做女人。他憎恨自己生来所衔之玉，便是因为这块玉让他投错了胎，身为男人了。

"谁又是曹雪芹最爱的那类女人呢？"

"他的爱太复杂了，说不上来。似乎更喜欢女孩子气的女人，顽皮、简单、聪明、刚烈，像湘云、晴雯、尤三姐、宝琴似的。宝钗，他不是很喜欢的，太懂事了，像个母亲；黛玉骨子里他并非先天的喜欢，而是后天的志同道合。黛玉身上的仙气多于人气，打交道要小心翼翼，易碎品嘛，得当作仙女供起来；史湘云呐，相对来说，更偏爱。因为她更像小孩，并且是男孩。奇怪，曹雪芹烦男人，却不烦男孩。总之，他烦的是男性的成人世界——功名利禄的争斗、权力场的厮杀、男盗女娼的肮脏。他被整怕了。所以他喜欢男孩加女孩那样的女人，'雌雄同体'的人。史湘云'幸生来英豪阔大宽宏量，从未将儿女私情，略萦心上'，大大咧咧的，心智比许多男人结实，贾宝玉无法跟她比的。如果'红楼'中的女人谁最后能活下来，湘云应该是那一个。有人说，评《石头记》的脂砚斋其实不是别人，就是劫后余生的史湘云。我也相信。那种评论，深邃，一针见血，知根知底的，又细腻，亦男亦女的笔法，也只有带着英豪气的女人了。"

奕华又问父亲，喜欢"红楼"中的哪种女人？父亲不再言之滔滔，而是沉默良久才幽幽地说：恐怕是尤三姐。犹豫一下又说：也许还有晴雯的嫂子，那个调戏宝玉的女人。"尤三姐，可以理解，晴雯的嫂子多无耻……"

"热烈呗。"

父亲说到这，再不愿多说，转移了话题。他让奕华看七十六回《凸碧堂品笛感凄清，凹晶馆联诗悲寂寞》，说它是"红楼"中写得最美最凄凉的章回了，也是中国文学中写凄凉的第一。

"苏东坡的《江城子》说'无处话凄凉'，曹雪芹处处都话了，但话在了暗处，可意会，不可言传。悲风袭来，背脊森森。"父亲说。

柜子这边的奕华已感到悲风不只是从《红楼梦》里吹来的，更是从柜子那边。她看这一回，往往成了"红楼"梦中人——

一大群人说散就散了，衰老的、蓬勃的、美丽的，都在夜深桂花的影影幢幢间，默然散去，空留高天的明月、隐隐幽笛、桂花暗香。唯有黛玉和湘云——两个无家的女贵族，不甘心，相携着从山高月小的凸碧堂，一路迤逦下山，近水，来到凹晶宫。这里一片黑暗，无灯无人，只有凹型的建筑把水中之月揽在怀里。书上写："二人遂在两个竹墩上坐下。只见天上一轮皓月，池中一个月影，上下争辉，如置身于晶宫鲛室之内。微风一过，粼粼然池面皱碧叠纹，真令人神清气爽。"

父亲说，曹作家习惯以不悲之景，写悲之情。你看，什么都是成双成对的，比如凸凹的地势，如湘云所说：一上一下，一明一暗，一高一矮，一山一水。另外，人也是两人，月亮也是两个月亮，助兴的也是桂花之香、笛声之远。但两人五言排律，栏杆上的直棍起韵，偏是十三根，奇数，落单了。但它恰恰便是一部"红楼"：写喧哗时的闹："匝地管弦繁。几处狂飞盏？""蜡烛辉琼宴""觥筹乱绮园"，到"酒尽情犹在，更残乐已谖。渐闻语笑寂，空剩雪霜痕"的由喧渐静，再到"药催灵兔捣，人向广寒奔"的冷寂，最后逼出了"窗灯焰已昏。寒塘渡鹤影，冷月葬诗魂"。与其说是两个才女在互相逼对方掀最后的底牌，何不说，是颓败的周遭景物在逼人啊。正像妙玉说的，是关人的气数。

父亲又是沉默良久，再说的时候，已像是自言自语——

"'冷月葬诗魂'，真是神仙做的句子。沉重的土，也就是埋埋贾珍、贾政这种坏人、俗人的臭皮囊，埋不了黛玉的。有些灵魂，用土去埋是埋不安稳的，得月光去埋。丝丝缕缕的光，照着，就是天堂了。"

这便是14岁那年，奕华与父亲几次夜谈《红楼梦》的对话片断。为什么是寒意尚存的春夜？一切只能归于冥冥之中的安排。冥冥之中的力量究竟有多大呐？奕华心知肚明——以后许多年，寒暖交替的春夜，奕华会像饥饿的耗子一样不安稳，浑身燥热，胡乱地吃东西。嘴里塞进许多了，还刻骨铭心地喊饿。不知何病，看了许多医生也说不出所以然来。有一次睡不着了，奕华看起了《红楼梦》。恍惚间觉得自己跑进去做了柳五儿，那个晴雯的影子。在高鹗的后四十回中，五儿本来也打算在贾宝玉的情感世界里分一杯羹的，但太会审时度势算计了，便不可能成为带着痴情傻气的晴雯。却恰恰可能善终，嫁一个小家小户的男人过安稳的日子，总比在宝玉面前无望地周旋好得多吧。奕华在情感和婚姻上其实一直不存在野心的，只是想嫁一个高大而温和的男人过男耕女织的日子。结果，婚姻偏偏是翻江倒海的。也是命——花自飘零，水自流。

奇怪的是，奕华的毛病却好了，因为读《红楼梦》。从此，年年春夜，奕华读《红楼梦》，当一味药来读，直到她45岁时已读破了十本"红楼"。这是后话。

几个月后，六月初夏，父亲的心情有了突然的好传，他又是每晚站在书桌前熨衣服，连他穿凉皮鞋的白丝袜也熨。刷牙更勤，看着书，忽然就转到后门口去刷牙。出门，比过去还讲究。有一次他出了门又匆匆跑回来，是要用剪刀剪去衬衣袖口的线头子。

父亲的心情好得奇怪而蹊跷。奕华看着他进进出出、忙忙乱乱地高兴着，心里仍是忐忑不安。凭直觉，她知道父亲肯定发生了什么事，但父亲显然不愿意与她分享。她与父亲心灵上的那条通道，不知何时已被封死。阻隔的手是来自父亲呢、自己呢，或别的一种力量呢？她说不清。但她的忐忑与日俱增，第一次感到拿13岁的智力来弄清楚成人世界，很无能。她试图指望母亲。但整日奔忙着的母亲似乎对父亲的变化浑然不觉。

挨到放暑假，母亲去市里学习两周。父亲仍是每天去学校忙，忙得有时在食堂吃午饭，也见不上他。

小城除了男根山很有名，笛山也有名，不仅因有唯一的通向外界的公路，还因为山下有座大庄园。园子自然形同废墟了。但庄园的南墙对过去是百步石梯，坡上稀疏地住着人家，小城人称那里作南墙坡。那里有一棵大树上结的籽，孩子们叫冰粉籽，用它搓出来，可做奕华爱吃的冰粉。

中午，大太阳天，奕华拽着一根大竹竿，沿着百步梯爬上南墙坡，找到那棵树。她拿着长竹竿正欲打冰粉籽，却看到一个人正从下面已废弃的小路往坡上爬。奕华好奇怪，因为那条小路，临着悬崖，巴茅草和其他灌木杂草早已让路不成其为路了，谁都不会走那里，疯子也不会。

看着那人跌跌撞撞地往上爬，大太阳天，那人爬得好费劲。近了，奕华被吓了一跳：竟是父亲。他为什么走废弃的小路？他上南墙坡干什么？谁也解答不了她的问题。于是奕华进行了一次令她一生一世、到死也不能原谅自己的跟踪——

父亲来到几间房子的前面，磨磨蹭蹭，像是在找人。房子的门窗都开着，但掩着花花绿绿的帘，里边传出摇蒲扇的声音、打鼾的声音。声音安稳，天老地荒似的安稳。人们正在午休，没有谁搭理外面。

而父亲不发出任何声响的行动，也让午休的人们感到安稳。

父亲终于转到另一排房子前，蹑手蹑脚，速度却极快。

有那么一瞬，奕华见不到父亲在哪里了，只见着一只青蛙，穿着淡蓝短袖衬衣的青蛙，从一间房门前跳到另一间，轻盈机智而勇敢。看得出这是一只屏住呼吸、有着超凡跳跃能力的蛙类，它无声无息的动作简直如彩虹的出现与消失。而每一次蹦跳都像是绝命的反击，对外界，也对自己。并且，感觉得到它的快乐，蹦来蹦去，像在与谁做游戏，那么夸张、紧张、刺激。父亲似乎在为一件不可告人的事情，兴奋异常。

终于到了挂着鹅黄门帘的门。帘后伸出一只手来，拉了父亲进去。父亲进去前，慌慌张张往外看了看。

父亲往外看的一刹那也永远凝固于奕华的脑海。那是奕华不愿想起的一张脸——他真是父亲吗？奕华问过自己千百遍……

父亲像被高度酒灌醉了似的，脸，变形、通红，慌慌张张的神情间竟是笑着——很诡谲与得意的样子。

笑，让他像一个下流痞，充满欲望和贱。

父亲进去后，一个穿着白棉内衣背心的女人闪出来，也看了看四周。她的胸部像两只兔子扑腾着，绝命地向着山崖撞去。她满脸也荡漾着笑意，那是被欲望浇灌着的脸，以至于关门的动作迫不及待，不慎，手指头被门碰上了，她"哎哟"叫了一声。窗也被迫不及待地关上了。把一个令奕华仇恨、伤心欲绝的世界，全关上了，针插不进，水泼不进。密不透风的黑世界啊，就这样在奕华面前关闭。

那个女人是姚俐俐，她门楣的上方挂了一块"拥军爱民"的红匾，证明着她军属的身份。

剩给奕华的，只有鹅黄色花布做成的窗帘和门帘。这种布，鹅黄的底子上有种横七竖八的蝉图案。小城人叫蝉作林阿子，从形状到叫声都是奕华不爱的，太闹人了，如同那个叫姚俐俐的女人，她的存在，似乎就是闹得他人心烦意乱的。花布同样。它在小城的百货大楼卖了几个夏天了，母亲曾想用它给奕华做一件圆领套头短袖，被奕华坚决反对掉。看来，她对这种布，有着天然的怨恨。

这种挤满林阿子的布，对此刻的奕华来说，正在掩盖一场肮脏的罪恶。哦，鹅黄色，浅嫩得盛不住任何庄严、高贵和真诚的色彩，姚俐俐特别钟爱，她有鹅黄毛衣、鹅黄色衬衣、鹅黄色的手绢……但奕华已觉出了鹅黄色的致命，从此。

没有风的盛夏中午，门帘并不飘动。但，那样的鹅黄色与它上面的林阿子，形成了鹅黄色的叫声——叫得震耳欲聋，铺天盖地，海啸一般。奕华捂住耳朵、眼睛、心脏，捂住所有的感官，仍无法阻挡这鹅黄色致人于死地的高分贝，它在淹没与玷污一个少女此后的人生——信任、诚挚、爱、性爱、生与死。后来的奕华才懂得，那是一种灭顶之灾。奕华被鹅黄色的林阿子的叫声席卷、死死捆扎、窒息，喊不出，大汗淋漓，胃痉挛，浑身颤抖——活不成了，活不成了，奕华这样对自己说。鹅黄色林阿子的叫声，仿佛，一生一世地叫着，一生一世地震天动地。

她神情恍惚地下山，倒怕被父亲发现，猫着腰，从那条危险的废弃小路逃跑般地下山。她一遍又一遍对自己说：活不成了，活不成了……

4.

每日，父亲仍旧是慌慌乱乱地忙着、快乐着。快乐，让他无暇察觉女儿的不快乐。岂止是不快乐，奕华痛经，痛起来在床上打滚。父亲匆匆给她吃了什么药，就煞有介事地说：忙，不能耽搁。奕华看钟，又是大中午。

父亲总是这样的煞有介事，脸不红、心不跳地撒谎，妈妈在家也这样。父亲撒起谎来比他平常对奕华说话更诚恳，天衣无缝的，甚至，会为一个成功的谎话而得意，有一次竟旁若无人地吹起口哨来——吹被称为"黄色歌曲"的《花儿为什么这样红》。母亲用惊奇的眼光看了他两眼，又低下头去写自己的大批判文章。对于母亲的迟钝，奕华很恼火，不知该同情母亲还是瞧不起她——母亲在奕华眼里成了天底下最大的大傻瓜，最愚蠢的女人。她素日不是那么聪明和先知先觉吗？不是自以为是吗？怎么就看不见眼皮下面的事？甚至，奕华恨母亲了。

也恨父亲。不仅是他的无耻、堕落、下流、坏，还在于他无视奕华的存在。奕华对父亲，百感交集，万般复杂，不知父亲怎么能当她不存在，父亲为什么要像这样地抛弃她，她曾期待父亲来向她解释点什么，甚至幻想父亲流着泪吞吞吐吐向她倾诉。她一闭眼，就见着父亲站在面前了，用眼神对她说话。她想，只要父亲还当她是同盟军，或许会原谅父亲所做的一切，或许还会掩护。她爱着父亲，不可遏制的爱、与生俱来的爱——女人第一个要占领的男人，便是父亲。只要父亲不抛弃她，任何她与父亲的恩怨都是能解决的。

本来最该恨的是姚俐俐。但这种强烈的情绪却被另一种强烈稀释——那便是好奇心。奕华非常想知道，姚俐俐凭着什么把她优秀的父亲变得像一只发了情、急不可耐、蹦来蹦去找配偶的雄青蛙？让一贯君子的父亲很卑劣地撒谎，有了暧昧而狰狞的笑，下流、可耻、贱，连最爱的女儿也抛到脑后？

她百思不得其解。

姚俐俐，一个被小城所有女人嘲笑的对象，德、才、貌都根本无法与母亲相比。然而，她却让看上去那么优秀的男人甘愿做无耻的苍蝇，嗡嗡叫着去叮她这只无耻的臭鸡蛋。难道就是她胸前的两砣肉？女人胸部的能量有这样大？

大得会让男人忘掉她的善恶、美丑、贵贱等等——人类衡量一切是非、道德、文明的标准？从英俊的"严排长"到完美主义的父亲，两砣肉真的就能让他们瞎了眼，看不透这个高高挺着胸穿过大街小巷的女人多么装模作样、小市民、丑恶、毫无底线地下贱？男人对女人身体的崇拜、热爱，会让他们不惜失去尊严，甚至，生命？

奕华拿她与《红楼梦》中的女人对应，比来比去，也就是赵姨娘、多姑娘、晴雯的嫂子这样的货。想到晴雯的嫂子，奕华心一紧，那曾是父亲说过的喜欢类型——热烈。奕华想起姚俐俐在蚕房里的笑，要掀掉一座房子似的，野性，肆无忌惮。父亲的内心，有怎样一个深不见底的冷寂之地，需要这样肆无忌惮的热烈去照拂？

大中午，父亲仍是撒了谎出门。出门前，在后门口刷牙，唰唰唰的声响，奕华听着，犹如那种鹅黄色上的林阿子的叫，震天动地似的。奕华感到窒息、大汗淋漓、胃痉挛、浑身颤抖。有时，她就以这种活不成了的形象，站在父亲的身后，希望阻止父亲。但父亲只是转过身来，拍拍她的肩，仍是走了。

奕华被逼得走投无路。她稚嫩的心无法长期地承受这天大的秘密，她听到自己的心被秘密压得吱咔吱咔的，被分解了，破碎了，血流出来了，从梦中。她常常在梦中狂叫，把父母全都叫醒。

她告诉了母亲。

她这样做，当然是想拯救父亲、家庭、自己。但，还有更深的一层意思：她想讨好母亲。在这件对母亲将是致命一击的事件中，她可能扮演让母亲彻底信赖依靠的角色。或许从此后，她在世界上会有一个对自己全心全意的同性同盟军。

母亲流泪，泪如泉涌。但默默地，一点声息也没有。奕华更难受，她很想抱住母亲,让她在自己如同成年人的胸怀中嚎啕大哭。她更想在母亲的率领下，直奔南墙坡，踢破姚俐俐的门窗，把那个封闭的黑暗世界暴露在光天化日之下；把那个无耻的女人揪住，当"破鞋"一顿猛打；只有这样，那震耳欲聋的林阿子的叫声才会消失，从日日夜夜对她的折磨中消失。有那么一瞬，她感到愤怒已让痛苦的母亲与她一样整装待发了。但，母亲却突然倒在了床上，大热天，母亲用被子捂住自己整个人，躲在里面哭、抽搐，翻滚着哭与抽搐。

母亲没有依靠她，与奕华的话都很少。母亲开始穿淡紫的短袖衫和过膝的同色裙。全身上下的那种色彩介乎于红与蓝，还掺有大量的白，整个一个欲说还休。母亲美得旷世绝伦，南亘山都轰动了，老老少少的女人都在模仿母亲，克隆版如雨后春笋般地出现。母亲走路也不再低着头了，而是挺着胸。那胸挺一挺，还是有的。回家，便嘻嘻哈哈与父亲开着玩笑。父亲不笑，她也死皮赖脸地说笑。奕华很不习惯母亲的这个样子，还是习惯她穿着高级灰不食人间烟火住在天上的模样。

还有一件事：她们家又吃上母亲天不亮就起床做的豆沙包了。中午是酸汤小黄鱼，晚餐是绿豆粥、豆皮饼和青椒拌松花皮蛋。第二天依然，第三天依然……母亲每天忙得汗流浃背、蓬头垢面，前手搭不了后手，整个一个仙女坠落人间的狼狈情景。奕华一家结束了吃食堂的历史。

对母亲的变化，父亲似乎并不怎么兴奋。只是偶尔才从浑浑噩噩的梦境中醒过来似的，抬起头疑惑而警觉地看着新发生的一切，又缩回梦中去。

父亲仍在中午出门。

母亲做了另一件事——在父亲的提包里放避孕套。开始，每天一只，然后是两只、三只……母亲把避孕套吹成一只只小气球，它们胖乎乎挤在父亲的提包中，提包都快被这些胖家伙弄得要爆炸了、崩溃了。父亲把它们统统扔出来，在地上踩得稀烂，这是父亲的语言；母亲又把新的塞进去，一群胖家伙。这是母亲的语言，坚定的。父亲扔出来，母亲塞进去，他们进行着残酷的拉锯战。以为是避开奕华的，奕华却看得惊心动魄。奕华有一天比母亲更早地提前回到家，见到满地都是避孕套透明的碎尸，她又在对自己说：活不成了，活不成了……她的家已被避孕套的尸体占领了，成了一座硕大的避孕套停尸场。

中午，父亲又出去了，奕华跟着。父亲并没去南墙坡，而是他的办公室。他的办公室在学校的大厕所后面。所谓的大厕所是男女蹲位各有二十几个，房子比学校的食堂都大，臭味熏天，很远都嗅得到。但父亲办公室的门口离大厕所仅一步之遥，过去是学校堆放锄头扫把等杂物的保管室。后面有两窗，离河边倒很近。河边的巴茅草包围了房子的后墙，窗户下全是这种在野火与春风间徘徊的乱草。

父亲进屋后，把门"嘭"的一声关了，又"嘭——嘭"两声把窗关了。奕华贴着窗听，里边无任何声息，连咳嗽都没有一声。奕华却是知道父亲正热伤风咳嗽，晚上像要把命都咳出来。奕华听不到里边任何声音，倒是满世界林阿子的叫声如雷滚动，叫得奕华头痛欲裂。她好像听到一个女人的笑声掺杂其中，像姚俐俐，又像母亲，嘻嘻嘻嘻。她毛发惊悚，拍着窗喊：爸爸，妈妈叫你回家。爸爸，妈妈叫你回家……

窗开了，一只手把密密实实的窗帘拉开了一角，父亲露出了头。脸像发高烧似的通红，眼睛也是红的，布满血丝，又像哭过的，嗓音也沙哑……

"乖，先回去，我会回来的。"父亲的话温和而坚决。

这以后，父亲再不出门了，连学校在暑假快结束时组织学习有关文件，他也称病不去。校方派人来看，他就躺在床上，用滚烫的毛巾捂热额头装发高烧。他对母亲和奕华也突然热络起来，无话找话，开玩笑、说笑话，自己先笑，笑得前俯后仰。轮着母亲疑惑了。有时她会像审视一个神经病一样审视着父亲；有时又很得意，当她的目光与奕华无意间交织。

星期天，奕华又见到姚俐俐在电影院门口端着瓷盅，无聊地逛来逛去找人说话。她更瘦了，包括上半身。突然的瘦，让她有点衣不蔽体的样子，领口垮下来，暴露出四分之一的上半身，全是白花花的一层皮包骨。胸还是大的，大得很恐怖，让整个人也恐怖，像细细的竹竿上挑着两个大气球，风一来，就上上下下地吹，被吹得乱七八糟。见奕华看她，她便转身离去，神情竟有着哀怨。

开学的第一天，奕华下午放学回家，见父亲早已在家了，那样子像是在等待她。

他拿出为奕华做的厚厚的作品剪贴本，上面是奕华从小画的画、写的作文和律诗。其中有五言诗：满目皆溢翠，惶惶飞炊烟。旁有父亲的小楷批语：为什么是惶惶呢？但这两字又用得别致。在满目青翠的田野里，炊烟势单力薄啊，一出来，便乱了，故曰飞，故而凄凄惶惶。诗是奕华去学农时写的，学的唐诗，随手而写。没想到父亲这么有心。对父亲的评语，奕华视为知音。她满心充溢着感动，还深深地内疚——父亲是懂她的、爱她的，父亲从来没有抛弃过她，她却干了……

奕华拿着剪贴本，坐在书桌前一声不吭。父亲又拿出一包咳嗽药，叮嘱她：晚上要记着吃，早晚三颗。奕华才意识到：昨晚自己咳嗽，父亲已关注到了。

父亲一带门，走了。不知为什么，奕华觉得父亲有点飘然而去的样子。想一想，也许是父亲穿着白短袖衫和几近本白的淡咖啡色长裤。鞋子几乎也是奶白色的，咖啡色的鞋带，奕华从没见过的一双鞋。

父亲打扮得很奇怪，比起平素，他特意突出着飘逸、俊秀、玉树临风，如同一种致敬，向爷爷。飘然而去的父亲，在那一瞬，似乎在与爷爷的影子重叠。

父亲再没回家。母亲没法沉着镇定了，她攥着奕华的手在小城里跑了一整夜，披头散发的，嘴里一直忐忑地嘟囔着：不好，我感觉很不好。奕华啊，妈妈怎么办嘛？大河没有盖子，我都想跳下去……

第二天下午两点多，父亲的尸体在男根山的山下发现。也是上次上官老师的位置，同样从舍身崖上跳下去的。

尸体是父亲学校的那个王姓主任亲自带人弄回的。那个人跑得浑身大汗，一副悲痛欲绝的样子，他的哭声像导火线，点燃了学校所有教职员工心里真实的悲痛，许多人放心大胆地嚎哭。哭声传到了妮儿河上来来往往的木船上，渡河的人都不忍卒听，说是王姓主任哭蓝校长哭昏倒了三次，多仁义的人啊。王姓主任还对有关人员宣布：蓝校长是因公殉职。我昨天派他去考察学校的学农基地，他非常尽职，连"出阳石"周围也去考察了，不幸却坠崖牺牲。他的死比泰山还重，我们要像对待一个烈士一样悼念他。

父亲被安放在学校的风雨操场里，供全校师生瞻仰悼念。奕华与母亲也被安排到离父亲几米远的位置，被暴露在光天化日之下，木偶般地任人摆布，接受前来悼念人们的握手和慰问的话语。奕华浑浑噩噩，一滴泪也没有。她不知自己是死去还是活着。拼了命地掐手背，掐出血了，还是不知自己是死去还是活着。

母亲也是。自从知道父亲出事，便呆呆的了，再没说话，甚至，不发出声响，校方叫她干什么，她就干什么，坐着就坐着，站着就站着，人们握她的手是一双没魂的手，零下40度的手，一直到姚俐俐的到来——

姚俐俐是呼啸般地哭着来到母亲身边的。她的身体也呈呼啸之势，抱住了母亲。这个举动来得太突然、太猛烈了，令在场的每个人都惊愕不已，瞪大眼张着嘴，看着两个女人奇怪的拥抱，像互相在扭打和撕咬。母亲的十个手指头尖利的指甲抠进了姚俐俐裸露的两胳膊，像匕首般狠狠插进去，血渗出来。姚俐俐更是疯狂地大哭，并喊叫：蓝，你不该死，该我……母亲咬了一口她的左肩膀：再胡说，我弄死你。母亲的声音很低，只有旁边的奕华听见了，但充满力量，无比凶狠。说完，母亲嚎啕大哭，像火种，终于点燃了奕华。母女俩的哭声惊天动地，响彻学校的每一个角落，把姚俐俐吓得不敢再哭了。她站在那里，抚摸着血迹斑斑的手臂，不知接下来该怎么办……

在火葬场，奕华才真正见到父亲。她很想扑在父亲身上痛痛快快哭一场，知道这是父亲最后的具形，她能最后搂住的父亲，父亲的鼻子、嘴、闭着的眼睛，父亲硬邦邦冰冷的身体——这就是她深爱的父亲，从滚烫的血液与今生前世的轮回中，自己的神与形都是躺着的这个人赐予的。天啊，老天再昏花着眼也看得出来，她的容貌，其实与这个叫父亲的人几乎一模一样的。如果一放手，父亲便灰飞烟灭，连同她。

但，她没有扑上前。父亲遗容的恐惧大大超过任何想象。父亲的遗容没有安详，一派惨烈。头已被摔破，粗针大线地被缝合起来，白骨仍依稀可见。脸，彻底变形了，乌青。父亲的嘴张得很开，在吼叫着什么似的，再也闭不回去了。

奕华站得远远的，痛哭、绝望、死去活来：那不是父亲。她的父亲俊秀、玉树临风，怎么可能是一具狰狞的尸体？绝不是。绝不是。

火葬场的人告诉母亲，父亲穿的皮鞋要换成布鞋，才能彻底烧成灰。母亲说那双乳白皮鞋是父亲20岁生日时，爷爷送的，父亲很喜欢，能不能穿着走？工作人员坚决地摇着头。买了布鞋来了，母亲亲自给父亲穿，怎么也穿不进。奕华穿，仍然。工作人员狠狠心，把硬邦邦的脚板弄得叭叭作响，也只是把前脚掌塞进去。到了焚尸炉口，奕华与母亲突然看见父亲的脚动了一动，把布鞋挣脱。

母亲攥着奕华的手，看到这千真万确的一幕。

结果，父亲是光着脚丫上路的。

8.

奕华家没有男人了，连男人的一丝气息都没有了，母亲把父亲穿过用过的所有东西都烧掉。奕华本想抢出一件衬衫或毛衣，哪怕一件，但母亲拼死拼活地不准。她发疯似的扇奕华的嘴巴子，往死里扇，齿咬得咯咯响，像见到仇人似的，眼露凶光。奕华也想抢起手，扇母亲，扇她一个头破血流、求爹爹告奶奶也不停手。她恨这个女人——这个自以为是、自作聪明、以自我为中心的女人。是这个女人害死了父亲。奕华竟这样想。

奕华更恨的人是自己。她躲开母亲的耳光，却左右开弓，向自己扇去，咣咣的声响，把母亲吓住了，奕华自己却听不到了。似乎，她的两颊长着百身莫赎的罪恶，那将是她一生一世的原罪，不能拯救，直到她生命停止。

母亲"扑通"跪在奕华面前："小华，别这样，妈妈怕。妈妈不能再没有你了，妈妈怕。"

……

奕华夜夜难眠。在被窝里，她把父亲为她做的作品剪贴本抱在胸口上，那包咳嗽药放在枕头上——她摸得见、嗅得到的东西和气味，那就是她父亲。

半夜，听得见母亲在那边哭，泣不成声。她也悄悄在这边哭，用被角捂住嘴，哭得心肺剧烈地疼痛。隔着不可逾越的大衣柜，母女俩哭着，秋天便来了。男根山有一种叫惠惠的鸟不到凌晨就会叫，叫的声音像在叹息：哎啊，哎啊。两声过去，便会等上很久再叫了。

奕华就等着，想着它从"出阳石"上忽地往下飞，翅膀擦着还漆黑的风或漆黑的梦境，终于飞到了垭口。老黄葛树没有了，它停在了旁边的一棵刺桐的枝丫上。枝丫上龙牙红奄奄一息，残存的花像一场快落幕的悲剧。惠惠鸟梳理一下羽毛，惊魂方定，又凄凄地叫：哎啊，哎啊。

奕华终于睡着。

母亲却叫醒了她，说，起来，我们必须去做一件事。奕华没有问，随了母亲锁门，走到空无人迹的街上，再速步走，来到海棠渡，摸着黑，一步步下了石梯坎，见着一只船候在那里。船梶子上挂着一盏玻璃风灯，照着两张蜡黄蜡黄的脸，一男一女。母亲拉着奕华坐上去，船就开了，女人举着手电筒照着前边，男人划着桨。河里已有冒出头的石"梶子"，像一些白花花的人头，在浅浅深深的水中左顾右盼。

手电筒照着四个人从男根山山脚往上爬，没人说话。那男人"嘿哟"、"嘿哟"吃力地背着什么东西，女人扛着锄头，也只是随着母亲走，不吭声。

"到了。"母亲说。

原来是垭口。

母亲寻到一块一人多高的大青石背后，从女人手里拿过锄头，挖坑，说要挖很深，也让奕华挖。是要把父亲的骨灰埋在这里吗？奕华想，但没问。

结果，母亲是要为父亲立一根石"梶子"。

父亲的名字被刻在"梶子"的最下面，深埋进土里。

"梶子"悄悄地站在大青石后里。但透过大青石与岩崖间的缝隙，还是可以望见河对岸奕华家的后门口。

母亲又悄无声息地带奕华回家。关上门，她严肃而郑重地对奕华说：我总算把你父亲的魂给留下来了。这不是迷信，南亘山从古代就这样了。你要信。但不能对人说。

奕华再看男根山，别有意味了：一想着大青石后面偷偷站立着的"梶子"，父亲灵魂的象征——那么孤独无助地站在荒山上，面临着雷电、暴雨、泥石流的威胁，随时都有危险，奕华就泪流满面。

恐惧

1.

奕华转学去了母亲所在的城南中学读完初中，读到高二，即将毕业。

奕华与母亲过着单纯却潦草的没有男人的日子。白天还好。晚上，家就像没有一点热气的深渊。母女俩偶尔目光相交，大眼对小眼，惶惶不可终日的样子。母亲几乎不与任何男性打交道，继续低着头走路。但经历这么大的一劫，母亲仍很漂亮。快四十的人，皮肤光洁，充满水分与弹性。男人们远远地、悄悄地看着，只当望着永远不可及的另一个虚拟世界。美，却是与己无关的。就愈发没有敢上前搭话的了。而母亲的面容也愈发在男人们的崇拜与真实的寂寞间洇出一种圣洁的光辉。

奕华变得比母亲更漂亮，整个人像是从青涩的孩子气中抽穗一般，即将成为成熟的果实。当然，奕华的漂亮充满着世俗的诱惑，招蜂引蝶的那种。母亲对女儿长成这么个样子真有点恨铁不成钢，规定她往朴素甚至丑的方向打扮，破例把她的头剪成短发，梳着电影《春苗》中的春苗头，齐耳短发，用黑毛线缠绕的橡皮筋扎了一个偏鬏鬏，发际抹得溜光，不留一根"妹妹头"（刘海儿）。穿母亲穿旧的灰衣灰裤，也要低着头走路，把硕大的胸藏住。奕华一一做到。她总是表情漠然，或许有点凄凉，像一个灰色的童话穿行在城南中学众多的女生之间。却，鹤立鸡群。

城南中学的学生，大多是来自煤矿、附近农村的子弟，家长没什么文化，养一大堆孩子如放野马，不稀罕也不管。男学生打群架、偷鸡摸狗，女学生以风骚著称。整个一个校风混乱，谁也没法管。校方很头疼，包括奕华母亲这个教导主任。

奕华只是默默读书。男学生在教室里把课桌板凳排成一溜，轰隆隆地推来推去，开"火车"，奕华当耳边风，跑到讲台的旁边去听那个女教师边哭泣边讲课。

奕华的做法却把那些男同学激怒了，他们开始把"火车"往她身上推。他们突然发现奕华躲避的样子楚楚动人，那些素日洋洋得意的"骚姐儿"被她一比，像《西游记》中的白骨精显了原形，不是妖就是怪，又傻又贱。

奕华的美貌在城南中学出名了，男学生一群群地来会她，上课、课间、中午食堂打饭、放学回家的途中，男同学黑压压地跟在后面，怪笑，拿小石子掷她，喊她的绰号，绰号很难听：乖咪咪（咪咪，指乳房）。他们呜嘘呐喊：乖咪咪，过来耍嚛。

奕华哭着给母亲讲，母亲冷冷地说：没用，苍蝇不叮无缝的蛋。

奕华没法在母亲面前证明自己不是无缝的蛋，男同学的条子塞在她的笔盒、吃饭的大瓷盅、书包，甚至家里的门缝。

一天，奕华刚被班上男生的恶作剧弄得惊魂未定、满头的汗，脸通红着，回头却瞧见门口有个高大的陌生男生站在那里，上半身赤裸，衣服系在腰间，肌肉从胸部疙疙瘩瘩地往外冒，显出身子格外地壮实和庞大。脸却小，瓜子形，下巴尖尖。他朝奕华笑，笑得大有深意，诡异而坚决。奕华仿佛似曾相识。哦，想起来了，那一年在电影院捏她胸部、被父亲扇了耳刮子的那小子。他那张鸡冠花般的脸，奕华怎么忘得了？

他倒像已记不起当年的事了，有些发呆地笑着，像被什么魇住。

此人便是在学校很出名的"好舵爷"，奕华隔壁班的。你见到的他，从不会在教室，总在操场打篮球或踢足球。并且总会赢，技术上赢不了，拳头便会帮他赢。他心狠手辣，好几次用砖头砸破别人的头，别人还不敢吭声，男生们都有点怕他。他姓郝，众人便称他为"好舵爷"。

有人给"好舵爷"提到了奕华，并说他的死对头某某人正在打她的主意。这还了得，"好舵爷"马上从操场赶到奕华的教室，去看这个在全校有名的"乖咪咪"。

之后，每天放学，"好舵爷"会带着十几个流里流气的男生坐在奕华必经的七一桥两边的栏杆上。奕华走过，他并不骚扰，只是冲着奕华微笑。深情地、有些做梦似的微笑着。

如此一段时间，便带话给奕华，要耍朋友。来人叫奕华写条子回话。奕华写道：人各有志，何必勉强。

又找人带条子来，上写：不要把别人都看成坏人嘛，真的喜欢你。奕华回：你配吗？

又带条子来，写：你装什么装？女人都是烂账，都需要男人，懂不懂？

奕华回：请你去找需要的，反正我不需要。请你尊重我，也尊重自己。

他又回：你"咪咪"那么大，说不需要，骗鬼哟。我这样的男人哪去找？

奕华又怒又羞，长这么大，从不知男人有这般无耻。而面对男人的无耻，她束手无策，因为没有谁教过她该怎样来对付男人的。她唯有沉默，不再给他回条子了，躲着他。中饭，再不去学校食堂，躲在母亲的办公室吃从家带来的馒头；下午最后一节课也不上，提前走。

尽管这样，仍猝不及防，"好舵爷"如影相随：她去讲台上拿作文本的几秒钟，书包里就有人塞进一条菜花蛇；上厕所，便有一砣报纸包着的粪便向她掷来。全校的人都当她是"好舵爷"的"那个"，对"好舵爷"敢怒不敢言的男生，从她身边走过，会瞪着眼悄悄地骂"烂账"。女生也骂，没人敢跟她来往。奕华形只影单，整天活在恐惧里，晚上更是失眠，一夜一夜睁着眼。偶尔，好不容易睡着，却噩梦连连，喊着：爸啊，爸啊。醒来却是母亲站在床边，问：小华，怎么啦？母亲伸出手来，擦拭她的泪和汗。她却不习惯母亲这样的温情与肢体语言，那手触及她肌肤时，竟情不自禁地躲闪，浑身上下更渗出冷汗。她不敢相信，自己真是这个女人十月怀胎，割下来的肉？

那天放学，奕华没来得及神出鬼没地提前走。结果还在老远，奕华已望见"好舵爷"带了更多的人在七一桥上候着，手里好像还操着家伙，杀气腾腾地朝这边张望。显然，他们都看到了奕华。

奕华望着天空，泪流满面，心里充满着绝望。她想，这一切父亲能看得到吗？假若他真的住在天上，眼睁睁看到女儿要遭难却无能为力，父亲肯定会哭的，痛哭。奕华仿佛已看到父亲撕心裂肺恸哭的面容了，那比自己将遭受的一切更让她肝胆欲裂。她感到窒息，来自天地间的。脚却一步也不踌躇，急匆匆的，像是去赶一个约定。那架势，差不多是去赴死的样子，豁出去了——两眼赤红，走路如风，汗流浃背，一股热气升腾，往外冲。她顺手在路边捡了两块石头，一手握一块，嘴角竟含着奇怪的笑，眼里闪耀着轻蔑一切的光。

"奕华。"

回过头，竟是母亲。六月天气里还穿着灰套装的她，汗已浸透了大半个背。她是拼着命跑来的。

"好舵爷"一群人见到教导主任来了，却没有丝毫的退缩之意，反而向着奕华母女一拥而上。母亲以迅雷不及掩耳之势从奕华手中夺过石头，"嘭"的一声，朝着自己的前额砸去。声音闷闷的。红彤彤的鲜血即刻从母亲的前额发际往外涌，满脸都是，然后是胸、衣襟。路边有人叫：出人命了，出人命了。"好舵爷"愣了一下，丢下手中锋利的长钢尺，跑了。其他人也作鸟兽散。母亲倒在了奕华的臂弯里，血把奕华浑身上下染红。母女俩都变成了血人，被太阳的余晖照着，又变成惨不忍睹的金红色，引来一大群苍蝇左右狂舞，嗡嗡哼唱……

这个情景被小城人记忆了很久——在夕阳照耀下的七一桥上，血人般的女儿抱着血人般的母亲跪在尘土中，孤儿寡母的，煞是可怜。有车开过，女儿就发了疯地喊：求求了，救人啊。

2.

母亲被缝了十三针，额头横卧着长长的赭色疤痕。很明显，漂亮的母亲破相了。奕华不敢去看，她与母亲面对面说话都低着头，知道那又是一笔今生还不了母亲的债，也是她的原罪。背负着它，经常，奕华觉得生不如死。

并且，她不敢去上学了。好在夏天一过，她们高76级就毕业了，差不多都将去农村当知青，除非像奕华这样的独生子之类的情况。

她仍活在恐惧里，生怕在大街小巷的什么地方再遇到"好舵爷"。她想自己与"好舵爷"之间，也许只有你死我活才是个安静。自己是不可能消灭一个大男人的，也就只能用默默的诅咒来安慰自己。这曾是小时候父亲教她的解脱法，从没用过，不敢，怕它真的灵验了。但对"好舵爷"已顾不上了。每天早晨一睁眼到深夜闭眼，她就对着天、对着地、对着另一个世界的父亲一遍遍地默念：让那个人去死吧，让他死；或者是我，你们必须选一个。如果可怜我，最好让他死吧，他为非作歹，活着也害人啊。

奕华一遍遍地念，母亲发现她又经常发呆了。暑假，母亲学校的教师在男根山下的蚕场劳动，母亲干脆就把爷爷住过的蚕房收拾收拾，让奕华白天待在那里看书或写东西。好在蚕房比奕华家凉爽安静多了，而奕华更喜欢它的安全。虽然过河便是山，但小城的人一年也难得去一两趟，要去，也是紧要的事或不得不为之。所以，许多时候，男根山是一座空山。奕华在蚕房坐不住的时候，便会顺着山路爬上去，过垭口，再爬上寺庙。那里总归是有人的。大姑和二姑又都老了许多，但仍在那里。

奕华去了寺庙，袅袅婷婷地一站，连终日面壁的大姑也禁不住回头看了看。奕华想起爸爸曾给她提到：大姑其实就是上官老师的母亲，一个很不简单的女人。而最近又听到许多关于大姑历史的版本，一说她是个军阀的女儿，一说她曾是渝都地下党，奕华就愈发对这个神秘女人发生了兴趣，便一天天去接近她，讲自己对上官老师的喜欢和思念。但往往，她对着一个面壁的女人说这说那，人家也不理，她成了自言自语。

这情形被从地里回来的二姑看见了，嘴里便骂骂咧咧：还说我狠，这里不就有个比我更狠的人？人家姑娘巴巴给你说了半个月的话了，不理多缺德……

大姑渐渐回首，用一种奇怪的目光从头到脚细细地看了一遍奕华，然后发出幽幽之语：妹妹，都不知该给你怎样说话。我已很久没与人说话了，竟忘了嘴巴是用来发声的。

大姑虽这样说，奕华看得出，她其实非常渴望着说话哩。

之后的一天天，奕华愈来愈发现大姑从心里盼着她去。因为她每次刚爬完寺庙的最后一步石梯，总会见到大姑扶着门正焦急地向外张望，拖着病怏怏的身子。去了，便捧出老荫茶让奕华喝。话题兜来转去，总归是上官老师——奕华讲她住的地方怎么一个布置，缝制的演出服怎么一个漂亮，怎么地受欢迎……听完一遍，大姑还要听，细枝末节反反复复地听，眼泪扑腾着往下掉。

大姑也给奕华讲上官老师小时候的事情，说她八九岁时刚解放，小城还乱得很，土匪、国民党逃窜的兵满街都是。那时，大姑带着上官老师和她妹妹待在一个川剧小戏班子混饭吃，再兵荒马乱也得登台唱戏，包括上官老师，头发被剃成光头，当男娃子用，在台上舞枪弄棒的。说到这，泪又从大姑眼里簌簌而出，她泣不成声地说：妹妹，你长得太像她了。那天，你站在这里，我以为是我的女子回来了。妹妹，你知不知道大姑这辈子好苦哟，说给你听，你有无耐烦心听？我知道山下有人说我。但他们哪里知道？谁也不知道的。我带进棺材谁也就不知道了。但妹妹，我想说给你听。你这样的年龄听了也未必懂。但我或许等不到你懂的那天了，你听了记住便是。

就这样，大姑对这个十六七岁的少女彻彻底底讲了自己的身世。

3.

我的确是大军阀的女儿。

父亲很小便跟着爷爷在南亘山江口一带打鱼为生。大名都没有，被人叫"癞头"。该娶妻的时候，连叫花子的女儿也不愿跟他。父亲一跺脚，干脆跑去吃军粮。自以为命贱，也就拿着脑袋不当脑袋，打仗跟玩似的。竟得人赏识，步步高升。四十岁上下便在渝都成了拥有自己队伍的一方之霸了。

发达后的父亲立马干了两件事：一是在南亘山的笛山脚下修了一座我们上官家的大庄园；二是一口气娶了六房太太。父亲此起彼落的喜宴，让庄园总沉浸在红彤彤的色彩里，甚至让南亘山的夜空都弥漫着浓烈的酒香，醉醺醺的，欲罢不能。父亲从这个太太的院子串到那个太太的院子，赶集似的看花了眼。喝多了的时候，竟迷路，在庄园东园子池塘边的老黄葛树下，搂着地上碗口粗的树根，睡得鼾声阵阵，周围聚一群苍蝇狂飞。副官寻了半天才找着。醒了，见大家着急，却笑嘻嘻地拍着屁股说，梦见娶七姨太了。如果可能，倒想把天下的漂亮女人全娶光，让其他男人都打光棍去。

这些事是听我妈讲的。我妈总是眉头高蹙，眼含烟雨，一说一个叹息。我想郁郁寡欢的她是在叹息自己吧。不料，母亲的叹息是为父亲发出的。"他好可怜。"牵着我的手在园子里走动时，她老爱这样说，像在描述她的另一个孩子。

在庄园里几乎见不到父亲的身影。我从小长到十四五岁去读女师，见到父亲的面屈指可数，差不多就是每年的年三十夜。父亲把这么多太太撂在一个大的庄园里，自己在外走南闯北倒也潇洒，反正外边也有女人相伴左右的。抗战后期，父亲又在渝都南岸的山上置了一些房产，安置与他关系密切的几位交际花。但这种女人，父亲连妾都不会纳的，怕族谱不好写。父亲重孝道。我们婆婆在世时曾有话，上官家纳妾也得是规矩清白的女子。父亲倒听话。

父亲在我们家只是个符号，太太们拿来吓唬娃娃的头衔。就如太太们也是装点父亲男人形象的符号一样。我母亲排老四，不掌权也不得宠的那种。好在她很安静，从不与人争风吃醋的。父亲的女人都还算安静，兴风作浪的极少。一是，没有男主角在家，兴风作浪给谁看呢？二是，父亲有六个太太，十几个孩子，除了老五生了一个男孩外，其他的全是女子。太太们都惭愧得很，哪还敢装精作怪？最初父亲也气鼓鼓的，回家就骂骂咧咧，不给太太们好脸子看。娶了七房，又张罗娶了八房、九房，仍是不得儿子。后来是华岩寺的老法师为他点破，说他杀戮了太多的男丁，欠了，命里该还，所以难带来儿子，他才作罢。

我差不多是在女儿国中长大的，我们家就是缩小版的大观园，除了家丁、抬轿子的、赶马车的，围着你转的全是太太、丫头、老妈子等形形色色的女人。读的学校也是女校，校长、老师、同学全是女人。

唯一的弟弟只比我小几个月。可以想象他在家的待遇，比贾宝玉在他家还宝贝呢，从上到下，没有谁敢叫他的名字，都叫"十爸儿"，连他的亲生母亲也是。但"十爸儿"一点也不骄纵或横行霸道。他心极善，眼睛总像噙着了泪，绝不吃羊肉与兔子肉，说那样小小的动物，怎能去欺负？父亲说，这般怯弱哪像我上官家的儿啊？父亲的确很难理解自己的宝贝儿子。他有限地与我们聊天时，说起战场上的杀人，眉飞色舞，从不因此有些许的不安。

庄园太大，又加之各自在外读书，姐妹弟兄平时难得一聚。我17岁那年从女师回家过暑假，看到两个穿着灰长衫、高高条条的男子，站在东园子的老黄葛树下说着话，很是惊讶：哪来的两个年轻男子呢？近处一看，一个是"十爸儿"，已长得很高的他，如女孩般秀气，眉眼更像他妈了。他妈是太太中长得最漂亮的一个，有点周璇的意思。但"十爸儿"一个男孩子长成了那样的楚楚动人，倒不知让人如何是好。

另一个男子转过头来，有着"美人沟"的精致下巴先送过来，然后才是恍惚的眼风，像仍在另一世界里流连。年龄大概在十八九岁，长衫子的灰是掺入更多白色的那种，显出了土布质感的薄透。显大，风一吹，长衫子旗帜似的在他身上飘扬，又像要挟裹着他上天去似的。他长得也文气，但属于俊朗的那种，给人风霜感。"十爸儿"介绍说，是他们大学大他一级的同学，叫胥尚飞。"十爸儿"让我称他为"胥老"。我"扑哧"地笑出声："人家才多大，怎么就往老处叫？"男子轻轻握了一下我的手，"没……没关……没关系,大家约定俗成嘛。"他说。手心都是汗,说话挺紧张还口吃。但他的手的确是男人的手,骨节粗大,充满力量,像海洋。我的手被顷刻淹没,娇小无力了——是被他抓住的颤抖着的小鸟,无处躲藏——就这一瞬,我爱上了这个男人。

你会笑话我吧,握一下手就会爱上男人？但想想我身处的环境吧。你应该去过笛山下的那个大庄园吧？不是废弃了么？废了好,早该废了。那么大哪像人住的地方？鬼住着都害怕呢。那个时候园子里也见不到什么人影,阴气好重,花开过一两茬便成片地死亡。只有青苔旺盛,一不小心,连房间里的床柱头上也会爬满。笛山那边吹来的风也是湿漉漉的,倒真像有人吹出的笛声,低缓悲切,青天白日里听着已让人发怵了,何况夜里去听,魂魄都要被掠去似的。也不敢在园子里乱走：记得我有次跑进一条叫影子巷的,它细长窄小,真的就只能装下一个影子。我以为它能通向哪里,到头却是铁青色的院墙,一株芭蕉树站在那里,自怜自艾。

从小我就看见妈妈她们这些太太们,或三五成群或独来独往在园子里闲逛,无所事事,怅怅相望,笑声也透着凄凉。她们也可以上街,但轿夫、老妈子一大堆人跟着,是不能随便给陌生人说话的。我妈这辈子只有父亲这个男人,并且只拥有九分之一,还常常打折扣。很少回家的父亲,回来也不一定是她的。好在她读过私塾,能认字,靠读小说打发时间,喜欢看《红楼梦》和张恨水的小说,一看一个哭,里边许多诗词对话都能倒背如流。妈就说过林黛玉,怎么不为宝玉死嘛,这么大个大观园,见来见去也就只能见到一个合适的未婚青年,外边或许还有好的,她又见不到,只能指望嫁宝玉了,未必让她去嫁不入流的贾环哪？

妈的话常让我为老式女人叹息,不仅是林黛玉,也包括我妈这样的太太,婚前婚后都生活在深宅大院里,没见过什么男人就嫁了,没与男人怎么好过就死了。一生过得仓促而稀里糊涂。就说九姨太吧,嫁进来才十六岁,还没你大呢,还贪玩。仗着父亲宠她,常常从南亘山坐车到渝都城里看电影,一连看好几天。迷上了赵丹。只要是他的电影便要看好多遍,边看边哭,回南亘山的路上还哭哭啼啼的。一个美国医生说她是得了抑郁症。最后,她是吃安眠药自杀的,死时抱着一大叠赵丹的剧照。

我比我妈她们幸运，可以出来读书，偶尔也能接触到男人。那个年代男女关系也有随便的。男女互相爱慕，就可以搬在一起住，郑重的就登个报办个婚礼。也有今天这个明天那个的露水夫妻。但我妈却管我很严。她是大家闺秀，给人做妾已是她这一辈子的伤口，又看了那么多文艺书，内心很痛苦，感到自己的人生是无法收拾了。她不允许我有闪失，拼了她的老命也不许的。可惜，我最后还是让她失望了。我跟胥算是私奔的，父母都气得要死。父亲没几年倒丢下这件事，妈却得病死了。我知道是我气死的。

"十爸儿"算是我和胥事实上的媒人了。那年夏，他让胥在我们园子里住了两个月。胥是南京人，也是大户人家的子弟。抗战初，家里的人死光了，孤零零地流亡到渝都读大学，和"十爸儿"亲得很。

后来与胥结了婚才知他竟是共产党，"十爸儿"也是。

听"十爸儿"说，一次日本人乱丢炸弹炸渝都时，他在大学高烧不起，跑不了防空洞。连父亲派去跟班的人，也各自躲了，身边鬼影儿都没有一个，叫天天不应。是胥不要命跑回寝舍背他走的。再回去一看，住过的地方被炸得七零八落。若不是胥，他哪有命？还有，他们有个山东来的穷学生，得了伤寒病，别说医病，连饭都吃不上。胥知道后，天天去照顾，卖血给他治病，自己饿肚子也要省一口给穷学生吃。还有，胥是辗转武汉撤过来的，要弄到一张武汉至渝都的船票犹如登天。胥父亲的老友为他弄到一张。到了码头，看到一个带着奶娃病怏怏的老婆婆在那里求爹爹告奶奶想买一张票，胥不忍心，竟把票给了她，自己几乎是乞讨着走到了渝都。

"从小到大你见过这种比孔夫子还仁义的圣人吗？或许佛陀也不过如此了。""十爸儿"说。他对胥非常崇拜和爱戴，他相信胥的品质是其信仰带来的。"十爸儿"原也是个慈悲之人，他想成为胥那样的圣人，所以就加入了他的党。

我后来也加入了共产党。我想，拥有我爱人这种好人的党，就是个好党。我爱人那样的一个人——充满智慧、才干、仁慈、风趣，他选择的信仰就是真理。所以，我非常爱我们的党。对我而言，党和我爱人是一体的，党就是爱人，爱人就是党，无法分开。再说，在女师和我们接近的一位女老师也是共产党，不时给我们讲社会的不公平，借巴金小说等进步书籍给我们看。联想到父亲妻妾成群，称王称霸地欺负我妈，我对黑暗罪恶的社会也不满，很早就同情共产党了。应该说,我和胥的结合是有基础的。

我们婚后生活很幸福。我不知道世上还有没有比胥更好的丈夫?他才华横溢,不但为一些进步报刊写社评,还写小说、散文,连鲁迅也赞扬过他的文字。对我和孩子也很好(忘了说,结婚一年后,我们有了老大子丹,就是你叫的上官老师),很体贴很细腻。他竟会做旗袍,带着我上街挑布料。说我肤色白皙,倒不能艳丽,专挑淡雅的花色,反衬出光鲜来。又说我的身段天生是为穿旗袍备着的,丰腴适度,凹凸间的风情恰到好处。他站在桌子边躬着身子剪裁,靠在床头一针一线地缝,针脚比女人还精细。我抱着子丹坐在蚊帐里,看着灯下的这个人,四周安详得让人不敢相信。你可以想象我穿着胥做旗袍上街时的情景吗?身后总会跟着小姐太太一大串,问旗袍是哪家做的?我就得意洋洋地答:是我先生自己做的。可以说,在当时名媛影星云集的渝都,我的旗袍也是最时髦的。

胥还为我做过唱川戏的戏服。还记得,他把电灯线放长,挂在床上穿蚊帐的帐杆上。灯,像花苞儿似的垂下来,仿佛颤颤欲开,他凑近昏黄的灯光,给戏服一颗一颗钉亮珠。完了,就让我穿着戏服,水袖一甩,依依呀呀唱上一段,他会比过年还兴奋,开玩笑说:上官妹妹,若有一天失散了,我们就靠你唱川戏来接头了。

随着抗战胜利,组织上先后任命他担任渝都两个区的特支书记,我协助他搞秘书、交通联络等工作。我们的重点工作是联系一些纱厂的积极分子。他去给工人演讲,站在那里口若悬河,激情澎湃,几百双眼睛盯着他目不转睛。他哭,工人也哭;他笑,工人也笑。我站在人群中望着他,为他的每句话、每一神态沉醉、痴迷——真幸福啊,那是我的爱人,他像党一样的伟大。所以,我热爱革命,从不觉得苦或危险,而是感到生命的充实、有意义。一想到母亲的一生是在那个阴风惨惨的庄园孤独地生死,便庆幸胥把我从那里带了出来,带到了劳苦大众中间,带到了革命队伍中间,所以,我真的很幸福。

到了1947年形势日益危险了,市委主要领导人叛变。那时的情形常常是上级出卖下级,男人出卖女人。胥也被出卖了。幸好当时他和"十爸儿"去了川西我一远房亲戚家联系些工作,遇上泥石流出不来,才逃过一劫。

我是在碚城被捕的。当时住一女师同学的农村家里,才生了二女儿子青,还没满月。

（造孽啊，造孽。妹妹，我都不知还该不该给你说下去了。不说，恐怕真要带进棺材去了。我不甘啊，我不甘，我受了那么多苦，不说，死不瞑目。大姑摸出手帕来擦拭并没有一滴泪的眼睛。）

没被抓进去前，也听党内一些女同志私下悄悄讲，情愿死，也不愿活着被抓到。受些老虎凳、钉竹签、鞭打火烙都不怕。受辱、强奸轮奸才是女人最痛苦的。抓我时，也想撞墙死，但又割舍不下胥和两个女儿。他们如魂魄般追逐着我，附体，躯体又怎能独自去决定生死呢？

里面是比想象中的地狱更恐怖的地狱，魍魉都待不下去的地狱。

他们让我交待上级，我怎能交待？我的上级就是我爱人，孩子的父亲，我能让我两个女儿没有父亲？

他们打我，扇耳光、抽皮鞭、坐老虎凳，脚都折断了，痛得死去活来，也顶得住，信仰、爱情的力量让我对肉体的痛苦已失去知觉。受刑时你猜我在想什么？可能谁都不会相信我所想的——我在想第一次在我家东园子的老黄葛树下见着胥的情景。黄葛树是哪时节植，便哪时节换叶儿。刚巧就在夏天换了一树新叶儿。娇嫩的黄，像才长满毛的小鸭子满树地嘎嘎叫唤似的。池塘的荷叶荷花也是一水儿簇新，新生儿般的光鲜。白荷花迎着风飘然的模样尤其让人记忆深刻。胥，原是背对我站着，听见我叫"十爸儿"，转回身来，慢慢悠悠的。夕阳照在他年轻的脸上，短短的胡须和银白的汗毛都是年轻的，两个嘴角微微上翘，眼睛含春带笑，整个人俊秀得很。你说，这么美好的一个人我能出卖吗？其他的人都不行，更别说是我的爱人。

几次审下来，敌人说我嘴硬，得来点有盐味的东西。

那天，我死也忘不了。造孽啊，妹妹，你要知道男人是些天杀的东西，比禽兽还禽兽。

一走进刑讯室，一伙禽兽也不东问西问了，坏笑着，眼睛流里流气的。他们把我四肢分开绑在柱子上，扒光衣服，用钢针捅我的乳头，烧红的烙铁把乳晕全部烧焦。我立马昏死过去。又用烙铁烙我的下体，满屋都是人肉被烧焦的气味加上血腥味尿尿味。

那些天杀的男人啊，比禽兽不如。他们哪里像是从女人肚子里爬出来的，全像地狱里魔鬼养大的龟儿子。我经常想起江姐骂敌人的那些话：你侮辱我，就等于在侮辱你们的母亲、姐妹、妻子、女儿。我也是这样骂的，只要有一口气，我就拼着命骂，我把这一生所知道的骂人的话，都骂了出去。

但这些男人是禽兽，丧尽天良的东西，他们心目中已没有了母亲、姐妹、妻子、女儿这些生他们养他们爱他们的女人了，只想以侮辱女人为乐。他们忘本啊，他们以侮辱和摧毁女人的器官来发泄他们的仇恨，包括对女人的恨。恐怕连兽类也干不出这样的事情。古今中外的男人皆如此，日本人、反动派皆如此：占了人家的土地烧杀抢掠还不行，还要奸污人家的妻女才解恨。老天不公平啊，让女人多长了一些器官来儿奔生娘奔死地生男人、辛辛苦苦养男人，到头来，却成了男人摧残女人的要命之处。

我们革命时，都没拿自己当女人，组织上也没有，我们与男人拥有共同的名字，革命者。但，当敌人扒光你的衣服，让你赤条条站在一群男人面前，女人天生具有的羞耻感会让你的痛苦胜过千刀万剐。

我仍是不会开口。我想自己会很快死去。

但，命这东西，真贱，我几次撞墙都是昏过去，没死成。

敌人又刑讯过我无数次，无耻到强奸、轮奸，进入到身体比捅我烙我更要我的命。我只要有一丝力气就撞墙，这是唯一能做的自杀方式。因为力气不够，撞不死，被送医院，人都濒近崩溃，有点疯疯癫癫了。有位军医很同情我，又听谁说，我其实是某某人的女儿，就把我的遭遇写了封信，七拐八拐终于递到父亲手上。

父亲已许多年没我这个女儿的消息了。他年事已高，队伍的实权已被蒋介石的一个人实际掌握着，不过应了个虚职。听说拘了他的女儿，父亲一拍桌子吼："烧火烧到我上官家了嗦。"面子挂不住了——越是被闲置越要斗气，便找了川军的人给相关方面通关系。川军体系里是很讲袍哥义气那一套的，愿帮忙。父亲出钱，他们也乐得跑腿……而关我的人审来审去也没审出个名堂来，正愁不知如何是好，乐得做个顺水人情，收了父亲的大价钱，让他副官代我写了"悔过书"，登了报，把人放了。

这一切，组织都不知道，胥和"十爸儿"也联系不上，后来才知他们去了东北解放区。我只好待在南亘山小时候的奶妈家里养病，带着两个女儿。也试图找组织。很难。没有可靠的人介绍，组织谁敢接触你？

到了1949年夏，老父亲带着太太和姐姐妹妹几十口人去了香港，却不带我走，他恨死了胥，说这个共党把他唯一的儿子也共去了，让我待在渝都找到他的儿子。也不给我什么钱，说，就是要饿死胥的崽子。姐姐妹妹也不能给，谁给，他就不带谁走。

我从没想过要走，我要等着胥。这么屈辱和痛苦地活下来，就是还想见他一面。哪怕见一面就死。

我却无以为生。那已是兵荒马乱的动荡时期，找一份教书的职业已很难，又找不到组织，谁也帮不了我。幸好奶妈的儿子是南亘山一个川戏班子的班主，我读女师时曾是他们的票友，就说不嫌弃的话去他那儿混口饭吃吧。只好去，人到了没饭吃的地步了，唱戏总比讨口强，何况还有两个女儿哩。

那真是乱世啊，人心惶惶，有钱的人忙着跑，来听戏的都是没钱跑不了的，穿得破破烂烂，啃着锅盔心不在焉地听。我在上面唱戏，心里一片凄凉——戏如人生，人生如戏，我的泪流下来弄花了戏妆。

好不容易盼到了解放，第二天我就跑到有关部门去登记。在表上我填了胥的名字，注明是我爱人，写完，心里涌出难以言表的苦涩之味：还不知他是死是活？就是活着，我这样被弄脏身子的人，还配得上把他称作爱人吗？

组织上的人找了我，一男一女，都是从解放区过来的。他们让我谈这几年的情况，必须如实汇报。我谈了，全部，包括狱中受辱。男的皱了皱眉头没吭声，女的尖厉地打断了我：这些用不着说这么详细。她说。脸上升起厌恶之色。本来，我正要谈自己现在待在川戏班，却被这尖厉之声堵了回去。咽下委屈之泪，我恍恍惚惚离开了那里。

接着就是元旦、春节，各行各业都在为拥护新政府作贡献。川戏班子也排了几出戏，要慰问新政府。

那是1950年的正月初三，在现在的县革委礼堂我们开演（礼堂也是我父亲当年为纪念抗战胜利建的）。

演的是川戏折子戏《红梅记》，我扮的是李慧娘。

李慧娘被南宋末年奸臣贾似道霸占，成为他家的歌姬。一天随他妻妾成群地游西湖，遇见太学生裴舜卿。裴生斥骂贾玩弄权术、祸国殃民。裴生正气浩然、慷慨激昂，其青春与英俊之气让贾身旁的慧娘情不自禁发出惊叹：美哉，少年。想想慧娘吧，也是二八佳人如花美眷，却整日面对一张衰老丑恶的老男人的脸，误了青春啊，她该是如何的悲哀。所以，当面对一个陌生的、却是真正的男儿时，她的向往会破口而出的。

回去她便被贾杀害了，因为她触犯了一个老男人的权威。贾还不解恨，又设计把裴生骗到贾府的红梅阁欲杀之。而无辜赴黄泉的慧娘死不瞑目，她对阴司判官哭诉自己的冤屈，求放她暂回阳间报仇。判官被打动，准了。

李慧娘回到阳间，在红梅阁再遇裴生。她是爱他的。也许，这是她第一次也是最后的爱。你听听她的唱词是：我步儿摇得环佩叮当，耳边厢惊回他一枕黄粱……做鬼了还忘不了风情万种，女人啊，真可怜。可是一人一鬼何来情缘？慧娘倒是想：爱今宵风清月朗，赔工夫与你剪烛西窗……以幽冥之质得配君子，虽则半夜，可当百年。但裴生未必有意，心中已有送他红梅一支的卢府大小姐。慧娘能做什么？她已是鬼，只能助裴生逃走，眼睁睁见到自己心仪的男子成为别人的郎君。

我唱李慧娘，句句都像唱着自己。台上除了一桌一椅做布景，并无他物。但我怎么觉得舞台上空仿佛垂下了万千的纱幔，一片雪色的朦胧，雪色的清凄。我也穿着雪色的裙衣，挥舞着雪色的水袖在纱幔中穿行，如风飘荡，随波逐流，看着裴生近在眼前，却无法穿越阴阳之隔，触摸到一个活生生的男人。那无形的纱幔，不过是无形的千山万水。但，纵是踏破，得到的也是更大的悲恸。

我唱李慧娘，彻底把自己唱进戏里去了，直到台下一片喝彩声，才把我唤了回来。恍惚间向台下一瞥，哎啊，我被自己的眼睛吓得魂飞魄散：不敢相信啊，不敢相信。再次鼓足勇气往台下看，千真万确了，眼睛没欺骗自己——你猜我看到谁了？你相信人生比戏更像戏吗？胥竟坐在下面，那个我变成鬼都忘不了模样的男人，就坐在前排。

我脑子"嗡"的一声，像一根弦断了。人站在舞台中央，盯着台下，不唱、不说、不动，傻了。演裴生的班主不知我发生了什么事情，只知救场，胡编了几句台词，走上前把我连抱带拖地弄下场，这边赶快闭幕。接着又锣鼓一点，演另一场折子戏了。

班主叫几个女人给我掐人中，灌糖水，折腾了半天，我才"哇"地一声哭出来。众人又赶快捂住我的嘴，怕哭声传到前台。哦，前台、台下，我终于想起眼睛刚刚所看到的，我害怕所看到的一切瞬间消失，忙撩开后幕的一角，又看见了——胥，千真万确坐在台下，他变得很消瘦，穿着没有帽徽领章的军服。

胥是不是听说我在川戏班子就寻了来，故意在台下看演出，给我一个惊喜？他不是曾说过，失散了，凭着我唱戏接头吗？或许他只是来听戏，万没料到我会在这里？他是听过我唱川戏的，难道就听不出我的声音？是我的戏妆太浓抑或变化太大，让他已认不出？这么多的念头搅动着脑子，我霍然本能地站起身来，一股热流推着我要去立刻见他……

可是，我竟停住了，一刹那——因为，我又看了一眼，看得清楚：他不是一人坐在那里的，左边坐着一个女同志，穿灰色列宁装，年轻漂亮的模样，不时与他说笑，显得很亲密。而右边坐着的男同志，就是前不久与我谈话的那一位。他也不断地与胥说着话。他是知道我底细的，包括我被捕受辱。他会不会已对胥讲了我的一切？胥见我下台并没找来，便是嫌我不干净了。如果胥还不知我的经历，我跑出去当着那位男同志的面，相见，又是怎样的不妥——

我不知所措，只有泪如雨下：慧娘啊，慧娘，你是鬼，我却人不人鬼不鬼的。你与裴生阴阳永隔，再美的少年也不可能属于你。我呢，谁又属于我呢？……天上的纱幔垂下来了，如云似雾，或者它们就是忘川之水。我喝了那么多，却什么也忘不了。我也从阴间来，山重水复，却无法找到通往我的裴生之路……

舞台上的人正唱着高腔，帮腔的人一句句帮上去，锵锵逼死人地响起。我摇醒在后台板凳上熟睡的子丹和子青，指给她们看：那就是你们的爸……我哽咽着说不下去了。子丹睡意朦胧地冷不丁朝着台下吼了一声：爸爸。可惜，正遇上一阵鼓点和锵锵滚过来，炸天响，把那一声"爸爸"盖住了，全世界仿佛就只有我听到了。那些炸天响的鼓点与锵锵之后，再撩开看，前排的那三个座位已空荡荡，人走了。

第二天，刚起床，组织上就派人找我去。还是那一男一女。我才知道那男的是南亘山县委组织部部长。

他黑着脸抱怨：为何没如实地向组织汇报你目前的状况？昨晚多危险，如果不是胥部长以为你已牺牲，就差点把你给认出来了。搞得我手忙脚乱的，不断说话分散他的注意力，才没造成尴尬的局面。

我呜呜哭起来，先还克制着，继而差不多是嚎啕大哭。

"好了，好了。"那女的不耐烦了，又发出尖厉之声。

男的态度有了缓和，说：当然你也还是顾全了党的利益，没带着两个孩子来相认。胥部长现已是市委组织部的副部长。这次来南亘山，也向我们打听过你牺牲的情况和孩子的下落。但县里决定暂不给他说明真相，这也向市里主要领导汇报过的。原因有二：一、我们已查过相关材料，也调查过一些被捕的同志，对你在狱中及出狱的情况都不太了解。我们却在报纸上查到你的"悔过书"。虽然你强调它是别人代写的，但谁能作证？胥部长现在的岗位对党来说非常要害，在你情况没彻底搞清楚前，希望你也不要去找他，这是组织的意见，是对你们双方负责任。二、胥部长从解放区过来，以为你早不在人世，组织安排他最近结了婚，爱人是很不错的同志，革命的后代，某某领导的女儿。这种状况也是残酷斗争造成的，你要理解。你入党的时候，不是已把一生献给共产主义事业了吗，何况儿女私情？

还有一件事情，你弟弟上官同志已在东北解放区土改中牺牲了。他是个好同志，对党一直很忠诚。

对于你，组织上该关心的还是要关心，该爱护的还是要爱护。你生活有什么困难可以向组织提出，帮你解决。两个孩子可按照领导干部子女的待遇，免费上幼儿园或学校，什么都是国家包了，你看呢？

我听着，心，开始时还知道痛，末了，已麻木，万念俱灰。

我同意将两个女儿送去市里的干部子弟幼儿园和学校，总比跟着不干净的母亲强。我也没什么要求了，只求组织上批准我出家。那男同志犹豫一下说：现在都解放了，你这个曾经的党员要出家，恐怕影响不好吧。

最后组织上把我安排到男根山的寺庙做文物管理员。不久，二姑、三姑也来了。她们的真名一个叫马素英，一个叫阎光凤，都是红四方面军的女兵，西征时也就十五六岁。被马匪抓到，受尽凌辱，没法生育也不想嫁人了。

我们三个女人都是为了革命把身子和清白献出去的，还不能对人说，羞人啊。男人在我们面前消失了，一辈子不能再去想。其实，我们也怕男人，从心灵到生理都怕。这种对男人的恐惧将伴随我们终生。

但我们仍在寺庙前立了三根"桅子"。很可笑吧？女人啊，始终摆脱不了男人。知道它是封建迷信，组织上也批评过，还是让它们立在了那里，算是个念想。

我整日面壁，真正是出家人的心了。开始还放不下女儿。子丹死活要待在南亘山，说是陪我。大学毕业又回到这里，来见我，被我骂下了山，再不理她了。好糊涂的女子，她认我这个妈对她有什么好处？没想到她最后还是稀里糊涂地就跳了崖……我的女子啊，妈多想你……我对不起我女子，该随她去了，陪着她。但我也不知道自己为何就稀里糊涂还活着？

哦，是的，我还有个女儿，子青。

胥后来到底知道了，他要了子青跟着他。本来连子丹也一块要的，子丹哭喊着不肯。他曾想来看我，组织上不同意，他的老丈人已是中央首长了。他便写了一封信，解放后唯一的一封。信上说：

上官同志，考虑良久，子丹、子青的姓，不用改来跟我。过去搞地下工作，我自己的名字也换了不少。我们革命者，连命都可以不要的，哪在乎姓氏有无人继承？再者，她们也应该记住她们的母亲是一个对革命、对党忠诚的同志。这也是我的心愿。知道你身体一直不好，甚为担忧。还望放下包袱，调养身体，党和国家还需要你，两个女儿也需要你。

这封信我看了若干遍、若干年。我咀嚼着每个字如同在咀嚼自己破碎的人生和破棉絮般的躯体。这也是我在失去女儿悲痛欲绝之时，仍活下来的原因。

有时候我也不面壁，会凑近"桅子"看——早晨起来有那么一会儿，以为自己是全新的。过去的事，包括胥的样子竟都模模糊糊了。顺着势甩一甩想象中的水袖，尖着嗓唱几句，耳边就哐吃—哐吃—哐哐吃地响了起来，一辈子也停不了似的。

……

奕华听了大姑的故事后，好几天，身体土崩瓦解似的痛，发冷颤，牙齿"嘚嘚"地响，大热天捂着被子还冷。晚上睡觉一闭眼睛，那些对付女人的刑罚仿佛全摆在她面前，无法不去身临其境、身受其害。她的双乳、她的私处、她作为女人的尊严都在烈焰油锅里煎熬，她想用手用意志去保护和捍卫。但，在男人面前，女人连一只蚂蚁都不如。

白天走在大街小巷，只要有男人从身边走过，特别是无意间男人的肢体触及到她,奕华的乳房、私处便像被烙铁烙焦,镂心刻骨地痛,冷汗布满额头。

大姑让奕华知道,男人不是女人的亲人、朋友、同类,男人禽兽不如。

但奕华却越来越思念父亲。

奕华加紧了对"好舵爷"的诅咒,把他想成反动派、美帝国主义以及一切走狗——代表着男性强权、男性侵略的一切势力。诅咒他们统统去死,统统在她面前消失。否则,做为善与弱的女性,就难以存在了。

夏天快结束的时候,奕华得到了一个惊人的消息,这个消息让奕华对自己产生了深深的恐惧——

"好舵爷"真的死了,就死在城南中学旁的七一桥下。平时,桥下不过是条小溪沟,人一抬脚就可以跨过去,哪淹得死人?但这个夏天妮儿河就像怀孕的女人,愈来愈肥硕,水就向大小溪沟涌,七一桥下变成了泽国。

"好舵爷"当然是去游泳死的,但他竟成了英雄。

说那下午他和某高一男生下河耍,碰上一个初一的男孩哭着求他:"好舵爷"去救他们噻,我救不起来,他们快没命了。

"好舵爷"看到河中心真有两个脑袋在一上一下扑腾挣扎着。他二话没说,连衣服都没脱就跳进水里。不一会就救起了一个。第二个,他没救起,那个人带着他一同消失在泽国里,最后连尸体都没捞上来。学校还派人到唐家沱去等,说是大河小河的溺水人出渝都都会在那水沱回旋。仍是没有。"好舵爷"的母亲一次次哭昏在地。她生了六个女儿,40岁才得了"好舵爷"。但上天好像设了个局,造了一河大水就把他拿走了,连尸骨都不给她留。

"好舵爷"真的死得蹊跷,让人匪夷所思。那河水看上去很平静啊,湖泊一般,"好舵爷"游泳的身手了得,怎么就会被这样的水淹死呢,还尸体都找不到?……奕华听着人们议论纷纷,做贼心虚似的不发一言。

"好舵爷"成了舍己救人的少年英雄,学校追认他为共青团员,县里敲锣打鼓把光荣匾和锦旗送到他家,市团委和报社都派人下来专门搜集他的事迹。但他在煤矿工作的父母只知道哭,一点也不配合各级的意图,他母亲更是说狠话：我不要什么英雄，只要我的儿。有关方面要学校在可能的范围内尽量满足英雄母亲的要求，一定做通她的工作来配合宣传。于是，英雄母亲终于发话了：必须让学校有个绰号叫"乖咪咪"的女学生上她们家去一趟。

谁是"乖咪咪"？校党支部书记满校园翻找。站在他对面的奕华母亲淡淡地说：不用找了，是我女儿。那些下流的男学生给取的这么个下流的绰号。我答应让她去，但我得陪着，书记您也得去，还得派几个民兵。

奕华一行人浩浩荡荡去了"好舵爷"家。那是一个贫穷之家，两间屋，除了一桌、几凳、几床，别无他物。"好舵爷"的母亲和几个姐姐都盯着奕华看，很仔细地看，看得奕华浑身发毛，不知这家人找她来干什么？她退后几步，竟去攥住母亲的手，这是她很难得地主动去与自己的母亲肢体接触。她警惕地观察这家人的一举一动。

"好舵爷"的母亲并没顾及奕华的反应，只是回头对几个女儿说：像，真像，太像了。她让一个女儿拿出一叠纸，一张张摊在床上。当第一张展开时，奕华就"啊"地惊叫起来，然后是奕华的母亲、书记等一行人的一个个惊愕表情，对着满满一床几十张的画。

画的是奕华，全是，用铅笔、钢笔、圆珠笔；有肖像、有速写；奕华笑的模样、恨人的模样、蹙着眉哀愁的模样。每张画都写着"献给乖咪咪"，用隶书写的。这样的画、这样的字分明是个才华横溢的人的作为，怎么可能与那个让奕华恨之入骨的小流氓联系在一起？

"好舵爷"的母亲说：妹妹，我儿好喜欢你。他在家从来坐不住，从没见过他做过家庭作业。但画起你来，一画就是大半夜。我儿真的好喜欢你。

奕华流泪了，竟不知自己为何有泪要流。她不禁看看天上。屋里没有天，天被裸着的青瓦给遮盖住了。但奕华还是要看——老天知道她的诅咒。父亲曾给她说过一句古话：人心生一念，天地尽皆知。她生了恶念，老天就知道了，多恐怖。还有，她真的无法搞懂男人是怎么回事？男人的世界是怎么回事？本来父亲是可以帮助她的，至少，父亲可以成为一座桥梁，让她走向男人世界时没那么多恐惧。但，父亲消失了。父亲是作为一个至关重要的男人标志消失的。

5.

"好舵爷"的墓碑就耸立在七一桥的桥头。奕华从那里走过,怎么看都觉得它像一个肥硕的"桄子",立在那里,下面是社会各界敬献的花圈。这种煞有介事让奕华忍俊不禁。但,她马上握住自己的嘴,左右看看,俨然离去。

1976年的初秋很快来了。奕华在这个初秋流下了人生中第二次悲痛欲绝的泪水。第一次是献给父亲的,这次献给了她敬爱的毛泽东主席。

奕华对毛泽东的爱戴和信任甚至超过了对父亲的。可以这样说,那个时候这个女孩的灵魂是属于毛泽东的:毛泽东的任何一首诗词,她可以张口诵来;毛泽东在电影画面上的一举一动,可让女孩热泪盈眶。她爱着这个高大肥胖的老人。尤其是父亲的消失,更让毛泽东成为她在世上唯一能爱、能相信和依靠的男人了。她还是儿童的时候就有一个习惯,捡牙膏皮、橘皮、废纸、废铁等去卖,攒钱,为的是有一天到北京去见到毛主席。知道见毛主席很难,但她会在中南海门口一天天等待。她想,这一生一定是要见的。无论如何,哪怕是上刀山下火海也要见到的。但没想到她的誓言这么早就落空——一种叫死亡的东西,又一次横在她与所爱的男性之间——这是个多么至高无上的男性呵,他们却已是阴阳永隔。她怎不悲痛欲绝?

在大体育场举行的全县追悼会上,悲痛欲绝的岂止奕华一个?人们像被秋风横扫的落叶,"哗",一片倒地,"哗",又一片倒地。奕华也在其中,最后被医护人员提前带出会场。

还有个十六七岁的女孩被提前带出。准确地说她是被民兵当现行反革命分子弄出来的——众人皆哭时,这个女孩用手遮住脸,向左侧着,嘴一咧,竟在偷笑。被人发现,打了个半死,几个男民兵像拖死狗一样从人山人海中把她拖出来。她的长发逶迤在地,扫过之处是鲜红的血。她的血在人山人海中甩出了一个长漫漫的"之"字……

转眼便是1977年元旦,小城下了南方少见的大雪。雪让男根山转眼间变成白色的庞然大物,耸立于天地间,更像沉重的心事压在奕华的心口。她踩碎雪,爬上垭口去看父亲的"桄子",愈发感觉未来的苍茫。她这样整日无所事事地在小城游逛已很久了，无聊之极。让她的谈吐越来越像等待着男人回家的那些妇女。而她比她们更可怜的是：不知自己在等待什么？

她不禁战栗。

而她在垭口意外地撞上一个女人。女人跟在她后面，喋喋不休地对她说：不能再这样瞎逛了，你得走出南亘山去。女人喋喋不休一遍又一遍坚决地说着。

她站住，女人也站住，仍说：从小就看得出你是个有远大理想的女孩子，不能像我们，被这小地方埋没。你得走出去，走出南亘山，愈远愈好。

女人还说可以为奕华提供机会，她有一亲戚是市植物研究所的领导，他们正在招野外画植物标本的临时工，吃住全包，每月还有36元的收入。"关键不是钱，是可以去许多地方。你不是喜欢写作么，要当作家就得四处采风哇。"女人说得贴心贴肺。

奕华本打算不理睬这个女人，甚至咒骂几句拔腿便走。可最后，竟被女人说动。她心动的一瞬，脸发烫了，发现自己竟是在干一件背叛的事情——背叛自己的真情实感，背叛母亲。

自己是那么轻易就会背叛的。

奕华很不好意思了，她看清楚自己身体内还藏着一个很会变通、甚至有点无耻的自己。但，也只能装出一脸无辜地叹了叹气，就答应了女人。

那女人是奕华与母亲的敌人——姚俐俐。

而奕华顾不了这么多了，她决定要抛弃母亲，抛弃与南亘山的恩和怨，抛弃自己17年的生活记忆，投奔新世界。

丹巴

1.

梨花，全新的梨花，女婴般笑得纤尘不染。清晨，一拥而上展现在奕华眼前，她猝不及防地见到这个新世界，不知所措了。

这里是四川甘孜地区丹巴县的甲居藏寨。昨天，她们一行人骑马上来，几乎是摸着黑上来的。

寨子由山腰向山巅蔓延，缓缓地，如手掌优美地打开，伸向高处，每一个指头都指向一个高悬的巉岩。夜里，房舍全被黑漆漆的林子包裹，黑暗占领了寨子，偶尔的灯火那么费劲、辛苦地从黑暗中探出星星点点的头，像上帝撒下的大网里几条可怜巴巴的鱼。她们走了快两小时，月亮才从厚实的云层中挤出来，冷光把天空剪出一道柳叶般的缝，把细月亮养在里边。但足以给山林与寨子洒下一种幽蓝的色彩。这种色彩比纯粹的黑更神秘和鬼魅，可以让白色的藏居像底片在药水的化学反应下渐渐显影。特别是奕华一抬头，准确地说是仰望，一座天宫般的藏楼神话般地站在悬崖上，比细月亮更扎眼的银白与皎洁，墨黑的那片天被它反光过去，变得如洞穴般，有着无尽的深邃。

再转过一道弯，星星点点的灯火、神话般的藏楼突然隐去，唯见山林层层叠叠，占据天与地的全部空间。细月亮把柳叶般的缝撕扯得更大了，月光像瀑布一般从缝隙里一泻而出，飞流直下三千尺，把密实的山林世界一分为二。

奕华半睡半醒地在马上摇来晃去，走着似梦非梦的旅程。身子几乎是匍匐在马背上，差不多睡着了，幽蓝的山林变成了一幅幽蓝的画，在她梦境里打开。她见到了骑着的白马正向蓝森林的深处走去，那里有极薄如纱的雾笼罩，蓝色变成歌咏般的玄妙。她的马只管在蓝色中徘徊，如同走近了灵魂的边缘。一瞬，它驻足回望，像在聆听或等待。她的马在作询问，向反射着月光的银白、也成为了通体银白的树杆。那么蓝森林的蓝来自何处呢？如同月亮被云遮住，森林里仍有月色的回荡。难道，它们是来自一种灵魂，而她的马已徘徊在灵魂的边缘？

若干年后，她见到日本画家东山魁夷的《白马·森林》时，灵魂中有了惊呼——那不是她梦中的那幅画么？那种鬼魅又纯洁的蓝、轻雾和隐约的月光，包括那匹踌躇的白马。它们是从她的梦里迁徙于东山的画中，还是从东山的画里跑去了她的梦？谁敢相信这般的鬼使神差？但，千真万确，那一夜，在中国的丹巴，她走过了一个从未谋面、甚至连名字都还不知晓的外国画家所创造出的幽蓝朦胧的月下山林。

而此刻奕华仍看不清楚这个甲居藏寨到底是什么模样？她的视线被海一般奔涌的梨花遮住了。梨花顺着山势把寨子盖了个密密实实，高高低低、瘦盈疏密，形成满山遍野梨花的节奏与韵律。那真是浩浩荡荡的大海啊，风一过来，震耳的哗啦巨响，涨潮了，银白的花瓣暴雨般打下来，全是银光闪闪的箭矢射向泥土，泥土有着乐不可支的微微颤抖。

梨花海洋的深处藏着外面的人难以知晓的世界——是的，民居，天知道它们是怎么建造出来的？应该说它们不是形而下的物质构建，而是形而上的想象空间。白壁之楼，却用艳红、艳黄、艳蓝描成图案，装饰窗框、门楣、楼顶和飞檐。它们比所有的童话更具诱惑，尤其是它们在海一般的梨花后若隐若现时，只剩下楼顶五彩缤纷的经幡像船桅上的旗帜一样，在海面上招展、舞动，打着旗语，指引人们回家。

天又是不可思议的蓝，仿佛会天长地久地蓝下去，掺不进些微的灰与白。白云朵趴在上面一动也不动，也仿佛是天长地久的样子。阳光直端端照下来，梨花的香味已不是植物的体香了，奕华说不出来，想着这样的香非人间的，来自天上。而她也只能像《红楼梦》中的林黛玉隔墙听到《牡丹亭》的词曲那样，由不得心动神摇，感慨缠绵。她蹲身坐在一块石头上，仔细问自己：这就是自己想要的世界么？

奕华走到丹巴，九死一生。

丹巴

　　他们植物考察队一行七人，五男二女，是坐在军用卡车的敞篷车厢里，从成都过来的。途中要经过康定、新都桥、八美……要翻越二郎山、跑马山、折多山，这些海拔四五千米的川西恶山……

　　翻过二郎山的东坡后，西坡便来了。东坡与西坡冰火两重天。东坡已有春之景象。但西坡，竟下着鹅毛大雪，弯多险峻的公路上积雪达一米多深，推雪车在前面推，一辆一辆的车即刻跟着，在宛如雪筑成的甬道里蚂蚁般地爬行，生怕稍稍不慎，车就踏空，掉下万丈深渊。

　　没带棉大衣的奕华刻骨铭心地冷，一件件地加毛衣，仍像是被赤身裸体扔在冷库里似的。她咬着牙充能，不想让同路的人看出她的危机。但，牙把下嘴唇咬出了血痕，血往外渗了，仍无法用意志克服寒冷。

　　带队的央金，是个当过兵的藏族人，老家就在丹巴。看到奕华的脸已乌紫发青，还站在车厢头迎着雪假笑，便粗声大气地对几个男人说：都挤成团坐下来，把她捂在男人堆里。奕华听到这话时，意识已有些模糊，只觉得自己重如铁又冷似冰柱子的身体，被几个男人从风雪口拉了下来，央金好像把雨衣之类的东西往她身上裹，再把她抱在怀里，一个男人从她右边挤过来，右边有了朦胧知觉；另一个男人从左边挤过来，左边也多少有了知觉。还有一个坐在她前边，背几乎靠着她，为她遮风挡雪。

　　她几乎是坐在男人堆了，从来——她的身体没离男人如此之近。虽然在她意识飘浮中，仍下意识抵御这些来自异性的气息和能量。但，徒劳。她的肉体竟是欢欣地迎接它们的到来。她很受用，情愿自己昏迷，犹如一种放弃，对身体的。她真的就进入到一种迷顿的状态，觉得央金在使劲摇晃着她，又拍打她的脸，央金在说：不能睡，睡过去就完蛋了。

　　但，她还是放纵自己往睡眠的深处走。偶尔被央金拍醒，眼睛和灵魂也只能望见高处——望不到顶的大雪山，一座连着一座，像月亮般皎洁，甚至洁白得连月亮的那一块阴影也没有。真是圣洁啊，她在迷糊中发出赞叹。这圣洁的雪山竟在一个无声世界里存在，此刻，它们是沉睡还是醒着呢？她想，应该是醒着吧，因为她看见它们身上揣着一些东西，那东西似乎在动——那是些墓碑，没多远就是一个、两三个，或者一群。她从未见过大山里会有这么多的墓碑，就像天然生出来似的。但也显出了它的不情愿，仿佛这些都是它抱养的儿子，

……095

它只是墓碑的后娘。哦，多冷漠残忍的大山。但墓碑并不抱怨。它们像树木一样把根扎在冰天雪地中。根扎下去时，肯定很痛，要不墓碑的字为何会像汩汩流动的血那样红得新鲜，热气腾腾的呢？是的，她在这无声的白茫茫世界，唯一看到的热烈，就是墓碑上的红字。那红字在漫天雪花飘飞间，竟有动感，竟很温暖。奕华看着看着，便看到一些年轻男人的面容晃动在红字或墓碑的四周，或嘀嘀咕咕地自言自语，或互相交谈，或哭或笑。他们都不怕冷似的，穿得很单薄，有一两个人连帽子都没戴。

她不知这些出没于墓碑的男人是些什么人？只觉得他们的年轻一如自己，一如车上正捂着自己的男人们。那他们的气息和能量呢？怎么丝毫也感觉不到？奇怪了。她张口问央金：那些男人是谁？央金却更紧紧地抱住她。"不得了，说胡话了，不得了。"央金焦急地对其他人说。后来到了丹巴的甲居，她才听央金的阿爸说，那些墓碑下埋的都是修川藏线二郎山段牺牲的解放军战士。不是有首歌这样唱：二呀嘛二郎山，高呀嘛高万丈。想一想嘛，高万丈就是上天去了，天路啊，险，死的人一潮又一潮，平均修一公里路就得死人，说这段路是人骨头垒起来的，一点也不过分。央金的阿爸说着，泪就出来了。原来他当年便修过川藏线。央金的阿爸还对奕华说：了不得啊，姑娘。你看到的就是他们啊。这不是迷信，是你有天眼，看得见冥界。你的前世搞不好就是我们藏区的活佛。

奕华自然不敢去想自己是否有天眼、有前世。她只清楚自己过二郎山时差不多快死掉了：发高烧、说胡话，徘徊于生死之间，愈来愈接近无边的黑暗，死神的巢穴已清晰可见。直到躺在康定的一所小医院里突然地清醒，黑暗才从她身边渐渐散去。她侧过脸，从藏式的窗户看出去，阔大的天空里，贡嘎山巍峨于云端之上。那又是一座威风凛凛的男儿之山，冰雪也掩不住它青铜器般的质感。它沉默，任云绕雾缠也不动声色，像身着盔甲即将出征的帝王，表情坚毅，冷酷得近乎于狰狞。

奕华突然很想念母亲，觉得母亲离她很远很远了，像住在另一个世界的时空里，仅仅是眼前这座贡嘎山就足以挡住她回去之路，以及母亲的怀抱。仅仅是一些山，就让她成了找不到来途的孤零零的人，连回忆都是弱不禁风的。她想啊想，又是头痛欲裂，只有梦让她找到回忆的路径。梦竟比白昼的冥思苦想更真实更清晰……

　　她想起了离开南亘山前后的琐琐碎碎：母亲从没问她为什么要离开，谁帮助她找到的这份工作？母亲没问，只是埋头嚓哧、嚓哧给她准备四季的衣服、被褥、洗脸盆、洗脚盆，好几个鲜红的月经带，用柔软的草纸折叠成条型，几大包，似乎是一辈子的，供奕华随时取出来塞到她万分憎恶的月经带中去。

　　奕华的离开似乎一瞬间就催生了母亲的琐碎。琐碎的母亲成了真正意义上的母亲，可怜的被遗弃的母亲。奕华觉察出母亲的悲哀已像深不见底的潭水，面子上还闪动着绿的涟漪，但潭底已是墨汁般的死寂，没有光能穿透这墨汁般的黑，去照亮居住在潭底的活物或石头。没有。

　　母亲带她去火葬场祭奠了父亲的骨灰盒。母亲把父亲一直放在那里，是因为爷爷也在那里。母亲不想把他们埋在南亘山，当这里是他乡。想着总有一天是要带回上海去的。母亲不让奕华在火葬场多逗留，又带她去了男根山的垭口，看父亲的"桅子"。有个景象让母女俩暗暗奇怪：她们很久没来了，但从大石头进来，已被踩出一条路来了，而"桅子"周围，也无一叶半粒的杂草。"桅子"站在那里，稳稳实实，大太阳照着，没半点衰老之相。

　　谁会知道这是父亲的"桅子"？除了她们，谁还会来，而且来得很勤？这让奕华与母亲不由得暗自惊骇。但也就是稍顷，奕华便明白了，她相信聪明的母亲也恍然大悟了。但她们谁也不说。奕华蹲下给"桅子"添了几抔新土，想起父亲曾自言自语过：什么样的灵魂才配得上冷月去葬呢？奕华却不愿冷月去掩埋父亲的魂儿，那样就无迹可寻了。情愿他的魂儿在这里，在最质朴的石材做的"桅子"上。她可以用手摸得到，用土把它夯实。

　　奕华站起身来，就望见了妮儿河，以及隔着河的她家的房子、房子的后门口。那还是个家么？奕华心里问。那个房子没有了男主人、没有了孩子，一个女人将孤零零地在里面徘徊。想到这里，奕华的泪就流了出来。母亲看见了，也不吭声，突然就石破天惊地来一句："走，我们还是买点东西去姚俐俐老师家感谢吧。""对不起，对不起，对不起……"奕华心里一遍遍对母亲说，差点就要跪在地上磕头了。但，她的表情竟有可怕的淡定。

　　走之前，奕华还去了一个地方——大姑那里。大姑病了。开春了还偎在几床厚厚的冬被里。但她一点也不提及自己的病，哭哭啼啼地告诉奕华胥病逝的消息。

"想不到他还死在我前面了。不该这样啊,不该再让我为他哭丧。该他来为我哭一场,他欠我啊,没有还,怎敢就走了?"大姑泣不成声,"男人是些什么东西?不守信用啊。妹妹,你永生永世别信男人。你要出去闯社会了,会碰到很多男人。但记住大姑的话,哪怕身子守不住要交给男人了,千万别交出你的心,让它离男人远远的,男人千哄万哄也不要哄去了你的心。"

坐在角落里的二姑对哭哭啼啼的大姑很是不耐烦,说:她还是个娃娃家,你说这些做啥?还有,你老了老了,各自将息,又写些莫名其妙的东西做啥?耗神不说,下面的领导知道了又会挨批评,甚至挨斗的。真是好了伤疤忘了痛。

奕华要看大姑写了什么,二姑偏不给:"都是些封资修的东西,看什么看?"大姑从冬天的被褥里挣扎出头来,喘着粗气说,给她看吧。要不,也就化作灰了。

是用毛笔写在旧报纸上的乱七八糟的一堆字,大的如巴掌,小的如蚕蛹。内容也是奇怪的,奕华看不太懂——

上邪,

我欲与君相知,

长命无绝衰。

山无陵,江水为竭,

冬雷震震,夏雨雪,

天地合,

乃敢与君绝。

……

奕华从寺庙出来,果然看见三根"桄子"的两根已断了头,衰败得不成样子了。一根是三姑立的,恐怕早随三姑去了。大姑这根也差不多快倒了。看得出大姑连给它擦拭一下的心思都没了。奕华有着不祥的感觉,知道大姑正在放弃。但又有什么办法呢?奕华甚至想,或许放弃也好,至少大姑快沉没的灵魂,可以带走这个昼夜立在露天受罪的"桄子"的灵魂。灵魂与灵魂双双对对作个伴,自由自在地飞去天涯海角浪迹,总比在人世间各奔东西强得多。

奕华下山,大姑那些告诫像咒语一样伴了她一路。可回过头去,青天白日的，野花没心没肺地开得姹紫嫣红，还贡献出花蕊子来与蜜蜂调情呢。

　　两天后，奕华从看得见贡嘎山峰的小医院出来，便活鲜鲜的一个人了。再翻海拔4298米的折多山也没事。折多山的雪飞起来，比二郎山的速度快，万箭齐发似的，打得解放牌大卡车的车顶梆梆作响。奕华穿着在康定买的藏式棉袍子，想起母亲其实给她准备了一件军大衣的。走时，她悄悄丢在了家里。在海棠渡母亲还问：大衣带走了吗？……她在船里，母亲在岸上，并不冷的天，母亲却缩着肩，搓着手，怕冷似的，茫然地站在那里。奕华怎么觉得母亲就变成了小奶奶那样无儿无女的老妪了呢？无可奈何地守着岸，眼睁睁看着船对自己的抛弃和背叛……奕华又流泪了，好像有无尽的泪蓄在身体的某个地方，触景生情，泪的闸就打开了，比如在折多山、新都桥，骑马攀爬甲居藏寨的黑夜。

　　但白天终于来了。一个梨花千树万树怒放的春天，从山脚铺排到山顶，银灿灿的春天，竟在一夜之后到来。奕华问自己：是你要的新世界么？梨花雨又被风吹过来，花瓣打着奕华的头、脸、眼睛、肩、乳房——凹下去的和凸出来的地方，箭矢一般射过来。奕华差点被银灿灿那么快速飞过来的影子击倒，让她也变成了花瓣的影子。声响也有了，哗啦，哗啦，像海洋涨潮。奕华听懂了它是在回答，欢欣地回答。

3.

　　梨花、大山、路，让甲居藏寨几乎与世隔离，躲匿在一个不为人知的角落，如森林包围中的城堡，里面全住着美丽高贵的王子和公主。

　　奕华对王子、公主是没什么概念的，她只见过一个王子，就是西哈努克亲王那位跳红色芭蕾的拉那烈王子。关于公主，也只见过丰腴妖娆的菲律宾马科斯夫人带来的几位公主。但在奕华看来，他们都不如甲居的男人、女人漂亮。

　　甲居的美男美女让奕华瞠目结舌，不可思议。

　　奕华早晨站在梨花树下便已看到一队穿着嘉绒藏式服饰的男人，骑着马匆匆从她的住房前走过。这队男人是去他们头顶那座山上打泉眼的。但奕华怎么看也像是去转山旅游的人马。男人的藏袍虽是深黑色打底，但边襟、袖口、配饰却花哨得很，红红绿绿，甚至有很多是用了豹纹皮去点缀。骑在马上，仍看得出男人是如何的高大挺拔，宽肩、窄臀、修长的腿、黑眼睛，一笑，牙齿雪白。

他们还打着口哨从奕华面前走过，嘻嘻笑着，不卑不亢。走过了，又回过头来看奕华，口哨声此起彼伏，黑眼睛直看得奕华的脸发烫。她不但不反感，反而享受着这些异族男子灼烈、滚烫如高原太阳般的目光。

在山寨迎接他们考察队的联欢晚会中，她又见到这群男人。

晚会是在寨子最高处的平坝举行的。暗夜中，篝火撩人。当地人围着篝火，跳起了锅庄。

男人们是跳锅庄的主力。他们比星星还多，一队队排山倒海地到来，排山倒海地撤退。他们的歌、跺脚，都会掀起浩荡的雾或尘土。尤其是跺脚的舞蹈，哒哒哒，哒哒哒，山跟着摇过来、晃过去，弥漫几重山的梨花也被这巨大的声响惊动了，哗啦一声，集体下起了梨花雨，如大海的潮汐声，轰鸣，银灿灿的花瓣在夜中乱飞，不慎飘落入篝火的陷阱，噼里啪啦，烧出一声声怪响，也烧出一种撩人的气味出来。

奕华也掉进了某种陷阱。她被这排山倒海、浩浩荡荡的男性的阳刚、力量、气势、宗教所诱惑。这些像军团那么多、那么强大的男人，是她过去在南亘山从没见过、从没体会过的。她想起南亘山那些女人的夜晚和周日，独自在街上、电影院门口、空荡荡的家中徘徊，东张西望，无所事事；想起她们会为一些瘦巴巴的男人拼来打去，失去自信和自尊，心中就涌出对这些女人的可怜来。

这里是多么浩荡的男人世界啊。这些男人已在奕华面前组成了男人的森林，他们也像存活了成百上千年的树，让黑夜证明他们的高大与原始。他们都在一米八以上吧，奕华不禁想。因为在南亘山，一米七五的男人都是凤毛麟角的，所以，奕华从小就对高个头的男人本能地喜欢，甚至崇拜。高个头的男人会点燃上帝隐藏在她身体最深处的激情与疯狂，比如现在，她见着那些男人敞开了厚实的胸膛，把他们结实发达的臂膀无限地伸长，犹如鹰翱翔时的姿态，彼此勾肩搭背地跳着踢踏舞，她差点像李慧娘那样惊呼：美哉，少年。有一种很强烈的冲动在她浑身上下沸腾，这种冲动几乎要抵消十七八年来她所受过的憎恨男人的教育，十七八年来男人给予她的恐惧与伤害——她渴望被这些奔涌着疙瘩肉、结结实实的臂膀抱住，进入他们散发着男性汗味的胸膛，一如所有的鸟兽回到的巢穴。

难道，男人的胸膛便是女人的巢穴？那，女人的什么地方才是男人的巢穴呢？这时的奕华还不懂。后来才懂：女人更渴望男人的上半身，由形而上才能转为形而下。而男人从来向往的都是女人的下半身。下半身是他们永远的巢穴。所以，男人与女人，由于始点与终点的不同，只会是半路朋友，一世仇敌。却又是你中有我、我中有你的亘古伴侣。

奕华却在冲动的边缘退却了。她都不知道自己怎么能在瞬间浇灭奔涌在身体里的那种东西。那可是些奇怪而又无耻的东西啊，不但在身体里激荡，甚至像猛兽一样在撞击身体的大门，哐当哐当，一次比一次猛烈，要扑将出来。奕华已听到身体中藏着的那个兽在叫，生平第一次。她怕，怕了，不知身体里为何养着这么个东西？她不知所措，所以，退却。她把自己牢牢钉死在篝火边，坐在那里，当一个看客。她必须这样囚禁自己的身体和狂乱的心。这样，才能管住自己舞蹈的冲动，想扑进那些男人怀抱的冲动，想大吼大叫、赤脚、甚至赤身裸体在这开满梨花的山野里奔跑的冲动。

但奕华不过是坐在篝火旁的看客，表面上看去她是那样安静，极不正常的安静，甚至他们考察队的人一个个都加入到跳锅庄的队伍里，她也摆摆手，不参加，任何人拉都不行。央金看在眼里，很明了地说：别拉她，没用的。奕华与央金目光对视了一下，她知道央金看透了自己，甚至比自己更清楚。

奕华又一次发现自己的可怕——那个一动不动坐着的人很可怕啊，她表里不一，人格分裂。关键，她竟可以驾驭自己。

奕华不敢再去看男人，去看女人。看女人时才发现，这里的女人也在看她，但眼神带着敌意。

她得承认，这里的女人太美了，是上帝的宠儿。她们的美给人以强烈的感官刺激，如同你走着一马平川的路，猛然就见到面前耸立着的高峰上悬挂着的瀑布。瀑布之水没头没脑向你灌过来，你无以回避和拒绝——这是一种具有悬念和危险的美，一种你必须互动和承受的美。

一堆女人跳了过来，她们在狂野的锅庄中竟保持着典雅端庄，犹如宫廷中的风格，昂着头，撩动长裙时无比矜持和骄傲。奕华甚至看到一个漂亮的女人撩裙时很不屑地瞥了她一眼，像出巡的皇后要让闲杂人员闪开一样。

嘉绒藏的女人服饰也成全了她们。虽然也是以黑为底色的袍子，但五彩头帕盖在头上,刚好让她们从眼睛到嘴唇的地方形成神秘的阴影,却把精致的高鼻梁更显现出来,凹凸有致。偏襟短袄或背心,宽边子上绣了花朵、云彩。花朵鲜艳夺目,栩栩如生;云彩五颜六色,煞是好看。上衣都瘦小,卡着腰,人一扭动,胸前与腰间的花,忽闪忽闪,晃动于奕华的眼帘前,甚至可听到花朵与云彩的声响,像南亘山暮春的风,吹来刮去的,要把一切斩断。然而渐渐,奕华学会了坦然接受女人们敌意的目光,她视为一种嘉奖。她终于能肯定自己也很漂亮了,因为能被这些惊为天人的美人所敌视与警惕。

奕华还发现,丹巴或甲居,真正的领袖并不是男人,而是这些戴着五彩头帕,像皇后一般出巡的女人。

奕华感到了丹巴的神秘。

她想起小时候父亲讲的故事。

曾经,四川西面的大山之中,有一个东女儿国。那个国家大到国王,小到家庭的家长都由女人担任。

女王有许多丈夫,丈夫都宠着爱着女王。女王闷了,丈夫们就修出十六角的碉楼,比赛着爬上高入云天的碉楼给她看。那些女家长们也是有着众多丈夫的,庶民的丈夫也仿照女王的碉楼修,四角的、八角的,碉楼在女儿国像大树般四处林立,女儿国又被称为"千碉之国"。

"千碉之国"的男人本来就长得体格彪悍,经常爬碉楼手脚并用,更让他们健硕。但有一年,女王却爱上了泡汤(温泉),恰好女儿国到处都有温泉,温泉成了女王日夜缠绵的地方。她还找人四处收罗春天梨花的花瓣,用特殊的办法保持它们白晶晶的色泽与清香之气。春秋冬,她一泡汤,这些活鲜鲜的梨花瓣一箩筐一箩筐倒进泉池里,池里不见水了,只有银灿灿的花瓣翻滚起伏,如白晶晶的迷梦,梨花清香飘四五里之远,这就是传说中有名的"梨花汤"。

身为庶民的女家长们也争先恐后地仿效,整个东女儿国都沉浸在梨花的芳香与温泉的云雾缭绕中,女人粉红色的肌肤与身体被白色的迷梦托起又放下,与男人结实的胸膛碰撞,没日没夜地嬉笑与歌唱。没日没夜地泡,放纵地泡,让男人的精液成了废东西，东女儿国的生育越来越少。敌国来侵，泡惯温泉的男人手无缚鸡之力。东女儿国就这样灭了，灭在了万端风情的"梨花汤"中。

奕华一直认为这个故事是虚构的。没想到她有一天来到丹巴，看到这里每座山坳耸立的碉楼果真像森林般密集，又恰好有梨花佐证，她怀疑，东女儿国真实地存在过，并且，就该是丹巴这一带了。博览群书的父亲，肯定是在史书上读到的。只是他怎么可能想到无意讲给女儿的故事，却是千里的伏笔，冥冥之中，命运送女儿来追究故事的结局。

奕华很想知道关于东女儿国的事情。白天上山画完植物标本，再累，晚上也要缠着央金带她去寨子串门。

但串了两个月的门，能够与她谈东女儿国的人几乎没有。有一两个稍知道一点的老人，也只是含含糊糊说：有过啊，有过啊，古代了。你看那座墨尔多山，便是女王的神山。你该去问问卡卡姑娘，她什么都知道，问她去。俩老男人，一说到卡卡姑娘，表情异常丰富，诡谲地笑。

"卡卡姑娘是谁？"

"看，就住在我们头顶上。"有个老男人指了一下。

奕华看到了，那头顶上的卡卡姑娘的家，就是她骑马上山那夜见到的悬崖上的"天宫"，比梦更不真实的所在。

任奕华怎么求、怎么缠，央金就是不带她去卡卡姑娘那里。央金总是说：找人带口信了，人家没回话。

"不可能这么难吧，我看这里的藏胞都很好客，你不带我，我自己去就是，另找一个老乡做翻译。"

"你可别乱来。卡卡姑娘不是一般人，她不高兴了，你要遭天谴的。这是藏区，有我们的习俗。"央金竟发火了。这是奕华第一次见到好心的央金发火，再不敢提去卡卡姑娘家的话了。

六月底，丹巴开始进入雨季。这是个危险的季节，随时都有滑坡、泥石流发生的可能。但，甲居藏寨由于最初设计惊人地科学，所以倒很安全。只是暴雨下来时，奕华他们无法上山去画标本，只能窝在宿舍打牌、下棋打发时间。奕华却不。她常常打着伞，站在卡卡姑娘家的悬崖下，仰望，一站就是两小时，发呆。不久，甲居就有流传了，说有一个漂亮的汉族女子被卡卡姑娘定在了她的藏楼下。这样传说的结果是，卡卡姑娘带话来了，让央金带奕华去，但必须是白天。

卡卡姑娘的家，看上去，不过是在山间错落有致的藏寨最高处。其实，从甲居走向那个悬崖，要翻过一座山，得骑马走上一个多小时。卡卡姑娘的家与寨子无关，并且，也与红尘无关。它在别处，接近天际的地方。

奕华走近了，吃惊地发现：那夜，以及在悬崖下，她见到的这座楼都是像白月亮般的白，可现在却是不明朗的赭色。诚然，屋子已被大片大片的紫色、粉色的花朵包围，央金说，这些花便是格桑花。但这些弱小的花怎么可能改变一座藏楼的色彩呢？奕华盯着卡卡姑娘家敞开着的门，差点不敢进了。

"姑娘，进来吧。"一口字正腔圆的普通话在招呼她，那是个苍老的声音。奕华更迟疑。央金说，卡卡姑娘在叫你呢。

里边的屋中央，有一个绘着五颜六色图案的木榻。一个老女人坐在那里，盘腿，低着头。

卡卡姑娘竟是老女人。

她苍老、奇怪、鬼魅，却也更让奕华心旌摇曳——她满头银发，却有着两条粗大的银色辫子，似乎只有这样紧紧地束住，才不至于让丰茂的头发流离失所；她的皱纹是深刻的，衰老不可遏制。但皮肤白皙、嫩，很透明，吹弹即破，水仿佛随时会从那里涌出来；她是个瞎子。她以听觉、嗅觉、触觉代替了眼睛。比如这时，她用手摸了奕华的脸骨、手、脚，对央金说：嗨，你带了一个美人来，一个可怕的美人啊，比卡卡姑娘更可怕的美人啊。

"没有谁的美比得上您卡卡姑娘的，走完丹巴没有，走到北京也没有。卡卡姑娘您不知道您有多美，您不用害怕谁会超过您的。"央金认真地说。

奕华见着卡卡姑娘偷偷笑了一下，垂着眼的笑让她的面容狰狞又神秘。她又伸出手，细细摸奕华的脸骨："开始吧，姑娘，你想问的，我会回答你。"

奕华头脑有些迷糊，要问什么呢？竟忘了吸引她固执地要来这里的初衷了。

"是想问你父亲去了哪里吧？他去了一个海岛，过得还不错。"

卡卡姑娘的话让奕华惊骇。这正是她昨晚做的梦。梦见父亲住在一个海岛上，穿着像海水一样颜色的短袖衫，朝她微笑。父亲重返年轻。

她从不向考察队的人提及父亲，包括央金。那是她无法止血的伤口，一碰就有鲜红的血涌出。而卡卡姑娘为何会知道她父亲已逝，难道能进入她的梦？一个能进入别人梦的人会是什么人？奕华岂只是惊骇，简直有些战栗，由不得正襟危坐，重新打量起卡卡姑娘来。

她仍是衰老的，但给人冰肌玉肤的幻觉。眼，安详地闭着，像熟睡。却又让人想象她睁开双眸时的含烟凝碧、光波横溢了。奕华突然有点懂，人们为何叫她卡卡姑娘了。她是一种女人年龄奇怪的组合，年轻与衰老别扭又真诚地统一在她身上。她的衰老貌似强大，但有着激情奔涌在这衰老之躯中，年轻就成为永恒的灯塔，明亮，照耀生命走向更深邃的不可知。是的，不可知，包括她的长相，多奇怪啊，既不像当地人，也不像汉人，有一种供你想象的美，不存在于现实之中。

卡卡姑娘好像知道奕华在认真看她，她把自己移到从窗口射进来的阳光下，让自己的银发在光线下像蚕丝一样地飘舞，皱纹也是。

"姑娘不是要问东女儿国的事吗？"卡卡姑娘这样开始了叙述，"告诉你也不会相信的。我曾告诉给许多人，包括政府的人，都不相信：东女儿国并不是毁灭于战争，而是女王的绝望和放弃。她有一天发现，她的王国其实早没有真男人存在了。那些出没于她身边承欢的男人，只是虚构了一个男人的躯壳，甚至有些人去了根，浓妆艳抹去做女人了。男人已无法给女人男人般的爱和疼，只能扮演臣民或儿子。女王很绝望，感到自己错了：天就该在地之上，云就该在山之巅，老天爷早就安排好了，人都是白操心。她绝望地从墨尔多山顶跳下来，灭了她的王国与时代。死前，让所有的臣民对她发毒誓，必须推选男性国王来改朝换代，王国必须是行走着孔武有力的真男人，王国必须子孙繁荣，人口众多。否则，血溅墨尔多山的她，会为这片土地带来灾难。

"东女儿国消失了，男人统领的这片土地，子孙繁荣，人口众多。但灾难也多，山洪、泥石流……人们指责女王失信。地下的女王被这样的指责搞得死不安宁。最重要的是她很困惑：自己不是已顺从了上天的旨意了吗？但上天也是困惑的，上天不知男女之争该如何是好？女王的困惑让丹巴黄昏时候的晚霞杂乱，这便是传说中的'女王之云'。"

"还想听故事吗？卡卡姑娘有的是。"卡卡姑娘把身子往奕华跟前挪了挪，声音婉转，表情更夸张地继续说，"姑娘，你是个聪明人，有天眼，卡卡姑娘喜欢，所以再说一段给你听：这丹巴的人啦，其实没剩多少东女儿国的子民了，大都是从西域移来的西夏国残存下的血脉。"

卡卡姑娘停下说话，用耳朵在观察奕华的反应。然后用诗一般的语言，讲述了下面的故事——

"西夏国啊，像是建立在金子般的沙漠上的海市蜃楼，它的美和富裕，真是一场梦哇。那是个美人如云的王国，美人都带点毒性，蜂蜜般肤色的面容上，眼睛如匕首般直逼人心，就像姑娘你一样。我已摸到你的眼神，你看，手指不就被刺痛了？

"但西夏国稀里糊涂地便被成吉思汗给灭了。王公贵族不过是土崩瓦解、四处逃窜。有一支沿着河西走廊，经甘肃，翻过青藏高原边缘的大山，来到丹巴。你想想那些王公贵族平日多么娇纵高贵，尤其是那些金枝玉叶的女人们。但这些人中竟有的踏着冰山的雪、躲过野狼的追逐，咬着牙逃过来了，辗转千里啊。死的人更多，沿途的高山湖泊尸骸遍野，凄凉着呢。

"到了丹巴他们再也跑不动了。这个地方四周被大山围困，一眼望去，山上寸草不生，长出来的尽是巨石。但他们的确再也跑不动了，总得喘口气吧。而渐渐，便也喜欢上这里。这个叫丹巴的地方，荒蛮只是表象，少得可怜的平坝子和许多耸立着碉楼的山坡，都泄露出它瓢子里的温柔无比。尤其是当四月的春风吹开那遍山遍地的梨花，皎洁的花瓣便像一群群白色的梦，在蓝天上游着。一不小心，'扑扑'掉进了热腾腾的温泉里，梦还没醒，继续做呐，让一种令人欲生欲死的香气从温泉中升起来，再像鸽子一般向四周飞去，足以安抚那些远来者惊魂未定的心。

"但好景不长，他们又受到另一股势力的威胁，那便是当时在西川一带赫赫有名的'八寸王'的军队。

"'八寸王'姓甚名谁、生年卒日、种种传奇，从没在任何史书中有所着墨。但在民间却沸沸扬扬至今，不输给张献忠。你说是不是奇了怪了？这么个人物，历史怎么会不记上一笔呢？英雄也罢，枭雄也罢，雁过总该留声吧。

"'八寸王'之所以叫响这么个奇怪的绰号,是他的东西厉害着呢,嗨,就是说男人那玩意又大又长呢。都说'八寸王'靠两种武器打天下:手中的大刀,腿缝中的玩意。一路杀过,就一路淫过。多少女子被他祸害啊。

"而这'八寸王'据说是无比彪悍、凶猛,杀人不眨眼的,攻城掠池无坚不摧。好多势力都想灭他,想了不少的招儿,有派刺客的,有打埋伏的……但都以失败而告终。有次,上千人把他与几十号人马围在了巴掌大的山头上,杀了个片甲不留。打扫战场时却出现了怪事,怎么也找不到'八寸王'的尸体。大家疑惑:难道他的尸体飞上了天?想了想,包围是严丝密缝的,除非他变成了苍蝇?有一人突然脸色苍白,訇然倒地,手指远方结结巴巴地说:马……跑出去的那匹马……

"传说,'八寸王'并非是变成了马跑出去的,而是变成了'马根子'。再往深说,'八寸王'其实就是一条坚硬凶猛的'根子',他能在人与'根子'间自由地变幻,如孙悟空可以变成细微的汗毛……

"他早就听说过西夏美人了,马不停蹄地赶来,其迅猛比打一声口哨还短暂,便如一片乌云翻过山头。西夏残存的子民们鬼哭狼嚎、拖儿带女地乱跑一气,往山的深处或地狱里逃去。

"只有一个女人没逃。'八寸王'到达墨尔多山下的那条河时,第一眼便见到旷达的水面上闪耀着一团玫瑰般的红色。那是个身着玫瑰那样娇媚色彩裙袍的女子,像一个快出嫁的新娘沦陷水中。其实,她已把玫瑰色的袍子在腿膝处打了一个花结,使她的袍子更像舞衣。而她站在清澈的水中只为洗濯乌黑的长发。她的长发像谜一般的长。如果她站起身来,长发会像战袍一般包裹她的身躯。此刻,她俯首向水,长发在阳光下随着波光粼粼的河水漂浮,宛如姿态优美的水草,毫无抗拒地打开了自己……

"这个女人被'八寸王'带到自己的营房。她是被赤身裸体带进去的,连私处都被检查过有无暗藏凶器。这不但体现了'八寸王'谨慎、多疑的性格,也表达他对一切被征服者的羞辱。

"'现在你可以爬上来了。'他赤身裸体地躺在那里,摆了个舒服的'大'字,欲望燃烧着他的眼神与笑容。本来,他可以如利剑一般直接穿透女人身体的,如惯常的那样。但刚才在河边见到女人的那一幕,搓揉着他已被风化成化石的心。他突然想到了浪漫——

"女人匍匐在他身体上,乌黑的长发像水草一般覆盖了他,轻轻颤动、温柔地拂来拂去,'呵',他像所有男性征服者那样发出了快乐的呻吟,连外面站岗的士兵都被这呻吟声搞得魂不守舍……

"突然,士兵们听到一声尖叫。'八寸王'凄厉的尖叫声从一座山蹿向另一座山,甚至像一颗子弹射穿了光秃秃的石头山顶刚升起的新月。

"女人咬断了他的男根。女人死在了一阵乱刀乱剑下。后来才有人说,女人是西夏国最后的一位王妃,也是最美的王妃。

"这就是女人的狠——被逼得山穷水尽了,还有嘴巴呢。一口咬下去,像母虎一样地咬。

"'八寸王'也死了。想想他吧,让人闻风丧胆、威震八方的大男人,却没了命根子,没了男人被称作男人的东西,没了武器,没了权威,他还能活吗?

"他的儿子、部属们对他的死因都闪烁其词,墓地迄今谁也不知。连写史书的男人们都不好意思提及——这个被女人一口咬死了的男人,这个令所有男人集体蒙羞的男人……

"姑娘你可能还没机会看过男人那东西吧?别害羞,早晚会看到的,你看不到,我才替你害羞哩:那是男人比命还重要的东西,它们耸立起来时像大山一样雄壮,铁锤一样坚硬。老天爷造它们是用来与我们女人配对,让我们生孩子、高兴的。男人却把它当成了铁锤、箭、匕首、枪,专门迫害女人。姑娘你太小了,也许永远也不会知道强奸对女人来说是什么滋味?刀,捅进身体,绞动你的五脏六腑,把它们一点一点弄碎。姑娘,但愿你永远不知道。"

卡卡姑娘戛然而止,空气中流动着她急促的呼吸声,表情却并没有大的改变。但,她的滔滔不绝突然停止,让屋子里陡然安静,有种天荒地老的可怕的寒冷感。房间里几乎是空空荡荡的,只有一个藏式供台和两个藏式柜。供台上供的是一尊毛泽东的白色塑料半身像。整个房间里唯一的男性色彩,便是这尊领袖像了。奕华听到院子里的藏獒在拼命地狂吠,如在耳畔,震耳欲聋。有什么动静让藏獒这样狂吠呢?她看看门外,天,开始暗下来了,阴晴不定的云色,让天光中有一种诡异之气。奕华有了不安,她悄悄拉了拉央金。

"是的,姑娘,你该走了。"卡卡姑娘的洞察又让奕华惊骇。

"央金啊,你不该带她来。我讲的,她会听懂。但听懂了,还是会我行我素的。"

卡卡姑娘叹着气,让一个比她更老的女人送奕华她们出门,她坐在木榻上没动。光线已被窗外的天收回去了,她的头发变成了烟灰色。临到奕华要迈出门口了,卡卡姑娘又突然叫她回来。

她又摸了一遍奕华的脸骨,嘴角无声地动了动,又笑了,神秘,却是恬静的:"姑娘,你会有很多男人的。怕你留不住,让他们如同水一般流走,我会在这里为你祈祷的。只要不死。记住有我卡卡姑娘在……另外,知道你会去问央金:卡卡姑娘是个什么样的人呀?央金哪会知道,在丹巴没人会知道我的。告诉你吧,卡卡姑娘从来就不是丹巴的,但会死在这里。老天爷是派我来为丹巴作证呐。"

奕华回到寨子里好几天了,仍如痴如醉。卡卡姑娘的一切,如影相随,无法摆脱。

她更爱发呆了,坐在被窝里,看着央金出出进进。央金很后悔带她去见了卡卡姑娘。一个劲地说:别听她那一套迷信的东西。她自己的命都看不准,怎么可能看准你的?

央金终于肯讲卡卡姑娘的身世了。但边讲边往地上呸呸几声吐唾沫,说,我们寨子里的人是不该这样背地里讲她的,或许会遭报应,嗨。

"其实卡卡姑娘并不是丹巴人。"央金这样开始了长篇叙述——

"卡卡姑娘是抗战胜利那年从内地来的。有人说是从上海,有人说是从渝都。还传她是哈尔滨人,白俄与中国人的私生女。到现在,她的来历都很可疑,像云端上跌下来的。

"她是同一队唱歌跳舞的内地人一起来的。本来是过路,但马与粮食都被土匪抢光了,求救于这里的大土司。大土司一眼就看中了她,提出只要她肯留下,愿意帮助歌舞队的人回到内地。但,大土司又说,如果卡卡姑娘自己并不愿意,也不勉强,仍是会帮歌舞队的忙。没想到卡卡姑娘愿意留下。那年,她才17岁。

"大土司并没把她娶做三太太（他已有两个太太了），只是当相好的放在官寨。但大土司好喜欢她，官寨从早到晚都听得见大土司叫她的声音：卡卡姑娘，卡卡姑娘……也让其他人这样叫她。人们经常见到二人如影相随，聊天，笑声在官寨绕梁三日，久久不去。

　　"卡卡姑娘的美超乎了我们当地人看女人的经验：她的眼睛呈水绿色，喜欢眯着眼看人，如梦初醒似的。又很缥缈，像高原走得慢吞吞的、却去向不定的云朵儿。她的美还有些不安宁：在官寨上下走动，鸟不叫蛙不鸣，被她的气场震住了。所谓沉鱼落雁之貌，便是这种了，山山水水见着也要谦让几分。

　　"大土司发现附近有好几个年轻的土司，有事没事爱往他这里跑。有一个土司还把从国外找人捎来的唱机慷慨地送给了他，无非是找个借口来他的地盘，一睹卡卡姑娘的芳容。而大土司也慷慨，真让他见了。"

　　央金讲到这里，已让奕华穿越了时空，来到当年的官寨，亲眼目睹了那如诗如画的一幕：

　　唱针像一个芭蕾舞者在黑色的唱片上旋转，足尖由浅入深，宛如误入大森林的公主，带着恐惧等待着王子的拯救。唱片里传出来的是意大利小提琴演奏家帕格尼尼的《女巫之舞》。卡卡姑娘把整个头埋进了披散下来的乌黑长发里，发梢还滴滴答答滴着水珠，她刚洗了头。她的脸也躲藏在乌发里，谁也看不清楚。那很像死亡，一动不动的头与面容。

　　送唱机的土司用困惑的眼神在唱机与卡卡姑娘间徘徊，仿佛在很费劲地猜测那个离他十万八千里远的帕姓意大利人弄出的这些声音，究竟是个什么意思，如同在努力琢磨面前这个披头散发女人的真实模样……

　　只有大土司呵呵在笑，像老人家逮住了偷吃糖果的孩子。

　　"没两年，大土司得病死了。死前叫来活佛、女儿（可怜的大土司还没有来得及拥有儿子）、两个太太、忠实的臣仆。在他们面前，立卡卡姑娘为女土司。他说卡卡姑娘像白度母那样聪明仁慈，他要把这方土地交给她，把家交给她。"

　　……

　　"应该说卡卡姑娘做了土司后，真的很不错。"央金停下来特别强调，"她对大土司的女儿及太太很好,对臣仆都很好。她真的像白度母一般聪明而仁慈，精通英语、俄语，也会说藏话了。这一带的女人生孩子难产了，都是她去用西医手术抢救。来藏地前,她读的是医专。她还教这一带的人说汉话、英文。所以奕华你就不要奇怪,这里的老人怎么都能听懂你的话,那都是托了卡卡姑娘的福。"央金这样感叹。

"解放后,她搬出了官寨,主动去县医院当了产科大夫,还被选为州政协委员。但1969年,她被叫到什么地方去办学习班,一去就是两年。去时还是漂漂亮亮的一个人,回来却是满头白发,眼也瞎了,脚也跛了,人变得疯疯癫癫,总说自己被开了天眼了,能看透三界。人们都猜着她身上肯定发生了大事情,却没人敢问。只是有人听见了传言,说卡卡姑娘当年生活腐败得很,一年四季都会把保鲜过的梨花瓣含于口中,藏于私处。她的身体便有了恒久的香气,所以能迷住大土司。现在,已四十多岁的她,身上仍有那股子媚香,撩人得很……

"卡卡姑娘整日骂骂咧咧,用英文骂、俄文骂,谁听得懂?县上还是有人同情她的,无儿无女,虽当过土司,但又没做过什么坏事,就把她安顿在老官寨,反正那里已破败,荒着,没人住。又找来过去官寨的老家人,监督她,其实是为了照顾这么个疯疯癫癫的可怜人。

"奇怪的是,回到官寨,她的疯病好了许多。甚至有时说的话比正常人还透彻。她说自己有预测的本领,比过去的活佛还灵。寨子也有人偷偷跑去找她测。但十次测,差不多九次都不准。大家便说:疯子的话,信得?但,就有那么一两次测对了,令人害怕的准确,又让寨里的人不能不在心里敬畏着。

"寨里的人真不知该拿卡卡姑娘怎么办好?她愈来愈清醒了,说的话更像天神。但性情异常古怪了,爱诅咒人。被诅咒的人,小犯病,大犯灾。如果谁背地里嘲笑她的话,传到她耳边,她的诅咒就会加倍;对她不敬的样子,她竟也看得见。瞎着眼,心可是灵的。所以,寨里的人都尽量躲着她,怕她看透、怕她诅咒。你倒好,自己送上门去。好在她是喜欢你的。你是有福之人。你再发呆,这点福是会被拿走的。"

……

听了卡卡姑娘身世的那一夜,奕华看到了非常令她恐怖的画面:南亘山那些石头、木头做成的"桅子",像森林般的"桅子"正集体倒下。是被人用牙一根一根咬断的。血从石头、木头中哗啦啦往外流,流进了妮儿河,一河的鲜血。那些咬断"桅子"的嘴巴正大大张开,让她看里面满嘴被咬碎的牙和舌头。

这些嘴痛得哇哇直叫,血也从嘴里涌出。这些人也是活不了的。奕华想。再仔细看,满嘴是血的人,竟是她的母亲、大姑和卡卡姑娘。

"母亲。"她大叫,惊了梦,原来,仍是躺在湿漉漉的七月丹巴。

素荷

八月末，雨住了，云开雾散，嘹亮的阳光如佛陀般地恩惠于荒草、森林和山上山下的藏式民居，让一切沉浸于安详，一种等待着收获的安详。丹巴迎来了一年中色彩最丰富而绚烂的季节。

他们去了丹巴的党岭。

那更是与世隔绝的地方。除了一些小村庄和林场，海拔5000米以上的党岭几乎被人遗忘在喜马拉雅特提斯近两万年演化成的褶皱里了。

他们去那里，是党岭有着许多恐龙时代遗留下来的植物，古书中都有提及，包括李时珍的《本草纲目》。但那些绝世的稀罕草药，这位大医家也没能亲见。其中有一种叫素荷的莲科植物，据古今中外植物类的书籍记载，全地球中，仅存在于中国丹巴的党岭，长在柯鲁柯河上游五公里处的葫芦海子边，被称为中国的植物熊猫。

素荷不仅是生存的地方独一无二，更在于它的开花难似登天。十年开一次，仅在农历九月十六之夜，并且，仅午夜短短几小时之间。开花前，天空得有些雨夹雪，让海子上起一种似风似尘的薄雾。然后，一轮满月凌驾于雾之上，从高空照射过去，用光的力量把似风似尘的雾从海子中间拂散开去。当雾与光交织一体，弥漫于铁疙瘩一般紧紧闭合着的素荷花蕾丛中时，或许，素荷便能绽放。而不待天亮，又闭合、沉默。下一次的花期要等至十年后或更长……

在中国史书的记载中，人们见到的素荷开花，也不过十二三次。解放后，只有1967年它开过花。素荷的花蕊是治疗癌症和人类许多遗传基因疾病的特效药，有着神奇的美颜助寿功效。开花时，取了它——如同头发丝般纤细微小的东西，这株素荷顷刻便垂下它的头，死亡。也许在远古，素荷也像格桑花一样开遍党岭。但人们发现它的神用后，疯狂地采摘。古书上便写过这样的事：

东女儿国的女王令奴仆上千，农历九月十六之夜，月下采摘素荷花蕊，致素荷成片死亡。所以，女王年过五旬，貌若二八，并非只是爱泡温泉，更是喝了素荷花蕊茶。而丹巴这一带的人基本没有癌症遗传基因，大约也与他们的先人喝过那样珍贵的茶大有关系。

应该说，考察队这次来丹巴上党岭，从春天等到秋天，就是冲着素荷而来的。

央金悄悄告诉奕华，上党岭前，独自去过卡卡姑娘那里，问这次能否见到素荷开花？"怎么套话，卡卡姑娘都不搭腔，只是东拉西扯，问，那姑娘去不去啊？说，央金你带着个玉女上党岭，还得有一个金童啊。并说上了党岭，面对插斯尖冰山，可别大声说笑呀。那里的山神是喜欢安静的，一根针掉地上，他也听得见。太闹，他烦了，便会引来电闪雷鸣、暴雨雪崩的。"

央金说完，自己倒"扑哧"一声笑开了。又说：卡卡姑娘一说正事就鬼扯，说歪门邪道倒很灵验。知道吗，我们考察队真要来一位金童哩。姓甚名谁，我暂不说。但真是一个美男子，是我见过的汉人中最漂亮的男人了。不信？我们打赌。

看着央金兴致勃勃的样子，奕华突然脸发烫，反而不好意思起来。仿佛央金说的这个人与她有什么关系似的。

可等了十多天，并没等来什么金童，倒来了两个女人——从八美考察队那边抽调过来的。两人皆姓柳，大家就叫她们大柳、小柳。都是介乎于少女与少妇间的女人，让奕华很难琢磨出她们的年龄。

大柳样子长得有些恶，恨眉恨眼的。说话时，总是怒气冲冲，动辄便是"这人怎么这么讨厌"；小柳看上去蛮乖巧，有着无比丰满的上半身，腿脚却纤瘦。滴溜溜的眼睛随时都在察言观色。也许，从某个角度看，小柳也算有几分姿色。但奕华不喜欢这样的相貌，觉得有种不洁感，让她想起了姚俐俐。所以，厌恶小柳胜过大柳。尤其是小柳用肥嘟嘟的大脸故作妩媚地巧笑时，奕华只觉得是洪水泛滥的河床，随时都会被水淹没或冲得无影无踪。

她们见到央金的第一句话是问，林肯上来没有？

大柳张口就说：这人怎么这么讨厌，我们从八美都过来了，他不过在梭坡，还不到，要八抬大轿去抬不成？小柳用眼瞟了一下奕华，声音很低地问央金：你安排林肯住哪儿？最好住我们隔壁吧。他又会带很多书来，我们借书也方便些嘛。

小柳的话一下就打动了央金。她说：好，我马上去调整。

考察队住的是林场办公室。男女本来住得远，要调整又得费力去商量。奕华好奇了，为林肯这个人。

大柳小柳的到来，让奕华与央金组合的单纯女人世界变得有些鸡毛蒜皮地复杂。两人挑上了睡的位置。先说床对着窗不好，风袭人易得病。央金和奕华就与她们换，她们的床在里边。后又说空气不好，要换回。又折腾一次。小柳还私下对奕华说：空气不好是因大柳身上的那股味。她抽搐着鼻子，滋滋几声："真受不了她洒那么多花露水，越遮掩越让人难受。"奕华发现小柳很喜欢暗地里说人小话，像一只吃饱了撑住的耗子，嘀嘀咕咕的。不过，奕华并不反感这样的生活，觉得在大山里这样的寂静之地，女人间斗来斗去，倒蛮有趣的，显出人间烟火的热闹。

2.

党岭上的海子，大大小小有几十个，著名的有干海子、大海子、葫芦海。

奕华特别偏爱葫芦海，不只因为它是最美的，更或是，它像一种淋漓尽致的回忆。

一个18岁的女孩或女人，回忆竟像一片神秘莫测的海子，无法形容的水，无法形容的色彩。

奕华望着葫芦海，总有想哭的感觉。

葫芦海的纯洁犹如天堂的画面：更远处是晶莹的雪峰，近处是雪山，安静的庞然大物们，似乎你咳嗽一声，就会吓得它们一颤抖。雪线以下，岩石是蟹青色、赭色、灰蓝。但重重叠叠的冷杉和其他植物，让这样色彩已变得不重要了。冷杉还基本是深墨绿，但植物群落中已呼啦地冲出一团红、一团黄，在冷调的背景上，那样的鲜艳夺目、那样的暖，让人承受不了。

这些色彩，一股脑倒进海子里，积累了几千年的水，不得不五颜六色、缤纷灿烂了，水已不像水，像一部恢宏的歌剧。只能用歌剧来形容它了，蟹青、赭色、深墨绿、幽蓝、紫是浑厚的男低音，春绿、妃子红、凤凰金是戏剧女花腔……

奕华看到有两只盘羊从对岸绿茸茸的草坡那边悄无声息走过来，靠近水边，喝水，喝五颜六色的水。喝水的声音，奕华隔着老远也听得清楚。想来，它们很渴了，要不，人在也敢喝。它们把水又喝成水了。有一只羊干脆站进水里，喝罢，抬起头，看看奕华，很不好意思的模样，然后带着它皇冠般硕大的羊角，高贵地离去。

奕华也见到躲在海子一隅的素荷，排着纵队似的从岸边向水里迤逦。它们让奕华很失望，黑呼呼的东西，茎长达一二米，最短也有两尺多，很坚硬，像一根根铁棍。花蕾耸在顶端，也是铁青色的，像举着铁疙瘩似的拳头，毫无风致地站在那里。奕华无法想象：纵使开花，它们真的会很美？

考察队已在葫芦海子边画了几天的标本了。央金说要赶在初霜之前，把素荷周围的古生物们做一次全面调查与图像记录。但，奕华经常是画着画着就走神，尤其是太阳偏西，阳光照在雪山顶上，使之像金光闪闪的金字塔。而当"金字塔"掉进海子里，水面上的波光也是金灿灿的了。但更深处仍是五彩斑斓。金灿灿的波光像花朵一样绽放在五彩之中，而党岭独有的无鳞鱼游弋其间，便把波光当食物来啄了。

奕华看无鳞鱼吃波光的动作好有趣，徒劳啊。看着看着，海子里有了另一种影子：一骑马男子从刚刚盘羊喝水的地方，绕着海子过来。越来越近的时候，奕华在水中看到：那是个穿军装的男子，有着无比俊美的侧影和穿着高筒靴子修长的腿。影子再走近时，那俊美的侧面变成了正面，低头，也盯着水看，他与奕华的眼睛在水中骤然碰撞。奕华的眼睛像被什么蛰了一下，忙抬起头来。她听到身后响起一片欢呼：林肯来了，林肯来了。她看见小柳的脸红彤彤的：洪水涨满了，快决堤了。

林肯就是央金说的金童。

他不过二十二三岁，却天生具有领袖素质，一来，便像给考察队带来千军万马，点燃了这里的热气。那几个素日蔫巴巴的、几乎被奕华忽略的男人闹腾了起来；女人也有微妙的变化。大柳把眉眼轻轻提起，又轻轻放下，脸与五官不再凶巴巴的，而有了喜色。小柳说话突然含混不清起来，介乎于温柔、放嗲或哀愁。央金再也不整天穿一身松松垮垮的旧军装，偶尔还会穿红花花的对襟薄袄，毕竟她也才三十出头嘛。

林肯似乎知道这一切都因他。他很聪明，不想辜负自己的领袖地位，很卖命地对每个人好，面面俱到，处处以身作则。他带着大家在葫芦海子边搞野炊。过去他们在这里画标本，一整天都是吃冷糌粑或饼干。林肯却把军用高压锅背了出来，几块石头垒起就是灶，打喷灯当火。轰轰一阵响，喷灯的火势旺，一锅饭十几分钟就熟了。打开，香喷喷的气息在旷野里弥漫。又带人去采野菌，用海子清澈的水熬汤。奕华坐在海子边喝着这样的汤，想着的是，就这样一生一世下去吧，在与世隔绝的地方。

晚上，他们挤在男人的宿舍，听他讲托尔斯泰的《安娜·卡列尼娜》或莫泊桑的《羊脂球》。他几乎讲的都是女人的故事，那是些遥远国度的女人，奕华觉得自己永远够不着的女人。奕华文学经验中的女人不过是《艳阳天》中焦淑红之类的，意气风发，如同战友般站在爱人身旁，有着汗漉漉的衣衫与铃铛般的笑。但安娜式的痛苦，却比焦淑红更撩动与撞击奕华的想象和心中的私密。深夜，嗅着来自播斯尖冰山那边吹过来的已有些凛冽的雪风，一个女人的影子便会从奕华的梦中晃过——黑衣的女人，表情凄然而绝望地站在雪地里，回头苍茫地望着。白与黑的矛盾与挣扎，那便是那个无路可走的俄罗斯女人安娜·卡列尼娜。差不多三十年后，奕华第二次去俄罗斯，站在圣彼得堡火车站，也是大雪的夜，看着火车缓缓驶过来，碾着铁轨上白闪闪的积雪，压了过去。眼前就出现了黑衣女子的纵身一跳。奕华就喃喃地说：怎么可以？怎么可以？

可以说，林肯的故事淋漓尽致地开发了奕华18年来积攒在体内的悲情意识。奕华甚至觉得林肯是冲着她才讲这些的。

但奕华从不与林肯交流，也几乎没单独说过话。不只因为他四周总是围绕着人，是奕华内心有巨大的力量阻止她对这个男人有任何的亲近之举。或者说，奕华已经习惯与他人保持距离。骨子里，她对人不信任并警觉。

林肯却让她充满矛盾。她内心向往着这个男人。有时在野外画标本，会选择站在他后面的草坡上，这样便可以肆无忌惮地看着他。看阳光照着他的头顶，让他的身子置于光芒之中；看他不知不觉，只顾用修长的腿摆出一些动人心魄的造型来将就画架。男人专注做事时，有说不出的性感——那是一棵雄性之树，伫立旷野，与旷野丝丝入扣。是的，旷野是男人的舞台，旷野可以让男人把性别的优势表现得酣畅淋漓。男人天生不属于城市，城市的文明条款和生活方式会围困与改造男人，直到他们成为了符合女人趣味的"伪男"。

奕华充分享受着大自然为她打造与奉献的这个真男人。

晚上听故事时，奕华坐在桌边，以手撑额，挡着脸，大家以为她是累了。她却是透过手指间去看那个说得眉飞色舞的男人。

奕华很不满意自己这样的欲盖弥彰，连央金也看得出她的装模作样，私下说：别笑话小柳的贱。贱是女人对付男人最好的方法。太矜持了，谁理你？但奕华没有办法，她从小耳闻目染的榜样就是矜持、骄傲的母亲。不懂得还以什么方式来与男人打交道。她见到小柳经常"滚哟"、"爬哟"地嚷着，使唤林肯去做这样那样，心就会很疼，觉得心中有片神圣之地，被人轻易伸出脚，乱七八糟就踩上一通。为此，她对林肯也有了怨懑：为何就那么轻易地把自己交了出去，供小柳这样装精做怪的女人呼来唤去？

仔细观察，奕华又发现，林肯不完全是他表现出的那样热烈与随便。他心底有一个寒凉无边的秘境，只是他把它小心翼翼地藏得很好，不肯暴露半点。

他对奕华也是彬彬有礼，保持着距离，不像与大柳、小柳、央金那样打打闹闹、随意嬉戏。只是偶尔的目光流转，怎么就撞上了奕华的了……那次去党岭村看电影《红色娘子军》，银幕上正演到祝希娟饰演的吴琼花展开手里的银元，向女战友倾吐对王心刚演的洪常青的爱意。奕华下意识往坐在另一堆人里的林肯一瞟，对方也在看她。两人的目光在暗夜中相接，天雷勾地火似的。奕华忙装出天真烂漫的一笑。

奕华终于开口向林肯借书。林肯借给她的却是自己亲手抄的普希金长篇诗体小说《欧根·奥涅金》。林肯是用挂历背面的白亮光纸把它包起来的，用漂亮的行草写了"工作笔记"四字，但周围却用钢笔画了水草图案。林肯递书给她时，奕华见他的手玉琢雪凝似的，干干净净，十指如葱，精致完美。被这样的手抚摸会是什么感觉呢？她不禁发呆，直到林肯说，这本书从没借给外人过，也望奕华别转给其他人看，她才回过神来。转念又有了意外的喜悦——这么说林肯已当她是很近的人了。到底有多近呢？总之，他们有了共同的秘密。奕华不好意思地低头，嘴角有了携带秘密的女人才会浮现的笑意。

奕华在渐渐来临的党岭秋色中，读着一个遥远国度遥远时代的故事。许多时候，她怕同寝室的女人们发现，就在野外画完标本后，躲在一片树林里或岩石后悄悄地读。

哦，原来《欧根·奥涅金》是这样的故事——

俄国的贵族公子奥涅金在莫斯科、彼得堡的上流社会浪荡久了、烦了，转战乡村，结识了纯洁的少女达吉亚娜。这美丽的乡村少女"很久以来，她的幻想蓬勃，她做着惆怅而柔情的梦"，"他来了，打开了她的视野，她对自己说，就是这个人"。

情场老手的奥涅金轻易就占领了少女的心灵，搅得她寝食不安，痛苦不堪。毫无城府、不懂爱情游戏规则的达吉亚娜以一封热烈的情书向奥涅金袒露了少女的心扉，却遭到玩主奥涅金冷漠的拒绝。奥涅金说，他无法承受爱的结局是婚姻。他这一生都没有打算做一桩可悲的婚姻中一位可怜妻子的可耻丈夫。所以，他不能误了达吉亚娜的幸福——

"我们的朋友奥涅金

这一回，

对悲哀的达吉亚娜表现了

最高贵、最可敬的行为。

他不止一次这样露一手……"

他拒绝了达吉亚娜的爱，却又以游戏的姿态向达吉亚娜的妹妹奥丽嘉发起进攻。这惹怒了他的好友、深爱着奥丽嘉的连斯基。二人决斗，他竟糊里糊涂杀死了好友。

浑浑噩噩活着的奥涅金只有长年在外旅游、蹉跎。

"呵，是在那里，每一天，

他都看见那带血的幽灵。

他开始游荡，毫无目的，

只顺着感情到处游览；
然而，旅行也和世界上的
任何事一样，使他厌倦。"

等他再回到莫斯科，上流社会的沙龙里有了一位倾国倾城的女主人——公爵夫人。

"大人们都朝她聚拢来，
老太太也微笑着眨眼，
男人们的鞠躬多么谦卑，
谁都想赢得她的顾盼。"

这样一位女人不是别人，是当她卑微之时被奥涅金轻视过的达吉亚娜。而现在高贵的她在旧情人面前"脸色也没有变白或者红润，甚至连眉毛也没有挑起"。

达吉亚娜对唐璜式的奥涅金的漠然却激发出他强烈的征服欲，他时时刻刻都渴望见到她，与她单独在一起，为此忧思重重，不能入梦。而与冷漠的她面对面时，又只剩下目不转睛、结结巴巴的份了。

轮着他给达吉亚娜写火热的情书——

"流着泪，抱住您的双膝，
向您吐诉一切：恳求、忏悔、埋怨，
一切和一切，倾吐无遗……"

却轮着达吉亚娜来坚决拒绝他了。聪明的公爵夫人这样说，当我是乡野女孩时，你不爱我。现在为何来追逐我呢？只因我成了富豪、显贵？而我若失足于你，便会成为上流社会的笑柄，却可以使你对外自炫为"情圣"……

"那时候，对我青春的幻梦
你至少还有一丝怜悯，
对我的幼稚也表示宽容……
可是现在——是什么使你
跪在我脚前？多么不郑重。
以你高贵的情思，难道竟
屈从于这浅浮的感情？"

奕华看见了俄罗斯一座宫殿般的房子里,美丽的女人撇下的奥涅金——绝望的男人,飘然而去。奕华内心充满了无限悲哀,对男女的纠缠有了不祥之感,觉得怎么就像毛泽东对战争技巧的描述:敌进我退,敌疲我打呢?

奕华的内心被一种东西搅乱。头发,也被树上的松鼠丢下来的一些乱七八糟的东西弄乱了。她抬头看,几只小东西也在看她,眼睛明亮清澈,像把她看穿了似的……她才发现,初霜已开始下来,树叶的黄与红更加纯粹与光亮。荒野,仿佛瞬息改变了颜色,黄与红成了统治者,连海子的水也流金溢红,草坡也由茵茵绿毯变成金灿灿的温暖之乡,獐子、扭角羊之类的动物在荒野的活动日益频繁。接下来便会是漫长的严冬了,这些家伙想抓紧最后的温暖季吃饱喝足呢。

5.

林肯一直目睹奕华看书的过程。在荒野,凭直觉,他总会知道奕华在哪片林子、哪座岩石后看书。他仿佛会透过一切屏障清晰地见到她的所为。有时,会为躲起来看书的奕华送去馒头、茶水。收工时,去帮心神不定的奕华扛画架。偶尔也问,好看吗?得到肯定回答,他扬眉轻笑,像一个没有撒谎的孩子。他不时还会悄悄瞟一眼奕华看到哪个章节了,又回忆那一章节的情节与语言,揣度奕华读到这个章节时,心里会涌起怎样的潮汐。

奕华同样。她特别注意林肯在一些地方细微的记号:用铅笔打的圈,或若隐若现的折痕。如同达吉亚娜去翻读奥涅金读过的拜伦的《唐璜》一样,从书中一些微妙的记号中去了解奥涅金是个怎样的人?什么词句在引起他的注意?什么情节在打动他的心?

是的,他们是在不同时空中,共同读着这本书。这种共同,让他们的眼神间越加有了默契:常常是这个人一抬头,便会见到那个人的目光幽幽过来。那个人一瞥,又会撞上这个人眼睛的探问。

他们的这种眼神交流很快便被小柳发现。

那天他们是去离营地更远的地方画标本的。收工回来的路上,小柳见到林肯左手拿着画架,左手也拿着画架,大有深意地抿嘴一笑。奕华以为她会说自己一些讥讽的话了,却是瞟都没瞟奕华一眼,只顾着走在林肯身边细声细气拉家常。

"林肯,你长得像爸还是像妈?你爸爸妈妈肯定长得很漂亮吧,尤其是你妈,都说儿子长得大多像妈妈啊,都说部队首长的爱人都是漂亮的……林肯,你为何叫这么个名字,听说还是一个美国总统的?"

奕华在边上仔细听着林肯会怎么回答。因为关于他的家庭背景,也是考察队的人议论的话题。有人说,他父亲是驻渝都某军的大首长,他也是两年前才从部队转业分到市植物研究所的。"肯定是大首长的公子。你看他的高筒皮靴、军大衣、军衬衣,那样的行头,小战士哪里有?"奕华听到过好几个男人很羡慕地说起。但林肯从不对这些议论作任何回应,谁问,他都是淡淡一笑,仿佛不屑说起似的。男人们又会说:看来官不小啊,大官的儿都要保密的。

对小柳的咄咄相逼,林肯仍是笑,甚至转过头来看了一下奕华,笑中又带了抱歉的意味。

小柳知道林肯在王顾左右,却继续说着:林肯,听说你已有女朋友了。我可没瞎说!五一节在研究所门口见着你和一个漂亮的女孩走在一起。那女孩的模样,我们这里没人能比的。那不可能是你妹妹吧,妹妹哪会那样亲热地看着哥说话的。就是你女朋友吧,看,你脸都红了。

林肯的脸的确红了。不是那种不好意思的红,而像被什么憋住了。他仍没说话,几大步迈到小柳前面去,走得像风一样的快。小柳嘟着嘴吵:"林肯,你使坏嘛,走这么快,要把我们扔在深山老林啊?"小柳连追带赶,赶上了就拿着手里的毛巾去抽打林肯,撒娇。谁知小路凹凸不平,她一趔趄,摔了下去,顿时,她抱住左脚哇哇叫起来,说脚崴了,痛得走不了路了。

央金帮她按摩,又正了气,说没破皮也没红肿紫青,不妨。但小柳咬着说痛,走不了路。她泪眼婆娑地看着林肯,说:都是你害的,你得背。

奕华马上就盯住林肯,眼神在说:她在装,好拙劣的伎俩,别理。奕华想看到林肯的断然拒绝,看到的却是林肯站在那里发呆,似乎谁的话、谁的眼神都没留意。

小柳仍坐在地上气鼓鼓地说:我走不了的,你们自己先走吧,不用管我。

林肯走到小柳面前,背起她就走。奕华觉得他做这一系列动作时,有一股子狠劲,像在与谁赌气,又像破罐子破摔,一头被放在祭台上的牺牲似的,眉眼间有着不易觉察的凄凉感。但这个男人又是很享受这一切吧,包括他的肌肤、肢体都在享受被女人虐待的感觉。奕华有点懂了,她发现了林肯的弱点——他又是一个上天专为女人制造的、贾宝玉似的男人。他是为娱众而存在的,泛爱,有无边无际的爱能力与爱能量,不会放弃与任何一个女人的缘分。他太爱惜自己做男人居高临下的怜悯了。

太阳虽高照着,但荒野已有了冷凛之气。林肯不说话走得很快。大家也无话可说,只听得见小柳嘤嘤在哭,哭得无奈而徒劳。奕华能体会到小柳的悲情:这个神秘的男人啊,嗨。奕华也被悲哀之气阻塞了思想、大脑。她小心翼翼地走路,慢吞吞的,只怕一快,泪就会不听大脑的指挥,冲破眼膜最后的防线;梦一般混乱地出现。那样的话,谁都会看到她像疯子似的在流泪,林肯也会看见。这种说不出理由的泪会让林肯怎么想她呢?愚蠢的女人啦,你有心事了,你在爱了么?奕华被这个爱字吓住了,吓得连悲哀也冷冻起来。她脑子更是混乱,混乱让她脸色有些苍白。她对央金说,你们先走,我去方便一下就赶来。央金说,我们会走得很慢等你。你不要跑远了,这一带地形复杂,就在那些岩石后边吧。我随时叫着你。

奕华没听央金的话。她闪到岩石后,发现下面有几条路,有一条路似乎是同他们要回去的路是平行的。她觉得,这里离党岭村不过也就十多分钟,太阳还在山顶,天还大亮着哩。她在岩山上用粉笔写:央金,我自己回去了,你们别等。她想用孑身独行来实施一项惩罚,针对林肯、小柳,还是自己。也许,只有惩罚才能让她欲哭的感觉消失。

顺着那条路走了一个世纪般的漫长,奕华并没望到村庄的影子,反而走进一条大峡谷。

峡谷内的天已渐渐暗起来,天际已有星子与月亮隐约的踪迹。借着依稀的光亮,可见峡谷两岸的悬崖峭立,古树杂生,乱藤倒挂。齐人深的丰茂之草,并没枯黄,反而润润生碧,却遮天蔽日的,让小路湮没其间。

奕华不知该往哪里走了,往下看,万丈深崖下的谷底是叠叠瀑布,水声被四周的山崖关住了，叫吼如雷似兽，响得怕人，奕华有了悚栗。回去的路，也被一片近似黑乌鸦的荒草湮没。刚才只知道往前冲，根本就没去顾及来途。

奕华定定神，却也无法。她想自己可能走进了村里人说的没有人烟的百里峡谷了。顺着这条沟，只能走到八美。

奕华放弃了前行的打算，只是挣扎着走出齐人深的杂草丛。她从小就对高高的杂草有着无比的恐惧，觉得杂草就像深流，不知里面会潜伏着多少危险。这种蠢蠢欲动的恐惧，让人等待着的恐惧，远比一头猛兽明目张胆向你扑来，可怕得多。

终于，她找到一块向外飞翘着的岩石，光秃秃的，三面悬空，往前走几步，就是万丈深渊。奕华坐在岩石上，大脑一片空白，似梦非梦。月亮已升到高空，想来该是晚八点以后了。时空在奕华这里，在无人的峡谷里，已变得毫无意义。她想睡了，疲惫之极，昏昏然，她觉得应该睡去了。却突然见到了父亲在她身边忙来忙去，说想拿一点什么东西来给她保暖。父亲很着急地在叫她：怎么睡在这里呢，会着凉的……父亲急得团团转。父亲的话，让奕华发现自己竟睡在了一堆冰块上，冷，镂心铭骨的冷，漫天无涯的冷……

奕华啊，奕华……父亲始终附在她耳边叫着。父亲不让她睡。她哀求父亲：我好累了，让我睡吧。不行！不行！父亲推她起来：这里不是你该睡的地方，起来，必须起来！父亲的脸因异常严厉而变成了鬼一样的恐怖，奕华吓得猛一冷丁坐了起来……

奕华，奕华……黑暗中叫声不断。是来自地狱还是天堂的声音呢？

奕华看到对面山梁黑黢黢的草丛中，电筒光、火把一片混乱。父亲却在这一片光亮到达之前，匆忙离去。那一瞬，奕华多么不舍。

林肯第一个跑到奕华所在的岩石上。他离奕华几步远时，却"扑通"一声倒在石头上，嚎啕大哭。手电筒被他发狠地扔下山谷，还带着亮光。亮光在黑暗中弄出了一道惊悚的线条，然后就不知所终了。

……

奕华后来对这段经历缄口不谈。谁也不知她被困在百里峡谷时到底想了些什么。只是后来她生下女儿时，母亲来看她，她对母亲说：您信不信，那天在峡谷的岩石上，我真的见到父亲了。他不让我去，大概还是想我能给蓝家留点血脉吧。母亲，我要是跟着父亲走了，您会怎么办？

母亲看着她，很肯定地说：我会立即嫁人，再生女儿或儿子。

奕华的泪悄悄流下来。她好想一把搂住母亲说：妈，我怕。

母亲也想抱住奕华——自己这个刚刚创造了生命的女儿。她已听到自己的血从身体里流向这个女人，又流向下一个女人……其实，她也很怕这个世界啊。但，听到血脉这样流淌的声响，便没那样害怕了。并且觉得自己的手臂够大的，抱女儿和外孙女已绰绰有余。似乎，再努力张开，抱住一个地球，也不是不可能……

然而，奕华与母亲都不过是在自己的内心激情浩荡了一番，犹如一种精神自慰。面子上仍是彼此匆匆地望上一眼。母亲用想抱奕华的手抬起来整理起头发，把掉下来的几缕用细发夹别上去，以保持高耸着盘髻完美无瑕……

7.

翌日，考察队全体人员休息一天，算是为昨夜的事压惊。

林肯拿了两瓶水果罐头来女宿舍看奕华。把一罐给了央金等人，另一罐让奕华打开吃。小柳在旁叫唤：偏心眼，敢不敢当着我们的面喂她。

林肯还没搭腔，奕华就举着打开的罐头递给了林肯，嬉皮笑脸地说：喂给她看。人都死了一回了，吃个东西有多难？奕华头一偏，眼睛由下向上弄出一道弧线朝林肯抛了个媚眼，像当年姚俐俐看男人那样。林肯让这个眼神惊住，脸通红，拿罐头的手竟发抖。看得出他对这个眼神有着极大的疑惑甚至恐惧，不知该怎样对付它，抑或，这样的眼神撬动了他隐秘世界的一丝缝隙。

看到林肯的窘态，央金忙解围：别乱闹了，说正事。晚上，你们男的能否带我们去洗澡。奕华着了寒，得去泡温塘。奕华很感谢地看了一眼央金，她喜欢这个女人为人处事无比通透，像男人一样山高水长。

"好，晚11点吧。"林肯答。

……

党岭多温泉，温塘也多，全是露天的。当地话称温塘为插曲，木日插曲便是火药温塘的意思，布卡插曲就是草坪温塘的意思。

奕华她们上党岭后也泡过几次温塘，都是深更半夜由林肯他们一群男人带着去的。那时温塘再无他人。

奕华没有泳衣，得穿棉内衣背心和棉毛裤下水，很滑稽。林肯早就想到了女人的尴尬，让她们带了雨衣来，上下时穿。还支了两顶帐篷，供换衣用。他把自己的军大衣递给奕华，说：你起来后，就穿这个，别再着凉。奕华抱着军大衣进了帐篷换衣下水。央金在塘里喊：奕华，被鬼扯住了吗？还不下来。奕华没理。她抱着军大衣，一寸一寸地嗅着那个男人的气味，心旷神怡。

这次他们去的是布卡插曲，温塘前面是一望无际的草坪，后面是黑郁郁的森林。如果在白天，从远处看过来，会发现这里的一片绿色或金黄中，几股热雾纠缠着、沸腾着，往高处奔。站在几里之外，也会被这里依稀的水雾拂湿面容。

奕华喜欢在这样广阔的空间里打开自己的身体。虽已是子夜，但渐渐丰满的白月亮高悬天空，高原的星子个个都神灵活现的，离地特别近，仿佛在水中跳跃起来，一伸手，就可以撸一把下来。而在清朗的月色中，远近的草坡和森林的轮廓还隐约可见，不真实地似动非动，有着更神秘的引诱。奕华躺在水上，随波摇曳，见着星月在热雾间穿梭，心想，若不是热雾的弥漫，星月是可以游弋在泉水之中的。那样，水中的人便可与天上的东西共浴了。

她不知林肯在哪里，水声与人的说话声都被热雾隔离了，一会儿在左，一会儿在右。而奕华又故意让自己待在角落里，让热雾把自己密密实实锁住，独享与热腾腾的水肌肤相亲的感觉。她情愿在水中孤独。但，她还是想隔着热雾看见林肯在哪里。塘中只听得到几个女人在大呼小叫，而她只关心林肯在哪里，为何听不到他的声音？以至奕华怀疑，林肯会不会混在热腾腾的水雾之中，飘然消失？

想到这里，奕华陡然在水中站立。站立时，才发现不知什么时候，雪花竟从布满星星与月亮的夜空飞下。雪花被月光照着，银灿灿的一朵朵、一群群，像玉蝶，或者像传说中永远新鲜的梨花瓣，尽情地在黑暗中翻飞，被热雾驱赶着，东躲西藏……

"下雪好兆头啊，后天我们肯定能见到素荷的，是不是，央金？"

奕华听到男人的声音在热雾那边说，听得出他的欢欣。是林肯吧？她想象着身材颀长健美的林肯洗浴时的情形，身体便有了莫名的兴奋，暗自骂自己，多不要脸。只好赶快盯着天上看,看满天的雪花,被月光指引,聚集在温塘上盘旋、流连,明明知道很快便会被热雾融化成水,仍要像飞蛾子般扑过来,勇敢地,别无选择地。

奇怪的是,一大群雪花被融化时,热雾突然从眼前消失。她见到了林肯。那个男人坐在温塘边的草坪上,浑身几乎裸露,只穿了一条游泳裤,一动不动地在经受雪花与寒风的洗礼。他身上散发出的男人气息,如卷土重来的热腾腾的水雾,四处弥漫、扩张。

8.

农历九月十六的那天,每个人都很紧张地盯住天上。雪,一直在下。而他们希望只是薄雪,更祈求圆月能在午夜高挂天际。但这些都是上天的意志,人在这种意志面前多么无能。

他们已把帐篷搭在了葫芦海子边,住下。出出进进都看得出人们表情的紧张、严肃,像临战前的状态。央金看着烟云中的海子,老说同一句话:如这次看不到素荷,又得等上十年啊。

人要分成五组,从夜晚11点就蹲在海子边的几片素荷密集地。

奕华说,我跟林肯一组。她见到大家惊讶的表情,又重复了一遍。

林肯脸有些红,但也是坚定地说:好,我就负责照顾她吧,她才生了病。

他们两人都有点不管不顾的,反而让其他人不好起哄了。大家默默散去。

……

深夜的海子边,比想象的更冷。奕华觉得思维与语言都被凝固了。

面前的素荷与天一般的黑,差不多与黑夜融为一体。紧闭的花蕾如铁疙瘩似的缄默。奕华咕哝:它们真的会在把人的脑袋都要冷掉的天气中开花吗?

林肯的声音突然响起:你怎敢那样的说?

奕华嘴角一扬,笑,在黑暗中。

林肯还是感觉到了她的笑。说:你真是个奇怪的女孩。说话好像直接从身体的某部分蹦出来的,谁也别想管住它们。蹦出来就骇人了。

见奕华不吭声,他又说:你这个小丫头啊,知道吗?仿佛还没长大就熟透了，历尽沧桑，整天心事重重的。丫头，你太悲观了。

这些话戳到奕华心灵的深处，她有了战栗。

"那天在百里峡谷找到你时，你说胡话哪，嚷着要到天上去找爸爸。我想，你父亲已走了吧。"

"嗯。"奕华不想触及到父亲两个字，不仅是因为痛，更因为罪。是的，铭刻在她隐秘处的罪证，总会在她试图稀释痛苦的时候跑出来，捣毁她试图的欢愉。

奕华又用围巾把脸子紧紧捂住，只剩下了眼睛和眼里两团亮晶晶的泪。她咬住下唇。泪，无声而落，如海子上空落得委委屈屈的雪花，飘也无定，落也无定。

"读过白居易的《长恨歌》么？"林肯在她的附近坐下来，用奕华异常陌生的沉重语气说道，"其中有句'此恨绵绵无绝期'，写了一种痛苦是生死都无法解脱的，枷锁般地套着你，活一天，就套一天，直到死亡……"

奕华惊诧地向他看过去，黑暗在修改这个素日里春风满面的面容。

"是的，我的父亲也走了。并且，死得很惨。"林肯一字一句地吐出话来，却又把什么东西咽进了喉头。

"不是说你父亲是现在某某军的司令员吗？"奕华蓦地直起了身子。

"瞎说，一派瞎说。那不是我父亲。我父亲不得志，最大的官也就当到团级。但，我父亲是个好军人。1968年去渝都长江边的一个军工厂支左，那里正闹派性，两派打仗，把舰艇都开出来了，一派的人说父亲是另一派的走狗，硬是用钢钎活生生把他捅死了……那些人捅父亲时，父亲用两只手臂死死抱住脸子。'别戳我的眼睛。'他高声惨叫。这成了他的遗言……"

奕华呜呜发出了声。纷乱的雪花像纷乱的石头砸在她裹了围巾的头上，她干脆一把扯去。

"好多年后，母亲才告诉我：难得回家一趟的父亲大半夜了也会坐在我的床头，仔仔细细端详我熟睡时的模样。因为我醒着的时候，和他不亲，总是用冷冰冰的眼神瞥他几眼就跑得远远的了。而熟睡的我整个都是属于他的，说梦话的表情、乱踹被褥的臭脚丫，包括打出的响屁都是他老林家的人干的，父亲爱得喜滋滋的。如果说别的父亲爱儿子，是用语言或怀抱，我的父亲则是用他的眼睛,那是他唯一能得到我的地方。可是,可是,太残忍、太凄惨的是,父亲血肉糊涂的尸体从唐家沱里捞上来的时候,大大张开的嘴巴之上,没有了眼睛,那里是两个惨不忍睹的黑窟窿。父亲,永远也看不到我了,哪怕在另一个世界里……"林肯哽咽着有些说不下去了,海子上一片寂静,奕华甚至停止了哭泣,呆呆地望着黑暗中那尊雕塑似的人,任雾与雪聚散的声响、水中的鱼"扑通"的声响在寂静中起落。

"……我从这以后,常常一闭眼,眼前就站着浑身血淋淋的、没有眼睛的父亲,用两个黑窟窿深情地端详我。这一幕,像挖我的心。我落下晕血的毛病。大男人一个,看见血就会像女人一样昏过去。但,即使晕血,当年我也提着菜刀去找杀害父亲的凶手,有好几次。母亲怕我真的去杀人,找人把我捆在家里,天天守着我哭,直到我去了部队当兵。嗨,这些事我从不对人提起。也不知今天怎么了,大男人说这些干什么?"

奕华又咬着围巾的一角哭起来,满脸纵横的泪,被凝结成冰,像无法冲破的栅栏,她的脸已被围困。她想,她不会是已被封存进另一个世界去了的花朵吧?人们隔着冰,看着她栩栩如生,其实早已成为了标本……

不会的,不会。

的确,她先前不能稀释的痛苦中又注入了另一个人的痛苦,痛苦变得更巨大了。但也更充满弹性。如同拳击手打沙袋,出拳越重,被反弹回来的力量便越大。哦,两个人痛苦的力量,多么可靠和温情的联盟——她突然意识到林肯给予了她多么了不起的东西:不只是亲密,不只是信任,甚至都不只是有可能的男女之爱。它是生命的联盟——父亲曾给予过她的。

奕华的这一发现使她觉得刚才还视为巨大的痛苦已微不足道,脸子也如解冻的冰河、冲破栅栏的马,开始生动。并且,觉得自己的手臂变得很强大了,如同母亲一般——她想抱住这个男人。她感到手臂已在黑暗中像鸟翼般打开,向着那个沉浸于悲伤回忆的男人。她虽看不清他的表情,但能充分想象悲伤会在这一瞬间扼住他的咽喉。她的手臂温柔地展开了,如同母亲一般——却,突然停止了。为什么?她也说不清。想起的竟是达吉亚娜给奥涅金的信,毫不掩饰的、不懂爱情游戏规则的火热表达——

"这是上天的旨意,命中注定

我将永远是为你所有，
我过去的一切，整个生命
都保证了必然和你相见，
我知道，是上帝把你送来的
保护我直到坟墓的边沿……
我在梦中早已看见你，
就在梦里，你已是那么可亲，
你动人的目光令我战栗，
你的声音震动了我的灵魂。"
……

奕华听到自己内心一遍又一遍朗诵着达吉亚娜那些火热的句子。但她很坚决地对内心说不行，绝对。她不会让自己去犯达吉亚娜的错。她坚强的意志会帮她解决这些弱智的冲动。

于是，林肯感到了在黑暗中激动不已的少女奇迹般地归于平静，而用中年女人那样松弛而平庸的声调问他：你说，今晚素荷会开花吗？

还没把自己从悲伤中彻底拔出来的林肯，却为这个女人的瞬息万变而困惑了。这个骨子里对一切缺乏信任的女人，更别指望她能相信奇迹。可恶的是，她的悲观情绪是能传染的。一时间，他的情绪也低落，看看天上，雪有些密集了，月亮似乎没打算出来创造奇迹。

只有海子上的雾如约聚集。黑暗之中，看到它们带着祈祷和倔强，守候在那里，一团洁白的心愿。深夜看过去，有点惊心动魄了。

雪突然就停了。圆月亮挣扎着出来，像是从天寒地冻的缝隙中使劲挤出来的。光，寡淡寡淡的，没精打采。但一点不妨碍它把海子上的那团雾向着四周驱赶。黑乎乎的素荷花蕾被浸泡在雾里，雾把它们埋葬。但是，月光重新拯救了它们，月光哗啦照过来，如潮汐，素荷迎着潮汐般的月光打开了自己。

素荷如同小妖一般开放了。

没有任何叶的陪衬，素荷形只影单地站在铁棍般的茎杆上，仍是左顾右盼的俏丽。巨大的花朵，像巨大的惊叹号，甚至是比巨大的痛苦更巨大的东西，它在藐视一切，再没有普通荷花的婉约，而是肆意的奔放——由茎到花却是通体透明，闪烁着晶莹的光，比月亮更晃眼，一朵朵、一大片不可思议的皎洁，让月亮都无所适从了。这样的银白与皎洁向月亮反射回去，月亮不得不重振精神来与素荷彼此呼应。天空，因为这样的呼应，陡然亮了半边。奕华指着白晃晃天的一隅对林肯说：看，真开了，开成这样子了，怎么开成这样子啊？她语无伦次，眼里含着泪。

林肯没回应她。他去了银白而皎洁的素荷深处，那是个透明、发出晶莹光亮的世界。他的整个人浸泡于雾与梦幻般的银白间，恍惚地一脚踩下去，才知自己已走进海子中，水淹到胸部了。奕华的声音遥远地传来：林肯，你不要命了。

……

林肯终于从雾中回来。浑身湿淋淋的林肯打着冷颤站在奕华面前。离开与返回，短暂的过程仿佛让他成长为诗人。他喘着气说："奕华，你相信这是真的吗？我不相信呐，觉得比梦境更不真实，所以，走到水中去，被冰冷的水猛激一下，才得到了证实：这一切是真实的。我相信了，即使有一天整个地球都毁灭，我们成了一堆骨头、一堆灰，奕华，我也会相信今夜的一切无比真实。你呢？奕华，你相信吗？"

林肯的声音一声声低下去，温柔如水，飘浮在雾与素荷之间。奕华甚至感觉到他向自己伸出手来——那玉琢般干干净净的手，那双她渴望已久的手。

但，手却停止在了黑暗中，像高空中的月亮挂在了那里，不可思议的虚拟。

9.

那夜，考察队的五组中只有两组看到素荷开花。并且，另一组看到的只是零星几朵的盛放。所以，当林肯与奕华向大家描述素荷的开放，让一片天光恍若白昼时，众人都半信半疑。只有央金心满意足地相信这一切。她坐在角落，望着林肯、奕华双双挥动手臂，起起落落地讲述着，像在跳双人舞一样，便想起当初问卡卡姑娘能否见到素荷的话——卡卡姑娘怎么回答来着呢？她说，你得带去金童玉女。真是啊，真是一对金童玉女。央金感受到来自神秘力量的美意，模糊而快乐地笑了。

采摘到素荷花蕊并画了它的真身，考察队非常成功地完成了上党岭的使命，便准备择日下山了。但就在此时却来了一位不速之客。

是冲着林肯来的一位女子。二十出头，北方美女式的漂亮，高挑身段，圆脸、粗眉、大眼睛，两根长辫子，一笑一弯腰，辫子就从后背甩到了前腰。

她口口声声称林肯"哥"，林肯叫她"幺妹"，说幺妹是他家的邻居。

其实，幺妹有个很好听的名字，南丁。是她做司令员的父亲给取的。她说父亲很会取名，林肯的名也是他取的。南丁是取国际著名护士南丁格尔前两字，林肯当然是向美国那位为黑奴争自由的总统致敬了。她父亲可不是一般的土八路，参加革命前曾是江西某县中学生。这是南丁一再对人强调的。

南丁是一个很善于制造热闹的女孩，又像一座不设防的城池，见人便呱呱说着话，不到一天，与大家已混成故交。即使奕华，在内心也不得不承认她是可爱的：天真与风骚被她很巧妙地融为一体，真诚和热情表达得行云流水，甚至好家世让她拥有的高贵气质以及矜持，都被她把控得恰如其分，没有丝毫的盛气凌人。总之，她的美，不带任何侵略性，给人妥帖与温柔之感。

她住进奕华她们寝舍，林肯来为她做搭床之类的杂事。他是默默的，看不出有着欢欣或承受，表情像一种凝固，如同雪，下着，下着，突然被结了冰。谁也判断不出下雪好还是结冰好。但看得出他对南丁的周到、体贴。至少，他在力求表现出这种感觉，一如他对女人的惯常态度。

而对林肯的好，南丁不但没有恃宠而骄，反而有种谦卑的感激在里面。她低眉顺眼，甚而唯唯诺诺。本来是冲着林肯来的，却并不去找林肯，似乎更喜欢和女人玩：同她们一起包饺子、洗被子、织毛活，说些社会上的花边新闻……

奕华冷眼旁观也有了迷惑：这个女人千远万远跑到这种荒野的山上找林肯，来了却尽与一些不相干的人消磨时间，什么意思啊？想起那只在素荷与雾之间向着她伸过来、却停顿在半空中的手，便会酸酸地与这个女人产生联想：那只手是因她而停顿的么？这样一想，奕华竟有了一种被欺骗的屈辱感。觉得那夜的林肯只是在某种情景下，把自己当另一个女人的替代品了。或者，根本就当她是傻瓜，耍了一回。她庆幸自己的不动声色、克制，否则，会成为天底下最可笑的大傻瓜。其实，南丁的到来，已让她成为考察队里的人明里暗里嘲笑的对象了。尤其是小柳，常当着她与南丁的面挤眉弄眼地说：我早就说过嘛，林肯有个漂亮的女朋友。所以，我就有自知之明，不拿鸡蛋往石头上碰，免得竹篮打水一场空。

南丁听到小柳的话，只是抿嘴一笑，不置可否。

其实，小柳说什么刻薄话，奕华并不在乎。倒是南丁的态度让她犹如万箭钻心。她更加沉默寡言，白天几乎不在宿舍待，跑到村上去串门。有一天，她发现林肯远远地在后面跟着，便走过去心平气和地说：放心，不会像上次一样迷路的。我不过是去村子里为写作搜集素材呢，你还是回去多照顾照顾你的幺妹。说到这里，连自己都听出一股子醋意了。又一副恳切地说：南丁真是不错呐，昨天竟把我的衣服都洗了。你去说说，她来玩就好好玩，别让她这样辛苦。林肯不吭声，幽幽地看着她。见林肯仍不走，她才勃然大怒：你真不像个男人，磨磨叽叽，扯来扯去的。我实在忙，没闲工夫。说完，拔脚就走，头也不回。

晚上回到寝室，正碰到女人们在试戴南丁送给大家的一种礼物——几个像布兜兜似的东西。"这叫乳罩。"南丁说。还说，国外的女人和北京高干的爱人、女儿都时兴戴这个："主要是为了方便活动，免得走路跑步时，那里一颤一颤的，不雅观。"南丁扬扬手中的一个，热情地对奕华说：我特意为你选了一个大的。这几天太打扰了，送这个当礼物真不好意思，只略表我的歉意了。

奕华没去接过乳罩，而是紧走几步立于屋子中间，面朝南丁站定，三下五除二解开衣服，一对巨硕而年轻的乳房挺拔而出。她斜睨着问：你看，你那个小罩罩装得下它们吗？

南丁还没反应过来，站在一边的小柳也哗啦掀开了衣服，嘴里嚷：你以为你的大，大的恐怕还没见过吧。小柳的确也有一对大乳。但有点大而不当，一盘散沙似的。

大柳也被刺激起来了，忙着撩自己的衣服。但过紧的套头棉毛衫让她久久撩不起来，倒撩出一股怪怪的体味出来……

"疯了，你们都疯了。"央金边骂边忙着关门关窗。南丁看着奕华，紧咬着下唇，泪还是簌簌流了下来。她可怜巴巴地说：奕华，对不起，对不起……

第二天一早，奕华去村子时，后面跟的不是林肯，而是南丁了。她气喘吁吁地追上奕华，见对方很警惕的模样，便嫣然一笑说：我们一会就走了，是来告别的。

奕华怔住了，半晌，才条件反射似的问：林肯也走？

"是，我父亲找了车来接我们，他母亲病了。"

"你们……你父亲，他母亲……"奕华嘴里念叨这几个字，想把它们串联起来，却怎么也串不起，呆呆地见着南丁拉着她的手，泪眼婆娑地说：奕华，你是我见过的最漂亮、最非凡的女孩了，我想与你做一辈子的好友，生死与共的那种。我的东西，只要你看得上的、需要的，都可以拿去，连命都可以，我不会眨眼睛的，我说着实话哩。这是我的地址，一回渝都，你一定要来找我。

这个女人流着泪的眼睛依旧清澈而真诚，它让奕华有了无限的怜悯，不禁像搂一个小动物一样去搂住她。苍天可以作证，那一种画面如诗如画——白茫茫的荒原上，两个穿红着绿的女孩子抱在一起真诚地哭泣，像一对找不到回家之路的小蜜蜂，弱小地站在浩瀚的苍穹下。两个小黑点，多可怜的一对小黑点。

奕华目送南丁抹着泪、跟跄而去，忘了自己才该是最伤心的人，毕竟是这个女人带走了林肯。她竟忘了。她抬头看看插斯尖冰山的冰峰被太阳照着，像一座盛大的金碧辉煌的宫殿。而她的心，如此渺小和苍茫，连感知痛苦的能力也失去，包括手也是背叛者——它是那么利索地展开女人留下的东西，除了写着地址的纸条，还有一张女人的照片。女人嫣然而坦荡地笑着，明眸皓齿。背面写了字：见面才知姐妹亲。

林肯不辞而别。奕华觉得他更像是在作一次逃跑。逃避什么呢？这是奕华站在插斯尖冰山下思索着的问题。

她很晚才回到寝舍。央金正要去找她了。见她回来，大家就默默散去了，只有小柳眼神幽怨地瞟了她一眼，倒一夜无话。

央金把她叫到宿舍外，拿了一个封好的大信封给她："林肯让我转给你的，我没问是什么，你也别给我说。我只想说，林肯那样的男人太像天界中人了，下凡来走一遭而已，别太当真。"

谁说不是呢。奕华咀嚼着央金的话，想着自己与林肯的来龙去脉，点点滴滴，真的是像风一样的不真实。风刮过，树留下了痕迹，甚至水也有了涟漪。但风是什么模样呢？

林肯把手抄本《欧根·奥涅金》留给了奕华，还有他写的一篇小说。

小说的主角是一个男人、三个女人——

他的父亲是地道的穷苦农民的儿子。参加了革命，为一位立下赫赫战功的首长当警卫员。解放后，与首长家的保姆结了婚，生下了姐姐与他。

首长的爱人生了四个孩子，全是由他的保姆妈妈带大。可惜都是些女孩。首长与爱人很难受，生得不能再生的时候，才作罢。便把他这个保姆的儿子当亲儿子养，给他最好的教育，看戏看电影等盛大的公众场合都带着他，出尽风头。这让他从小就有着迷惑：不知自己真实中该属于什么样的父母，直到亲生父亲的悲惨死亡——

已是14岁少年的他几乎记不了多少自己与父亲在一起的细节。骨子里，他不太看得起自己连级、营级、团级小干部的父亲。父亲好不容易回来一趟，他会应付几句，就屁颠屁颠又跟着首长和爱人去大场合了，丢下保姆母亲与小干部的父亲。文革之初，"支左"的父亲却被杀害了。悲痛让他差点崩溃。才知道血脉之中早已决定他是父亲的儿子，没有任何力量能改变这一事实。

母亲是个孤儿，很小就在纱厂做童工。是首长的爱人去把她解放出来的。她跟着首长的爱人到了一个革命家庭，担任了革命者的保姆，为自己能为革命奉献而自豪和骄傲。朴实的母亲把自己的所有心血、热忱、忠贞、爱献给了这个革命大家庭。自己的孩子都可以不顾，也要顾惜首长的四个女儿。但就在她丈夫惨死的那一夜，她哭得昏天黑地，没注意到首长才11岁的小女儿跑到街上去看热闹、捡传单，却被一个流浪汉给糟蹋了。当时，首长的爱人正陪着首长在北京看病。回来知道这一事情，首长大怒，要拿枪去毙那个流浪汉。而爱人更是悲悲切切地哭诉：幺妹，你好可怜，将来谁娶你啊？

首长与爱人都没责怪他的保姆母亲半句。但明显对他们这一家人冷淡了许多，包括他。到他16岁那年突然又热络起来，首长与爱人主动提出要送他去部队当兵。

他在部队待了五年，提了干。却不顾首长与爱人及保姆母亲的坚决反对，执意转业，自己联系转到了渝都植物研究所。到研究所后，主动提出跑野外，一跑就是两年。

为何要执意转业、离开自己很喜欢的职业军人生涯呢？是因为他20岁时发生的事情。那年他回家探亲，母亲跪在他的面前，要他答应，这一生要娶首长的幺女为妻。

他说：我不是嫌弃幺妹，没那样封建。只是从小就与幺妹亲密无间，比亲兄妹更甚，怎么可以为妻呢？

母亲指着满头白发说：它们是你父亲与幺妹出事那天开始白的。这些年天天煎熬，天天白，我还不到50岁呢，出去就被别人当成是七八十岁的老太太了。儿啊，妈心里亏得慌，良心过不去啊，觉得太对不起首长一家了。妈这一辈子是无法偿还的，当牛做马也还不了。只有你替妈来还了，算妈求你……保姆母亲让自己的头在地上叩得"空空"响。

首长爱人虽然从没在他面前提过此事，而言谈举止中却总有某种意味——他们是有恩于他和他的草根家庭，现在该他知恩图报了。

而那刚满18岁的女孩，在他面前已有了扭捏、害羞，从一个他可以拉着她大辫子转圈圈的小妹妹，变成了懂事的女人。她太懂事了，察言观色，低眉顺眼，既充满着悲剧感，又充满着希冀。她热望着他，似乎他就是她未来生活的救星。眼里仿佛总噙着泪。稍有风吹草动，泪就会顺势而出，楚楚可怜的表情令人心碎。但，却给了他深重的压迫感。这种压迫是令他烦躁、厌恶的，甚至滋生出忘恩负义的反叛。因为它切断了他对爱情美好境界的一切想象。在他想象之中，爱是不该承担还债、感恩和怜悯角色的。而当他停止对爱的想象了，未来的生活对他还有什么价值呢？

他变得很消沉，一天天都是殉难的模样。他可怜着母亲。甚至这种可怜带有了不屑和憎恶——这个把自己一生奉献给别人生活的人，她已经在当牛做马了，从思想到人格，一派愚忠。她从不知道在革命的名义下，自己有多可怜。

他可怜着首长的爱人。她一直都在掩饰自己当恩人的欲望与得意，也在掩饰自己的飞扬跋扈。她扮演着一个亲民的高干夫人，可以说已相当成功。但为了女儿，她得放下高贵的自尊心，暴露出人性之恶来。她的暴露与她的悲哀一样的惨烈。

那个女孩子更值得他可怜。她仿佛已变成了她私处通向阴道的那层处女膜，薄而脆弱的东西。失去了它，社会竟让这个女孩失去了高傲权利。连她自己都贬低了自己的价值，低着眉讨生活。但她又欠别人乃至社会什么呢？

对三位女人的可怜，导致了他可怜天下所有的女人了。

他曾偷偷读过《圣经》。里面谈及：因为夏娃教唆亚当偷吃了禁果，从此，所有的女人都遭到了天谴。

而在他看来这种天谴首先表现于女人再不是完整的个体了：她们把血肉、骨头、奶水，甚至灵魂分给儿子，把情感与肉体、忠贞分给情人或丈夫，把思念分给父亲，自己却一无所有。上帝说她们引诱亚当偷吃禁果，她们竟毫不申辩，永生永世受着上帝的惩罚，为生育痛得死去活来，还不能有任何的抱怨。而依照他在现实中对男女的观察来看，女人对偷吃禁果的兴趣比男人小得多。男人当初在上帝面前没说老实话，把自己的错，转嫁为女人的教唆。男人卑鄙地让女人当了替罪羊，心安理得地在上帝面前扮演无辜。而女人则心甘情愿替男人顶罪，像石头一样的沉默、保守机密，还表现出无怨无悔的样子，以为这样可以感动男人。没想到这样做的结果是纵容了男人。撒下第一个谎言之后，男人变成了喜欢撒谎的人类。于是，上帝办了开天辟地以来第一桩冤假错案。

如果人在上帝那里犯有原罪，男人对女人也是犯有原罪的。男人先欠下了女人的债。

所以，他的保姆母亲、首长的爱人与女儿，布下天罗地网，逼他还债。

他觉得自己是替天下所有的男人来还所有女人的债。他，听从女人的呼来喝去，对每个女人都尽职尽责，如同殉难者，如同牺牲——把自己献给了女人。

只是，对女人再没有爱了。

没有了电光石火的激情，比天高比海深的欲望。

这些能力统统失去。

他成了精神意义上的太监。

……

但，他却在几乎与世隔绝的大自然里遇到一个女人。她有着匕首般寒光闪闪的黑眼睛，像荒原一般桀骜不驯，难以征服。这，重新激活了他作为男人的本能与斗志——可以说，她与荒原完美的组合，是对他强声的呼唤。他渐渐朝着呼唤的方向去了，忘记另一个文明社会秩序的存在，忘记了责任、怜悯、还债或感恩之类的，他竟把另一个世界忘得一干二净。他与荒原合二为一，他代表着荒原，荒原也代表着他，他在荒原中恢复了男人所有的本能、骄傲与欲望，以及男人在荒原里对女人由衷的崇拜。是的，永恒的荒原。他渴望作为男人，能与荒原一道永恒。

……

小说写到这里打了若干省略号，再没写下去了。隔了小半页，小说中的男主角以欧根·奥涅金的口吻写道：女人啊，你们若是要问我当初为何要断然拒绝达吉亚娜的主动表白，而后又会像疯子般追求？为何前后矛盾，形同无耻？告诉你们吧，因为我是男人。我们古老的职责便是追逐与打猎。这个古老的基因决定了男人——必须征服。谁都无法修改男人这一基因，以任何名义都不行，包括以爱、痴情或死亡的要挟。

男人必须征服！

谁妄图修改这一基因，谁就是在让——男人灭亡。

看到这里，奕华心惊胆战，躲在被窝里还觉得寒气逼人。电筒光便是在这时熄灭。她耗尽了电池最后一丝能量。没有了光亮，奕华如同坠入黑暗深渊。这是一个更寒冷之地——林肯变作了男根山那般巨硕的"桅子"，强行进入了她的身体，她的私处被撕碎般的剧痛，血从那里流出，向床下流去，房子里全漂浮着她的血……

她使劲掀开棉被。屋子里并没有血，只有意想不到的一丝光亮躺在地上，是外面的月光从厚窗帘的缝隙里挤进来的。它不会是血吧？奕华盯着它，疑神疑鬼地看着它的游动。是小柳的梦呓打破了她的幻觉。小柳翻腾着身子，很挣扎地在喊：男人是些啥东西……

他的身体

　　每次走过那个地方，奕华都是以跑的速度，上气不接下气。她对峡谷、甬道式的地方保持着高度记忆的恐惧。母亲说她是个难产儿，是在阴道里进行过殊死挣扎才见了天日的。

　　其实，在阔大的西城大学，这样的地方怎能算恐怖呢，连偏僻都算不上啊。只因为路边有两大间厕所？

　　是的，厕所也是令奕华恐惧的东西。

　　这些无人照料的厕所，像莫测深浅的怪物，蹲在路边，很远就嗅到它们的气味。奕华曾进去过，很大，不是一目了然的那种。每一格都有高大的百叶门，苏联人建的。上着厕所，听到其他地方水的声响，门咔吱一声，危机四伏。

　　厕所占据了路左边，右边是夹竹桃林，然后是山岩。岩上也是无人区，生物系的种植基地。

　　奕华从教室回宿舍选择了这条路，独自走，三魂吓破两魂。跑过去就是三岔路口，能见到许多从其他小路过来的学生了，便回头往这边瞧，有着自虐后的快感。

　　奕华对这条危途乐此不疲，犹如对西城大学。

　　1977年底，她从川西回到南亘山参加了高考。她不是求未来的，只求摆脱，不过是心灰意冷地瞎猫撞死耗子吧。她告诫自己，任何学校都可以去，绝不能是西城大学。可恰恰是西城大学把她录取到中文系。那年，整个南亘山被录取的文理科生不到100人，能读西城大学那样重点大学的仅几人，所以许多人都跑到她们家来祝贺，说她母亲总算熬出头了。母亲一眼扫过去，却不见奕华。她正坐在男根山垭口干枯枯的荒草中大哭。

　　她讨厌西城大学，离南亘山太近，坐车过去还不到两小时。大学应该是遥远的，在缥缈之中，最近也应该是在渝都吧。而且，西城大学种植了太多的白桦和冷杉，它们的疯狂生长让不多的苏式建筑微不足道。西城大学被森森树木包围、被冷调的色彩包围，阴气十足，这是奕华所下的结论。然而，当奕华真正进入到大学后，反而喜欢上这种潮润的冷调了——带有莫名的颓废感，很符合奕华有些苍凉的心境。

奕华穿过厕所与山岩之间的甬道时，经常会往岩上看一眼，不过是一种习惯。她知道那上面什么都不会有的，不过是随时令变化的一些油菜花、豌豆花。哦，忘了，还有罂粟花，大红或白色。从奕华的角度看上去，那些花被太阳照射着，透明，纯洁无辜的模样，让岩上万紫千红，艳丽明媚，反衬着岩下甬道的阴气逼人。

所以，当奕华第一次见到他站在山岩上的罂粟花丛中，竟尖叫。显然，尖叫也吓着了他，他忙慌慌张张往下看，只见到一个穿灰衣服的女生飞也似的跑远了，连脸都没看到。

奕华也没看清山岩上的人，甚至不知是男是女。只是被一个人形吓坏了。

下午，再从那里经过。山岩上没人，加深了她的恐惧。是自己产生的幻觉，还是有人故意在捉弄她？

第二天中午，她的好奇战胜了恐惧，让她又接近了甬道。

真有个男人站在岩上的罂粟花地里。男学生的模样，叽叽呱呱在读外语。怎么选这么个偏僻的地方来读书呢？装模作样的家伙。

奕华慢慢走着，手搭凉棚往上看。他并没往下看，眼都没抬一下，似乎这里只有他的存在。这有点惹恼奕华。究竟是谁的地盘啊，我可比你先到达这里。她有了隐秘世界被入侵的怒气。回过头去看，是逆光，在那个男人的身上弄出斑驳零乱的光影。罂粟花也是，像明暗不定的漂浮物在空中移动。山岩也不确定了，摇晃，腾云驾雾似的，那人宛如站在空中。稍顷，罂粟花重新焕发出娇艳的色彩，清晰无比，连茎干与叶上的绒毛也仿佛看清楚了，它们在阳光下是银灰色的。那个人换了一种站姿，一手拿书，一手揣在裤兜里，修长的腿让站姿充满性感。

天啊，一个男人的身影划过奕华的天空。她再看，他却不是他——她生命中第一个，或许也是永远占据心灵的那个男人，林肯。

这不过是个装模作样的家伙。西城大学到处都充满这种装模作样的家伙。到处都见得到男生指点江山、挥斥方遒的身影。这些文革后的第一届大学生，像一群被海底魔瓶封尘了几千年的动物，一旦被放出来，不是想做天之骄子，便是想做混世魔王，绝对不能平庸——他们野心勃勃、跃跃欲试，数风流人物，还看今朝。

相对而言，女生要平静一些，因为她们更现实。

西城大学虽是师范大学，女生还是少得可怜。奕华她们中文系，男女生之比，也是三比一。但稀少的女生未见得受到男生的宝贝或抬举，他们嘴里念叨的是读书的女人算不得女人。何况这些女人大多是在发育阶段就去了广阔天地当知青，已被艰苦的劳动生活折磨得骨骼粗大、皮肤粗糙。长期喝玉米羹、吃红苕，身体又肥硕变异，穿着红花对襟棉袄或阴丹蓝布短衫，也与乡野村姑无异。奕华她们班上就有一女同学，由于没带校徽便被门卫拦住，不让进校门，最后还是辅导员去解决的。门卫指着那女生说：你看，她穿成那样，我以为是收潲水的农村大嫂呢。

奕华穿得也很糟糕，是用母亲灰扑扑的旧大衣修改成的短上衣，双排扣，有点像列宁服。但奕华在衣领处加了条淡粉的纱巾，让这件中性色彩的制服，有了几分俏丽。粉色点缀于浅灰，知性中见妩媚，也符合春天的清雅。

女生中也有觉醒者，早早就穿上能让身材显山露水的毛衣，并用钳子烧红了夹刘海，夹出一排生硬的卷发出来。住在奕华上铺的秦便是。她每天换着衣服穿，米白色的涤咔套装、鲜蓝的哔叽呢套装——这众多的衣服来源相当可疑，谁也搞不懂家境贫寒，又只能享受师范生每月17.5元待遇的她，哪来那么多的钱置行头？直到有人看到她汇款单上的数目，被吓得说不出话来——竟是200元，天文数字般的200元，来自上海某铁路部门，才"哦"一声恍然大悟。而她见有人看汇款单，脸通红了，忙慌慌张张地收起来，头顶盘的大辫平白无故掉了下来也顾不得收拾。

她总是把头发梳成大辫，像乌克兰女人一样横跨头顶。她就这样装扮成不伦不类的少女，在进校后的建校劳动中站在高高的山坡上，拎着锄头东张西望。奕华奇怪，她在打望什么呢？不到一个月，奕华知道了，她在钓人。她钓到了系上唯一的高干子弟——父亲是11级干部的王某人。

毕业时，奕华才知秦同学未雨绸缪的厉害。来自某矿山、成绩平平的秦原该分回去的。但她向系党支部书记和系主任甩出一张流产的证明，证明她与高干子弟王某存在着事实的夫妻关系，需要系上照顾，否则便是棒打鸳鸯。系上没同意。她便拿着流产证明跑到王某爹妈的单位上去反映。那位11级干部枪林弹雨地过来，却从没见过一个女子如此的阵仗。他败下阵来，只好利用职权，让所谓的儿媳跟着儿子分去了北京。

许多年后奕华知道了秦的身世。她几乎是个孤女，父母在"四清"运动中自杀，她是跟着舅舅一家在偏远的矿山长大的。下乡当知青，她把自己的身体献给大队长、公社书记、各路招工的实权人物。她躺在各色男人的身体下，任自己的器官呼天抢地、痛、屈辱、麻木，最后是受虐后的快感。身体已不是身体，只是工具与计谋。有时，她也以为是战胜男人无坚不摧的武器。但，当所有的男人从她的身体爬起来，抖抖那玩意儿，然后穿上内裤、外裤，穿衣戴帽，人模人样了，关于让她离开农村的承诺便化为乌有。

最后，她只有凭自己的知识考上了大学，离开了让她伤心欲绝的农村。然而，知识真能改变女人的命运吗？她仍是不相信的。在知识与身体之间，她更信任身体，所谓的知识不过是对身体的装潢，提高它的砝码、价值，让它更能卖个好价钱……不幸的是，毕业时的曲折坎坷恰恰印证了她的理论。

如果没有身体的作用，任凭她成绩优异，恐怕也竞争不赢许多背景深厚的人，只好滚回她的穷山沟去做一个子弟校的教书匠。她就见到班上有位老大姐，每天宿舍熄了灯，还跑到公共厕所去读书，熬了四年，成绩在年级排前三四名。可有什么用呢？离校那天，她见着老大姐找不着瓶盖似的厚眼镜了，瞎子一样地在床上床下摸来摸去，收拾行装。老大姐被分配到贵州一个军工厂的子弟校。听说那里晚上去是黑麻麻的天，大上午了，仍是黑麻麻的天。因为根本看不见天，天被大山吃了。

奕华也见到了这一幕。她承认老大姐已失去了身体的战斗性。老大姐蹲在那里摸来摸去，是女人多么可悲的景象啊。所以，奕华懂得了许多女同学在学校读书三心二意的苦衷——她们也曾有理想与抱负，并把自己的青春、憧憬，甚至身体无条件地献给了岁月。但岁月似乎辜负了她们如花的容颜和身体，只给她们留下苍茫或残酷生活的隐痛，或许还见不得人，冷暖自知啊。

好不容易赶上大学这班车,她们仍是心有余悸,不敢奢望将来成为国家之栋梁,如何建功立业。唯求趁着女大学生这个令人遐想的身份,找个好人或好条件的人嫁。她们深知自己的弱小与无奈,只能把未来的希望寄托于男性的个体身上。

所以,女生的大学生活往往是现实主义,有着忧心忡忡、算计、前怕狼后怕虎的平庸。

奕华从骨子里瞧不起她们,但又不得不承认她们是正确的:知识未见得能改变女人的命运。女人啊,你以为有了丰富的知识做后盾就能与男人平起平坐了吗?休想吧。有知识的女人不但不能征服男人、得到男人,反而会把他们吓跑,远远地回头朝你发出一声"呸"。

奕华离所有的女人都很远。她最烦女人表面上勾肩搭背状似姐妹,背地里又嘀嘀咕咕,恨得牙都磨出血。在她看来,女人都是些不用化妆的演员,包括她自己。天生会装假、作秀、泪水涟涟。

她更喜欢与男人扎堆。比起女人来,她认为男人更保持了动物的自然与儿童的天性。假若生命可以重来,她希望上帝让她成为男人。而现在的她,身份多么尴尬啊:壳子是如花似玉的女人,内瓤子却当男人来思维,身在曹营心在汉。身心的分裂让她的行为方式也不伦不类。

她很喜欢在圆顶食堂流连。那里是男人聚集的地方。男生们喜欢在吃饭的时候展开时事辩论会,个人对个人,班对班,系对系。

但男人总是保持着他们基因中的风格——好斗。好好地辩论着,突然就有一方不遵守君子动口不动手的原则了,直接把碗和饭盒向对方掷过去。对方也不示弱,热水瓶、瓷盅扔过来。饭堂一片大乱,有人喊:搞武斗了!搞武斗了!奕华热血沸腾,敲着饭盒像吹哨的足球裁判那样跑到争斗双方的中间去调解。她对自己这样的角色非常满意,像男人一样有着英雄气概,又是男性世界冷静的观察员。

还有一次中午正吃着饭,突然就见一眼镜男边敲着饭盒,边把几张方桌重叠在一起,然后像杂技演员一样,身手敏捷攀到三张桌子重叠的高处。那种高,岌岌可危。

"同学们,同学们,耽搁大家几分钟,我有话讲,我必须讲,请各位兄弟伙听一听,恳请你们听一听。"

眼镜男个子瘦小,但声音洪亮,不像是他这样体形能发出的。他穿着陈旧的灰中山服,系了一条黑白方格的围巾,还蓄着鲁迅式的胡须,打扮得很杂文。旁边有人给奕华说,此人是美术系的,原名马昂,由于总自诩自己是鲁迅那样的投枪和匕首,见到不顺眼的人就叫别人"狂人啊,狂人",大家就干脆给他一绰号,"马狂"。谁知,他相当认可。并把自己的户口也改名叫马狂了。

马狂站在高处,俯视众人,领袖般挥动着双臂。"悲剧啊,大悲剧,"他这样开了头,"中越边境鏖战激,我们的兄弟伙正在抛头颅洒热血揍那狗日的忘恩负义的越南小人,刚才我却听到有几个数学系他妈的崽儿说,中国不该去打仗,中国男人该好好读书,然后把科技搞上去,他妈的人家就不敢来惹我们了。大家说说,这他妈是人话吗?是男人说的话吗?狂人啊,真他妈的狂人!兄弟伙,那几个人现在还在饭堂徘徊,我不想指认他们,是怕脏了自己的手。你们自己看吧,那几个说话妹兮兮、长得像妖里妖气的人就是他们——混进男人队伍的人。不信,你们脱了他们的裤子看看,这些人到底是女人还是人妖?也许表面上是站着撒尿,但灵魂早就卖身投靠异类了。

"兄弟伙,不是我耸人听闻,中国已是个男不男、女不女的社会了。你们看看,'文革'中有几个男人的脊梁骨像男人?到处都是叛徒蒲志高,至少是做了灵魂上的蒲志高。就是因为太多的男人都做了蒲志高,中国才大乱了呢。

"现在动乱完了,男人也快完了。你们看看,瞪大眼睛看啊,男人在哪里?"

说到这里,他探下身来,向听众伸出一只问询的手,眼神却恶狠狠地在人群中刮了一遍,然后继续:

"没人回答吧。那就看看我们自己像不像男人。你们看我——细胳膊,退化;短腿,退化;白嫩的脸,退化;一尺九的腰,退化。退化、退化、退化,上帝在让我们退化。我们要有自知之明,敢于直面惨淡的人生。什么是惨淡的真相?不是我要吓你们:将来的世界只会有女人,女人会像沙漠一样漫卷我们男人的绿洲。因为女人不需要我们了,这个世界不需要我们了。

"除了打仗。

"只有战争的存在，才能保有男人存在的价值。

"战争，是培养男人的基地。

"兄弟伙，你要想慢一点退化，那就操家伙上前线保家卫国吧，干点抛头颅洒热血的大事吧。

"所以说，这场对越自卫反击战，不但是在救中国，挽救中国的国际威信，更是在拯救一代中国男人。是中国男人重新雄起的冲锋号。他妈的，有些人鼠目寸光，呆子哲学，有什么资格在西城大学混，成为知识分子？这种人，我见一个，灭一个，诸位兄弟伙别怪我马狂就是狂人一个哈。"

说完，他"咚"的一声从三层高的桌子上跳下来，竟毫发不伤，领袖般地向人群挥挥手，扬长而去。

奕华被这人逗乐了，他的煞有介事，他的奇谈怪论，他的举手投足，包括满口脏话，奕华都觉得太新鲜和刺激了，比相声演员还好玩。但笑完之后，奕华认为此人的许多观点，她并不完全赞成，有必要与之辩论，否则如鲠在喉。

奕华才看了托尔斯泰的小说《战争与和平》，包括奥黛莉·赫本演的娜塔莎、亨利·方达演的安德烈版的电影也看过。她承认，如果不是为抗击拿破仑去打仗，安德烈王子和私生子皮埃尔，不过是混迹于莫斯科上流社会女人圈和荒唐的男人俱乐部的花花公子，社会多余之人。战争让他们或成了烈士或成了永不倒坍的勇者。然而，战争却又是最大的消灭男人的机器啊。

奕华看到一组镜头时，竟在电影院的黑暗中像傻子一样抽泣，哭出了声，顾不得周围的人怒目而视。

拿破仑的军队攻占了莫斯科，面对的却是火光冲天，不剩一粒粮食、一件棉衣的废城。于是画面上几分钟前还骑着大马、耀武扬威的法国军队只好撤退。那么多男人饥寒交迫，排成望不到边的长龙，一步一趔趄地踏着厚厚的雪向前走，向死亡走去。多可怜的男人啊，没有任何尊严的男人，连蝼蚁都不如，在像结了冰的冷调天空与白茫茫大地的夹击中，走着，无意识无意义地走着，连一丝抗拒或挣扎的姿态都没有，就被死亡拿去了。

女人怎不心疼？怎不哭泣？娜塔莎永失了她的安德烈。更多的女人失去了父亲、丈夫、儿子。

战争最大的受害者并不是男人，而是女人。

当时的苏联在经历卫国战争之后，是二十多个女人拥有一个男人。朝鲜战争后的男女之比是1:7。这意味着有许多女人在一生中连男人的气息都嗅不到。

奕华读肖洛霍夫《静静的顿河》，印象最深的就是那座村庄可怜的女人们：青壮年男人都上前线打仗去了，只剩下儿童与七十岁以上的老翁。欲火正旺的儿媳，竟像母狗一样去勾引拄着拐杖的老公公。

有时，男人对女人来说，不见得有什么具体的意义，而是一种符号和宗教，一个信念的存在，心理需求往往大于生理用途。《西游记》中女儿国的国民们，在唐僧到来前，似乎并没意识到需要男人来帮助解决性问题，连传宗接代也可以靠喝一口水便怀孕生育。但唐僧之类的男人的到来，倒把女儿国上下的心思都搅乱了，男人的重要性凸显了。但，美丽的女王渴望与唐僧双栖双飞，恐怕是她对性的好奇心胜过真正的性需求吧。

奕华对这些问题充满兴趣，也困惑。关键在于她只能在脑袋里胡想一通，作理论探索，却无从实践。

奕华敲门，里面有个洪亮的声音响起：美人，进来。只有我一个男人在哈，不怕就进来。

奇怪，他怎么知道是我找他？奕华想。

"早就看到你在楼下徘徊了。我相信这幢楼的男生都趴在窗户看呢。只是没想到你是来找我马狂的。怎么啦，爱上我了吧，爱上我就明说哈。"

奕华见到窗子边站着一个人，背着光，头发蓬乱，向上直立，与阳光接触的部分仿佛是燃烧的褐色烟云。头发的庞大占据了这个人的几分之几。除此，这个人的身体却像还没发育成熟的孩子，比奕华印象中的还要矮。他伸出手来握奕华的手，青蛙般的手迅速被成熟女人的手——覆盖。

奕华有点灰心丧气。但男生宿舍特有的气息还是激发了她的某些感觉。奕华她们大学有一个不成文的规矩，除了班级小组学习，男女同学都不互串宿舍。男女生宿舍，隔得很近又很远，像两大部落群的对峙。男生宿舍的气息不过是由尿骚臭和臭鞋臭袜味组成。但奕华却能从其中嗅到一股子强烈的雄性荷尔蒙。它们像隐形的羽毛轻轻撩抚着奕华身体的敏感部分，让她憎恶又心旷神怡。

她低着头，不去正视马狂的脸，而与他的声音打交道。他厚重磁性的声音，会让她觉得是在与一个男人谈话，才有兴致将谈话进行下去。

奕华阐述了对他战争培养男人理论的质疑，并强调，战争恰恰是消灭男人最大的机器。

说了半天，那个洪亮的声音却无回应，奕华不由得抬起头，却见到背窗而坐的马狂正啃着指甲，专心致志地看着她的脸，像个小孩子眼馋着自己心痒痒的食物。

"你是不是处女？别激动，我不是说怪话。只是想说，你知不知道自己美若天仙？如果你还是个处女，是你的不幸，也是西城大学男人的不幸。"马狂说这番话时，倒不像是在调戏，甚至有几分深情。

奕华"腾"地一下站起身要走。

"且慢。"马狂从窗户边蹦到了奕华面前，拦住去路。奕华发现，马狂真是矮得可怜，比自己还矮了半个头。

马狂知道奕华在打量他，却从容地说："觉得我很矮吧，我可比拿破仑还高一厘米呢。拿破仑的高矮并不妨碍他横扫女人，成为雄壮的男人吧。你看，巴黎的名媛贵妇、再美的女人，不都争先恐后要上他的床并以此为荣？告诉你，男人成为男人有许多方式——大脑、口才、知识、权力与谎言。你们女人以为是在与男人做爱啊？你们女人有几个真是因为爱男人身体与他做爱的？你们更喜欢与男人的大脑、口才、知识、权力或谎言耳鬓厮磨，让这些进入你们的身体，去满足你们可怜的虚荣心。狂人啊，你们这些女狂人。你们并不关心男人的体魄或意志像不像男人，只关心他们是否一直在你们周围簇拥。你们不过是要一种男人的符号或影子罢了。

"不过啊，美人，连你也操心男人会不会被消灭的事情，还是让我心疼的。你太美了，让人想干坏事的美……"

奕华听到一阵粗咧咧的呼吸离自己有些近了，热气顺着耳廓过来，开始在左脸颊游移。然而，不过是几秒或几分钟的事，一切便像脱兔似的逃窜。

"放心，美人，我不会侵犯你的。我很聪明，知道你的身体不属于我。但相信我们的思想会彼此欣赏。来，再握一次手，重新认识。我断定你会是我一生的女战友。只是，一个美人整天动脑筋，不是个好现象哈。"

经历了一个回合的折腾，解除了性别的暧昧冲撞，接下来，两人的谈话变得相当的愉快。马狂甚至告诉了奕华一个秘密，他和生物系的好几个人正通过对雌鼠和雄鼠的试验，来研究男女形成的决定性因素。"如果研究成功，将会影响整个人类发展的进程。"他说。

"我们也很困惑，发现，雌雄的最后形成不只是因为先天的染色体是 X 或 Y。进一步说，男女不是生下来是什么性别就一直是什么性别。男女似乎拥有着相同的一种基因，它存在于我们共有的非性别染色体中。然而，这种基因在男女身上体现时，呈现出比例数量的不同，形成了竞争或拉锯关系，或者有一个'开关'在其中。基因中的雄性数活跃时，通向雌性的大门就关闭了。反之也是一样。男人不长丰满的胸，女人不长胡须，全靠基因中那个'开关'有效的关闭。但，试着想想，如果这个'开关'失灵了怎么办？我们人类恐怕要慌慌张张在男人女人的角色间变来变去。现在，明明你是个美女坐在我面前。明早起来，却变成了一个大男人了。想一想，好恐怖。"

他咧开嘴，作猛兽的呲牙状对着奕华"啊"了一声，又生怕奕华打断他似的继续说：

"我一直怀疑古希腊的柏拉图早就知道其中的奥妙了，才会在他的对话录中说，人原本是雌雄同体的圆球：人自己爱自己、孕育自己、诞生自己。人自力更生，不靠天神，人的力量相当强大啊，如同水。你看，水不分雌雄，水有多强大。世界上还有比它更有冲击力、摧毁力的事物吗？

"天神拿水是没办法的，水四海为家，无处不在，得以与神平起平坐。人是个圆乎乎的东西，最易成为目标和靶子，天神宙斯轻而易举就把人劈成了两半，男人与女人。宙斯要惩罚人呢，让人一辈子就折腾一件事，男人找女人，女人找男人。柏拉图的原话是这样说的：'很久很久以前，人身上就种下彼此间的情欲，要回复自己原本的自然，也就是让分开的两半合为一体……'这就是宙斯想达到的目的，人忙着去找自己的另一半了，哪还有精力、智慧来与他对着干？所以，寻爱的男人和女人都是最蠢的。

"美人，我今天给你讲透彻了神的阴谋，以后谈恋爱清醒些哈，别寻死觅活的。说到底不过就是个幼儿园小班的游戏,当不得真。"

……

奕华从美术系的男生宿舍出来,发现天空呈现出一片橘红的晚霞,诡异、未知深浅,如同前些年她与央金从卡卡姑娘家出来看到的天光一样。那样的橘红是有分量的。如果它们从天上掉下来,会发出什么声响呢?会像洪水那样摧枯拉朽地轰隆狂吼吗?她想。

她接近蹲在路边的那两个大厕所。门,大大开着,臭味和幽深的黑都在橘红的天空下放肆。奕华习惯性地看了一眼右边的山岩。快黄昏了,那个男生竟站在那里读书。奕华是第一次在这个时段见着他在那里。他也看了一眼奕华,便埋头读自己的书去了。奕华恍惚看见他长得清秀,很白。站姿像少女般婷婷玉立。这般站姿在姹紫嫣红的罂粟花田里,被初夏的风吹拂,竟像舞蹈般地摇曳着。过去,她怎会把这样的站姿看成是男人性感的表达呢?

她又回头看他,正遇上他也抬头看她——原来,他会悄悄看她背影的。这个鬼鬼祟祟的男人。她想。

交际舞突然像一场声势浩大的运动在西城大学推行。圆顶食堂的学术辩论风气渐弱,取而代之的是周六夜晚探戈或伦巴的舞曲回响。

西城大学的校方这么快为学生设立了跳交际舞的场所,据说是为了响应上面的号召,把学生培养成适合改革开放的人才,让学生在跳交际舞中彼此沟通、交流思想、增进友谊。

校方的这一举措,首次得到学生的集体欢呼拥护。尤其是男同学,在与异性交往充满重重阻隔的道路上,有着这种趁跳舞合理拥抱异性身体的机会,何乐而不为?据说地理系有个35岁的老学生,读书前曾在矿井下当了十七八年工人,至今没有女朋友。第一次与女生跳舞,跳着跳着,忽然满脸通红地蹲下身——竟溢精了!

女同学就有点扭扭捏捏了。心里还是想的,表面上却总是装矜持。奕华她们班就有个长得很像白雪公主后母的女生,每次去跳舞都要戴双白手套,说是以免与男人直接的肌肤接触，为未婚夫保持肉体的纯洁度云云。

奕华不管这些。她的身心都在热烈地拥抱着交际舞，她蓬勃的青春终于找到了一泻千里的出口。她没有理由不欢呼雀跃。

她在探戈、伦巴、华尔兹之中陶醉，而对一种叫水兵舞的情有独钟。探戈之类的，在她看来，带着男权社会的意识，男人是统领或引导者，女人依附在男人的手臂中，跟随男人的脚步，踩准男人的节奏，才能找到自我的娱乐。而水兵舞不是，它是与男人平等的对手戏，手与手的曲直拉扯间，有着力的搏弈、眼神流转的调情。尤其是两人的先抑后扬、曲着的手臂同时往后一拉的那一瞬，妙不可言。这样的默契必须舞伴长期合作才能做到收放自如。

奕华的对手常常是学校一位副校长的三公子。"三公子"长得凹眼凸颊、朱古力色的皮肤，有点像拉美血统的人，爱穿紧绷绷的猩红棉毛短袖衫，胸部的疙瘩肉毕现。跳舞时，他眼神恍惚，并不看奕华。奕华与他跳着舞，倒常常感觉背后有一束眼光的追逐，烈焰一般的。转身，又无踪可寻。

还是一个周末，奕华跳得有点疲惫了，主要是心理上对不断重复的动作有了厌倦。她退下场，看她的舞伴和另一个胖墩墩的女生跳。"三公子"两眼发光地盯着女人蹦跳着的每一寸肉，那种表情竟让奕华非常难受。

她从圆顶食堂出来，嗅到一股柑橘花的香气。那是从竹林下面的学校农场那边飘过来的。这是一种沉闷的香气，不伦不类，让人不爽。有几个女生背着大书包又夹着书从奕华身边走过，行色匆匆，像刚从教室晚自习出来的。

奕华的衣服已被汗水弄得湿润，贴在身上，让丰满的乳和尖锐的乳头锋芒毕露。她叹了口气，突然有些迷茫。

一个颀长的影子尾随而来，在她面前站定："同学，跳个舞好吗？"北方男人的声音很温柔地响起。

"你有病啊，半夜三更拦住陌生女生要跳舞？"

男人轻轻一笑，整齐洁白的牙齿在灯光下晃动。

"我们算陌生人么？现在也不是半夜三更啊。我见到你跳舞很久了，那些男人无法与你搭档，他们不懂你。我以为我是可以的，要不要试试？"北方男人的声音温柔如水，简直就像耳语了，让奕华似曾相识。呵，又是林肯。奕华认真端详了一下眼前这个颀长的男人，可不，真算是熟人了——山岩上那个站在罂粟花田叽叽咕咕读外语的男人。彼此都远远地看过，没想到以这种方式结识。

原来，她与"三公子"跳舞时，背后追逐的那一束灼热的目光就是他了。

这时，圆顶食堂传来了《旧友进行曲》，它是跳水兵舞的绝佳舞曲，奕华一听到它响起，身体就像被烈火烧煮的水，扑扑翻腾，沸点一冲就到100度，根本无法控制自己。

她拉过男人的手，他们先抑后扬，两手风一般聚集，梦一般散去。弯曲时心领神会地妥协，伸展时摧枯拉朽地得意。手直接的聚集也是身体的试探——男人会用他的胸非常优雅地摩擦着她的胸，多么自然，如沐春风。她更喜欢男人的手从她的腰后面弯过来，像一条溪水绕树而行。男人一直盯住她，热烈而专注，圆顶食堂的灯光透过竹林、树丛筛过来，虽是零零星星，但足以让她看到男人纷纭与忧伤的眼睛。那眼睛更像少女一样心事重重，又弱不禁风似的怯怯，又让她联想起了什么？该死，她想起了素荷盛开的深夜，那个男人涉雾而来，素荷开得像一群出没于梦幻中的小妖。呵，林肯，怎么又是林肯。她突然就升起一种想法，想把自己举止放得更贱，接近狂放或放荡，以此来对自己做某种补偿。无疑，她有点当他是林肯了，这样的恍惚对她很重要哇。

圆顶食堂的灯灭了。兴致未了的人群闹喳喳地从那里经过，看到一对男女在暗夜的竹林间翩翩起舞。黑黢黢的竹林摇曳如魅，让他们的影子虚实不定。偶尔动作幅度太大了，有了沙石起落的声响。人却不出声，只有影子在默默地飘逸。

那天，跳到四周静悄悄，再没人来人往了，奕华才意识到已是子夜，多少有了清醒，便有些害怕起来。望着对面的黑影，她对自己说：物也不是，人也非。张口却是陡然地问："你叫什么名字？"

"林一白。"

"怎么也姓林呢？你是不是有个哥哥或弟弟？"

"我怎么不能姓林呢，蓝奕华同学？对不起，我打听过你的名字，没有恶意。

我没有亲兄弟,也不是本地人。你为何这样问?"

奕华笑得凉沁沁的,柑橘花的闷香又毫不知趣地随凉风吹过来。奕华想起自己曾有的私心,愿林肯有个兄长或弟弟,她可以去爱他们,爱与林肯相同的血脉或基因。就像《红楼梦》中后40回的紫鹃,见到甄宝玉后竟这样发呆:如果林姑娘不死,或许可嫁甄宝玉呢。但所有红学专家都认为这是高鹗的败笔,达不到曹雪芹的境界。爱一个人,难道就是爱皮囊、血、基因……

奕华笑得无奈而凄婉。

一个月后,奕华与这名叫林一白的男人成为了恋人。

奕华原来见他在山岩上读外语,以为他是外语系的,其实他就是生物系的,黑龙江伊春人。

西城大学的生源基本都是四川人,怎么东北人跑这么远来读书呢?

林一白对这个问题似乎不愿多谈,只是模模糊糊地说,很小,父母离异。母亲嫁给一个四川兵,带他来了这边。几多年,母亲又离异,嫁回了东北,那边有一儿一女,母亲不好意思再拖油瓶带他回去了。他不到十六岁就独自在四川丰都的大山里当知青。

林一白说身世时,口气和表情都是淡淡的,忧欢茫茫。细长白皙的手指夹着烟,并不抽,见着它成细碎的灰烬。

奕华曾把自己的日记本给林一白看,也想看他的。不藏隐私、不留空间,该是恋人之间起码的要求吧。

但,对于日记的事,他很沉默和犹豫。

奕华不太高兴。

她对这场恋爱的期望值并不高。还记得林肯作过的评价吗?她这样的女人,还未长大就熟透了。岂止是熟透,奕华觉得自己差不多就是要干瘪掉下枝头了。对爱也是,还没经历过呢,却已处处明察秋毫。若干年后,她研究张爱玲,扼腕叹息:这个24岁前就写了《金锁记》、《倾城之恋》等充满绝望气息小说的女人,深谙了男欢女爱所有的游戏底牌,深谙了人生的悲凉、荒芜与残酷,碰到胡兰成这么个男人,依旧深情地爱下去,直到千疮百孔。看似傻得不可救药,实质是勇敢与大无畏,是人生真正的智慧、通透与豁达。一个世事洞明的人,还能深情,她的生命能量该多大啊。

奕华不行。她的不幸在于，她把没有得到的林肯，放置于一个虚拟的情感高地，用各种美丽的幻想与流转的光阴去增加他的高度，让他做了神话般的永远情人，高不可攀，谁也无法到达那里，包括她自己。所以对现实的这场爱，她的心里很复杂，既想相信，以此来灭掉心中的幻影，又是前怕狼后怕虎、犹犹豫豫、举步维艰。冥冥之中，仍不由自主地把现实当作了幻影的某种替代或延伸……想着法子来折磨林一白以及自己，以此来证明现实之爱多么荒唐。

林一白说奕华是为赋新词强说愁，爱有这么山穷水尽的复杂么？奕华说，你的日记中藏着个女人吧，所以不给我看。林一白说，真没有。你是我的第一个女人。若不是你，也许我不会被女人所诱惑的。

林一白让奕华看他的日记。但要一起看。

傍晚，他约奕华在学校东方红礼堂的荷花池边看。奕华问：怎么不去山岩上的罂粟花田呢？他们一直视那里为两人的情爱秘境。林一白答：不要。你不觉得那里的花太艳了，妖气十足，我愈来愈觉得那里不安全。

荷花池边息事宁人的安静，红睡莲、白睡莲都刚刚醒来，各自绽放，并不争奇斗艳地惹是非。奕华看日记时，林一白用手搂住她的肩膀，一种合度的身体接触，奕华嗅到了来自他的体味，很淡的烟草味中是浓郁的雪花膏气息。夏天他也要抹雪花膏？奕华想问，又止住了。

日记里真没出现过女人。倒是有一段关于男性苦涩的友情引起奕华的注意：林一白在丰都下乡时，与同住的覃姓男生很好，一日不见如隔三秋。

他们一起下地、赶场、弄饭、偷鸡摸狗。

八月夜，他们卷起裤腿，打赤脚，手持电筒，辗转于田坎捉青蛙。手电照过去，陡然而生的光把青蛙搞懵了，手一伸就是一个。那时，水田的稻谷刚收割，只剩下浅桩子立在水中，还有夏夜亮晶晶的星子与月儿在水里养着，不时在稻桩间悄悄游动。他们就从田坎小路扑向田背上的坡。坡上种植着桑树，青蛙在桑树间跳来跳去。林一白有点急刨刨地扑上去，想多捉几只，因为覃很喜欢用这玩意下酒。幸好覃一把将他抱住。可不是吗？他扑过去的那棵桑树上，好大一条菜花蛇挂在那里。

结果夜里，覃吃青蛙吃出了事，尿不出尿来了。林一白背着他连夜翻过山崖，穿老林子赶去场上卫生院，敲门找到医生。医生说是打理青蛙时，没把一种毒素清除，导致急性尿路问题，好在及时，吃了药就缓解了。

两人的点点滴滴都是生死交情啊。

林一白在日记中感叹：只愿这样一生一世，不返城也罢了。这就是他的心声。他的父亲不知去向，母亲远在冰天雪地的东北，又为新妇。他在四川无亲无戚，丢到哪里，也是一碗一箸的孤人。反而在广阔的农村，因为覃，有了一个相依为命的伴。便有了幻觉：以为那就是一生一世。

但最后，覃竟悄悄溜走了。他的家人打点了县上、公社和大队，把他调回到渝都—长江边的军工厂。

覃走之前一点风声也没向林一白泄露。早晨起来还一同做饭吃，完了说要去场上取东西，两三个小时就一个来回，不用林一白陪，说好中午去大湾吃另两个知青捉的泥鳅。林一白扛着锄头上了山坡才听队长老婆说，覃今天回城。专门给她男人打招呼要瞒了林一白的，说怕他伤心。林一白听后犹如五雷轰顶，恰似林黛玉听说贾宝玉要偷娶薛宝钗那般的，欲生欲死。他狂奔回家，自然空无一人，覃什么都没带走，连一条内裤都没携带。留了一张条，写有四字：但愿来生。

仍不肯相信覃真的走了，带着他们养的叫小雄的狗，翻越山崖追过去。

荒蛮的大山，急不择路时，到处都是穷途末路。老林子里的天很快就是黄昏景象。小雄不管不顾地在老林子里往前跑，呜呜乱叫，寻着覃的气味而去。林一白跌跌撞撞赶不上它。小雄消失在大山的老林子里，像覃一样再没回到林一白的身边。

看到这里，奕华转过头，林一白早已泪流满面、楚楚可怜。奕华拥他在怀。

他们爱得兢兢业业。但奕华总觉得这样的爱像浮在空中的云朵，虚无缥缈的，沾不到地气。

林一白对女人的心思细腻得很，甚于女人，不是婆婆妈妈的那种，而是带着风花雪月的诗意。

暑期回来转眼便是十月初，林一白提醒奕华得把夏天的蚊帐和冬天要用来缝厚棉被的包单都洗一洗，趁着阳光还足，去霉味。说是不用在宿舍的盥洗间洗，那多没趣。地点他都找好了，去学校小偏门的嘉陵江边，那里是一片礁石区，不少大青石平缓地伸向江里，水，清澈见底。

十月的江水有点凉了，赤脚踩进去，一激灵，人反而兴奋。两人都见着对方白净细腻的小腿，赤裸的脚，在水里踩来踩去，溅出水花子，不由得言笑晏晏，琴瑟和谐。奕华便想起小时候南亘山的那些女人在妮儿河洗衣服，表面上扎着堆东家长西家短，也是热闹的，但骨子里却惶惶，怯着男人呢。

林一白把洗好的东西拧干，找了几块高大一点的礁石把蚊帐、被单铺平，寻些小石头在水中洗净，压住边角，说是江风一会儿就会吹干。做这些事，林一白是不让奕华动手的，选了块干燥的石头，垫上他的夹克外套，让奕华或坐或躺，只管看着就行了。奕华果然老老实实拿上半身躺在夹克外套上。见他在水边礁石一阵忙活，眼前就出现了未来家庭生活的图景，幸福的感觉点点滴滴晕染开来。本来，奕华是讨厌甚至恐惧家庭的，她的参照系自然是小时候父母营造的那个家，壳子上是漂漂亮亮的，到处用了雪白的钩花编织布把该装饰的地方都弄得妥帖与温馨，但瓢子里的寒凉还是一股子往外渗。

眼看林一白把一切收拾妥当，奕华想他要奔这边而来了，会不会干点传说中男人的勾当呢？身体不由警觉，一下子翻身起来，端坐，浑身上下紧绷绷的。

林一白却另选了一个地方，隔着距离有一搭无一搭与奕华说话。他问奕华枕头套上彩蝶戏牡丹的十字绣是谁绣的？奕华说是母亲。那叫蝶恋花，母亲自己创作的图案。"奕华，你为什么老叫妈为母亲呢？当面也这样叫？"奕华有些心不在焉，对这个问题也无回答的兴趣，她怅然若失。

为何怅然？要让她来回答这个问题真够呛，大脑像正熬着的糨糊，黏稠的一大锅，水与面粉早已分不清了。只是身子本能的冷清，被怠慢了。她被林一白当仙女供了起来。爱，越发像童话，王子公主不吃不喝不拉撒，冰清玉洁的，就是没有胡乱的亲热。

爱可不可能绕开性？性与爱是什么关系？性对爱是助推器，还是摧毁者？奕华对这些问题无从着手，因为性在她那里是一堆相当混乱的理论：首先是不洁和残酷的，像第四座大山压迫着女人，女人都是性最后的受难者，这是母亲、大姑等女性长辈传达给她的信息，也是中国女人之间祖祖辈辈固守的信息。老式的女人成亲前为何恐惧、要哭嫁呢？也源于这样的信息。觉得因为男人，将失去自己的纯洁。男人便成为女人的摧毁者。而男人将怎样摧毁女人呢？凭着文学作品隐隐约约的描写，奕华不过是囫囵吞枣。倒是在现实中有了道听途说，比如在大姑和卡卡姑娘那里知道的强奸。知道男人将对女人的进入。而进入就意味着摧毁么？是否女人从此便陷落于男人与上帝合谋好了的布局之中，成为男人身体的一部分？男人痛，她们就得痛。并且，还得为人类的传宗接代痛得死去活来。这一切的悲惨是否都在于男人的进入？

是的，千百年来，所有的母亲都试图让女儿守住处女膜。但为什么，她们作为女儿的时候却会那么轻易就丢失了处女膜呢？看来女人对丢失处女膜并不视为摧毁，而是丢失后的一无所获。可是男人为何没觉得他们献出的第一次，也需要回报的呢？

奕华对这些问题实在是想不明白。但她还是写信告诉母亲自己有男友了。母亲回信写了五六页，兜兜转转，所谓意思不过几个字：不许出轨。母亲的语言坚持了惯有的刻薄，加强了奕华对男女之事的不洁感，甚至让奕华深感受侮。她很后悔将自己的私生活告诉母亲了。其实，她曾犹豫过很久，决定让母亲分享自己的隐私，是基于对母亲的怜悯。有时午夜梦回，总会听到母亲的脚步声在南亘山的老屋徘徊，像居无定所的猫。母亲曾写信说，40岁后就睡不着了，半夜要醒好多次。

然而母亲或许没想到的是，她的近乎蛮横与居心叵测的告诫，在使女儿对性充满恐惧的同时，又在增加她更浓郁的好奇心。是的，所有的禁忌都是诱惑。而女儿们对禁忌的挑战，就如耳边插着石竹花的南美洲打手，只有用刀解决了另一个的性命，或被另一把匕首解决了自己的时候，这些打手才能坦然地、心甘情愿地交待一生。这就叫做决斗的公平，包括与命运决斗。

……

奕华想象自己在耳边插上了石竹花，向着性挑衅。但她的对手在哪里呢？

她隐隐约约地感到，林一白对性竟没多少好奇心。他并不想看到女人的身体，甚至有些厌恶。她读林一白的日记时，瞥见过他写的一些东西，说女人的身体像巨大的、不易消化的兽禽类食物，一直堵着他的胃和胸口。

他指的竟是他母亲。

小时候，为了节约水，母亲总与他同在一个大木盆洗澡。母亲身体的任何一部分都是巨大的，巨大得都不太像女人了——胸、大腿、屁股，包括腹部紫红色的长疤痕。母亲说他就从这个长长的疤痕出来的，她流了许多血。生下他的那一年，稍稍伸个懒腰，血就会渗出来，疤痕便血糊糊的。果然，他从母亲身上嗅到浓稠的血腥味，以至于不敢靠近母亲了。本该是依偎母体的幼儿年龄，却只能远远地怯怯地望着母亲。小身体是多么孤独又无奈哦。还播种下了很深的愧疚：他欠了母亲一生都还不清的债。

……

洗衣服回来，奕华怏怏的，但不说。林一白多少知道，却不问。两个人，各怀心思，绕开性的问题，都怕被对方看低了，做出崇尚精神的端庄。但身体就是身体，它有它的意志，这真有点让这对恋人欲说还休。

去看外国电影《红与黑》：于连在深夜攀援，闯进贵族小姐马格丽特的闺房。他们亲吻，很深地吻下去，男人像要把女人整个地吞噬……马格丽特小姐有句很得意的破罐子破摔的台词：来吧，每个女人都得为她们心爱的男人牺牲身体的名誉。马格丽特小姐说得像革命者一样豪迈。

马格丽特小姐的身体是怎样为于连破罐子破摔的，电影没有演，却给看电影的人拓展无限想象的空间。尤其是在黑暗的影院中，想象变成了无数长着翼翅的马匹，隐形地、踢踢哒哒地在影院的顶棚来回奔跑。奕华被这种幻觉干扰了，根本无法专注接下来的故事。

"怎么呢？"林一白递过手抓住她，她恼羞成怒地一甩，跑出了电影院，撇下林一白，独自往学校方向跑。

她在黑夜里乱跑一通，从后校门进入学校。那又是一个两边山岩夹出的甬道，夹竹桃密密实实的，像两座墙，开了粉白或水红的花，被惨白的路灯照着，花便如泛滥的某种虫类狙伏在乱叶间。奕华穿行其中，成心过不去似的，噼噼啪啪把那些花乱摘一气，然后把花朵捏得粉碎，扔掉。她嗅了嗅手，一股子臭味，夹竹桃真不是个好东西。做了摧花的屠夫，她仍是烦躁，不知接下来还该干点什么，才能平息身体里的躁动。

是的，躁动。身体就像一条混乱的马路，人啊、车啊你挤着我、我挤着你，谁也不让谁，警察上哪去了？

奕华又想起电影中的那些情节与台词，太具有冲击力了，她在过去的电影中找不到经验来承受这样的冲击。中国的电影也有讲情爱的，《柳堡的故事》、《野火春风斗古城》、《五朵金花》……相爱的男女都是志同道合的战友加爱人，思想的吸引重于一切，很少有肢体的接触，最多也就是两双深情的眼睛默默相视。

这就是奕华经验中的爱。

当世界上另一些男女用如此赤裸的方式来表达爱，女人竟对男人宣称，愿奉上身体，而语气和姿态却是居高临下的，如同成人要向听话的孩子分发糖果……

奕华难以理解，唯有莫名的烦躁，解决不了的烦躁。

林一白是在中文系的阶梯教室前，才追上奕华。他拉过她，发现其脸上竟有泪。诧异，加倍温柔地问：怎么啦，我有什么做得不对你骂好了，别这样。

奕华扭过身，让泪脸藏在最黑的地方。林一白的脸跟着她旋转，眼神无辜又忧郁。

他的神态在逼迫奕华，她只得吭声：“觉得那句台词怎么样？"

"哪句台词？"他明知故问。

奕华知道他在装，心里窝火，刻意离他更远，坐在教室门口的大梯子上，缩着身子，把头枕在双腿间，再不吭声了。

林一白并没有跟过去，站在树的黑影下，瘦长的影子，茕茕独立。很久了，他在那边说：奕华，你不能欺负我。知道我内向，不善言辞，你这样不明不白地向我发气，我很怕的。果然，奕华抬头看，竟觉得黑暗中的他又流泪了。

林一白常常流泪。说着说着话，泪就从眼角滚出，像那里长着一棵挂满果实的树，风一吹，果实便掉在地上。它们才是让奕华害怕的东西。每当这时，总是奕华先妥协。

奕华说：我不知道我们是不是在爱？不是说，每个女人都要为男人牺牲名誉吗？我倒想牺牲，却没有男人可牺牲的。这些话说得有点像撒娇，又像挑逗，她却发现自己的脸并没有发烫，心也没慌，相当地从容。多无耻啊。她在心里骂了自己，又有些期期艾艾的委屈——是的，他们的爱，一直像一顿素淡的宴席，食客倒是兴致勃勃赴宴了，吃了一大堆，就是不酣畅，从没有过热烈的拥抱和接吻，只有一些似是而非的牵手和搂搂抱抱。

林一白没有正面回答她的问题，而说于连并不爱马格丽特小姐。他爬上她的闺房，只是想灭了她贵族小姐的傲气。在于连那里其实是没有爱的，包括对德瑞夫人。他的野心让他顾不上爱，他只是想靠征服上流社会的女人，来代表自己对上流的征服与羞辱。所以，肉欲是最简单的擒拿手段。"男人靠肉欲来与女人打交道，比爱要轻松多了。那对男人来说是最简单的捷径，不用伤筋动骨的。男人要拿出心来爱女人，等于把命交给你了。"一番话，说得奕华无言以对。而林一白再次沉默，很长时间的沉默。他这样的沉默让奕华没有底，想着到底是自己傻，把自己出卖得那样彻底，变成了一粒输定了的棋子，在棋盘上再怎么走，都是徒劳。

　　想到这，愈发悲凉。后半夜的露水开始上来，秋天的空气中已含了水的分量，凉意便会呈袭击之势，让人陡生寒颤。老坐在石梯上也不是个法子了。

　　她扭了一下身子，正踌躇着接下来该如何收场。林一白却突然三两步走到她面前，攥住她的手说，来。说完，他顿了顿，仿佛也在考虑下一个动作。他慌不择路，去推阶梯教室的门。门竟没锁，里面是广阔的黑暗。于是，一个没锁门的黑漆漆的教室似乎极大地鼓舞着他的斗志，他连拉带拖攥着奕华往阶梯教室的深处走，走到最后一排，也是教室的制高点，他把奕华抱起来，放平在课桌上，自己也跳将上去，俯身，把身子压上去，像铁皮盒子的盖儿，牢牢盖在盒子上，丝丝入扣。然后用两手箍住奕华的脸，吻下去，凶猛的、恶狠狠的，像要吻到她的灵魂中去。

　　奕华都快被憋死了，呜呜叫了几声，挣扎，却徒劳。林一白没半点放过她的意思。奕华想到一句歇后语，周瑜打黄盖，一个愿打一个愿挨。她愿么？林一白的双唇柔软如女人，吐气如兰，一双嘴唇覆盖着另一双，弄出的是丰饶的湿地，地表上花草茂盛，地底下却是旺着水，小指头伸下去，水就咕咕往外冒。奕华感到自己身体的另一端也变成湿地了，好像有一些饿坏了的食肉动物在那里左顾右盼。它们在等待。等待什么呢？食物的出现？猎手的到来？生存还是毁灭？

　　奕华觉察到林一白腾出了一只手，开始在她身体上游弋，忽然就捉住她的乳。但即刻放了，像手被火灼了一般，令奕华不可思议。

　　林一白"通"的一声从桌上跳下来，把奕华也抱到了地上。并不高大的课桌群成为掩体，也许林一白已把它们当茂密的森林。他把奕华揿在地上，动手去剥奕华的衣裤，剥得只剩下内裤了，奕华嚎叫：不行，不行，我怕怀孕。奕华作这样嚎叫时，才发现教室并非漆黑一片，外边的月光与灯光通过几扇阔大的窗户投进来，把窗栏的形象也横七竖八地描绘于地，自己近乎赤裸的身子正好躺在一个像十字架的光影里，如同牺牲的祭品。

林一白显然被奕华的嚎叫吓住了，他的裤子脱了一半，悬在脚踝上。他却并没有动用手去解决裤子的尴尬，因为他又流泪了，奕华在光影中见到他的泪珠晃动得厉害。这些无辜的泪啊，奕华柔肠寸断。她站起身，用几乎赤裸的身子去贴住他的身子，处子的乳房撞击着另一个胸脯。她比刚才林一白箍住她更凶猛地用女人的手去箍住男人的腰，然后扭动身体，让她湿地上的兽去迎接猎人的到来。只是，隔着一层内裤，再薄，也是隔着千山万水啊。

她不懂，只顾了扭动。有了不可言状的沉醉，整个身子，甚至灵魂像乖张的纸鸢忽儿飞上了高空，忽儿又向崖谷深渊跌去。她不管，只顾了扭动，身体的某个地方颤颤欲放，花骨朵要开花了，她嘴里还喃喃：这样行么？这样行么？

男人的声音也变了调，被压迫着的兽呼呼叫着。他在很坚决地说：不行，这样不舒服，没用。但边说，仍在呼呼作兽叫，越来越高亢……"奕华啊"，她听到他这样绝望地呼叫了自己一声，万籁寂静，她的身体被突如其来的滂沱之水淹没了。惊魂未定，林一白突然转过身去，蹲下，哇哇地呕吐，白花花地吐了一地，要把肝胆肺腑都要吐出来似的。这一切都是以迅雷不及掩耳之势进行的。裤子还悬在他脚踝上呢，扯扯拌拌的，有些滑稽。

奕华惊恐地见着这些，身子几乎赤裸，忙着用一只手去护胸，另一只手去找衣服。满地找，怎么都找不到。

她定定神，终于在透进来的月光或灯光的混淆下，把他的身体看得那么清楚。如果不是裤子挂在脚踝上，这将是米开朗基罗雕刀下另一尊完美的男体雕像。尤其是那玩意儿，仍雄赳赳地挺立，冲着熹微的亮光，它仍有的挺立像一种挑衅。

奕华以为对这样的玩意儿是熟悉的。在她的家乡南亘山开门见山，山便如男根。那东西耸立在山上、庙前、街道两旁、沿河的堤岸，或雕刻于岩壁和伸向水中的大青石，见缝插针，处处显现。现在，南亘山的人对此已不忌口，连两岁的孩童也会指着它们向外人介绍，这是"鸡巴"。奕华假期回去，发现"拜桄子"的风气又开始盛行了。这种古风俗"文革"中基本被无产阶级专政给专政掉了，有人还为此付出生命的代价。但风声稍稍松动，人们就趋之若鹜。特别是江口的灵应石那边，"拜桄子"的人把做爱的声响愈弄愈大，男欢女爱的，像是在和谁赌气似的不顾廉耻，仿佛是变本加厉的补偿。南亘山的夜常被这些人搞得夜不成寐。奕华的母亲就爱在半夜起来"乒乒乓乓"关窗，大热天也把窗关死，一丝缝都不留，怕奕华听到什么动静。奕华每每琢磨母亲的良苦用心，又是好笑又是叹息：母亲选择南亘山来生养她已是注定的不伦不类，耳闻目染，怎么能脱得了干系的道貌岸然？何况，南亘山外也是大千世界啊。

她终于面对了一个真实的男根。她不知是该膜拜它，还是鄙视？它比她想象的复杂多了，有那么茂密的毛簇拥着它，让它像森林中的王者，向着光亮高举着自己，玉一般的高贵。

翌日中午，奕华本不想去食堂吃饭，让别人帮打回来。想一想，还是去了。林一白已坐在了那里，同过去一样，用书包为奕华占了一个位，帮奕华打好了饭菜。知道奕华喜欢素菜，没打肉。最后一节课也没上，去学校的自由市场买了豆腐，用油煎豆瓣、香油、小葱拌了，盛在饭盒里。他知道那是奕华最喜欢吃的一道菜。林一白把这一切做得那么体贴入微，每个细节都是完美的，却发现自己不过是完成一种程序，心里却没有过去的喜悦。甚至，坐在那里等奕华来的时候，竟是希望她不要来。见着她无精打采地来了，知道她其实也是勉强的。

两人目光交织的一瞬，都感到某种神秘而美好的东西已土崩瓦解。那个人还是那个人，只是已让自己失去了想象。奕华见到顾长的林一白站起身招呼她的时候，玉树临风的模样，微笑中很高贵的矜持。想着，这才是她要的男人，而不是昨夜那个裤子悬在脚踝上的可笑又可怜的人。林一白见奕华梳着马尾辫，穿着一身灰装，典雅又清纯，也在想：女人有多副面孔啊，人前水波不兴，人后也是犯贱的。

两人看对方其实都有点瞧不起了，自然就不太自在。归结起来，也恨着自己，恨自己无法克制的欲望，恨臭皮囊一样的身体。奕华走到林一白身边时，他并没有看她，应付地说：吃。奕华也应付：你也吃啊。然后双双就默默地吃饭，再无交谈，神情间有着羞愧，如同被逐出伊甸园的亚当与夏娃。

吃完饭，奕华看着林一白像丈夫似的在水池边洗碗，用带来的小方巾，把她的饭盒擦了又擦，让铝的质地有了光泽。奕华的心却苍茫：他做得完美的东西，总是这样的细枝末节，触及不到生命的宏大。而何为宏大呢？这样的命题更令她苍茫。她只觉得人无法控制自己的身体是一件相当丑恶和可怕的事。有女生挺着胸与男生高谈阔论从她面前走过，她就想：这两人扭在一起，抚摸、喘息、欲生欲死该是什么景象呢？这种联想，快逼疯她。一路走下去，见着每个衣正帽端的人，她的眼睛都会去把人家剥光，然后让他们在自己面前翻云覆雨。

她无法遏制自己的联想，一边厌恶着、疑惑着，一边又兴致勃勃的。甚至，她想起一些伟人、圣人：他们做这样的事时会怎么做呢？……他们如此伟大、崇高、神圣，他们会怎么做呢？

人会为做这样的事找许多理由吧，说得过去的和说不过去的。奕华瞧不起自己与人类的，恐怕就是人在寻找许多理由来装饰自己的欲望。用得着吗？她见到路边有两只狗，见到对方便撒欢，高兴得眼珠子都要掉出来了，然后迫不及待互嗅屁股，最后连在了一起。它们在光天化日之下，行云流水，如花美眷，正大光明干了想干的事情。

狗比人磊落。

当夜幕降临时，奕华更是这么想。比如自己，好好地坐着、躺着，看着书，却感到了身体的起伏，暗流涌动。这种涌动搞得她坐立不安、神思恍惚。看看外面的黑，初秋的天，黑得还不算早，天光中仍有着高远的澄明。但，夜就要来临，铺天盖地的夜。它暗示奕华，怂恿她走出寝室。

走到林一白他们生物系的男生宿舍楼下，她扬着头怯怯地叫：林一白，林一白。有很多脑袋从各个窗口伸出来，只是没有林一白的。她想了想，又放大声音叫：林一白，林一白。更多的脑袋伸出那幢楼，像成串的葡萄从乱七八糟的叶蔓中伸出来。仍是没有林一白。

她只好放弃。可一转身就见到林一白站在宿舍楼对面的树林边，抱着手漠然地看着她，气得她眼泪都要出来，觉得被轻慢了。林一白见她走过去，并没在原地等，一溜烟钻进了树林。奕华本不想跟进去，觉得自掉了身价，赌气想扭头走掉。却见林一白站住了，等着她，手抹着眼睛，又哭了。

　　林一白在前面走，她后面跟着。刚下了一点零星小雨，林子里满是泥泞，奕华的鞋子上挂了沉重的泥巴。走着，天就几乎全黑了。穿过这片树林，又是一片树林，黑鸦鸦地在前面，浓郁的香气撵着黑袭过来，奕华想起这该是大门一带的桂花林子了。

　　西城大学办学未必拔尖，但校园环境在全国却是著名的，号称森林公园大学，一年四季都香气逼人：春有黄桷兰，夏有栀子花，秋有桂，冬有梅。

　　令奕华不可思议的却是桂：细碎的花藏在墨绿的阔叶中，不经意看，会忽略花的存在的。花与叶都那么平庸，却能释放出这样大能量的香气，世间的事物真不好说啊。记得林肯就感叹过：漂亮的花多无香味，如倾城的牡丹；香气逼人的花，模样都是寻常细小的。女人也是如此，表里不一。

　　那么自己在林肯眼里会是一种什么花呢？一想到林肯，面前的林一白便让奕华不是个滋味。于是，脚步蹰躇。林一白却走了过来，一把搂过奕华，把她推到桂花树前，吻下去，一如昨夜的凶狠。桂花树没有他想象的结实，承受不了两人身体的压迫，一些枝丫噼噼啪啪断了，戳着奕华的背，钻心的疼。奕华把身体移开，两个人都摔在了地上。林一白没有放手，倒用十个手指把奕华揿在地上，像巨大的蜘蛛牢牢抓住它辛苦得来的猎物。奕华只得用脚踢、手抓，用牙咬他的肩臂，他痛得钻心，也忍着不吭声，仍想方设法控制奕华。奕华试图坐起来，他又把她按下去。一个要摆脱，一个要征服，两人只得抱在一起在泥泞之中翻来滚去。哪里像在做爱？完全是你死我活的殊死搏斗。

　　奕华的衣服不知什么时候被剥了个精光，内裤是被扯烂的。他也赤裸。两个人成了泥人。泥水多少掩护了他们的赤裸。他几乎是在哭喊与哀求：我得放进去！奕华，求求你了，我得放进去！！！奕华越是激烈地挣扎，他的哀求越被放大了，放大到奕华觉得自己的身体是无法承受的，连整个校园也承受不了。这哀求像是从魔瓶里释放出来的那个妖，身形陡然变为巨硕，变得无边无际了。

　　终于，奕华懒得挣扎了，把自己的身子嵌进泥巴中，一动不动，犹如死亡。

　　她突然的安静倒让林一白的进攻有了迟疑，他一屁股坐在地上，木然。

奕华说话了，声音和语气都像个白发苍苍的老祖母。她说：你也是成人了，该懂得为自己的行为负责。假如我怀孕了，我们都会被学校开除的。我们在社会上如何立足？我们还有什么前途？我们将生不如死！

　　说话之间，奕华已站立起来。站立让她的话更慷慨激昂，甚至有了手势的配合，她像是在集会上面对千军万马作演讲，竟忘了自己的赤身裸体。

　　林一白却把奕华的身体看清楚了。车子经过的时候，车灯强烈的光冲破厚厚的树林"哗"地进来了，在奕华满是稀泥的身子上一晃而过，或者说，奕华的身体在林一白眼前稍纵即逝，幻象一般。

　　但那是多么美妙的身体啊，不是他小时候见到的母亲那种像万吨巨轮般的身体。

　　从小到大，一闭上眼睛，母亲巨大的身体就鸣着汽笛向他驶过来，他无处可逃。14岁了，母亲还当着他的面，脱得精光，换衣服。母亲也叹气："可怜啊，就这么一间十多平米的房，谁能躲到哪去？"……贫穷的生活有太多理由让人来骂骂咧咧、粗糙与麻木的。人顾不上脸面了，剩下的就是乱来的份儿。包括他的床就挨着母亲和继父的床，那边翻云覆雨了，一下一下猛烈地撞击着他的床。他闭上眼睛，当自己死去。但巨大的悲哀已注定地要阻塞他的生命，他要活下去，就得把阻塞在他生命中的那些巨大吐出来，稀里哗啦全吐出来。

　　所以，他需要先把自己放进女人中去，然后才有力量呕吐出身体中那些个荒谬的巨大。

　　可悲的是，他怎么也进不到女人那里去，拼尽了力气与心智，反而离它愈来愈绝望的遥远。

　　多美妙的身体！他想不出一生中还见过什么比这更美妙的东西了。过去，他下乡的大山里秋冬之交，有种叫火棘子的植物满山遍野地开，似花非花，似果非果。艳红的颜色，像一些火炬在岩崖间点燃，甚至像红彤彤的风，刮过旷野，阳气荡漾。他常被这样的景色感动得流泪，心里却把这种植物比作了男人，譬如覃那样的。而当一个美妙的女体站在他面前，介乎于女神与荡妇，他过去的一切审美经验便土崩瓦解，唯有自卑。

　　他简直不敢再看自己的身体了，丑陋而无耻的行尸走肉。尤其是那玩意儿，竟是不知天高地厚地直挺挺的。多愚蠢啊。最糟糕的是，它根本不把他的意志与廉耻放在眼里了，它是他的叛徒、他的敌人，它不顾一切举着欲望的大旗，直挺挺地冲着那个美妙的身体而去。

可是，仅几寸之遥，它却半途而废了。

他清楚自己的生命之水已冲破那么细小的玩意儿，一泻千里，顺着股沟、大腿、小腿、脚，流在了泥泞里，变成了泥泞的一部分。

然而，这样的发泄还远远不够，他的胸口还是被巨大的东西堵塞着。他转过身，蹲在地上，大口大口地呕吐。气味混淆于浓郁的桂花香气中，让奕华痛不欲生。

8.

有好长段时间，生物系男生宿舍的人都见着一个漂亮的女生在楼下喊：林一白，林一白。差不多黄昏的时候准点来。也就喊几声，不见回答也不拖泥带水，径直背着书包走了。男生多少就有点叹气，说这么漂亮的女生怎么就不是来找自己的。便暗地打听林一白何许人？见着他高高瘦瘦的，走路飘飘浮浮，也不搭理人，目空一切的样子，就有人私下说，可能是个高干子弟吧，再不济也是教授、医生那样家庭出来的。

奕华也想过自己犯贱的问题。但往深处想，又像是自己亏了林一白。想起那夜他边穿衣服边嚎啕大哭，哭到最后便发出幼儿般的哽咽声，有苦说不出的那种，心里就像被挖了一块走。她想到了补偿，破釜沉舟的心都有了，就是找不到林一白。甚至在他们上课时也到生物系教室的窗户去张望过，没见他的影。只有一个同学说他好像是去了渝都。

于是，等。这等待不是个好滋味，何况漫无目的。她不能在黄昏的时候天天跑去那宿舍楼下叫魂似的叫林一白了，会被人当神经病。更不能去他的教室。她已见到他的女同学一副幸灾乐祸的样子。食堂是她等待的地方，她吃饭总是磨磨蹭蹭，像是在数着米粒吃，人都走光了，还坐在那里，直到找不到理由再拖下去了。有时在食堂待久了，她容易把这个场景往《诗经》中的《氓》那种场景里边想，那个女子"不见复关，泣涕涟涟。既见复关，载笑载言"。见着她的男人就那么高兴，从心窝窝开出花来。女人爱一个男人时，不长心眼，不设计，简单质朴得很，连雕梁画栋都还没齐整，就让男人登堂入室了。男人要的爱却没那么简单了，懂得虚拟、借景、距离、山重水复、柳暗花明……男人是在把玩爱呐。也是《诗经》中的《蒹葭》，说的是男人想女人。那简直像风光片，迷雾飘浮，聚散无定，也催促水边的蒹葭摇曳无助。男人想着的女人在水一方，宛如水中月、镜中花，却让男人爱得欲生欲死。

所以，男人的爱是浪漫主义，女人的爱倒成了现实主义。

奕华这样想着，不由两周都过去了。等待已让她产生了幻觉。半夜明明睡熟，却听到有人吹着口哨从宿舍窗下经过。"林一白"，她从梦中叫出来，翻身爬起了，光着脚板，衣不蔽体地就"咚咚"下楼，往门口跑。外面天寒地冻的，快数九了。黑漆漆的一片，连农场那边的狗都没叫一声，哪里有个鬼啊？

有男人来找奕华。奕华想，不过是个无关的人，便爱见不见的。男人见她久久不下去，就一下子蹦进了她们宿舍，吓得一个只穿了棉毛裤、没穿外裤的女生赶快躲进床上的被窝里。女生破口大骂。男人却说：别骂，我是替你将来的丈夫来考察你的。你的身材很漂亮嘛，自豪点，没什么见不得人的。说得女生恼也不是笑也不是。

结果是马狂。

他拉着奕华的手往外走，还对她耳语：可不能当她们的面说，满屋的阶级敌人，没安好心。

他问奕华，你知道你亲爱的男朋友在哪里吗？他卖了一个关子，竟不往下说，急得奕华要哭了，才说，最近去长江边的某军工厂他姨家，竟见到林一白在那边，好像在找什么人。他姨也告诉说，这人在这里转来转去好些日子了，一会见他在家属区转，一会又在厂房边，一会又在菜市场。大家都在嘀咕，不知他是干什么的？看他人长得漂漂亮亮，又戴着西城大学的校徽，也不像小偷或什么的。

"他像掉了魂似的，天天在望江厂那带转。一身穿得那么薄飞飞，连毛衣都没得一件。你说他在干什么，找谁？"

奕华潸然泪下，她知道他在找谁。这么多年了，那个曾抛弃他的男人，竟还压在他胸口，像沉入古井的石头，藏在了最隐秘的地方。他惦着覃，比对她这个所谓的女朋友更深情。可不是么，说走就走了，连一句话都没有，怎么一走开就像毫不相干的人了？

奕华心里生出那么多的怨和委屈，才意识自己其实是很在乎这段感情的。本以为它不过是个替代品，自己大可提得起、放得下。而日久生情，真品赝品莫辨其中。何况，他突然在自己视野中消失，陡然增加了悬念和刺激，还激发了她母性本能的怜悯。她很不放心那个在外面瞎闯一气的人。问马狂，有没有办法在那厂子找到覃这人。马狂犹豫："不那么容易，那厂子好几万号人呢。"奕华走上前去，抱住了马狂，说：帮帮忙，求你。这是在救一个人，也在救我。马狂被奕华的动作吓了一跳，抬眼看，楼梯上正下来一群女生，见着一对男女青天白日就抱在了一起，倒搞得走也不是退也不是了。

马狂很快就打听到覃的下落。这小子，脑子特别够用：几万号人找起来的确是千头万绪的。但他竟想到小时候的一个发小在该厂工会当一小干部。通过工会的名册，哪个人躲在旮旮旯旯也是可以轻易捞出来的。费事的是奕华只知那人姓覃，不知其名。而该厂这个姓的人竟有八人。马狂的发小倒够义气，办事认真。八个人挨个查，看谁去过丰都下乡，结果就查到了。

奕华的喜悦难以言表。细想想，又不知喜从何来？她在走向林一白宿舍的路上，想象他听到这个消息后将有的表情，又有点拿不准了。但觉得还是该告诉他，哪怕即刻成为陌路，自己也不欠他的了。

于是，她喊林一白的声音变得理直气壮了，一改过去的怯怯。仍没人回答。怅然的她竟站在那里发了好一回呆，最后决定自己去一趟那军工厂找覃。

马狂陪着，早6：30分的始发车就从碚城出发。近两小时在山路上左突右奔。到了渝都又去挤到那厂子的公共汽车，据说也得有一小时的路程。马狂小小的个子倒抢了两个位。坐上去，奕华本想打一个盹，但一路的景色引出了她的愁绪万端……

车是沿着江水走的。冬雾厚重，一路的烟云，压住江水似乎再难轻盈地流动了。忽儿，车就钻进了山里。狭窄的山道，咫尺之距便是悬崖万丈，车就只能贴着刀劈斧削般的山壁开，心惊胆颤地俯视着江，想左右逢源，却是岌岌可危。

汽车总算走完了危途，从山上盘旋而下，像一只被高空的气流折腾得够呛的衰老的鹰，在平地上也一走一趔趄，惊魂未定。

好不容易望见一个峡口了，峡口在烟云中影影绰绰，其形不过是个囫囵的轮廓而已。倒是其声令人意识到它的存在——还隔得那么远，便听见江水的闹腾犹如千千万万的鼓声喧天。奕华悚然端坐，匪夷所思：那江水不是受了寒似的，形同凝固了么，怎么到了这里竟能听到它千军万马似的吼叫着呢？马狂说，这里叫金鼓峡。出渝都的水都得到这里聚齐了再奔三峡而去。水挤水的，彼此就像有了深仇大恨。挤不过去了，就朝着两边的山岩"咚—咚—咚"地一阵乱拍乱打。那山岩被打痛了也被打麻木了，倒成了金刚不坏之身——敲不烂也打不烂的金鼓。嗨，这还是枯水季呢，这算不得闹。若是夏天星月满天的夜，坐在金鼓峡的峭壁上，一边是松涛阵阵，一边是惊涛拍岸，那恐怕比世界上所有的交响乐团搞的名堂都震撼。会把你的魂都吓出来的。

马狂见奕华听得有些恍惚，便在她眼前打响一个"榧子"。"快到了，姑娘。那厂子就在峡口附近。"他说。马狂自然是不知奕华为何恍惚？她竟觉得自己是来过这里的，愈走近，这样的感觉愈强烈、清晰。逼仄的峡口像一次逼仄的穿越，让她走近了当年林肯痛苦回忆的现场——长江边的军工厂，他的父亲紧紧护住脸子绝望地哀求："别捅我的眼睛……"奕华知道自己为何怕听峡口的声响了，是怕听一个冤魂的声音啊。而更怕的是命运。为何，命运又会把她送到这里来呢？

……

到了厂子，已是吃午饭时间。马狂说，回他姨家吃。奕华坚持就在街边吃碗小面。她私心里不想欠马狂太多，怕以后摆脱不了过于亲密的干系。

吃完，马狂就叫上发小直奔覃的家。马狂问：打个招呼没？发小说：用得着吗？工人不讲那套。奕华担心他不在家怎么办，发小又说，又不是星期天，走多远也离不开军工厂这一个潭潭。奕华不吭声了。过一阵又说，不能空手去，得提点水果。

两层楼的红砖房，他家住一楼，窗和门都是用比大拇指还粗的铁棍自制的防盗网和防盗门，是过日子人家的做派。发小敲门，里面有个男人鲁声鲁气地问：哪个？

覃坐在奕华面前。他让奕华不敢相信，太意外了：他长得矮矮墩墩，蓄着乱糟糟的胡须，看人时眼神过于聚光，显得有点虎视眈眈，并且，一说话就"嘿那嘿那"地吐痰，还用穿着解放胶鞋的脚去碾。他家就弥漫着一股子口痰的气味。

这就是让林一白伤透了心的那个覃么？那个让他如今还无法释怀、放下的男人么？

奕华的林一白玉树临风，仿佛永远是山岩上罂粟花田里的可望而不可即。这个覃却是彻底的人间烟火，那么毫不留情地彻底——

奕华他们进去时，覃窄小的屋子里大大小小放了三四个盆子，一个干瘦的女人在洗衣服，以致客人无处放脚了。女人眉眼恨恨，一脸的不悦，也不招呼，也不让客，直到看到奕华提着的水果，才咧嘴一笑。覃一指，这是他老婆，坐在小床玩耍的是他两岁的儿子，另一张床躺着的是他脑偏瘫的妈。

说起林一白，他口气平淡，不但没有深情，反而说了些让奕华大吃一惊的话。他说，与林一白的关系并不见得好，"那个东北崽儿有病，像个女人一样缠人，婆婆妈妈的，动辄就哭，大队的知青都不想搭理他。我没办法了，与他分在一个屋住。好在他喜欢煮饭、洗衣，像婆娘一样侍候你，我也就忍受了几年。总之，那崽儿够讨厌的。"说完，他小心地向老婆那边睃一眼。老婆是在注意听的，还不由地皱了眉头。

他承认是偷偷跑了的，主要是怕东北崽儿哭兮兮地乱缠。但不承认留了什么条子："那是东北崽儿的幻想。他经常都莫名其妙幻想些事情出来，神经病一个。"

奕华却因这番话内心翻江倒海地酸楚。曾经，"但愿来生"那几个字，也让她这样翻江倒海地酸楚过，那是比死亡还令人绝望的悲凉。但覃却说，那不是真的，只是林一白一厢情愿的幻想。而痛苦的是，她竟相信覃说的是真话。老天也会相信的。因为这样的覃，根本就不可能写出那样的纸条来。

奕华无言以对。屋子里也突然安静得可怕，唯听见金鼓峡的水声又喊冤似的敲响。奕华陡然揪心，为林一白——他全心全意为自己创造了一个曾温暖着自己的世界，深陷其中，难以自拔。到底，却没人为此认账。

10.

林一白回到了学校。是被军工厂附近一个建筑工地的几个工人背回来的。说他已在那里打了很长时间的零工了。在工地上踩虚了脚,骨折了。

回来时,奕华他们正在上古代文学,穿对襟灰棉袄的老师正在讲《阳羡书生》。林一白同室的张某急匆匆地在窗外喊奕华。中文系的阶梯教室是坐了三个班的人在上大课。于是,全教室的人都知道奕华的男朋友出事了。而学校的条例明文规定:学生在校期间是不能谈恋爱的。

林一白见着奕华又是泪水涟涟,问他什么,不说。人瘦得不成样子,像死过一遭。

送他回来的有个像头目似的人,把奕华拉到一边,压低声音说:我们不知他是大学生,以为是东北那边过来讨工的农民。他这样子是不行的。不光是脚伤了,这里也有大问题。那个人用指头戳戳脑袋:"得尽快与他家人联系,你也负不起责任呐。"

那人留下些钱走了。奕华果然按过去林一白写家信的地址写了封信去。只是把问题写得更严重,似乎林一白已有了生命危险。私心里是生怕林家人不来。

一场爱把奕华搞得心力交瘁,想进,已没有心情;想撒手,又不仗义。进退两难,唯有怜悯。她为林一白打饭、洗衣服,连内裤也洗。她很吃惊自己竟蕴藏着如此的贤惠,时而想起自己对林一白多少有亏欠,时而又顾惜他的可怜,便更是使出劲来贤惠。林一白看在眼里,从没有一声道谢。感激是堆积在内心。愈堆愈高,像硕大的粮仓被谷子塞满了,门都关不上了,也就悲哀到极致:自己与这个女人的情缘已尽。因为男人很感谢女人的时候,就只当她是母亲,而不能是别的。

十几天后,林一白的母亲带了他的异姓妹妹来到学校。

林一白的母亲长了一副男人的身子骨,高大而健壮。走起路噔噔有声,胸部像揣了两个篮球或足球,一走一个蹦跳。这是没穿乳罩、没有束缚的结果。如果笑,气吞山河,令奕华想起世人对美国"迷惘一代"的教母斯泰因笑声的形容——像一块牛排。只是林一白母亲的笑更像结结实实的玉米窝窝头。脸却很秀气，轮廓分明，眼珠的颜色还呈现些微的水蓝，年轻时该是个美人。林一白就曾说过：他小时候在东北，别人骂他妈是"苏修"大母狗下的小母狗。而关于他母亲的身世，他也无从知晓。那时奕华就觉得他母亲无比强悍——嫁了一回人，不行，离婚。又嫁，又离婚。再嫁。从东北，到四川，又回东北。山重水复，一路的风尘仆仆，没有比这更悲壮的了。

但眼前的女人倒没显出什么沧桑之感，面容的肌肤还是紧绷绷的。看得出，她有的是力气，说，我们这些油辣铺的售货员，货来了，几大箱的，都是自己卸自己搬的。

奕华与她初见面并不愉快，因她质问奕华，为何让她儿子去打工挣结婚的钱？奕华惊讶，才处朋友，哪里就谈婚论嫁？哪里哪的事，自己并不知。便把她儿子怎么消失，又怎么在军工厂一带寻人的琐琐碎碎告之她。她听了再不蹦跳了，反而给奕华赔不是："闺女啊，我倒希望他是为你们结婚挣钱，就怕他想歪了。你不知，他枕头里有好多钱。他挣钱把脚都弄伤了，为个啥呀？"说完泪就流下来了。

奕华也陪着哭，心里更疑惑重重。

奕华本想自己出钱，让她们住学校招待所。而林一白的母亲执意不肯，说那样的话就带着闺女夜里去蹲汽车站。她说，你若可怜你妹子只有十一二岁，她就同你挤一挤，我自有办法。

奕华奇怪，她在这里人生地不熟的，能有什么办法？

转眼她就不见了，奕华担心，这么大个学校走丢了怎么办？

又变戏法似的回来了，拍着奕华的肩说：晚上的住处有了。一楼看宿舍的大妹子说，可以住她那里，正好搭伴。奕华想起来了，一楼的确有个小房间住着看宿舍的阿姨。她曾为晒的衣服被吹下楼去那里找过。房子很小，却放了一张大床，其他的就是撮箕扫把，那女人还得做几幢女生宿舍的清洁。奕华印象中，女人的脾气有些古怪，并不好说话呀，林一白的母亲怎么可能一下子就和她搞得热热乎乎？

"我送了她一只带来的小笨鸡，自家养的不去钱。她在织毛活，袖子怎么接都不平。我三下五除二就帮她接上去了，漂亮得很。织毛活，天下有几个女人织得过我？我对她说了，就是睡的这三四天，帮她织一件男人的毛衣。她还不信，我叫她只管备好线，小菜一碟。"林一白的母亲说到兴头上却突然叹起气来，又说，人啊，不能处处得瑟，该贱的时候还得贱一点。只要肯贱，把人家都当皇帝皇后捧着，当自己是丫头、老妈子，该侍候的侍候，该追随的追随，别人使脸子、骂啊打的都不放心上，便没有事不能成了。我就是这样教一白的，他学了几分没学通，人反而活得更难受了。

说起林一白，她悲从心来，半天不吱声，眼神里却是有话的，似乎憋不住了，拉着奕华到了走廊。又前后看看有没有人，怕关着门的屋子仍有人听得见，又拉奕华去走廊的端头，确定没人了，却欲言又止。奕华只好催促：阿姨，你想说什么尽管说。

林一白的母亲仓促地睒她一眼，说，闺女，我是结过婚的女人了，说了丑话，你别见笑，也别怪，丑话虽丑，倒句句都是做女人的道理。

停下来观察奕华的反应，始有些忐忑，终却理直气壮。她说：告诉你，闺女，女人的那地儿天生要男人来戳，直来直去的，穿着内裤，遮遮挡挡，算个什么事嘛？甭管它是什么文明，哪家的条条款款，男人女人只要有能力都得干那种事，赤条条的，自古如此，否则男人成不了男人，女人成不了女人。听说过一句话么，天地人合。依我看就是，天在地之上就是天，地在天之下就是地。男人凸那么一点，女人凹那么一点，合起来，男人在女人的里面，女人把男人收留，就是人。天地人各在其位，这天下不就太平了！

还有，不要以为女人干这种事的年月有多少？很快的就没男人想干你了。也有一天，你也没兴趣了，再好的男人光溜溜站你面前，你那地儿就不生水，就不潮润，该有多惨，一生就完了。你正青春年少，别辜负自己啊。

奕华听着这些话，一惊一乍，岂止是天方夜谭，完全是离经叛道，与她所接受过的有关做女人的教育完全南辕北辙，所以她除了一惊一乍，根本无法吞下，更别说消化。还有，令她最不高兴的是，林一白为什么要把他们的隐私告诉其母？他身高八尺的汉子，种种细节，怎么能像小屁孩给妈妈告状似的，一一启齿？

第二天，林一白的母亲执意要带他上医院看一看，悄声对奕华说，身子骨垮了都有得收拾，就怕脑花子散了。执意要去梦戈山。梦戈山有个精神病院，令它在渝都人口中就成了精神病的代名词，骂谁有精神病，就说你是梦戈山跑下来的。

开始并没有对林一白说上哪去，到了医院门口了，他看见了挂的牌，也没吭声，奕华甚至发现他还有着淡笑。那时，他正在他母亲的背上。一米七二的母亲背着近一米八的儿子，很吃力，"嘿哟"、"嘿哟"爬坡上坎，脸一阵红一阵白，大冬天衣服脱得只剩下件薄毛衣了，奕华想帮忙，帮不上，只能跟前跟后干着急。

医生看了病，说现在还没出现危险的大毛病，是忧郁症。但不注意，后果也不堪设想。开了一些药，交待怎么吃，家属怎么照顾、怎么排解。建议先休学一段时间，脱离目前的处境，回东北老家去调养。

林一白的母亲一把搂过儿子，尽管儿子坐在那里，体积也比她庞大了许多，她仍不管，试图要把儿子护在她的怀中，像老母鸡对待小鸡崽一样。她哭，一口一个儿地叫着。她说，儿啊，你忧郁个啥嘛？你知道你娘这辈子都遭了些啥罪？你娘苦得很啦。你娘都不忧郁，还不是要欢欢喜喜地活，你为何就学不会娘呢？你给谁倔着呢？你倔来倔去，是在和命斗哇。

奕华也哭得酣畅淋漓，好久都没这样出声地哭了。她羡慕着林一白，可以被一个热乎乎的怀抱搂住，那是母亲的怀抱，一如母亲的子宫，进去了就安全了。有那么一瞬，她恍惚觉得林一白缩成一个小孩，再往小处缩——婴儿、胚胎，他真的缩回他母亲的子宫里去了，幸福地在里面蜷曲如弓，睡觉，把她一个人孤零零留在外面。她往前扑，想找一个怀抱，却扑了个空。

林一白离开学校时，拄着拐还是难以移步，仍得母亲背，从校园去磁城的长途汽车站，坐车到渝都，再走路去火车站，坐火车到北京后转哈尔滨的火车，再转伊春的火车，再转去五营的长途汽车……奕华只是想一想，已是八千里路的云和月了。林一白的母亲半背半扛着，用粗麻绳在腰间捆了几圈，把自己与儿子捆成了一体，防不慎滑下来。她在车站当着儿子的面对奕华说：再找个好男人吧，我们没福气留住你这么个好闺女当媳妇的。

林一白对奕华已无话可说，眼神犹如隔了大江大海般的阔远。只是拿出一件编织着复杂花纹的纯羊毛套头毛衣，让奕华转交给他。稍作犹豫，又拿出一叠钱，让奕华一并交给他。那叠钱多得让奕华吃惊。也见到林一白母亲惊愕的表情了。只是惊愕之后，更有无奈的绝望。

他是谁，林一白并不说破。只是喃喃解释，自己去寻他，并不是指望重续友情："当年在农村他就想要一件毛衣，说过多次。我的太大，他穿不了。后来他就走了。读书后，我专门寄钱让妈买上好的线为他织的。找他，不过是送毛衣而已，遵守一个诺言。"

后来，奕华求马狂和他的发小替林一白送去。马狂转述，送去的时候，毛衣与钱，覃都不收，态度决绝。尤其是钱，他竟是一巴掌把老婆推远，黑着脸鲁声鲁气对她说："别收哈，别怪我翻脸哈。"他老婆倒是眯眼一笑，自个儿拽过毛衣，摸了摸，用鼻子嗅了嗅，又剪了截线头子用火烧，烧出一股子羊骚味，在充满口痰气息的屋子里徘徊不去。覃的女人便双眉一挑，口吻暧昧地说，急什么急嘛？这，总是可以留下的，算一个念想。覃的脸骤然升起了红云，望着老婆眼睛竟露出哀求之色。

送走林一白的那夜，奕华又做了一大堆梦。一会儿梦见了丹巴的卡卡姑娘摊着手，朝她得意地笑，似乎在说，还信不信我啊，你看，男人又像水一样流走了吧；一会儿又梦见谁赶着马车，送自己与林一白走在伊春到五营的路上。并不是满天大雪，而是山水的艳红与金黄，像党岭的秋色。山水本来不是那模样，只因有一只鸟在空中一边飞一边吐着血。也不知那小小的身体里怎么拥有无尽的血？一路飞一路洒下来就将山水变成了艳红或金黄。自己抱着生死未卜的林一白，附着他耳边说：你就进来吧，变成我的孕儿或胚胎，留在我的子宫里，让我永远保护⋯⋯

11.

关于林一白，这已是后话，二十多年以后的事了。

2004年初夏，奕华随渝都文化代表团去巴黎参加某活动。登蒙马哥山丘，看圣心大教堂，突然便刮起风急浪高般的阵雨，把巴黎沦陷于深灰色的雨雾中，建筑、车、人，流动的与非流动的都被雨雾混为一体，只呈现出一个无边无际的巴黎。呵，令人绝望的无边无际，甚至，比海洋更可怕，连同颓废的古老，连同曾经激情似火的拉丁风情以及黑头发蓝眼睛男人轻佻的眼风。奕华对巴黎的感觉也濒临绝望。

但那一阵雨后，巴黎又复活过来——天蓝得像被电脑修改过的。这就是巴黎夏季的真实，海洋性气候的真实，一切都不确定。

奕华爬着石梯，向圣心大教堂靠近，仰望它洁白的圆顶。那是一种玉洁冰清闪耀着光芒的崇高，上有锋利的尖角向蓝天插进去。奕华心一动，想到二十多年前自己面对赤身的林一白时的震撼，他有着堪比玉洁的东西。

到底是天地人合。仔细看巴黎形形色色的建筑，不是男体的语言便是女体的语言，它们或坐、或卧、或雄壮挺拔、或婷婷玉立、或欲言又止、或娓娓道来，不过是在述说男人女人有史以来那点卑微又伟大的事儿而已。

待到第四天，参观了卢浮宫回来，奕华累得够呛，忙洗头洗澡，用电吹风吹干头，躺上床。突然电话铃响，说了一通法语，奕华听不懂，只好不管。不久，翻译来敲门，说有客人在大堂等奕华。

奕华云里雾里，细数数，没有亲朋好友在法国呀。还是起床，穿了身米色的香奈儿套装，配了朵黑绸胸花，船型皮凉鞋也是黑色的。一身上下体现着香奈儿服饰经典的黑白配搭的主题。又戴了十八K白金镶贝壳的贴耳环，薄施粉黛，嘴唇只点了淡粉的唇蜜，处处都是精心的，但大效果却是低调而谦让。奕华并不知要见的是男是女，翻译急刨刨的，说一声就走了，奕华顾着妆扮竟忘了问这么个重要问题。只是穿了这么一身，想着见男客也算有风采，见女客也不会被待在时尚之都的对方比下去。

出电梯，大厅只有一个高大的女人在徘徊。老远，就低着嗓喊奕华。声音似曾相识，容貌也是。女人身形庞大，人到中年。

奕华一愣，脑子风驰电掣，呵，是她，林一白的母亲。但怎么就到这里来了，还这样年轻，差不多与自己年龄相仿？

"奕华。"女人又喊了一声，这一声却把奕华彻底搞懵了，像巨大的手一巴掌把她推得老远，一跟斗摔在地，却不知道疼了——电光石火，她看清楚了女人的眼睛：纷纭的、忧郁的。这怎么可能，这一切，怎么会是这样的？

女人没对她多说，拉着她上了车，说到了左岸的咖啡馆再细细说。奕华坐在她旁边，嗅着从她身上传来的浓郁香水味，看着她的披肩长发中夹杂了那么多的白色或淡灰的头发，也没染烫打理一下，干枯枯的荒草似的，触目惊心，也是恍然如梦。只有握方向盘的手她还熟悉，白皙、长指头。

下了车，奕华恍恍惚惚跟在这个高大的身影后走着。风刮起那人的黑风衣像一种颓废的舞蹈,在巴黎颓废的街道上旋动,偶尔被哪里来的灯光逮住,那颓废感才消遁。也才让奕华发现,他(她)也是用了心来做女人的——齐膝长的黑风衣,是七分袖,袖口突然来了一道指头宽的窄边,有两颗仿水晶钻的纽扣在闪耀。阔翻领打了碎褶,恰好是当季巴黎的流行。到了咖啡馆落座后,他(她)脱了风衣,里边是有点波西米亚风的小吊带裙,裙裾参差,收敛与豪放融为一体,也是黑色的,弧形领口散落着银光闪闪的亮片。他(她)穿了这么一身做工精致、价格不菲的衣服来见她,用心良苦哟。奕华反而觉得自己中规中矩的香奈儿套装与它相比,暴露出极大的失算:太不适合夜巴黎暧昧自由的情绪了,倒有点像要赶去参加什么谈判之类的。还有指甲。奕华的指甲修理成椭圆形状,画着荷之类的花卉,配香奈儿套装便不搭调。他(她)的指甲形状是法式的方口,黑色作底,靠指肉处镶着一排银色的亮钻,简捷、硬朗,与吊带裙却有了彼此的顾及,又让亘古的经典黑色,挤出那么点介乎于妖冶与妩媚之间的东西。

年轻的男侍站在桌边,等着他(她)点咖啡,顺便就朝他(她)暴露的乳沟一瞥。他(她)也飞过去了一个眼风,两人有着意味深长的笑容。他(她)仍然保持着体贴细腻的习惯:咖啡来了,先为奕华加了少许的糖和奶,搅拌好了,才放在奕华的面前。而这些熟悉又陌生的照顾却更让奕华感伤。

呵,恍然如梦。坐在这个男人,不,已是女人的对面,奕华只有用如梦二字把自己包裹起来。她除了干包裹的事,伸出头来看一眼这个世界的勇气都没了。

太离奇,她没有办法消化的离奇。原以为,这个人,这个第一个与自己肌肤相亲的男人,一生都见不到,也不要见了。他回东北后再没来校复课。她曾给他写过许多信,包括把被罩拒绝的钱寄给他,均无回信。最后杳无音信。

也想过这样困窘的见面:大街上,他带着他的妻子、拖着他的孩子;最离谱的就是想到他又与罩在一起了。但,都没有想象力来设计两人这样的见面:在生活的别处,他(她)们成为了姐妹……

他(她)说自己已改名为林奕。"奕华,这个名字你该懂得的。"他(她)说。回东北后治好脚,他心事苍茫,不想再读书了,只想糟践自己,尤其是身体。他总像是被什么追逼着,逼到山穷水尽的绝路。这条路踏上去,就是不归路。

而踏上这条路就得挣钱,挣很多钱。

他又开始了打工。"每天一睁开眼就想着挣钱，也不管糟不糟蹋自己，什么钱都挣。有时候自己也瞧不起自己的。"说到这，他（她）有点期艾，泪水又在眼眶打转了。

挣了好些年的钱，凑足了数，去做了变性手术。第一次不太成功，几次修修补补，死去活来，才成了今天这样。母亲也哭得死去活来。倒是继父开通，说做男人女人都是一样的，只要人活着就好。母亲咬咬牙也就想通了，手术后吃喝拉撒都是母亲侍候。异姓的妹子（就是来学校的那个），也是个情义之人，拿了自己打工的积蓄给他做后期的补救费用。

变了性，他加入了好几个跑野路子的所谓二人转艺术团，人家拿他当噱头，吆喝着来看男人变的王母娘娘。一个到东北做民俗调查的法国男人也被吸引来了。他成了他（她）的丈夫，把他（她）带到了这里。他们有一阵子也是恩爱的，他（她）又想到了天长地久的一生一世。但某夜丈夫没回来，他（她）便一夜夜地等下去，却始终不见其踪影。最后是租房子的房东告之他（她）：该滚到哪就滚到哪去。你的丈夫已退了房……他（她）又被一个男人撇下了，撇在了无边无际的巴黎。

说到现状，他（她）语焉不详。说是为别人做投资理财顾问。旺季，也做中国旅游团的导游。房子是租在拉芳新区那边的。反正无儿无女，也没想过自己买房。

问有无可能回去？他（她）长手指夹着烟，像当年那样不抽，也不抖落，任烟烧成青灰色的茎。

"我这样的，回国也难熬吧？"他（她）像在问奕华，又像在问自己。

奕华一直低着头听他（她）讲，偶尔从他（她）的声音语气中去辨过去依稀影子——站在山岩上的罂粟花田中，玉树临风。猛抬头，眼前却是一张中年妇女皱巴巴的脸。

沧海桑田啊。

……

奕华想听最核心的，他偏偏不说。

两人就耗着。奕华又点了一杯卡布其诺，白牛奶原本像打着弯的河流浮在黑咖啡上，搅一搅，却像快落山的太阳照着的吴哥窟——寂静的废墟上，蟹青色的石头跳跃着奇怪的光斑。奕华用勺子舀着吃，他（她）便教奕华喝咖啡该是用勺搅一搅后，把勺放在碟子上，抿着嘴喝，谓之品，有点像中国人品茶，不能急刨刨地牛饮。巴黎人要一杯咖啡坐一天也是常有的。

一如当年的琐碎。有那么一瞬，奕华又当成林一白了，不禁头一偏，眼睛斜睨上去，似笑还嗔。

他（她）愣住，不知该如何接招。

她在逼他（她）哩，当年不就是这样向他（她）撒娇赌气么？她的话还犹在耳边：我倒想牺牲，却是没有男人可牺牲的。

终于逼出他（她）的眼泪花花了。不得不说——是的，奕华，你猜对了，我一直是向往着男人的，并不向往女人。但是，我与男人处起来困难重重，他们讨厌我，烦我，避开我。我越想离他们近，心里却越怕，越受伤。女人我也怕。女人比男人还强大。我夹在男人和女人之间，好煎熬。

你差点改变了我。如果你当年肯把自己全部给我，或许我能体会到做男人的好，也许会全身心地爱上女人的，踏踏实实做男人，不再三心二意。你却偏偏不给，又让我看到女人的身体了。

他（她）一如当年流泪的模样，泪像挂满树枝的果实，风一吹，就掉在了地上。只是果实是从皱纹弥深的眼角滚落而出的，向着苍老的轨迹滑去，那悲哀，人何以堪？

他又说，是因为奕华你啊，我才变成了女人。奕华，你不知道，你的身体是害人东西，要人命的，太美了，年轻、鲜艳、圣洁，世间的万事万物一比都成了垃圾，不足挂齿。我总算懂得了贾宝玉说的，见到女儿就清爽，见到男人就觉得浊气冲天的原因了。

但，却是更恨女人，再不可能与之同床共枕了。更是嫉妒，只因不能生为女人，恨的就是"生不能"这三个字。奕华，你们女人多幸福，生来就是女人，你们永远无法感受"生不能"的绝望。

于是，想到了变。以为变成女人了，便能解决自己的尴尬，便能以女人的身份回到男人的队伍中去。母亲总爱讲，男人是离不开女人的，男人的大脑能离开，那玩意儿都不行，就像鱼儿离不开水。要不男女的愉悦为何又被称为鱼水之欢呢？母亲本身也是实例：她像贫农一样一无所有，财富、地位……所有人外向化的东西,她都没有。但有了女人的身体,便能让她找到安身立命之所在。

本以为变成女人后,也能这样幸运地在男人的世界里找到心的皈依、身体的家园。然而,真正成了女人,男人却更难以抓住。他们像狡猾的鱼,在你的水里游弋,却不会让你抓住。他们的确离不开水。但关键在于,他们会滑溜溜地从一片水域游向另一片水域。他们对水的理解永远不是一个女人,而是全部……

嗨,他如泣如诉般长长叹着气。看得出由女人再走向男人的路,已让他(她)备感艰辛、绝望……

"最让我没想到的是女人老起来那么可怕。奕华,你说,上天让女人的身体很完美了,却又要把它变老变丑,去摧毁自己的上乘之作,上帝究竟是个啥意思啊?"

他(她)急不可耐、掏心掏肺地试图与自己曾经的女人讨论做女人的痛苦。他已从灵魂上当自己是女人了。

奕华没去理会他(她),呆呆地望着夜幕下闪着金光的艾菲尔铁塔。它为何又叫云中牧女呢?明明是个快出阳的男人嘛。法国人的思维啊。奕华想。

狂

"又让我们回到1984年吧。"

40岁以后,奕华特别想对人这样讲。其实1984年对奕华并没有什么恩赐,反而是一场又一场的折腾,今天一个花样明天一个花样,有时搞得奕华痛不欲生。但40岁以后想起来,痛不欲生的都被光阴用丝绸做成的筛子细细滤过了,剩下的那点精细,因过于精细,变成了不真实,包括不真实的美好。奕华对年轻时的时光突然有了佛陀一般的包容,爱恨不过咫尺之间。就像年轻时照出来的相,觉得难看死了,想嚓嚓两把撕了。不料被什么事岔了,照片劫后余生地留了下来。许多年后偶尔再见,便当成宝贝。毕竟是年轻啊,唇红齿白的。毕竟是一去不复返。世间什么最可怕?不是猛兽、灾难和核武器,甚至都不是男人。是光阴啊。奕华觉得拿光阴才是一点办法也没有。

还是去说1984年吧。

碚城的一座山顶上,有幢既像庙又像教堂的黄楼。说它是黄色也不十分准确,掺了咖啡色在里边,民间说的土黄。碚城人并不叫它黄楼,而称为庙楼,大体因形状而定却忽略了色彩。再说,黄楼怎么叫怎么不雅。但这楼偏偏要以色彩炫于人。只要出太阳,阳光打在土黄的楼面上,恍惚金色,有时也真的就金光灿灿。太打眼了,站在几里之外的街这头,也望得见有金光灿灿的东西耸立在高坡上。如果这时奕华正顺着蜿蜒石阶下山,准会吃惊,因为不知道街上为什么那么多人驻足,朝这边望过来,很兴奋的样子,像去望飞过去的飞机。奕华也回头望,她的角度永远见到的都是庙楼苍老的衰败的样子,不过像个老人挣扎着站在那里而已。

夜晚,这种挣扎的印象更强烈。楼体向着山崖那一边倾斜,黑幢幢的庞然的影子,像要掉下山去。

之所以说它是黑幢幢的，是灯几乎都关了，唯有几个窗口还是明亮的，其中便有一扇是奕华的。据说，奕华一位留校的男同学和一群人半夜三更在碚城街头瞎逛，一抬头便见庙楼上还有一盏灯亮着就呜噜呐喊站在坡下喊奕华。果然那扇窗打开，伸出头的便是奕华。事后，他对人讲：奕华好可怜，像姑子一样凄凉地住在庙楼上。这样的话在奕华他们班上传了很久，搞得有位分配到北京某部的男生差点千里迢迢赶回来向奕华求婚，以示关怀。

奕华倒没觉得自己有多可怜，只觉得无聊，无聊透顶。她待的这地儿是区机关一个莫名其妙的单位，叫每月简报办公室，他们主任把它简称为"每月简"。有次马狂来串门，听到他们主任在接电话，语气很自豪地说，喂，这里就是"每月简"啊。就附在奕华的耳朵说：你们主任是个大流氓，竟要"每月奸"。奕华刚想笑，主任的眼光就横过来了，只好硬生生地把笑吞了回去。

"每月简"和其他两三个更莫名其妙的办公室占据了整个庙楼，单单"每月简"就有七八来号人，塞满了区里某些领导的七大姑八大姨，人浮于事，没有几个人真正去跑基层、写简报的，倒靠了几个大学生。但主任又怕被才毕业的大学生看扁了，想着法子来修理他们。有一次奕华写简报，主任让她修改了八次，主要是在一些句号、引号、感叹号上折腾。主任还沉重地到处示人："看看，现在的大学生连标点符号也要错，怎敢委以重任？"

与奕华同办公室的还有三位妇女，其实也比奕华大不了几岁。但在机关待久了，就待出满身的毛病：对上极尽吹嘘拍马之能事，对下却冷漠无情。同事间又是勾心斗角，当面一盆火，背地一把刀。让奕华最不明白的是：机关里的人或官员，男人不像男人，女人不像女人，都不具备性别特征了，仿佛是机关这种特殊机器制造出的"机关人"。女人落进机关更是大不幸。就拿那几位妇女来说吧，几乎是奕华一进到这里，就被她们当作了共同的天敌。奕华走路，就有人说：小蓝，别穿高跟鞋行不行，"科、科、科"怪吵人的。奕华接电话，有人竖着耳朵听，又说了：工作电话声音应硬朗干脆，那么温柔干什么，又不是讲情话。奕华一出门，她们就立马凑到一起，急刨刨地开始大讲特讲奕华的各种坏话。主任在旁边坐着，也听之任之。奕华也知道她们在讲，开始还愤愤然，偷偷在寝室哭。后来倒觉得好玩了。

某天奕华见着三个妇女中那个姓戴的端了一钵金鱼进来，说是在农贸市场花了大价钱买的。姓戴的在三妇女中算是长得颇有几分姿色,眉眼间流逸着风流,气焰也就更嚣张,与主任说话也是磕磕碰碰,其他人哪在她眼皮下?金鱼缸端进来,她顺手就往奕华桌上一放,正好压住一叠文件。鱼缸的水溅出来,弄湿了奕华准备寄出的信。奕华想发火,转眼一想,又压住,自个儿拿了信往外走。刚迈出门又想起没贴邮票,踅回来,正听到姓戴的女人在说:整天把胸挺得翘翘的,哪像个机关干部。见奕华进来,仍斜着眼说着,摆明了,要欺负她。

奕华没事似的,慢条斯理地走到自己桌前,把一叠文件从金鱼缸下来了个"釜底抽薪"。鱼缸"哗"地摔在地上,破碎的玻璃与金鱼们在"每月简"灰扑扑的磨石地面上,绝望地蹦跳着。有一条金鱼甚至向着奕华举起它渴望生存的嘴巴。奕华还来不及心疼这条金鱼,已有一条腿飞过来踢中她的膝盖。她本能地扬起握着文件的手顺势扇过去,却被一只男人的手抓住,男人的手好有力。否则,她这一扇便有可能扇在他的脸子上。

这一切的发生如行云流水般的流畅。像几个演艺精湛的演员在拍戏,只需一条便过了。

"太不像话了!这是党政机关,不是搞武斗的地方!"男人朝着奕华厉色吼道。

奕华看清男人便是那个整日阴阳怪气的主任,倒清醒了许多。她舞蹈似的扬扬手中的文件,却头一低,偏着,眼滴溜溜翻上去,瞄着人,说:"主任,看看,这是区委急需要的文件,已被弄成这副模样。你敢拿出去吗?还有,如果一个单位长期纵容一些人讲不利于团结的话,是否符合区委有关安定团结的要求呢?"

主任被奕华这个明显的耍娇神情和一番话搞得有些迷惑。好一会才觉察到她话中带有的威胁性。"她左一个区委、右一个区委,弦外之音,不就是因为她有一个叫马狂的同学,正在做区委书记的秘书么?"他恍然大悟。

他又打量了一下奕华,竟见她正笑吟吟地对其他三个女人说道:"难怪你们变成连胸部都没有的女干部了,就是太爱嚼舌头……"主任见三妇女要闹,又见隔壁办公室的人已在门口探头探脑,忙用眼色制止住三妇女,回头又缓和了口气对奕华说:"你该忙啥,各自忙去……"

奕华马尾辫一甩走了。出了门竟听到主任低着嗓在训三个妇女:"这就是你们的不对，要做脱离了低级趣味的人嘛，说那些干什么？再说，惹她干什么啊？没看到她像母豹一样，有时走路轻脚轻手。但很下得了口。"奕华第一次听人把自己形容成母豹，并不反感。想象自己独自在大草原走来走去猎食的模样，呵呵笑出声来，转而又伤感，如果没有马狂，也许她在碚城真的就成一头孤独的豹子。因为马狂的特殊身份，她多少能借着势。

有一个传言说，马狂的父亲就是市里的某某，实权人物。马狂什么好地方好单位分不去的，之所以留在远离市区的碚城，皆因奕华。他暗恋她。奕华听后，哈哈笑了，说马狂那从来不正经的家伙，他有这种浪漫？但私下却不去问马狂，情愿装聋作哑，也情愿这样享受着马狂，无拘无束、插科打诨地做哥们，或像马狂说的是战友。肝胆相照有情有义，千万不要与男女之情沾一点边。说穿了，她从不把马狂当男人看。

奕华缩回了楼上的寝室。

寝室与办公室一步之遥，也是让奕华痛苦的事，似乎是无处藏身。从办公室带回来的压抑、委屈、愤怒，让她在这么短的距离里很难消化。所以，每每夜深人静，她感到自己的崩溃即将到来之时，会马上跑到女厕所去，把水池的水龙头开到最大，伴着哗哗的声响，一边发疯似的用冷水冲头，一边痛哭。哭完，回到寝室，用电吹风呼呼乱吹，然后披头散发在拥有红漆木地板的房间里踱来踱去，像个幽灵。

窗户下便是悬崖。悬崖下是碚城的公园。午夜偶尔会传来老虎的吼叫，声音也是凄然的，困兽嘛。奕华经常都把深夜呆着的庙楼想象成自己第一眼见到的卡卡姑娘的藏楼，在月色下，遗世而独立。这样，她渐渐爱上了庙楼的夜晚。悄无声息的寂静会让她有死去之感。但也更清晰地听到自己的心跳，犹如江水击打着金鼓峡的两岸，发出千军万马似的吼叫。她不得不正视自己的心跳，至少心跳是自由的，一如自由的夜，她可以自由地徘徊、自由地思想。她世界观的形成几乎便是在这样的徘徊中完成的。她的处女小说《征服》，也是诞生于徘徊之中。

那是个短篇，写了一对男女试图征服对方，结果两败俱伤。小说发表于全国某著名的青年文学刊物，悲剧的结局加性描写，出来后就遭到不少媒体的批评。好在她用了一个男性化的笔名：奇马，笔法也男性化，谁也猜不到她会是个女人。她对这种从思想意识到文字，客串男人的做法颇有兴趣，也手到擒来。更是发现，自己的内核其实相当男性化的，女性的外表是对世人的欺骗。

责编倒知道她是个女人。但保护了她，没向任何人暴露她的地址和身份。责编说，我佩服你的前瞻性，你的小说是属于未来的，不要屈服。你的思想清新而自由。没有什么比向往自由更能代表我们时代的心声了。

责编的话让奕华热血沸腾，也让马狂沸腾着。是的，没有什么比向往自由更能让1984年的青年们激昂、动荡、热泪盈眶了。青年们组建了一些文艺群团，如野草画派、星星画派、锦江文学社、春潮文学社，谈思考的独立与解放，从孟德斯鸠谈到伏尔泰，从卢梭伟大的忏悔谈到尼采疯狂的偏执。奕华记得有次去参加某文学社团的活动，远远地听到人群中有个高亢的声音在演说：伟人之所以是伟人，是因为我们跪着。那就让我们站起来吧，去做自己独立思考的主人。奕华怎么觉得这个声音万分熟悉呢？是他，绝对是他。她泪都快流出来了，不顾一切地挤过人潮，看到那个人的侧影。那个人可能也意识到一个人在身边挤来挤去，便回头看她。目光交织，那张俊朗的脸上，眼神飞扬，一切都是美好的。但，竟不是他。呵，林肯！奕华的泪抑不住地流下来了，泪光中见到那人惊讶地盯着她，肯定在奇怪自己的演讲怎么会让人泪流满面呢……

关于自由的概念，也涉及到人们情爱与性的行为。愈来愈多的文艺作品在讨论、探索，甚至控诉许多年以来，封建东西以及政治的意识形态对人们这方面的控制与压抑，造成的不人性的悲剧。解放，也意味着对身体束缚的取消吧。想一想解放这一词，解与放都仿佛与宽衣解带沾点边。人们对身体自由的讨论更是兴致勃勃又不着边际，泥沙俱下，鱼龙混杂。常常有些人，喜欢作惊人之语来一石击起千重浪。记得那个写《冬天里的童话》的作者遇罗锦就说过大致这样的话：女人都有权利自由处理自己的器官，包括性器官。言下之意，女人的性器官既可赋予一个男人，也可以很多。既可一对一，也可同时应对众多。此话一出，全国哗然，这是什么女流氓的理论？奕华却很兴奋：不因理论的本身，而因理论的存在。妇女解放为何只能绘画绣花那样雅致？解放也是革命，要有点头破血流，何况这只是一点奇谈怪论而已。

1984年，"性解放"的词开始四处乱窜了。上海外滩已能见到情侣光天化日下的搂搂抱抱，官方对婚前的性行为虽不允许，但也不作为流氓行为来打击。某次，奕华与马狂下午去逛公园，走岔道，走到游人罕至的后园去了。坡，懒洋洋地向嘉陵江伸去，接近江水的地方却戛然而止，突然就成了悬崖峭壁，把江水奔涌的绿与草坡截断。草坡上开放的是春天巴渝大地上最常见的野雏菊，小朵小朵的花，叶多花少，茎却是半人多高。小朵小朵的黄，组合在一起，倒是波浪翻滚的人间四月天。奕华他们看到一对男女在黄色中翻滚，裸体因为大片黄色的衬托，特别显眼——她甚至把那女人的乳晕和男人的阴毛都看到了。怎么敢在大白天就这么狂呢？还是这样的地方？难道不知一不小心滚下去，便是深渊，活不了命的。这是奕华平生第一次见到的真人秀，惊得目瞪口呆，脚都软了。马狂还无事一般，说比外国的毛片差多了。主要是东方人的体型不够性感，技术含量不高，姿势又不丰富，想干，又怕分分，鬼鬼祟祟，不像人家光明正大地享受性爱，所以没得美学价值。奕华被马狂说得"扑哧"一声笑了。

而现在，回到寝舍的奕华连生气的工夫都没有了，她得抓紧时间先躺一会，养精蓄锐。马狂说好了，6点30分来接她。"打扮风骚点哈，今晚的节目很霸道哟。"马狂在电话那头鬼扯。

每次夜里跟马狂出去参加"节目"，穿衣服都成为令奕华头痛之事。

1984年的女人都不会太有钱，就奕华这样的大学生每月工资也就是五六十元，不可能拿出来置行头。再者，即使有钱，供你挑选的时髦服饰也少得可怜。那时的时尚是一窝蜂的时尚，不懂选择：街上流行红裙子，女人十有九穿，还排成一排在街上招摇，得意着劲，没有撞衫一说，只怕自己被这一波潮流落下。也就是原始的模仿阶段的时尚，粗糙，有时牛头不对马嘴。奕华就曾见到她们班上的某女生在渝都最繁华地段逛街，一副欧洲十八世纪贵妇的打扮，用闪光的白绸缎制作成低胸、大泡泡耸肩袖的拖地长裙，戴着简爱帽。上面的配搭总算是凑齐了，足下却蹬了双白色塑料高跟凉鞋，从贵气的白绸缎下伸出来，一步一次大破坏，简直是雪上加霜，为滑稽的装扮增添了说不出的寒碜。哎，1984年的时尚就是这样仓促、捉襟见肘、无魂儿似的，有点拆东墙补西墙的尴尬。

所以，奕华苦恼。

快25岁的奕华彻底出落成一个美人了。但她的美并不是光芒四射、一见惊艳的。而像是藏在深巷子里的好酒，得靠着人有好耐心，七拐八拐，踏着青石板，带着信念去寻。她的衣着打扮便是进入巷子的导游了。但这个"导游"不能是一种公众语言，不能附和流行，人云亦云。那样的话，奕华便大众而庸常了。她得逆流而动，但又不能走得太远，得把标新立异用一种温和方式表达出来。这也很符合奕华的个性，潜意识中蠢蠢欲动，想来点石破天惊。但临了临了，又把头缩回去，患得患失。她后来研究张爱玲的着装行为，不由感叹：真正的大家闺秀啊，天马行空，有的是底气穿成那样，再庸常的姿色也被不凡的服饰捣鼓成了惊艳。

在6点30分快来之前，她选了一条把腿、屁股包得紧绷绷的，又洗得发白的牛仔裤，上配立领男式白衬衣。衬衣是被她改造过的，第一颗纽扣在胸以下，胸以上表面严丝合缝，但稍动弹就会出现一线天。腰上系着白帆皮的男式宽皮带。打扮是偏男性化的，却反衬出她俏丽的脸、清秀的眉眼和细腰。而从貌似大大咧咧，带点糙气的风格中挤出来的妩媚，便会媚到骨子里去。

初春的夜，到底乍暖还寒。决定还得罩一件风衣。她只有一件灰风衣。其实外面流行的是藕荷色和黑色的，她却认为前者是最含混的色彩，给人模棱两可、毫无是非的感觉。而黑色又那么极端，歇斯底里，不让人有退路。灰色是中庸的、温和的、雌雄兼备的，也最安全，最可信赖。这是她母亲的颜色。小时候好让她生厌。但成人后却毫无道理地喜欢上了。为此，她曾绝望地想，自己愈来愈在变成母亲……

然而，穿上风衣后，镜中的她像女干部似的平庸、无性别了。她拿出剪刀，咔嚓咔嚓，把风衣的袖子剪成七分袖，让一截白色衫衣的袖从灰的阻挡中蔓延出来。风衣的袖口也不挑边，故意抽出毛边效果。又去掉两颗挨领边的扣子，把线头都拔了，用指甲把针眼刮平。乳沟隐约而出。够了。她对自己说。镜中的女人，眼角一挑，风情万种。这是她要的效果：上乘的风骚是用眼神调情；

次之是言语恰如其分地撩拨；最蠢的就是拼出了身体。那是毫无想象力的下等做派。

是什么聚会？谁搞的？马狂并不说，只由着他们美术系一个留校同学老廖带去。吉普车神神秘秘地把他们拉上一截子盘山公路，过了温泉公园，在一座疗养院门口停下。老廖在车上就打了招呼：别说是机关的人，只说是大学生，否则别人不让进。

是一幢石头建的旧式楼，上面爬满还没有彻底嫩绿起来的藤蔓。冬日留下的枯叶还零零星星掺杂其中，更让楼房像去了势的前世遗老遗少。老廖介绍：它是解放前渝都某要人的别墅。后来跑去了台湾。他儿子就是常与林青霞搭戏的某某影星……

门很小，果然有一个穿黑风衣、打扮得很像《上海滩》许文强的男青年低声问奕华他们：哪个单位的？马狂含混回答，西城大学，她中文系，我美术系。那人揪了一下奕华的马尾辫，轻佻地说，好一个粉子。马狂的脸就黑了下来，骂道：龟儿子的成都人。老廖忙打岔，嘻嘻哈哈地说，怎么搞得有点像杨子荣进威虎厅，么哈么哈地得对暗号？

原来是成都的一帮人将北京某诗派领袖带到西城大学演讲，先在这里设一场饭局加舞会为他接风。

诗派领袖一口气喝下不少的碚城老白干，就把空酒瓶当成了话筒，大声吼道：前不久我徒步去了黄河流域考察农村，那里的农民都是鲁迅笔下的闰土，麻木不仁，没有任何活的气息，连眼睛都是死了，笑比哭还悲惨。因为，他们穷得连笑的力气都没有了。大老爷们几个共穿一条完整的裤子，谁见人谁穿，不见人的就在床上被褥里躲着。这就是我们的兄弟，我们的农民兄弟，中国的绝大多数。可我们这些所谓的知识分子呢，一天到晚喝酒空谈，自己都拯救不了自己，别说他们了。他们活泛不起来，咱们中国还有希望吗？我们该怎么办？怎么办？边说，"砰"的一声，把酒瓶砸在地上，呜呜地哭起。"砰、砰、砰"，许多人都把酒瓶砸在地上，有人在叫"乌拉、乌拉"，更多的人在嚎哭，现场伤感而混乱。

这时，马狂站出来反客为主，用洪亮的声音招呼几个人来打扫碎玻璃瓶，又指挥刚才调戏奕华的那个男人："放'迪斯科'、放'迪斯科'。"

"迪斯科"的强音压住了一切，全场人像中了魔似的跟着音乐扭动、摇晃，欲生欲死。那天有好些女孩子都穿的是夸张的蝙蝠衫，梳爆炸头，用或红或黄的绸带在额头上缠了一圈。她们的影子投上墙，张牙舞爪的，像一些夜间出没的飞禽，正恶狠狠地捕食。

奕华跳舞本来就很出众，跳迪斯科更是她的强项。她一扭动，丰满的胸部、"一线天"般的乳沟都在明里暗里跃跃欲试，她身边围绕的男性愈来愈多。她很遗憾这里没有《旧友进行曲》，也没人与她搭档跳水兵舞，那才是真的狂。

音乐由迪斯科转为慢三，即古典的华尔兹。每次奕华跳起它时，都会想起南亘山的暮春时节，厉风还没到来，微风把洋槐树上月牙白或绛红的花吹到妮儿河去，浮在水面，任鱼啄来啄去，细腻到无以复加的柔情蜜意。其实，奕华早就更爱这种斜风细雨的罗曼蒂克，并不太喜欢像水兵舞之类的拉丁风格的舞蹈了。但为了标榜自己像卡门似的是个前卫无惧的女先锋，就偏以狂野示人。因为，1984年，狂野是思想解放的标识。

还是华尔兹舞曲，《月亮河》。这也是奕华极喜欢的。听的时候，她的身体就如同迎风打开，把藏得最深的花蕊都暴露出来。

《月亮河》是好莱坞电影《蒂凡尼的早餐》插曲。奥黛莉·赫本在里面演了一个从乡下来纽约闯世界的"野东西"，想的是如何嫁给百万富翁，打入上流社会。她的邻居是深爱她的穷作家。他向往着穷姑娘，穷姑娘向往着钱、上流社会、蒂凡尼牌子的珠光宝气。它们经常轻而易举地取代着男人。

文明的进化真是令男人痛苦的事，防不胜防：纸币或金条——这些用脑袋算计回来的东西成了衡量男人价值的标准，而不再是需要翻山越岭打来的血淋淋的老虎与兔子。本来，男人这类物种天生就该四肢发达、头脑简单。但文明社会却反过来了。四肢再孱弱的男人，只要有个聪明的大脑袋，挣得来金钱，就成为有价值的男人。反之，男人在文明社会就难以立足。包括征服女人也不再依靠身体而只需要脑袋，男人怎不异化？

奕华觉得《月亮河》代表着男人的凄凉和无奈。他们总把女人当成一条难

……189

以涉泅的宽广之河——像原始父系社会那样威风凛凛、主人似的渡过已不可能了。只能指望有一天渡过时，多少有些体面。这首歌的歌词也有让奕华很感动的地方，是男人在向女人诉衷情：虽然月亮河令人向往又令人心碎，但男人已把她当成不离不弃的老朋友，无论她流向哪里，都会追随而去，直到彩虹升起的河湾……

奕华也把自己想象成随心所欲的河流了。但回头看不到追随者，她和舞伴步调不合，扯来绊去。那个男人是北京来的，却说了一口山西话，奕华甚至觉得他身体都是被山西醋狠狠泡过哩，一出汗，浓浓的醋味便向奕华袭来。他一直朝奕华微笑，有点暧昧有点奸。奕华在想，这么好的曲子，为何撞上的却是他呢？月亮河啊，怎么无休无止地流下去，连个停歇的沙洲都等不来呢……

灯灭了，突然。全场漆黑，伸手不见五指，有女人尖叫，惊吓的、兴奋的、夸张的。男人不叫，哈哈地笑，像日本鬼子进了村见到花姑娘。奕华的脸已被更浓烈的醋味贴了上来，有一只手抱住她，另一只手开始在胸前乱抓乱摸。奕华即刻蹲在地上，双手抱膝，把自己的身体蜷缩成一团，脑海如风驰电掣：原来，这就是传说中的黑灯舞会，文化界前卫人士的作为。自己不能表现得像个没见过世面的乡下丫头似的缩手缩脚，得站起来像迎接暴风雨的海燕，让这个北京来的小子见识见识。她站起，在黑暗中一把将男人抱住，双手把他的腰箍紧，脸贴在他的胸口前，看上去很热烈，其实是掌握了主动权，令惊愕不已的男人无法动弹，也就无所作为。

灯又亮了。暗黄的光线照着一张张或兴奋、或困惑、或迷茫的脸，都像被冷不丁出现的亮，吓了一跳。

那个男人在亮光下更仔细打量着奕华，似乎在找答案，直到马狂过来，他还像个小学生，在试图解答奕华这道题。

"没什么吧？"马狂很深沉地问。奕华嘻嘻笑着，打了个"榧子"反问：我能有什么？她提了提牛仔裤的皮带，让浑圆精致的屁股毕现。马狂又说，他和老廖都觉得这里没啥意思，想去隔壁的温泉公园走走。奕华说，好。

从温塘峡口那边吹过来的风，携着三月的暖，拂人面容有了轻盈，如同燕子般一掠而过。不像刚刚过去的冬天，峡口的风鬼哭狼嚎的，简直是一把刀，搁在你脸上，横撒竖捺，刀刀都要见血似的。

风让人轻盈而薄醉。三人相跟着，马狂打头，奕华中间，老廖扫尾，循五花洞的曲径向上面的温泉寺迤逦而去。

温泉寺的时光早啦，建于南北朝刘宋少帝景平元年，距今已是1500多年的光景。想来那时候这里真是人烟稀少，背靠的栖云山终日藏于雾烟之中，狮虎猴猿之声响彻在深山老林间。前面的西山坪半山腰，有三国张飞率部走过的栈道，依旧在绝壁间隐约可见，宛若天路。凭空还有一大石门赫然而立。说是张飞的队伍人疲马困，许多战利品带不走了，就藏了兵器、财宝于石门里面。关上石门后，张飞让手下把那段栈道毁了。石门悬于绝壁，猴猿难至，何况人。石门就像一个守信之人，沉默于那山崖间的郁郁葱葱乱竹杂树中。

温泉寺被两山相夹，又临峡口，景色有着意味深长的清幽与隐世，后来便成了温泉公园。

奕华小时候，父亲带她来过。记得从南亘山到碚城坐长途汽车，她吐了一次；从碚城到温泉公园坐车，她又吐了一次。但，到了温泉公园，见到这里处处清溪环绕，池塘叠连，水皆是温泉，热气飘浮，庙宇房舍像水雾生出来的，又配以沿岸的垂柳，好一幅多愁善感的诗词情景，她就对父亲说，我喜欢这个地方。父亲说他也喜欢。便牵了她的手去找一个老故交，温泉寺的住持。当时不敢称方丈和尚之类的，只是革命委员会可以团结与争取的对象。父亲说，见了面，可以不叫人，诚恳地笑一笑，老爷爷就会高兴的。

去了，父亲与老和尚无甚寒暄，下围棋，执黑先行。老和尚呵呵地笑出声，棋逢对手的那种喜悦。对父亲说，这位小施主啊，长大了可不是等闲之辈。父亲怜爱地看着奕华："不要她不凡，只要她是快快乐乐的。"

十多岁的奕华从雕花木窗往外看，看到了父亲说的那株有300多年历史的紫薇花树。春来，老树新芽，也觉不出有什么岁月的感伤。倒是有一棵高大的玉兰树，淡紫的玉兰花一朵朵碗口般的大，看着是好好待在树上的，端庄而矜持。但，风不过徐徐吹来，花便土崩瓦解了，手掌大的花瓣被吹落在地，像一群群被击落的鸽子，不过是前一秒后一秒的事，堪比樱花。奕华小小的心灵便有了人生无常的感伤。

好些年没来温泉了，又挑了个夜晚来，这种感伤倒像是小时候的种子发芽，渐渐长大，有点根深蒂固了。

夜晚去看温泉寺，整个都如在热气腾腾的水中蒸煮，庙影缥缈，花树模糊，石栏小桥全不像真实的人生。像什么呢？像回忆，甚至像丹巴党岭那些没有归属的温泉之夜了……

他们走到了大雄宝殿，马狂用手电筒乱照那些对联。联一没多大意思；联二却让奕华心动。上联写：渡苦海以慈航，待他年神存莲界；下联是：断欢情于慧剑，看此日面似桃花。奕华顾不上看横匾，心里早已积满酸楚：物是人非，莲界也是遥遥的。父亲，我一点不快乐。事业、情感、家庭，都空空如矣……男人果真如水一样流走了，父亲、林肯、林一白……正如卡卡姑娘的预言。奕华想起她生命中的这三个重要的男人，柔肠寸断。

马狂把手电筒扫过来，那么强的光扫射着奕华的脸，她竟不晓得躲避，一味地恍惚。在热气腾腾的氤氲中，奕华的眉眼亦是缥缈的。马狂便知道奕华的神思已去了远处。他不敢惊动，知道那也是奕华的幸福。

5.

奕华很快就为"金鱼"事件付出沉重的代价。事件的发展超越了奕华所能想象的，到了无耻的地步。

首先，版本进行了彻底的篡改，从女同事之间的说闲话、斗气的小怨，演绎成奕华工作出问题，主任批评，她不服，捆了主任耳光的原则性问题。

怎么会有如此偷梁换柱的演绎呢？机关雏儿的奕华哪里会明白，机关顾名思义就是个处处密布机巧之关的地方，三人已为虎，何况男女搭配更是狼狈为奸，一荣俱荣，一损俱损，得罪一就是得罪十。一个地皮还没踩热的黄毛丫头的发威，便是向机关的潜规则挑战，不灭你，灭谁？……

一个两人组成的工作组迅速进入了"每月简"办公室展开调查，要把这次事件搞成个典型，以备机关整顿作风之用。有关领导说，这还得了，一个大学生竟敢打顶头上司，吃了豹子胆了？不严肃处理，机关成了什么？机关又成了被红卫兵打砸抢的对象吗？

工作组一会儿找一个人出去谈话，相关的与不相关的，自然包括那三妇女，也包括主任本人。三妇女就不用说了，会怎样颠倒黑白、混淆是非，奕华闭着眼睛也清楚得很。主任的表演还是相当让奕华吃惊的。在别人的描述中，奕华仿佛见到了那情景：主任用白嫩绵软的手托着腮帮子来面对工作组成员，幺拇指下意识高高翘起，疑似兰花指。他语气沉重地喟然长叹说，现在的大学生啊，不好管理哟，天之骄子嘛。管多了，人家还觉得你是没文化的大老粗，不服。这也难怪，谁让现在文凭吃香呢！我这样没文凭的人辛辛苦苦几十年也抵不过一张纸呐，升不上去了，只得待在这里受人家大学生的气。说话间借题发挥，牢骚满腹，老泪横流，一场苦戏演得相当真诚与成熟。

　　他是用手帕擦着泪从工作组办公室出来的，恰与奕华撞了个满怀。奕华并不是去工作组，去厕所。还是让他很紧张。他一直目送奕华进了女厕所，才放心回到办公室。奕华蹲着撒尿，边撒边笑。起身穿裤子，想起主任刚才的神情，又疯子似的独自在厕所哈哈大笑。

　　回到办公室，主任正躬着身子，撅着屁股在大茶壶那里接水。奕华第一次发现主任有如此肥大的屁股，几乎占据了他这个人的三分之一。屁股的过于庞大，让主任走起路来不得不靠使着劲地左右甩动它来保持身体的平衡，有点像没有尾巴的狗跑动的模样，又像刚生育过的妇人。是的，像妇人。奕华宽容地打了一个比方，心里倒为他悲哀：男人一老，稍为不慎，就会向女性方面发展，如同被孙悟空打回原形的魔啊妖的，再不是气焰高万丈了，终究是个女人，并且是衰败了的女婆婆。

　　工作组不找奕华。奕华主动写了几份情况说明，从门缝下面塞进工作组办公室，结果石沉大海。奕华又写申请书，要求下基层锻炼，也无回音。据说，主任不同意。奕华明白了，主任已把自己打扮成大公猫，当奕华是只死耗子了。公猫不想轻易为一场游戏吹响落幕的哨声，他还没玩够呢。奕华似乎已听到主任甩动着大屁股说：玩吧，玩吧，游戏才开始呐。

　　机关，奉行的就是与人斗其乐无穷。如果这点爱好都没有，待在机关的人不被闲死，也会被闷死。

　　奕华仍看到一个个同事被召唤进工作组办公室。她的四周每天都充满嘀嘀咕咕的嗡嗡之声，模糊而暧昧。她恨不得手中握一把巨型苍蝇拍，"叭叭叭叭"一路拍过去，把那些嗡嗡之声扼杀在摇篮中。

　　她为自己的细高跟鞋又掌了几颗响丁，在庙楼走着，用尖厉的响，去击打办公室的磨石地、寝室的红漆木地板、岌岌可危的庙楼的每一片砖、每一步阶梯、每一个狭缝与犄角。声音被回字型的、封闭的、有如坚固城堡的庙楼关住了，又被放大，怎么也冲不出去，便整日整夜都在这里回响。"科—科—科"，声音忽左忽右，忽上忽下，全是惊悚般的悬念，又是没完没了的梦魇，无法遏制。"科—科—科"，这愤怒之声，抵抗之声，不屈之声，勇敢之声。

6.

1984年，"人才招聘"也是最火的新鲜事物。渝都市政府就曾把当年的某研究院礼堂开辟出来，供所有市级新闻文化系统的单位设点招聘。日报、出版社、新华书店、市文联、市文化局、市广播电台、市电视台……大多单位都是一把手坐阵挂帅，以示求贤若渴的心情。二三把手便在场内逡巡吆喝，王婆卖瓜似的展示自家单位的诚意和实力，见到对眼的人才就往自家的单位上拉。

奕华还不敢当自己是人才，只是带着当年白区的青年投奔延安的心情来投奔这里。这里让她看到新生活的曙光，川流不息、人头簇动的场面令她兴奋得想哭，每个单位的吆喝者都成了她的大救星。她的胸又危险地挺立，操着哆哆的普通话，神情也乔张作致。她不是故意这样的，是被兴奋冲昏了头脑。兴奋的头脑里只有一个压倒一切的念头：曙光、曙光、曙光伸手可及了。不过，奕华实际上相当愚蠢的做派在这个极不正常的、闹剧一般乱哄哄的场合，在许多有些疯狂了的人眼里，却是极合时宜。奕华挺着大大的乳房左右穿梭，人们都向这个美人露出了友善的笑容，还有几个男人的笑，明显地心怀鬼胎。奕华却一味地向前冲，曙光，曙光，曙光伸手可及。

然而，一圈走下来，奕华差不多偃旗息鼓。有些单位无法解决单身宿舍，有些要一两年后才能解决正式的指标，有些明文规定不要女性。有些奕华看不上，有些看不上奕华。

左右权衡，硬泡软磨，总算在电视台那里报上了名。人家也没拿她当回事，反正报名的人已有两三千，却只招三人，不过是花里选花，多一个少一个报名也是无所谓的。

接着初试，考写作、表演、主持，快刀斩乱麻，刷掉人无数，只留了十人。

奕华瞎猫撞到死耗子，成了十分之一。

二试，考综合知识，十去六，奕华又撞了狗屎运，幸存。

三试，面试。奕华带去了自己发表的几篇小说。面试官问了一些问题，把小说收了起来，让奕华回去听消息。

奕华回到了碚城以及庙楼，关于招聘的事，哗啦一声，如潮汐般退去了。偶尔夜里辗转难眠，也想过潮汐还会不会哗啦一声又回来呢？如此的想，便更加忐忑，真的在竖起耳朵听了。听来听去，不过是渺茫的夜声，山下稍有动静便清晰可闻：有偷溜水的，被人发现，扁担也被夺了，正哭着央求；还有停在码头的船被风刮翻，人受伤了，乱糟糟的人抬着往医院去。奕华蜷缩在被褥里，听凭外面的世界纷纷攘攘，心有余悸地对自己说：这里是安全的。至少，被褥像一个子宫，缩进去，便可一响贪欢。

好不容易终于等来了电视台考官的电话。

是晚上七点打来的。奕华是把办公室电话当家里电话留的，注明须六点半以后打来才有人。半个多月了，她天天在办公室等电话，很绝望地等。当这一声电话铃响起，她手脚直哆嗦，话筒几次溜掉，她一个劲对话筒那边的人说：对不起！对不起！

话筒那边的人并没告诉她考试的结果，一点口风也没透。只是说，没啥事，只是想聊一聊你的小说《下山》。原来，那人也是西城大学中文系的，文革前最后一届，算奕华的师兄了。也很热爱文学，诗歌、散文、小说都写点，可惜还没处女作发表。"主要是适合我作品发表的杂志太少了，"他说。又问奕华：你怎么写出这么个神道道的小说来呢？不过，真好。

奕华的小说都有些神道道的，往好处说，是神秘性；往坏处想，绝对是作者的思维出了问题。奕华并没觉察到自己的思维系统是千疮百孔、混乱而矛盾的，好在1984年就是鼓励着这样混乱——狂嘛，不乱，怎么狂？

奕华的小说《下山》故事梗概是这样的——

那座山上有石如玉，叫绢玉。女人以阴摩擦而滋阴，增加性欲。可性欲增加了，对女人却是悲剧，山上并没有男人了，一年前的泥石流灾难中全死光了，为山上所有的妻子留下不可磨灭的悬念：她们的男人都死在山上的一座破仓库里。为何全部的男人都聚在了那里？这些人在干什么竟令他们无一幸免？难道谁都没听到死神轰隆隆地到来？倘若有一个幸免的，也可以告诉女人们，她们的丈夫是死于怎样的真相？

被泥石流冲出的深沟，变成了河。每月，河水由褐色渐成绛紫，向岸上蔓延出殷红殷红的血似的。有时，屋中间也会裂出条条狭缝，渗出殷红之水来。女人们无可奈何地叫那条河为"经河"。想到那些殷红可能也是男人的血，装神弄鬼，死不瞑目的，女人便会抹着泪又提着锄头下河去挖遗骨。有时会挖一两具出来，有时一无所获。女人们断断续续挖了一年了。除了挖遗骨，她们简直想不出该为死去的丈夫再做点什么了，死因仍是需要她们动脑筋想的事，却怎么也想不出所以然。山上是自然的世界，万物随缘而生，但也有章可循。死亡也极其简单的，哪里出现过这样蹊跷的事情？

那便下山去找答案吧。

一个女人这样做了。

她在山上是良家妇女，温顺得像只羊。过去丈夫在时，吼一声便会把她的魂吓得缩回去。丈夫一直把她当弱者来欺负和保护。下山了，她快速地变成了一个淫荡的女人，穿着妖艳的服饰走在夜的边缘，坦然地问每一个过路的男人：做不做生意？

连她自己都很吃惊，女人身上蕴含着无比丰富的多重性：善良与邪恶、纯洁与凶险、天堂与地狱，皆为一念之间。她在山下混久了，自以为懂得做女人了，便会给做她那一行的姐妹指着梦露的照片讲：看看这个美国女人吧，脸蛋多像婴儿，笑得啥事都不晓得的样子。其实啊，老油条一根，泡了美国总统又泡他弟，泡了多少男人啊，死得早也是值的。

这就是她的一念。

为何生出这么一念？

是因为在山下终于知道了她男人以及山上所有男人死前都在干什么了——他们在看"毛片"。躲在破旧的仓库里看大奶子的洋妞与长了胸毛的外国男人在电视上干那种事情。她之所以如此肯定，是发现山下所有废弃或破旧的仓库里基本都存在这么一个录像播放点，藏在阴暗角落里，半夜三更偷偷摸摸地放。收很贵的钱，一张票比她这个大活人"嘿哧"、"嘿哧"辛苦一夜还多。她曾乔装成男人混进过那种地方，提心吊胆的，生怕被男人发现她是个女人。结果，没有任何人关注她一眼。男人们都盯住电视屏幕,沉醉,目不转睛。甚至有人边看边自己在解决欲望。

她几乎是悲愤交加——为着电视科技取代了女人。而对女人来说,科技又让她们失去了男人。连上天都帮助了科技来欺负女人,一场泥石流的所谓天灾让科技的阴谋无人识破,继续延伸,男人在科技中渐渐消失……

她差一点就冲了上去,抱起电视,砸一个稀巴烂。但砸了这一个,还有无数的电视在闪烁,无数"毛片"里水中月、镜中花的女人在代替活生生的她,有血有肉有欲望的她。她砸得过来吗?她与科技作对,不就是螳臂挡车吗?

等来了电视台的通知,是借调函,还附了一封考官的信。他告诉奕华,电视台里有一个已在全国获过多次大奖的电视剧摄制组,需要文学剧本编剧。台领导非常欣赏她的文学才华,先借调她去,不出三个月,定有正式指标可彻底调入。说,假如原单位不放,你敢不敢不要档案,先过来?我们是求贤若渴,档案迟早是能解决的。

奕华把函与信反反复复看了一夜。清晨,她站在寝室阔大的窗口前,得出的结论是,她不能不要档案。1984 年,档案就是一个人的户口,生存的必须。没有档案基本就等于一个人在社会中"黑了"。奕华还这么年轻,生活刚刚开始,还没结婚、生子,她怎能让自己"黑了"呢?

但是,连这点希望都没有了,生不如死啊。

她不由看了看窗下的悬崖,够高的了。足以让人飞起来再摔下去,就一劳永逸。

她有点贪图这种永逸了,因为累,心力交瘁。想当杜鹃,啼完最后一滴血就把自己交待出去。

她想象自己翻越窗子后,身体再也无所依傍,也无所羁绊,它会在风中停留一小会儿,还是毫不犹豫地投奔大地呢?她眼前已出现一个身影,纵身一跃,像所有的飞禽动物那样。那是她父亲。十多年了,她一直在揣摩父亲跳下舍身崖前会想些什么?他对她这个女儿真的没有留恋吗,哪怕一丝一毫的?哪怕想一想，她将来长大了会置身男人的世界里，没人真心实意帮助她，她会受到欺骗与欺负，而只有父亲才是她忠诚的男性同盟。父亲会想这些吗？父亲好狠心……

而站在窗口边，奕华也有些明白了：本来，父亲是有后路的，但他拒绝了。他是在拒绝被母亲征服……人要自裁时，已不会权衡生死的利弊，只有对新世界强烈的好奇心。死亡会呈现出一种绚烂的前程来诱惑——那是一片未知，而未知便是前程。能够从自裁边缘回来的人，往往对死亡的好奇心不够，却借口说是对人世间还有牵挂。

奕华告诉自己不能走这条路，是因为还有母亲：如果自己先走，白发人送黑发人，母亲会悲痛欲绝的。

是的，母亲。母亲依旧是她血脉中的挂念。她把自己的血液洗三遍，也改变不了这一事实。

想起母亲，她的心情变得复杂起来。

母亲前不久调回了上海。说来还是小奶奶的功劳。上海市为爷爷平反，落实政策，把蓝家的房产大都归还，只是别墅住了有关领导，无法归还了，也按市价折合成钱作了补偿。小奶奶作为配偶是当然的受惠者。但她觉得自己只是蓝家的下人，不配。钱，寄给了奕华的母亲。还以年龄大了，身边需要人照顾，让统战部的人把奕华的母亲调了回去。她也提出把奕华一并调回的。但组织上说，按有关政策只能照顾一个上海户口。

母亲在南亘山待了二十六年，离开时，什么也没带走，只挎着两个旅行包，左边是爷爷的骨灰盒，右边是爸爸的骨灰盒。她独自坐火车，上厕所也左右挎着包，怕不慎弄丢了，又怕不小心把盒子磕破了，一路小心翼翼，像侍候两个小婴儿。母亲在信中为奕华描述这段经历时，有着悲壮气息。奕华几度落泪。

奕华想象回到上海的母亲，毛发杂色，韶华已逝，不过是有什么样的日子就过什么样的，不会再去争取一个锦绣繁荣。但母亲很快用事实证明了奕华想象力的贫乏。回到上海的母亲，立即把蓝家位于徐汇区的一座带花园的房子收拾出来自己住，把其他能收拾出来的也收拾出来，一间间租给外地驻上海的许多机构做办公室。办公室不烧煮饭，对房子的磨损不大，公家租房，钱又给得高。

母亲又把小奶奶接了回来。一直给人当保姆的小奶奶，回来也是母亲的保姆。但她是欢天喜地的，甚至感恩戴德。她总算又回到了蓝家。每天换着花样做饭菜，看着母亲头发有油光了，身子微微发福，却比过去有了柔和与媚态，便站在桌边喜滋滋地说：我算是把蓝家的少奶奶也侍候出来了。

不久，母亲再婚，嫁的是同样被落实了政策的红色资本家的后代。从此，来往的都是上海滩特殊的阶层，出入的是高档场合。愈发会打扮的母亲，把自己收拾得雍容华贵的母亲，对这一切如鱼得水，左右逢源。这其实就是她要的生活，这种梦想一直潜伏于她内心。她当年毅然追随父亲去大西南，受了那么多的委屈、苦难，只是一种迂回战术，只是为了得到她想过的生活。谁知，上苍竟给了。虽然有点迟，但毕竟梦想成真。

奕华对母亲的再婚毫无准备，甚至恨。不仅因为父亲，也是嫉妒。母亲曾给她寄来一叠彩照。其中有一张，母亲戴着深灰色小圆帽坐在壁炉前，抱着一只胖乎乎的波斯猫。母亲与猫都充满着一种慵懒、藐视一切的神情。母亲已很成功地将自己打造成了上海滩的新贵，春风得意都还顾不过来哩，哪还有心思想一想自己仍生活在水深火热中的女儿？奕华差不多是在嫉恨母亲了。由此，深味了人性之恶的一面：即使亲如母女，有时也是自私的。

但又不得不佩服母亲：劫后余生，仍是不屈不挠、不卑不亢按自己的意志去活。母亲的人生真有几分彪悍。

奕华在大清早想起母亲，嘴角不由地发出一声冷笑，像一个无畏的革命者面对困境所发出来的。她"砰"地把窗子拉下了，悬崖就像被挡在了彼岸。

8.

"每月简"的人很快就觉察到奕华的变化，尤其是那三妇女及主任。这个平日走路从不看人，趾高气扬甩着马尾辫的年轻女人突然就变乖巧了，主任怎么修理她也不急不恼，低眉顺目，并随时听从主任的召唤，跑前跑后屁颠屁颠的。没事便往三妇女跟前凑，也不管人家接纳不接纳。三妇女便当小狗似的使唤她，"奕华，下山去市场帮我带把菜嘛"，"奕华，帮我把这包拿到中山路龚师傅那里换拉链"。三妇女这样糟蹋她，是因为根本不相信她会乖巧安静下来，任人宰割，就像绝不相信刚刚还在你死我活的敌手，突然就拖着枪杆来投诚。

她们料定奕华必有诡计，想方设法地去激怒，使其原形毕露。她们都是斗争年代过来的人，与人斗，尤其是与女人斗都相当有经验。反之，与人和睦相处，不勾心斗角，她们倒很生疏。所以，面对一个拼死拼活也要成为她们朋友的女人，竟不知所措了。

谁也无法激怒奕华。谁也无法让奕华变回过去那个奕华。她整日乐呵呵的，谁使唤她、欺负她，都莞尔，水波不兴。经常拿自己的钱去备一些糕点水果之类的请大家吃。寝室也成了公共区域，哪个累了就吱一声："奕华，上你那儿睡一睡。"睡完，被褥都可以不叠。她还喜欢为这个捶捶背、给那个揉揉肩，俨然成了大家的开心果。奕华甚至觉得，奴颜媚骨没什么不好，也不难做到，就如林一白母亲说的，只要肯把自己的心气儿放低、姿态放低。人有时把头昂得高高的，实在累，是与自己过不去啊。

时间长久了，奕华已和"每月简"的人融为一体，打成一片，包括三妇女。她们之间有时开个玩笑、说点隐私也不避奕华了。奕华胆大心细，耳听八方，把自己打造成了女特工，竟知道了这个办公室的最高机密：主任与那位眉眼风流的戴姓妇女有多年的私情。上次闹出工作组的事，就是帮那女人出气。

正因为如此，主任一直对奕华半信半疑，有着警觉。也提醒过三妇女要小心。但奕华的诚恳是勿容人置疑的，甚至连她自己都被骗过了。觉得这些人就是孤孤单单的自己在碚城的姐妹与亲人。自己为他们当牛做马、累死累活也都心甘情愿。有时，奕华还会为这些人热泪盈眶。她没有选择了，只有和这些人世世代代相处下去，直到天荒地老。

奕华的倾情表演，却让一个人揪心，那就是马狂。他比奕华自己更清楚，这些都是假象，是在演戏。他怕奕华入戏太深，把戏变成了人生。他知道奕华有着强烈的自虐倾向，演悲剧角色，也是奕华天生的喜欢，并具有才能。

马狂不允许奕华被毁——被假亦真来真亦假的东西。他不允许奕华随随便便冒充"好人"。不时，把奕华从庙楼拉下山去，让她坏一把。他对奕华说，当一天坏人吧，全当给自己放一天假。

1984 年像怎么也过不完的一年，一天挨过一天，前面的日子竟是无涯的，夏的尾巴迤逦不去，秋，姗姗来迟。

马狂汗流浃背地跑上山找奕华，说有个相当霸道的"节目"，看奕华敢不敢参加。奕华问何为敢，何为不敢？马狂观察着奕华的表情，如此如此说了一通。果然，奕华的表情由惊骇、兴奋、犹豫到茫然。马狂说话便嗫嗫嚅嚅：奕华，真的对不起，这个"节目"实在是超现实主义了。你千万别把我当流氓，那也不是个流氓组织，大家只是想体验一种行为艺术。在国外，这样的组织多了去了，公开的、光天化日的。我是想到你不是作家吗，作家就该乌七八糟的事都体验体验。对不起，该被掴耳光了，那事不能说是乌七八糟的。行为艺术。记住，是行为艺术。你不去没什么，别去汇报，当叛徒、内奸……奕华一拍大腿说，住嘴，你真拿我当要往上发展的机关干部么？你死去吧你！我怎么不去？我凭什么怕去？

奕华一拍大腿就恢复了本性：两眼放光，声音泼辣。

行为艺术（暂且这样称呼吧），竟是选择在南亘山举行。地点是男根山顶的"出阳石"上。

下午三四点，一行人悄然上山，又派人把住了路口，有人问便说是拍电视剧，得清场。奕华看到一位头发花白的女人被他们的人从山里清了出来，正撵下山去。擦肩而过时，才看清楚是姚俐俐。

姚俐俐变化太大了，不过四十出头吧，怎么就老成那副模样？眼角各向着一边倾斜而下，使眼睛像两幢快坍塌的危房。眉也像发生了海难倾斜的船桅，挣扎于大海之中。想当初，她头一偏，丹凤眼溜着，朝父亲飞去的那个媚，恍如昨日啊。衣着也极不讲究了，色彩黯然、花色杂乱的棉绸睡衣随意罩在身子上，毫无曲线。胸部已坍塌，非常彻底，使整个人都像魂飞魄散了。嗨，也是这个人，这个人的眉眼啊，这个人昂首挺胸的四处招摇啊，怎奈何转瞬间，便灰飞烟灭，只剩下走起路来佝偻着背颤颤巍巍的老妪了。

姚俐俐像见到亲人似的喊着奕华，还想拉手，奕华没伸，她便尴尬地缩了回去。也没什么可谈的，只是说她得了糖尿病，胃又被切除了三分之二，身体不好，已从学校内退了。奕华有点不耐烦了，打断她的啰嗦，说姚老师，另找时间聊吧，我还有事要办。再说，你恐怕也得回去为家里的人赶晚饭了。

话一出口，奕华忙住嘴，想起不久前母亲写信说有南亘山的人来上海，提到了才离婚的姚俐俐。说还是男方提出的，称自己有病，不该再拖住她了。可离婚不久，男人却快速地与北京一女干部结了婚，从青海转业去了北京。姚俐俐知道后，捶胸顿足，哭昏过去，骂自己笨，太傻了。男人哪有什么病？从来都怕跟她怀娃娃。她终于懂男人心思了，唯恐有了娃娃牵扯，他就得转业转到南亘山的旮旯儿来。这狠毒的男人啊，为何要拖她大半生，拖成个无儿无女的半老太婆？而令奕华惊讶的却是，母亲竟用了差不多两页纸来写姚俐俐的事情。她们母女间长期以来，几乎忌讳提这个人的。母亲却以一种平心静气的语气写着这一切，不像是在幸灾乐祸，如同在客观报道一桩社会新闻，那人与她毫无纠葛。末了，母亲还发出了感叹：这人啦，这命啦。仿佛母亲有所放下，站到了比上帝矮不了多少的地方，怜悯着凡尘的慌张。奕华倒不欣赏母亲的口吻，貌似超脱。但怎么就让奕华觉得不真实呢。

姚俐俐很识趣："你忙，你忙，若有机会来家坐坐。"用幽怨又可怜巴巴的眼神再看了一眼奕华，就赶紧下山了。奕华瞧着远去的背影，心里想着这一辈子再不要见到这个人了。

路过垭口，奕华去看父亲的"椀子"。无疑，刚有人来过，"椀子"边靠着一束鲜活的花。无疑，那人便是姚俐俐。奕华心里突然有了感动，以至于都羡慕起姚俐俐了。她一直以为姚俐俐对父亲的爱不过是建立于肉欲之上，有洗都洗不干净的龌龊。没想到，爱在姚俐俐这里却是与日俱增的，差不多长成了一棵风来就哗啦作响、有生命的植物了，包括具有了尊严。毕竟，她真实地得到过父亲这个人，与自己所爱的人有过耳鬓厮磨、肌肤相亲。她对爱的悼念是有凭据的。而林肯对于自己，犹如幻影。她只是两手空空地试图为自己的白日梦添砖加瓦。徒劳啊。

许多年了，她去渝都，常常会渡江去南山，在市植物研究所的附近躲躲闪闪地走一走，指望能与林肯不期而遇。之所以躲躲闪闪，是怕遇见央金或小柳等人。她已不想再见到这些人了，会加深她对那场无望之爱的绝望感。她也不知如果真遇见林肯会是怎样的？会去问林肯，结婚了吗？有孩子了吗？男孩还是女孩？她想，哪怕见面林肯是冷淡的，令她尴尬甚至哭泣，仍想见一面，以此来证明自己的爱不是一场白日梦，素荷也真实存在于党岭之上，十年才能等来它的绽放。但，天不保佑，她遇不见林肯，连他的消息也丝毫没有。林肯仿佛在她生命中消失了……

奕华回到了南亘山，像是回到绝望的起点。若不是马狂扯着嗓子使劲喊她，恐怕她已在绝望的氤氲中难以自拔了。

……

10.

这是一个天体聚会。原则是：参与者必须全裸，彼此只能用眼欣赏人体，不容侵犯，也不可以有肢体接触，更不能发生性关系。

山顶的寺庙几近荒芜废弃了，连香火的灰烬也没有。大姑、三姑死后，小城人不上这里来，说冤气重，不讨福，反惹晦气。大姑她们立的"桅子"还在。没人照料，上面爬满藤蔓和青苔。

组织者是一个叫亚当的家伙，来路不明，但很有领袖气质。他操着成都那边的口音，让大家赶快在庙里脱衣服。他自己三下五除二就把衣服脱了，大吼一声跑了出去，奕华看到他左边的屁股有块红兮兮的东西，是癣。

女人总比男人的动作要慢几拍。虽然好奇的兴奋都让大家豁了出去。但对于衣服的依赖，女人胜过男人。衣服是女人第二层皮肤，第二种父母，这已渗透进女人的基因中去了。大庭广众之下，失去衣服，女人会产生心理上的恐慌、害怕、无安全感；生理上会从骨子里渗出疼痛来。奕华就有这些强烈的感觉，她有点后悔来参加这样的超现实主义的"节目"。因为她内心其实向往的是古典、旧式的情绪，她与它们天然合拍。反感着文明喧闹着飞也似的往前赶，还没把生活细节的妙处慢慢品出个所以然，便囫囵吞枣似的往前赶了，哪里消化得了？但偏偏，她要干违背本性的事情。看来，她已铁定要让自己这辈子活在风口浪尖上了。

女人们你推我、我推你终于登上了"出阳石"。好奇又恐惧的她们围成一小圈，窃窃私语。

"出阳石"中央搭了一个高台，每个人都要站上去，展示自己的身体。已有几个人自告奋勇上去了，包括马狂。奕华看着他们，又环顾所有的裸体者，不但没有视觉的享受或兴奋，反而被一片白花花的东西堵住了胸口：人体真的没有多漂亮，与虎啊狮啊豹啊没得比，甚至连皮色光洁的青蛙也不如啊。人体脱离大自然太久了，已不是自然之子，瑕疵太多。不是腿太短，就是肚子过于庞大，或者肉色不清爽。

马狂的身体让奕华暗自发笑。平日，他个头儿虽小，但衣服撑起来，人也被武装出几分精神。而抽去了衣服，人就像被抽了魂儿似的，单薄的小身子如同废纸片，一阵风就要吹去似的。他的背是没肉的，不是简单的瘦骨嶙峋，是骨头犹如一把把锋利的剑，要破肉而出。马狂却浑然不觉，用两只细胳膊挽成饺状，抄着手，神态是豪情万丈的，却怎么看也是可怜巴巴。

奕华想，当初上帝不让人穿衣服是在让人自取其辱吧。上帝从来都试图把人当愚民修理。幸亏有了蛇，才使人懂得了穿衣的妙处，有了个人样子。蛇对人才是知冷知热的。可人偏偏不领情，还没良心。把上帝供起来，却视蛇为仇敌。人多不知好歹啊。

奕华也不知好歹。她内心嘲笑着马狂，却不知道马狂为了保护她差点跳了崖。

马狂到了男根山才知道，天体聚会的规矩是，亚当在聚会完后都会把新来的女人干了。马狂想带奕华走，又怕被众人嘲笑。他找到亚当，强硬地说：这个女人你不能动。亚当冷笑：没人求你们参加，不懂规矩可以走嘛。马狂说：都是我的兄弟伙，我一走了之不仗义。但，那女人真不能动。亚当换作了嘲笑：是你的粉子吧。你马狂也和不少女人睡过吧，装什么爱情？马狂坚定地说：我晓得我的个头儿小，打不过你的。但如果你动她，我便从这里跳下去。马狂指的是舍身崖。亚当哈哈大笑：我服了你这个天棒崽儿。一言为定，我不会动她一根毫毛。以后也不会再有这破规矩了，因为天体聚会到今天为止。没多大意思，我玩腻了。

轮着奕华上台。几个女人同时发现她上台阶时，臀部的线条极为优美。奕华想象自己该躲藏起来，把人类该有的羞耻、自尊全部塞进石头缝、树根下，万能之手也够不着的地方。但身体仍不管不顾地往高台上走去。奇怪的是，她并没有设想中的难受，甚至对自己说，卸下一切伪装后，赤裸，未见得是坏事啊。至少，可以不奴颜媚骨了。人连衣服都失去的时候，算是退到山穷水尽，没什么可害怕的了。奕华不禁一手叉腰，向远方眺望，竟是心静如水，物我皆忘。

马狂仰望着奕华，怔住了。他曾千百次想象过这个女人的裸体，它的娇媚、妖冶、生机勃勃、欲擒故纵、一剑封喉。但万万没想到它是如此的凛然而尊严，甚或悲壮而圣洁。别说产生邪念，连你的思维也给凝固了，唯有敬畏。

马狂糊涂了。他一直觉得自己早就看透了这个女人，她的漏洞百出，她的亦正亦邪。可是，当她站在那里，他真不知她的震撼由何而来。

这有什么办法呢？男人与女人即或身体赤诚相见了，相距的路仍是千里迢迢。像卡夫卡说的，以为是路的东西，不过是徘徊而已。

然而，正因为这样难以抵达的距离，男人女人才互相吸引。恰似现在，奕华站立在另一个世界里了，比云端更高之处，她便是他马狂永世的女神。

背叛

1.

奕华走上石梯的时候，不由提了提阔脚裤的裤腿。这个动作并不雅观，不该是40出头、她这样身份的女人做的。每次下意识做了，都会责备自己一番。但到了下次，还得如此。所以，她害怕了爬坡上坎，必须的时候，她选择慢吞吞地走，貌似从容，裤脚边在石梯上扫来扫去，拂着满眼碧色的青苔。她前几天才叫做清洁的小时工用铁铲铲掉了不少，又蔓延开来了，心里想这东西怎么就像女人脸上的皱纹，美容刚做完时，以为真可以用手把岁月抹去，但半个时辰都不到，一笑，眼角的褶又回来了。

奕华选择慢慢走，害怕的是摔跤。第一次上这幢小楼来，一溜石梯，不在话下，她太年轻了，便有点卖弄自己的年轻，以为年轻是无所不能的，蹦蹦跳跳地就上来。却在最后几步，"扑咚"，摔了一跤，她痛得大叫了一声，惊动了屋里的女人。女人从二楼窗口看着她，身子并没探出来，不过是隐约于纱窗后，灰绿色的纱网让女人的脸有点变形，呈现一种冷调子，脸和眼睛。

所以，现在每次爬这一溜石梯，到最后几步，她会去望二楼的窗，已成习惯。虽然这里早就换了女主人，她也不再是访客，而是一把钥匙开一把锁的人。但毕竟心虚，理不直气不壮的那种，老习惯偷偷向二楼窗口一睃。

她的岁月就是在这一溜石梯之间蹉跎的。人的岁月大致都是被重复的东西解决掉的。上来的时候才二十五六，花季谈不上，眼波流转的倒是青山绿水；再上来的时候，便携带了风霜。以为石梯就是石头做的，哪里懂得人事儿？却不知暗地里它就像一盘录音带，把该记录的都记录了，一笔一笔，想赖都赖不掉。有次奕华向马狂抱怨做这幢楼女主人的痛苦。马狂学着奕华，一拍大腿，叠叠三声：活该！活该！活该！马狂的神情一下就把奕华十五六年的时光缝合在一起了，虽然缝得粗针大线的，也算是有了脉络。奕华摇摇晃晃回去，还看

......207

得到碚城庙楼上那扇窗户的灯光……

奕华是1986年离开庙楼考取渝都某大学古典文学研究生的。她的恩师加恩人便是这幢小楼的前女主人……

经历了1984年秋天的那次天体事件，回到庙楼的奕华陡然变得沉默起来。在办公室依然是被呼来唤去，依然有温顺乖巧、惹人怜爱的笑。但若仔细看，这笑已不是用勉强来形容了，如同一种垂死的挣扎，掺杂了几丝狰狞，甚至都让人听到困兽撞墙的嘭嘭声。

是的，奕华感到自己有点撑不住了。人要弄虚作假，人前笑容灿烂，人后恨得牙咯咯响，当面一盆火，暗地一把刀，是需要极好心理素质的。但即使这样，即使你表演得天衣无缝，毕竟背叛了天性，会伤心、伤身，伤到骨子里去。《红楼梦》中的凤姐男胎也保不住，最后又来了个英年早逝，实在是天在作，自己也在作啊。做一个阴谋家应是上帝对人最残酷的惩罚，没有哪个阴谋家是快乐而善始善终的。

奕华备受煎熬。夜深，辗转反侧时，便自我安慰：快了，快了。但到了天明，她站在窗口梳妆，看着远处影影二三烟树，实在看不到回头的岸在哪里？她仍在继续做戏，唯恐被人识破，又唯恐自己难以自拔。

真假之间，该怎样去拿捏那个度，才让自己不至于万劫不复呢？

太多的焦虑让她发高烧、说胡话，一个人躺在寝室里连水都喝不上一口。迷迷糊糊中，好像听到主任在楼下嚷：怎么又病了呢？我们"每月简"还摊上了一个年轻的老病号了哟。又觉得有人在张罗着要翻她的窗户。她吓了一跳：昨晚，前窗没关？外人是可以踩着屋檐翻上来的。天似乎快黑了，有人"扑咚"已跳了进来。她想坐起来看看是谁，头却有千斤重，只好任身子沉下去，沉入莫名其妙的幻象中，小时候发高烧的梦境重现：南亘山所有的"桤子"都像士兵一样站立，成伍，浩浩荡荡地行走，齐刷刷的……她向前一扑，抓住了一只手，绝路逢生似的喊：爸啊。那人摇着她的手说，我不是你爸，是马狂。

果真是马狂，她挣扎着睁开了眼，这小子竟在哭，说不是他打电话上来问，还不晓得奕华病得这么惨。奕华是第一次见到素日嘻皮笑脸、油嘴滑舌的马狂哭泣的模样，更为惊心。马狂流着泪说，奕华，你这不是个办法，你得考研。我找人帮你补外语，你得考走。这是唯一的路。

……

奕华报考了渝都某大学上官子青教授的古典文学研究生。她并不喜欢中国的古典文学，也只是权宜之计。

还有，招研究生，导师的意见相当重要。如果在导师那里面试不起，前面的也白考了。见到上官子青这个名字，她一怔，似有瓜葛。马狂托了某大学的人一了解，果真是南亘山的人。奕华心里一下子有了方向。

她写了一封长信给上官子青，用极尽煽情的笔触写了少年时在南亘山与上官老师以及大姑的交往。把上官老师奉为她的理想母亲、大姑为人生的第一导师。由于写的都是她当年的真情实感，虽有些夸张、肉麻的成分，仍闪烁着赤子之心。不久，上官子青竟约她去家里见。据马狂的熟人讲，这实在是太不可思议了——上官子青这人，素来待人傲慢，与人保持着距离，外人都很习惯了。因为她是高干子弟，又有个全国著名学者、作家的丈夫，本人还才华横溢，并不是绣花枕头，当然有本钱清高了。反之，她突然对人热络起来，倒让人生疑。

奕华觉得上官子青有这样的举动，正说明自己掌握到她的命门。所以，她是带着稳操胜券的心情而去的。上那幢小楼时，过于雀跃了，却在最后几步跌了一个大跟斗。

2.

上官子青的家在黛岭山岩上，一幢两层的小楼。

黛岭在渝都是一个令人遐想的地方。它突兀地耸立高处，四周都是悬崖峭壁。悬崖间挂着一些巨轮般的石头；悬崖下，一边是碧绿的嘉陵如影相随，一边是黄褐色的扬子不离不弃。两江一清一浊，身形缥缈，便减弱了黛岭高耸的危险性。黛岭上遍植香樟，许多上百年的古香樟挺拔参天。树的叶虽琐琐碎碎，但一簇一簇的，倒呈现深沉的墨绿。太多的香樟树让这里总像快下雨前的天气。从远处看，更像是被一团团的乌云给遮掩住，黑云压城城欲摧似的。那些巨轮般的岩石从不是牢固的支撑，反而助纣为虐，随时都可能翻滚下山，砸到江心的船。

黛岭始终蕴含着一种危险之美、悲剧之美。

而只要在渝都待过的人都会喜欢这样地势的，居高临下，明知山有虎偏向虎山行。早年间这里建起了李家花园，秀丽温柔有如苏州的园林。而因依山借坡而建，所有的秀丽来了一次立体的表达，倒比苏州园林多了一些层次和生动，更有山野般的野趣。抗战时期，又有许多达官贵人傍着公园周边建了不少的小洋楼，或黄墙，或青砖，掩映在绿荫之中，不显大富大贵，倒有隐退的意思。说到底，黛岭这地方阴柔之气过重，适合点儿女情长、窃窃私语，从事点阴谋与爱情之类的。不像渝都天子门那样的敞亮，大开大合的大码头，任何人都可以撒一把野。

解放后住在黛岭上的人倒是三教九流。但能够拥有一幢楼的住家户便有来历。上官子青家的房子是1984年初政府照顾人才，分给她丈夫的。那幢楼，从黛岭正街一条青石板铺就的岔道上去，便有一棵几人抱的黄葛树当路而立。绕过树去，见一溜两人多宽的石梯，上去便至。

那幢楼，故意鹤立鸡群似的，仿佛对红尘中的市井生活保持着俯视的权力，保持着若即若离的距离。

……

奕华推开门，正见到上官子青下楼。因是把光线一下子集中放进去的，上官子青便像被追光照射着的演员，从后台款款走向前台。

她身段与奕华差不多，属于高挑型，关键的部位也很丰满。她仿佛害怕这些丰满破坏了整体形象的清幽，所以衣着是通体的黑色：黑色西式裤，黑色的套头毛衣，外面披了件及膝的棒针网织的黑开襟大衣。走路的时候，它像欧式斗篷一样向四周扩张，让人窥见她穿衣的矛盾，内里是紧凑、紧张的，外面却是夸张和招摇的，甚至有点大大咧咧的做派。头发也是。奕华想象中她应该像许多中年知识女性一样，把头发高高盘在头顶，如同张扬小说《第二次握手》中女主人翁的打扮。奕华的母亲就一直是这样的，在七十年代就敢于把头发盘成结，妩媚又端庄地高耸，那是母亲对自己与社会几近决绝的固执行为。没想到上官子青却梳着一根独辫，独辫竟像少女般的粗大，黑油油的，毫不掩饰自己强盛的生命力。如同丰茂的根须可让人猜想丰茂的树枝一样，奕华暗想，这个女人的气血相当充足啊；眼睛却藏在一排刘海之下的。刘海当然也是丰茂的，为眼窝制造了大片阴影，如同湖边栽有大量的树木，会把倒影投入水面一样，眼睛里的内容有了闪烁、不确定。

对这样的女人，奕华是没有经验的：她像是从梦境中生长出来，没有具体的时间和空间的概念——永恒层面上的。她走路缥缈，笑容亦是，以为她朝你而来了，却离你千山万水。她安静地坐在藤椅里，手肘托着下巴望过来，奕华便觉得她的整个人变成了一种语言：等待。她在等待什么呢？

奕华给她讲子丹老师，长得细眉细眼，穿蓝碎花衬衣，烟灰色长裤，白色塑料凉鞋。说话细声细气，却执着。讲大姑的面壁，夏天用脸盆打来井水，洗"桅子"，怕它因暴热开裂；讲到子丹老师的坟因涨水而不知去向；大姑躲在舞台幕后见着她父亲离去却毫无办法；大姑病逝前，用毛笔在报纸上写了《上邪》的诗，有些字大如巴掌，有些像蚕蛹……

奕华哭，恸哭，不是做给眼前这个女人看的，是动了真情：子丹老师、大姑表面上与奕华无关，其实却是生命中的组成部分。奕华永远都记得，小时候曾恨子丹老师不是自己的母亲。奕华与她们有种血脉般的亲密感，与这个女人却似乎没有。奕华注意到上官子青也流泪了，却是没有声响的那种。她拿出手绢拭泪，然后便默默盯着手绢看，仿佛携了泪的手绢变成了一本书。奕华真不知此时此刻她在想什么。良久，面前的女人才说话，用不咸不淡的语气："她写《上邪》干什么嘛？徒劳的。写给谁看嘛？那人都已从地球上消失掉了。"

她的话让奕华大吃一惊。岂止吃惊，简直有点愤怒了，差点就要破口大骂起来：说的是人话吗？你又不是旁观者：她，可不是她，是你亲生妈；那人也不是那人，是你父亲。

但奕华却什么也没说，只是迅速地调整了表情，显出淡然的样子。

奕华的专业考得并不好，上官子青力排众议收下了她，为此同业务副校长还有些矛盾了。副校长打算塞他的人来，上官子青固执己见，毫不让步。在这点上，她与姐姐子丹很相似，只是比姐姐的表达更强势，傲慢得很。

奕华离开庙楼后干了件事，写了三封匿名信揭发"每月简"办公室主任与戴某的不正当男女关系。一封给区委有关部门，一封给主任的老婆，一封给戴某的丈夫。信里陈述的事实不容人不相信，谁教奕华是写小说的呢。

主任受到的影响很小，只是受了个党内的警告。老婆也闹了一下。但见男人脸色不好看，不但不闹了，反而屁颠屁颠天天张罗着夜宵给丈夫压惊，还在亲朋好友面前为男人鸣不平，大骂奕华，"我男人就是有魅力，有本事你也可以勾引他啊，何必蹲在歪角放冷枪"。主任也曾在心腹面前感叹：看看，我早就说了吧，那女人是头母豹，藏在草丛中，走路轻脚轻手，一口咬上来便往死里咬。嗨，女人是天生的阴谋家，男人望尘莫及。男人的脑袋比女人要少好些弯弯，想成为阴谋家，恐怕得变成女人才行。

如此之类的话不知怎么就传到奕华的耳朵，倒让奕华兴奋，一拍大腿说，对，女人就是天生的阴谋家。身体打不过男人，还不兴动动脑袋？告诉某某人，我也要祝贺他，他搞起阴谋比女人有过之而无不及。可惜，他已为此付出了代价——他以为他还是男人吗？早就是女人了。我倒为姓戴的亏得慌，花了大代价偷鸡摸狗的，结果偷的、摸的还是个母的，搞了一场同性恋而已。

奕华的话又几经流转，传到戴某耳朵里，她倒为奕华悲叹了，说：仇恨已让这个女人疯掉了。长得漂漂亮亮，说话却如此恶毒。听听，这样的话哪像还没结婚的大姑娘说的。

但她不得不承认，奕华有句话说得无比正确：她是亏大了。

是的，到头来，付出沉重代价的还是女人。戴某被丈夫实施了若干次家庭暴力仍没放过，离了婚。组织上考虑到主任的威性问题，把她调到碚城最远的乡镇搞计生工作。她是独自带着几岁大的儿子坐嘉陵江上的小火轮去的。孤儿寡母地顺江而下，江面薄雾寒凉，恰似戴某的心情。据说，走之前她曾哀求过主任离婚，与她一起走。说会当牛做马来报答他的。主任回答：你不要无理取闹，我要对我的家庭负责。

奕华知道是这样的结果，黯然，竟有点兔死狐悲，所有可能存在的报复快感都被这股子悲哀之气席卷。

上官子青给奕华上第一堂课，拿出的是六朝志怪小说《阳羡书生》让奕华翻译。奕华的翻译几乎保持着原著的行文风格，她太喜欢这样举重若轻的讲述——

东晋阳羡人许彦在某山，遇一书生，年十七八，睡于路侧，说：脚痛，恳求坐进彦的鹅笼中。彦以为戏言，可书生竟入了鹅笼，笼不觉更宽大，书生也没变小，宛然与双鹅并坐，鹅亦不惊。彦背着笼子走也不觉重。到一树下休息，书生才出笼。对彦说：我为您准备了一顿薄宴。便从口中吐一铜盘奁子，奁子中盛了各种山珍海味。其盛菜的器皿也都是铜物，气味芳美，世所罕见。酒过数行，便对彦说："我带了一妇人随行，想呼她出来？"彦答："好。"他又从口中吐出一女子，年方十五六，衣服绮丽，容貌绝伦，一道吃喝。不一会儿书生醉卧。此女对彦说："虽与书生相好，而实怀外心，也悄悄带一男子同来。趁着书生醉眠，想唤他出来，愿君别对书生言语。"彦答："行。"女人便于口中吐出一男子，年方二十三四，亦颖悟可爱，与彦寒暄。听见书生翻身，女人怕他一时醒来，忙吐一屏幛，挡住她偷情男子，仍与书生共眠。而那男子却对彦说："虽与此女子有情，仍意未尽，也悄悄带了女人同行。想唤出，愿君勿泄露。"彦应诺。男子也从口中吐一女子，年二十许。三人共宴。此男女又是好一番嬉戏。突听书生那边发生声音，此男人说："那两人觉已醒。"立马把所吐女子还于口中。须臾，书生跟前的女人悄悄溜到屏幛后，急忙把男子与屏幛吞回口中，独对彦坐。书生伸着懒腰对彦说："天已晚，将与君别。"便把女子以及各设宴的铜器全吞入口中。留了一大铜盘，有二尺多宽，予彦作记念。

后来，彦为兰台令史，以该铜盘盛菜招待侍中张散。散端详其盘题字，乃是汉永平三年所制。

奕华读着故事，想着把它改编成电视连续剧，倒比那些毫无机巧的肥皂剧有趣多了。

让奕华谈看法。奕华说：该小说是典型的魔幻现实主义，与现在风靡的以马尔克斯《百年孤独》为代表的拉美魔幻现实主义的手法，有异曲同工之妙。它充分展现出中国小说萌芽时期已有的迷人魅力，说明中国人其实相当会写小说。更引人注目的是，它短短几百字竟如此淋漓尽致地揭露了人性难以回避的弱点：当面是人，背后是鬼。人仿佛天生具备着这样的潜质。回答完，见上官子青没吭声，又作了补充：我觉得男女情爱的历史便是一部背叛史。说到这，突然想起了什么似的,噤了声,泪水涌上眼眶。上官子青目睹了奕华这瞬间情绪的波澜,却并没问一声:怎么啦?脸上连一丝惊讶的表情也没有,只是把眼睛转去看了其他的地方。

奕华循着她的目光去看,是教室窗外的嘉陵江面,一叶小舟上,精瘦的汉子在划船,黄衣女人抱个奶娃坐在船上,表情木然地看着河岸。若在过去,奕华会为这幅画面又生出布尔乔亚的感动。但现在,她竟在心里冷笑,想那个看似勤勤恳恳的丈夫,可能一下船就会去沿河水码头的暗娼那里鬼混。而看似木讷老实的妻子,放下奶娃,又不知会投向谁的怀抱。人心叵测啊。

奕华发现自己对男女关系已持很决然的悲观态度。也发现,对上官子青渐渐存有隐约的抱怨。过去,曾以为自己是控制情绪的高手。但上官子青更在她之上。一个女人怎能做到如此不喜形于色呢?女人可是感性动物啊。

……

愈来愈多的交道之后,上官子青不咸不淡、滴水不漏的表情更是伤害着奕华,有时差点会把她激怒的。奕华本来对上官子青寄托了很多希望与情感:她在这个无亲无戚的城市里需要一个长者,想有一双长者的手抚摸着她的头,眼神悲悯地说,这孩子真可怜。她打肿脸充胖子闯荡社会,遍体鳞伤,太想找个安全的地方,蜕去自己的强大,真实地示弱。她想起小时候发高烧难受得要命,便往前一扑,以为可以攥住母亲的手。谁知扑过去,却是个空。对上官子青亦然,她扑过去,又是一场幻觉。

上官子青偶尔也对奕华表现出温情。一次她问奕华租到房子没有?说她的一位朋友出国深造,房子恰好空出来,奕华可去住,也算帮那人看房。并且,房子离她家也不远,很安全。

住宿问题一直令奕华头疼。本来学校是提供了宿舍的,两个研究生一间。另一位是已婚的,家在三峡的云阳。一个月总有几天,她的男人会乘船而来,左手牵着小孩,右手提着一大包土特产。来了,便把女生宿舍变成他家的行宫,男人挽起衣袖切腊肉,剁排骨,用煤油炉烧出一道道菜,铺在书桌上便是一大席。也邀奕华入席,奕华心里却是五味杂陈,推说吃过了,有事,就急忙背了书包去图书馆泡一天。奕华已是二十七八,有限的鲜嫩,多少开始挣扎了,最感伤这种老婆孩子热炕头的家居生活,更见不得同室丈夫热巴巴盼着她出去的眼神。奕华可以想象，她前脚刚出门，这两口子就会顾不上吃饭，也顾不得娃娃在旁就搂抱在一起，翻滚，像饿了几辈子的鬼。

这样的想象让奕华相当恶心。以至于她回到寝室便能在浓烈的腊肉与排骨的气味中准确地分辨出人类交欢后留下的气息。这气息会让奕华彻夜难眠，一个劲地想吐。而睡在对床的同室，经过男人的沐浴，显然很滋润，心满意足地搂着娃娃睡得鼾声阵阵，梦里还打了几个饱嗝。她睡得那么没心没肺的，倒让奕华替她男人担心。她说是打发男人去街上的澡堂子待一夜，才三四元。奕华老在想，澡堂子的一夜该怎么个待法呢？

奕华只想拥有自己的一个空间，哪怕再像碚城庙楼那般的孤苦。所以，上官子青又为奕华做了一件功德无量的事，奕华感动得差点要落泪了，一盆子火似的赶着上官子青千恩万谢。上官子青倒像怕被奕华粘住了，脸色又是不咸不淡，嘴里冷冷地说：不用谢。立马就走开了，搞得奕华独自站在那里尴尬无比。

还有一次，上官子青为奕华织了件棒针黑毛线大衣，在她自己穿的那件款式上稍作了修改。她那件边子上织着大麻花绞，长衣因横织的花形被截断，如飞流直下三千尺的瀑布遇到了石坎，水，只好往外飞溅。这样的处理倒给外表拘束的上官子青增添了豪气。而奕华这件，是以凸凹的方格子组成的。奕华穿着，压住了她身上过分的艳丽和扩张，显出了从没有过的知性与宁静。奕华都很吃惊自己的悄然改变。想着上官子青好厉害啊，能窥见自己心中渴望的另一面。算是个知己。正有千言万语要说，上官子青已转身走了，背影也是冷凉的，飘动的纱巾像一只手正忙着划定界河：别过来啊。上官子青的背影与飘动的纱巾都在警告。

如此两次三番的天上掉下馅饼来，又即刻收了回去，让奕华日益郁闷，甚至觉得上官子青在戏弄她，以情感的名义。明明知道这是她的软肋所在，是她的需求，会致她于万劫不复，却偏偏要给予希望又给予失望。多残酷的刑法。所以，奕华在接受上官子青施恩的时候，心中不但没有感激，反而渐渐积攒着敌意。这种敌意，让她与上官子青说话时也不自然了——过去极擅长的阿谀奉承之类的话，说给上官子青听，自己都觉得是白痴，破绽百出。愈这样，便愈紧张。她的确害怕聪明绝顶的上官子青发现自己内心的真实想法。那样的话，她的境遇会比待在碚城的庙楼还惨。所以，唯有紧张——手足发麻，额头出汗，有点语无伦次。但恰恰是紧张反而显出她的不老练和天真来，让她弱小，以求得到上官子青的可怜。

奕华尝试着向上官子青反击，以报恩的名义，按自己的想法来出牌，毫不理会对方是否接招。也就是说，她所谓的报恩没有真实的情感含量，不过当上官子青为债主，自己是欠债的而已。还了，就一拍两清。

她住在上官子青家附近后，经常大清早为其买去豆浆、油条，放在门口，敲几下门就走了；上官子青生日，她买了上千元的白金项链送到家里去，事先也不打一声招呼。

门大开着，那个平素不食人间烟火的女人正半跪半伏在地上，用抹布擦红漆地板。虽不是蓬头垢面，但刘海却是混乱的，粗大的独辫由着一只廉价塑料发夹随意地卡在头顶，裤腿挽在了膝盖上面，把从未示人的小腿也暴露了，小腿相当粗壮。奕华想，她这副模样见到自己多少有点狼狈的窘态吧。没料到，上官子青仅仅一怔，神态便与常日无异了。

她自然坚辞奕华的礼物。见奕华都快哭了，她也就不再推辞，说：读研没几个钱，留着给自己买点衣服吧。你也老大不小了，不能光顾着读书，也要考虑婚姻大事。这几句话倒说得贴心贴肺的，有点像来自长者的关怀了。奕华鼻子又一酸。

奕华忙转过头去，发觉这个家与上次来大不一样了。上次是冬天刚过完，客厅的藤沙发上铺了厚厚的海绵垫，是墨绿水草花图案的。窗帘也是同样的布，配以紫檀红木的家具，显得过分的凝重，甚至黯然。奕华坐在其中，感到一种来自古典的压抑。而现在，一年过去了，正是满目苍翠的夏，藤沙发撤去了海绵垫，只是在靠背的地方点缀着几张白色圆形的编织布。不是奕华家过去的那种用线勾织的，而以透明白纱为底，用绸带勾成花朵后缀上去，团团堆花因立体而熠熠生辉。

这个家一下子清瘦了许多，也光亮了许多，让人的说笑也可以放肆起来。奕华还见到一张被放成36寸的男人黑白照片，挂在了两扇大窗间的立壁上。因窗帘换成了白底带花欧陆风情的花布，显得有些纷纭和杂乱，对照片的表达倒形成了干扰。不注意看过去，很容易忽略这个男人的存在。上官子青说，那是她先生老乔。去美国做访问学者一年多了，马上就要回来。

奕华看着墙上的老乔，感觉与传说中的那个著名学者、作家怎么就不一样呢？他戴着传说中作为主要标志的黑白碎格子的鸭舌帽，身着皮夹克，长得并不是一介书生的文弱和矜持，而是脸膛宽大，轮廓分明。目光炯炯之中，有固执的神情，如同顽童似的耍无赖，笑容中潜伏着无尽的恶作剧似的。

奕华想象身材高大的他在上官子青刚刚抹干净的红漆地板上走路，一定会咔咔咔地发出声响，犹如重型汽车辗过。可为什么会把他想象成高大呢？这令奕华自己都费解。她总愿意把长相不俗的男人想象成高大。心想，上帝怎舍得让他们矮小呢？

其实，当时上官子青家还有一个男人在晃动，很年轻的。她介绍说是老乔的弟子，来帮忙换灯泡修窗楣的。果然，奕华见他骑在木三角梯的顶端，正费劲地重新布线，用暖光灯替换日光灯。上官子青说，老乔不喜欢日光灯的惨白阴森，像牢房的氛围。早就该换了。

奕华随意往梯子上一望，发觉男人也正在看她，却目光躲闪，偷窥似的。一会儿，他完了工，奕华以为他人已走，赶着把白金项链送给上官子青。正当上官子青坚辞、自己不知如何是好而哭泣之时，一回头，却发现有双眼睛来自厨房的门缝，正一丝不苟地观察着她呐，仿佛把发生的一切已记录在案。她霍然战栗，立刻收了声。

结果，老乔只是上帝的半成品。这是奕华见到老乔的第一印象。他的五官一如照片所表现的，称得上英俊。也有宽阔的肩膀和胸膛。但，到了下半身，上帝就像不耐烦了，乱七八糟地拼凑，腿太短，大腿粗壮，小腿过于纤细，庞大的脑袋和上半身压上去，让细脚杆不胜承受，叽叽咔咔作响。

奕华一见到老乔就想发笑：那人实在是滑稽，犹如一个小孩子顶着成人的面具招摇过市。但很快她就不敢笑了，老乔让她知道了自己的力量。那时，老乔刚刚出版了自己的随笔集《不要相信美国》，以犀利的笔触剖析了美国的傲慢与偏见，以及由它消费文化和霸权文化派生出的冷酷核心价值体系。书中写道：

美国并不是什么具备人类理想的国家，它所谓的美国梦、衡量人们的成功与否，仍是以金钱与权利为标尺。马丁·路德·金的梦想仍是徘徊于这个新大陆上的梦呓。是的，美国并没有让人类像发现新大陆那样发现到幸福的彼岸，反而因摩天大楼、工业流水线、好莱坞电影和百老汇歌舞这些反人性、反人文、粗劣、雷同的东西，偏离了寻求幸福的轨迹。美国太可怕了，它会让人类胆大妄为，以为什么都可以干；美国太冷酷了，从没打算把它得到的好处，与人类共享。更没打算真正来拯救人类的贫困与不自由。美国只想做全世界的丈夫。顺它眼的，当妻或妾。否则当奴，一群群的大小丫环……

书在中国的知识界引起强烈的反响，尤其给那些言必称美国、一厢情愿患单相思病的知识分子，算是提了个醒。

老乔回家完全改变了上官子青独居时这幢楼给奕华的印象，老乔把它称为黛岭333号。之前，它是出世的，高贵而孤独，如同它喜欢着黑衣的女主人。而老乔却让它一脚踏进吵吵嚷嚷的社会，每天门庭若市，各色人在里面围着老乔高谈阔论，携着尼古丁毒素的烟雾在藤沙发的区域挥之不去。

上官子青对老乔把家变成了个沙龙，仿佛早有着思想准备和应对措施，每当人流如潮汐般撤退后，她便会半跪半伏在地上，抹红漆地板，一副无怨无悔的模样。

老乔回家改变最大的恐怕就是上官子青——完全改变了一个女人的气质，也使她从凄清脱俗踏入了红尘，一下子变得很家常了。却没半句怨言。有时奕华见她拎着水瓶，挨着为每位高谈阔论者续水，又抬起头深情而崇拜地看着自己男人的时候，就想，真是大姑的女儿啊，把大姑对丈夫顺从而崇拜的基因也遗传过来了。但也不知为何，奕华总觉得她的深情与崇拜中有着很造作的成分，带着自我约束在里边，并非骨子里的欢喜。

奕华从没见过一个人像老乔那样热爱说话。他随时随地都在发表着演说，哪怕只面对一个观众也会滔滔不绝。说话，让他头脑清晰，思维敏捷，神采奕奕，甚至都不像快五十的男人了。

有次，奕华进上官家门，见老乔蜷缩在藤沙发上，脸色苍白，作痛苦状。上官子青说他凉了胃，正给他准备热水袋。可他见到奕华又打开了话匣子，随着谈兴渐浓，他的脸颊也红润起来，最后嚷着要吃麻辣面条了。奕华正惊讶，老乔却又给她侃上了，说国外的医学家早有发现，健谈的人更快乐、长寿。健谈也是一种健身方式。但奕华却有了担心，怕老乔会在滔滔不绝中用尽自己最后一滴唾沫，如同战场的英雄流完最后的血。他的墓碑上会刻着：这是一位死于说话的人。

奕华以玩笑的口吻对上官子青说了她的担心（没说墓志铭什么的，只说耗精神等等），后者哈哈大笑，是奕华第一次见到的大笑。她指着奕华，捂着嘴还笑个不停："这鬼妹崽，真是个精。告诉你吧，说话才伤不了老乔的一个指头哩，不说话倒是会憋死他的。"

这以后，奕华才知老乔如此热爱谈话，是有着悲苦的原因。

这个男人还是个高中生便被打成了"右派"。本来他正春风得意，是渝都一名牌中学的红人，会被保送读北大的。没想命运诡谲，却被发配去了川西那边的一个大林场看林子。毕竟，还只是个16岁的青涩少年，茕茕孑立、形影相吊地面对无穷无尽的大山，无穷无尽的老林子，他真的很害怕。

夏天暴雨袭来，狂风把森林变成了激烈的战场，枪炮声轰轰大作，厮杀声与哀叫声紧随而来，然后是死神的厉笑，呵—呵—呵，在万顷林海上盘旋；冬季雪来了，声音倒是细微轻脆，却是要竖起耳朵听的。嚓嚓的，有一个活物踩着积雪、擦着红松的树干四处乱窜着，想来是什么兽在洞穴里饿得待不住了，大寒天也出来寻食。他就得把自己破木屋的门窗再检查一遍，看木栓子牢实否？明知如果野兽闯起来，那木栓子是抵挡不住的，也要为之。算是人的尊严。又在屋当中，堆一堆木柴，防着兽类接近房子时，就点火烧。那样，有可能把整个木屋都燃起来。也是无法的，人总得要做点什么，哪怕自取灭亡。

所以，他总是手里捏着火柴盒睡觉。大林子最忌讳的就是火，火柴好比毒药，平时生火做饭都要万分小心。他睡觉就得睁着眼，一夜夜的，如同地下党员用生命捍卫着密电码，他绝不能随随便便就划燃火柴去点那堆火。

最让他害怕的还不是这些闹腾，而是大林子突然的寂静，连一片树叶掉下来的声音都没有了。他便怀疑自己已经死亡。便哭，以哭来证明自己是活着的。

他呜呜地哭，哭声又成了世上最恐怖的声音了，把自己吓了个半死。

　　他绝望了，生不如死啊，便想到了是一把火把自己烧死在木屋里呢，还是找根皮实点的绳子把自己吊死呢？前者怕的是殃及到大林子。森林无罪啊，森林多么想活着，遭再大的难也活得兴致勃勃的。后者呢，又怕给那个每月送口粮来的"老右"增加负担。

　　"老右"曾是一著名大学的教授，国内著名的美学家。每次坐解放牌的大卡车来，车都只能停在山脚下。七十五六岁的老头子了，把几十斤重的口粮"嘿哧"、"嘿哧"扛七八里路扛上山，便会指着粮食对老乔强调地说：娃娃，好好吃，快点长。"老右"还给老乔带来很多书，让老乔看，懂不懂都先看着，等他来时再解答给老乔听。这些书被老乔当枕头枕，晚上不敢睡的时候，抽出一本打着电筒看，真的是看不懂。又不敢反复看，怕耗了电池，断了，得等上好久才能换新的。

　　电筒也是"老右"送的。"老右"也在山下一个地方独自守林子。他说：娃娃，我拿电筒没啥用了。黑天与白天，瞎着眼与睁着眼对我都是一样的，我不会害怕。你还小，拿个电筒可壮个胆儿。

　　想死的时候，老乔就想起"老右"。觉得老头子就像他看守的大林子，怎么都活得兴致勃勃的。这样一想，老乔就不太想死了。又打亮电筒看几页书。人年轻，待在林子里大脑单纯如白纸，熄了电筒，那些文字便在脑海里一一浮现，止不住就随口念了出来。在寂静的夜，念出来的文字有意想不到的美丽，宛如才从蛹中挣脱出来的蝶，飞舞在黑暗中，呼呼扇动着翅膀，忽而东，忽而西，仿佛天籁。老乔被自己的声音所感动，他第一次发现自己的声音有如此魅力，如同巨大的手在勒住悬崖边充满危机的烈马，又像母亲温暖的手在抚慰孩童疼痛的肌肤。过去在学校，他是极喜欢当着百把上千人慷慨激昂演说的，也曾为自己的声音沾沾自喜。进了大林子后，几乎忘了这种喜悦。当突然把这种感觉重拾回来，他不再觉得茕茕孑立，倒像又回到上千人群中去了。

　　老乔迷恋上了自己的声音，如同古希腊神话中的水仙少年迷恋上自己的倒影。不但在夜里喃喃而语，大清早一起床，便开始了对洗脸的水说话；对烧火的木柴说话；对从腐朽的木桩子上长出的蘑菇说话；对一双急冲冲跑过去的野兔子说话；对被风吹到泥地里还没成熟的果子说话；对烈性的或表情讪讪的太阳说话。

有一次，他对着暴雨将至的大林子，高声地背诵起高尔基的《海燕》。他声情并茂，热血沸腾的声音竟将已聚拢的乌云驱散了，大林子由阴转亮，太阳又出来了。几十年后，老乔把这个奇迹讲给来黛岭333号的人听，别人就是不信。老乔便叹气说：人啊，只要大自然肯收留你，就会顾惜你的。你们哪里会知道大自然对人有多好，多有情义，不好的时候，都是因为人辜负了它。

老乔在大林子里一共待了16年才被摘了帽。但还是个"摘帽右派"。被分到渝都一个县的县中当了语文教师。第一堂课面对四五十个学生讲话，激动得泪流满面，倒把那些十一二岁的少年吓得不行，下课就有人去校领导那里反映，说老师是个神经病。老乔便给学生解释：老师没有神经病。老师是高兴。老师太高兴了。

但这样的高兴没维持多久。

校革委主任领来了他的堂妹——一个三十多岁又聋又哑还有麻子的老处女。主任面子上说，婚恋自由嘛。但又说了一大通是如何冒着政治风险收留他这个"摘帽右派"的。

老乔凄凄哀哀哭了一晚，娶了主任的堂妹，陷入一场没有语言的婚姻。他哭，是内心里已有人了，教数学的王老师，一个脑后拖着大独辫的姑娘。结了婚，仍是每天清晨第一个到学校的，为的是站在教学楼二层走廊的窗口边，见着王老师穿过校门前的石桥，袅袅婷婷而来。

初春，石桥两边是高高低低的菜花地。由于有了高低的错落，无边的金黄便有着起伏，像海浪的翻腾。石桥是唯一漂浮在金黄海洋中的东西。早上薄雾依稀，桥已不像桥，像慢行的船。王老师也成了船上唯一的旅者。她走到桥中心时，喜欢驻足，左顾右盼的。又爱穿一件妃子红的灯芯绒对襟罩衫。站在那里，是要从金黄中再提炼出无与伦比的艳，让艳到达一种绝望。甚至让人怀疑她在那里驻足也是故意的，是有动机的，仿佛要以一己之力来与整个乡野的春色叫板呢。

老乔看着这一幅画面，像偷窥到自己内心里的幻境，难以自拔，直到听着她的脚步声从一楼传来，才如梦初醒，忙操起扫帚洒水扫地。

老乔是在想象中完成了对人生第一个女人的爱恋。而他的第一场床事，也是注满了对大独辫姑娘的想象来完成的。后来，他虽与又聋又哑的麻子老婆有了一双儿女，完成了男人传宗接代的任务，仍无法遏制对那位可望而不可即的女人的想象与思念。以至于他后来发现自己已无法与真实的女人做爱了，只能与想象中的女人。甚至，只能与想象做爱：与一个金灿灿花海里的妃子红做爱，与春之薄雾的幻境做爱——那是永远写不完的诗歌，了不尽的心愿，多美的可望而不可即呵，绝不是实实在在的肉体和各种形状的器官能去比的——想象中的女人，害老乔不浅。

奕华研究生毕业了，留校，成了上官子青的同事。这里面老乔起了很大的作用，直接去找了学校的"一把手"。

上官子青与老乔一道去的，手里还拎着一个包。老乔问她拎包干什么，人家还以为是礼物呢？她淡淡一笑，不答。但手上仍拎着。

去了，她静静地坐在一旁听老乔与"一把手"寒暄。听他们谈到正题时，突然站起身，从拎包拿出一个纸盒包装好的东西放在"一把手"面前，以坚决、不容别人回绝的口吻低声说：这小东西，您一定收下，算我求您。"一把手"看着这位平时高傲的女教授，满脸通红，眼睛竟有些潮润，很是惊讶。打开纸盒，发现是台日本产的索尼相机。这是老乔从美国带回来的。"一把手"更惊讶，忙推辞，说上官老师，这不能要。她按住"一把手"的手，动作弧度过大，劲儿也过大，让对方疼得叫唤了一声。她真的快哭了，说，算我求您了。

老乔也被眼前的一幕惊呆了。出了门，他说：不可思议！不可思议！不可思议！他惊叹了三遍仍找不出一个答案来解释上官子青为何要这样做。最让他无法理解的是上官子青那一刻的表情——带着死亡气息的悲壮感，像个烈士。

事后，上官子青郑重地告诫老乔，犯不着让奕华知道。老乔笑着说：遵命。老乔说完才发现自己的幽默是一种喜悦心情的暴露。喜悦得有点忘乎所以，以至于上官子青凄惶的眼神转过来，让他都不忍面对了。

8.

老乔待过的川西那座大林场30周年大庆，要请许多名流去捧场，老乔当然在热邀之列。现任场长多次给老乔打电话，还派了人亲自来请，为老乔送了一大包山菇树菌之类的土特产。老乔见到这些东西，脸色却陡然煞白，说话都有点语无伦次了。紧张地对上官子青说：快拿走，放去厨房。而客人前脚才走，又厉色对上官子青说，把那包东西扔掉，不要扔在附近，愈远愈好。她有些不解："前些时，你还说现在身体好全靠在林子里吃了些菇啊菌的，你每天都会去采来吃，那是大自然的馈赠……"老乔没答腔，只是长吁短叹。

老乔总是举棋不定。但奕华却窥见到他真正的心思：他其实是想回去的。想想汉高祖刘邦回乡的春风得意吧，男人的一生奋斗，不就是为着有这么一天，趁了"大风起兮云飞扬"的气势，在故人面前显摆显摆？那也象征着征服，把过去踩在脚下，一览众山小。这就是男人的事业……所以，奕华力主老乔回去。上官子青也窥见到老乔的心思，却不似奕华这般激动，只是不咸不淡地对老乔说，如果你去，我陪着。还有奕华，奕华也去。这话倒让老乔与奕华都大为吃惊。奕华困惑地看她，那脸子仍挂着不咸不淡的表情，没有所以然；看老乔，老乔的眼睛倒活泛了许多，大有深意。

老乔说：如果是处于生存与生命都非常安全的处境，那大林子是比陶渊明笔下的世外桃源还漂亮的地方。老树子动辄就是几百上千年的，笔直挺拔，像大将军似的。山顶上还有几座海子。每年三至八月，海子水面上开满一种花，钴蓝色的花朵，茎与叶却是深紫。花形很像鸟，当地人便叫它蓝鸪子。风吹水动之时，蓝鸪子如同鸟儿一样，飞上飞下，一会儿在水面追逐，一会儿又潜入水中，煞是好看……奕华与上官子青都听入神了。老乔却又说：你们去了也看不到的，已快十一月了，海子上边都是白茫茫的一片，冻成几面大镜子了。

奕华果真跟着老乔与上官子青去了川西。

奕华想象老乔会像强大的雄狮一般带着胜者的高傲，回到他曾经的受难地。没想到，老乔去后却表现出万分谦和，甚至有点谦卑。安排他发言，再三推辞，只说自己哪够格？回来一趟，只想来看看老熟人的。上官子青听到这话倒替老乔难过。"他哪有多少老熟人？那时不过是孤零零地待着的，认识的人屈指可数，'老右'和场部的几个头头而已。"她对奕华说。

老乔还是没逃得过发言。话极短，却声情并茂。说这里曾是他受难之地，也是他重生之地。这里不但把他的岁数喂大了，也喂养了他的灵魂。他之所以重返这里，是为着感恩而来。

发言引起掌声雷动，有些人还落了泪，唏嘘不已。集会完后，奕华真诚地向他表示祝贺："发言太精彩了，我都掉泪了。"他一笑，用老谋深算的表情反问奕华：真觉得精彩？不觉得发言更像一种当众表演，信不得的？其实，精彩的是命运。命运就像很风趣很贪玩的老人家，可被人当脑痴呆者戏弄的。甚至就是人的大玩具，怎么玩它都是一辈子。你掉什么泪嘛……话说到最后，奕华察觉到他其实有些心不在焉了。望着熙熙攘攘离场的人群，他的眼睛四处巡视，像是在找人。

果然，见他拦住林场办公室的主任问：怎么没见到蒲刚场长呢？台上没有，台下也没有。主任说，蒲场长前些年退了休后，突然脑溢血发作，昏迷。幸好抢救及时，总算捡回来一条命，只是瘫在了床上，有两三年了。老乔追切地说：住哪？我得去看。主任答：您恐怕去不了的，住儿子家哩。喏，您看，就那座山，看着近，走死马。不通车，来回徒步要七八小时的。像乔老师这样的知识大师，怎走得了那么难走的山路？老乔一拍主任的肩膀："你说错了，我当年常去那里。路，透熟，来回一趟比狼都还快哩。你只管帮忙解决三根结实点的拐棍，三只电筒、三件雨衣，一把砍刀便可。"主任说："那哪行，我得陪着，还得找两个壮实点的小年轻。您是贵客，出了事不得了。"

路果真难走，不少地方铺了积雪，天又下着似雨似雪的东西，一步一滑的，大林子里变得吉凶难测。奕华与上官子青几乎都是俩小伙子搀扶着走的。主任也要搀扶老乔，他偏偏不让，笑着说：我还不是老头子哩，身子结实得很，摔上十次也摔不散架。话音刚落，却"哎哟"一声，整个人被抛成了弧线，再被恶狠狠地摔向沟底，一双高筒防水胶鞋像炸响的大爆竹，"砰"的一声，离开了脚，冲上天，消失在荒野里。他坐在满是泥泞的沟里，雨衣零乱，狼狈之极，只能等着主任去给他找回胶鞋……胶鞋挂在了一片矮树丛中。看着老乔费劲地穿着失而复得的高筒胶鞋，那个疑问又盘旋在奕华脑海：是个什么样的人呀，值得老乔这般翻山越岭、几乎是肝脑涂地去探望呢？

叫蒲刚的其实是个女人。但，认真地说，她已不太像女人了，头发稀疏，头皮已亮锃锃地暴露出来。脸部两颊深陷，颧骨像两颗水泥钉，钉在了脸上。唯有眼睛表现着女人的脆弱，泪，一直从那里流出来，如没完没了的噩梦，从他们一行人进屋到离开，奕华都见到女人在哭，像被注入了眼药水的电影演员一样，有无穷的水为其哭泣提供能源。显然，女人对老乔的到来太意外了，她无法承受这样的意外，只有拿流泪来表达她对命运的无奈。趁着上官子青、主任在与她儿子、媳妇寒暄的时候，奕华听见女人用极低的声音对老乔说：愧对当初啊，那样地整你害你，你不过还是个小娃娃，我怎么就能下得了心、当阶级敌人去整呢？你看看，现在这一身病。革命者虽不讲报应那一套，但你看看，我是亏得慌的。老乔爽朗地呵呵笑起，用很大的声音说：蒲场长，别乱想，安心养病。老乔的笑与声音在光线昏暗的房间里显得那样的突兀，甚至像是故意的。每个人都很诧异地盯着老乔。奕华甚至听出：他的笑虽称不上是得意，倒真正是从心坎上淌出来的愉快与轻松。

老乔把女人的儿子、媳妇拽到屋外，嘀嘀咕咕、拉拉扯扯老半天，把一叠钱塞到女人的儿子手里。之后，便独自往林子尽头的悬崖边去了。

奕华一直观察、追随着老乔。在悬崖边，见老乔踱来踱去，像一头焦躁而孤独的狼，每一步都踩在危崖边缘似的，令人揪心。哦，这个男人此时此刻的一举一动，对奕华都有一种催眠作用，他无以发泄的痛苦与无奈，在奕华眼里竟然是男性魅力的表达。原来，苦难对于生活是绝望的，对于文学却是无以复制的美。

奕华只能悄无声息地站住，怯怯地问：原来她并不是您的恩人，而是仇人。您为何要帮助仇人呢？老乔长叹：我不知她会混得这么惨，算得上晚境凄凉了。虽说儿子媳妇都是林场职工。但你看看那个家，除了两屋子的土豆，还有什么像样一点的家什？这里与我当初待的时候相比，还是一个穷。再想想她吧，当初也是一场之长，决定上千人的命运。可到头来，连自己的命运也做不了主的。

老乔讲起了女人曾经的时光：年轻时的模样也算有几分姿色吧，跟着当兵的丈夫从东北老区转业来林场的。由于来的时候还当着家庭妇女，革命工龄不够，仅仅差两个月便挣不到离休待遇……1953 年，她男人——林场的第一任场长与另两位工作人员到成都出差,回来的途中却失踪——连人带车都没了。有说是翻车掉进了梭椤大峡谷里去了,那里可是原始森林,人无法进入;有说是被土匪或国民党残余劫了、杀了。总之,活不见人死不见尸,成了林场成立30年以来最大的一桩谜案。女人不肯相信男人回不来了,等待,一直。等待让她可歌可泣,却又让她性情变异,生出了一股子恶狠狠的心思。1962年,她到上级部门那里哭哭啼啼,嘴又能说会道,说自己也是老区来的,爱人又牺牲了,上级便让她当了个副场长。文革一造反,又当上"一把手"。

"别看她现在瘦得一身皮包骨,那时却是像壮汉一样的大块儿头。有一次扇我几巴掌,把我打翻在地,眼冒金星。"

"为何来看她?对她应该恨之入骨吧。"

"我也说不清,就是想再见她一面,趁大家都还活着的时候。我这次最后下决心来,就是想见到她。否则,总是不安生的样子。"

奕华不再问了,她有些明白其中的奥妙了。譬如,许多时候,她也产生过再见到庙楼"每月简"主任和三妇女的念头,就像过了河的人,带着劫后余生幸运的心情,去遥望河流的湍急、危险,会生发出不屑一顾的骄傲,那将是最高境界的——报复。

眼前这个男人与自己有太多的相似。尤其是私心。

雨夹雪,彻底地停住。悬崖下莫名升出一大团云雾,急急慌慌地向天上赶路,像是天上正在举办什么宴会似的。赶路的脚步声都让奕华听到了,如同一群五六岁的孩子跑步的声音。在寂静的森林,这声音多顽皮。奕华不由得咧嘴一笑。那笑肯定是动人的,被老乔看在了眼里。

"奕华。"

"嗯。"

一呼一答间,却无他话可续。奕华见老乔目光炯炯盯着自己看,神情竟带着坏孩子般的无赖。脸就发烫,表情有了扭捏。好在,雾来了,雾掩盖了一切。

奕华成了黛岭333号的常客。许多时候还帮着上官子青招呼客人,端茶递水，收拾打扫，如同半个主人。上官子青对奕华的表现从不言谢，仍是不咸不淡的脸子。

而从川西回来，奕华却与老乔之间仿佛存有一种心绪：奕华内心对老乔也是充满崇拜的，表面上却插科打诨，不把对方当回事似的。这是奕华的策略，也是利用了年龄的优势。老乔大她二十多岁，属于叔叔辈了，她便可仗着是小侄女似的童言无忌，撒撒娇耍耍横。而这一套，老乔好喜欢。他甚至在鼓励奕华的强悍与耍花招。

沙龙曲终人散之后老乔要上官子青留奕华吃晚饭。奕华知道这是她相当不愿意的。与共赴川西林场还有所不同，吃饭的行为已在深入一个家庭生活的实情。上官子青对人是疏离的，并不愿过多展现自己的私生活。但为了老乔，竟依了。

那段时光，黛岭333号的黄昏充满着诡谲之气。

上官子青仍穿着她的一身黑，系着黑底白点的小围裙在厨房忙碌着。初秋，渝都酷热残存，上官子青穿着真丝乔其纱露肩长裙，哪像在厨房进出的主妇，分明是要去赶一场派对嘛。奕华真搞不懂她在家为什么也要穿成这样——过分隆重了。

老乔则是一身本白的中式棉麻衣裤，手里还备了纸扇，永远坐在他的藤沙发上。这样的服饰不但利用白色把矮瘦的他扩大了许多，关键是显出他的名士风度，压住了他身上那股子不时冒出来的无赖气、霸气，倒让他有了几分安静与清爽。奕华暗想，这是上官子青帮他包装的吧，上官子青太聪明，她其实比谁都看得清楚老乔是怎么回事。但她却在装糊涂。

奕华在厨房与客厅间两头跑。她穿的是灰色棉布连衣裙，裙边有一圈镂空的花纹图案，让这条裙子看似普通，却暗藏风情。又用白色亮漆的宽皮带把腰勒得愈发细，胸部更是挺拔了。奕华把性感表现得十分高明，像春天一样明媚光彩，不带丝毫的不洁之气。

这三种色彩在房间里来回，呈现出三种力量的角逐。黑白是对立的、两极的，奕华的灰色似乎在其中调节，穿针引线，便形成了很奇怪又微妙的三角关系。这种微妙的关系，让房间的色彩更黯然了，甚至都有着寒凉的感觉。

其实窗外的阳光往往很充足，一点都没有暮色的衰劲。后坡上的鸢尾花，繁茂的叶倒是深沉的碧色，但白色的花却像伸出来的长问号，惊心得很。奕华发现，从早到晚，阳光都照不进客厅，客厅偏偏又放着些色彩凝重的家具。假如自己是女主人，绝不会这样来布置黛岭333号的。奕华这样想。是的，绝对不会。

奕华一进厨房便会被上官子青"赶"出来，脸虽挂着笑，但奕华察觉到她的较真——因为厨房是第一个象征女主人权利的领地。奕华便只好在客厅陪着老乔鬼扯。但这似乎又让上官子青不安了。奕华常听到厨房切菜的声响突然中断，她想象着上官子青竖起耳朵在听这边的动静，心里竟涌起一阵悲哀。

其实，奕华真是在与老乔鬼扯，这也是老乔此时的需要。他已经在一群男人之中扮演了一整天的导师、思想家、哲人，现在，他只想做顽童，要有人与他藏猫猫、丢手巾。

他问奕华：你们女人为何要去寻找日本高仓健那样的男人呢？

"可靠，有安全感呗。"

"算了吧，还不是见人家长得高大，帅呗。你们女人就是迷信高大，以为那样的男人是可靠的。难道像我这样矮小的就给不了你们安全感？"

奕华听他这么说，倒很吃惊。因为老乔素日是非常忌讳他身高的。有一次，三人正说着话，他无意间就站在了上官子青与奕华之间，两个高他一头的女人像峭壁一般，把他夹击成了峡谷。奕华发现他脸色顿时通红，并有点恼羞成怒地推开上官子青，兀自上楼去了。

奕华不知老乔此时为何敢这样对她自揭其短，心里倒有了感激。她捉住老乔的手从茶杯里蘸水在玻璃茶几上写：好笨，不知你是高山，俺仰止？老乔很喜欢这样的游戏，也轻笑了一下，捉住她的手写：我是比你笨嘛。奕华不出声，动用口型问：此话怎讲？老乔也用口型回：你这家伙，名堂多。

两人正玩得有趣，忽听上官子青在厨房"哎哟"叫了一声。奕华去看，才知她切菜，刀把指头碰上了。奕华进去，她装没看到似的，背着身子，把指头含在嘴里。奕华要给她包扎，她死活不肯，只是让奕华离开厨房，语气不止是冷，有着驱逐的意味了。奕华心里清楚，她一直是在听外面动静的，突然没声音，便慌了。

奕华又一次体会到黛岭333号的微妙。面子上是家常的人间烟火，其实到了剑拔弩张。

奕华从厨房过来，又用口型对老乔说：得说话，大声点，否则人家多心。说完，奕华的脸红了。知道这样的话，一旦说出口就无疑在告诉老乔，他们之间有着不容另一人参与的秘密——灰与白色要组成统一战线，商量着去对付黑色。如果老乔接招，他们的秘密同盟便算成立。

奕华还知道，这个男人对她已充满幻想。她也在鼓励他的幻想。她并不清楚自己想与老乔走到哪一步？无疑，老乔是这个时代的英雄。他的大脑便是英雄的战马与利剑。他以他的思想带领人们冲锋陷阵，在八十年代这个人们思想极度混乱又极度活跃的时期。然而，奕华还不仅仅止于对老乔大脑的崇拜，以及对他社会地位的倾慕，小女人的她渴望与老乔玩，有一种她自己都说不出的原因——征服一颗男性睿智的大脑？挫败那个高高在上女人的锐气？在不可能的绝境中，玩着由幻想构建的爱？抑或，源于对一个父亲角色本能的亲近？

奕华是恍惚的。一走近老乔的时候，便像被什么催眠，享受着一种接近病态的幻想之美。

她觉得幻想之美无与伦比。只有在幻想中才能展开爱的游戏。它是爱的全部，很短暂。幻想熄灭，爱便熄灭。接下来的性，如一截甘蔗，被榨去糖水后，只会剩下一堆渣。

老乔果然接招。他再不以调情的方式与奕华说事，又启用了他在沙龙中侃侃而谈的风格。他说：女人傻，是因为太精。她们爱男人，总是爱一些附加物，比如所谓的思想，所谓的名气，所谓的才华。1986年，我在北京看帕瓦罗蒂的演唱会，身后坐了五六个绝佳的美人儿，边看边听她们在说，嫁给他就好了。你想想，那男人不过是个大胖子，吨位有多重啊，有什么好？好的不过是他的歌声、他的名气、他的钱。全世界的女人大概都不会拒绝嫁给他吧，也不管他作为一个生理性的男人是否优秀，只想着要去嫁他的歌声、名气与钱。女人多么物质，她们的爱已习惯性源于生存的需求与质量，而不是本能的反应。在这点上，男人比女人脱俗，男人更看重女人的身体是否年轻漂亮。因为年轻漂亮与性感的女人，会激发他们的荷尔蒙，为他们留下基因优秀的后代。非洲大草原上的雄性动物一生的追求便是为自己留下强有力的后代。所以，男性对女性的爱更接近生命的密码，更合理、公平。我倒不反感女人去追逐高仓健。但女人就不要羞羞答答说是去寻什么安全感了。说穿了，男人的阳刚不也能刺激女人的雌激素吗？寻找高大的男人犯不着贴上一场运动的标签，不过是中国女人的集体思春。很好哇，返璞归真了嘛。

奕华对老乔的言论并不认同，她反驳道：你能不能换个角度来考虑呢？女人爱男人的大脑、才华、名气、内在的丰富性或其他什么的，恰恰说明女人的进化比男人更快一些，更是文明人。她们是在把男人的内在外在作为统一体来考虑的，不单是能传宗接代的工具。你能说大脑的智慧不是人的一部分？爱一张漂亮的脸蛋比爱一个智慧的大脑或名气高明到哪里去？

老乔还要争辩，上官子青宣布开饭了。对于两个好斗的家伙而言，上官子青常常扮演着管教孩子的大家长，而"孩子们"往往不领情，故意捣乱。在饭桌上，两人又斗上了嘴，老乔一声声叫着刚给奕华取的绰号：华麻子。奕华不知吃了什么东西上火，满脸长出了红疙瘩，正不自在，被老乔叫着就半真半假地撅着嘴生气，说：不许叫。老乔就逗她：还叫，还叫，华麻子，华麻子。奕华头一偏，眼睛从浓浓的睫毛下翻上来，斜睨，仍是咄咄逼人的，俄顷又眼波荡漾，温柔如水。她嘟起了双唇，说得恶狠狠：不许再叫，再叫就把你的眼镜扔出去了。

老乔就喜欢见着奕华霸道时的模样，似嗔还喜，模棱两可，让人靠不拢，又舍不得，真是挠心挠到边缘了，就是不往心尖尖上挠，让人更心痒痒了。这样的体验老乔何曾经历？麻子老婆就别提了，上官子青像仙女一样，一切都是美好而妥帖的，缺乏的就是调皮捣蛋的坏，端庄得让男人失去了与之嬉戏一把的兴致。老乔顽童劲上来了，也嘟着嘴，又叫：华麻子、华麻子，有本事你就把我眼镜扔了。美国买的，两三百美金呢。他的话刚完，奕华跳芭蕾舞似的，踮着脚，已走到他跟前，一个兰花指摘掉他的眼镜，旋即做了一个芭蕾的侧身翻，向前一探，很优美地把眼镜扔出了窗外。那镀了金边的眼镜像受到了突然的袭击，不知所措、慌慌张张地闪着一道金光，就向余晖残存的后坡跑去了。

老乔怔住了，他想说：你还真干啊。却突然又不说了。奕华站在窗口，袖着手，也不知该怎么办好？只有上官子青似乎对一切早有准备。她把细跟凉鞋换成了旅游鞋，把乔其纱长丝裙撩起来，在膝盖处挽了个结，像要下田的农民，然后跑到后坡去寻眼镜。

奕华清清楚楚看到她躬着身子在后坡寻寻觅觅的样子，黑色衣裙与鸢尾花叶繁茂的碧色已融为一体，只是把白净的小腿露出来了。余晖也照在那里，反射出晃眼的亮。后坡的鸢尾花让奕华生出了感伤：它们真不知道黑暗就要来临了吗？黑暗来了，它们的碧色或洁白，它们的沉默或风情都归于零，或许已完成了一生。而她目睹花草由盛到衰的短暂一生，又能怎么样呢？不过是个旁观者。就像她已觉察到上官子青不幸的蛛丝马迹，仍是爱莫能助的。

这是第一件发生在饭桌上的事情。

第二件是，奕华提及某个常来黛岭333号的男人在跟踪她。

"谁？"上官子青紧张地问。

"上次帮您们换灯泡的那个。"

"哦，那个人你倒不用怕的。"上官子青松了一口气，"那人也算老实。你只要不给他幻想的余地就可以了。"

老乔对妻子的话却相当反感："你看人怎么跟白痴一样，那人老实个屁！告诉你们吧，那人将来要兴大浪的。什么叫不要让他幻想，奕华搞得过他？你也是，别自作聪明了。"老乔当着奕华的面斥责妻子。

第三件事发生在几个月后，正吃着晚饭。奕华在讲一个医生在追她。那人没事便刷牙，一天十次都不止。是带着牙刷和杯子来与她约会的。上官子青傻乎乎地问了一句：为什么要刷这么多次牙呢？奕华还未来得及作答，老乔脸色陡变，勃然大怒，说：你用不着在这里炫耀私生活。上官子青，你是怎样教弟子的，扯些什么恶心的事，让人吃不下饭。说完，他端上自己的饭碗径直走到窗前，开窗，把饭泼了出去。

奕华看到的是十二月的浓雾从窗口一拥而入。那雾是带着记忆的，让奕华想起少时与父亲去看爷爷，坐船，船在雾中绕着河中的"桅子"扭秧歌似的驶着。爷爷没多久就走了。爷爷一走，爸爸就不打算做好人了。他也爱刷牙，刷牙的声音令奕华心惊胆颤，因为他刷了牙是准备去见姚俐俐的。这样的回忆是伤人的，奕华赶快打断它，只去想觉岭的雾。雾把素荷的茎与来途全淹没了，剩下白晶晶、通体透明的花，硕大无朋。林肯站在雾与花之中。

原来，雾也是旧时的堂前燕，年年飞来，不过是要寻曾有的王谢家——它的巢。

奕华对自己说：黛岭333号不能再来了。

10.

奕华想办法去上海复旦大学进修一年，她想暂时避开黛岭333号，尤其是上官子青。还有，母亲希望她能在上海解决个人问题，那样就能调去上海。

在上海待了一年，奕华承认这里让她心仪。但与她却又是疏离的，隔山隔水。怎么回事啊？这里才是她真正的故乡，她血液里流着的血，是发源于黄浦江的。她曾是那样渴望回到这里，如同被抱养出去的孩子，想象着扑进亲生母亲怀抱时会嚎啕大哭。但真实的情形却令她灰心：没有谁张开双手，盼望着她的回归，包括她的母亲。

母亲对奕华有点像叶公好龙。她在上海想象独自在西南的女儿时，常会泪流满面。对现任的丈夫打比喻说，就像播在山上的种子，都开花结果了，却没把它们收获回来。但当她面对三十出头的奕华时，就无法找到母女间应有的联系了。这似乎是完全独立于她这个母体的另一个女性，朝着她无法想象与控制的方向发展。最可怕的是，她发现奕华的心智似乎没怎么长大，奕华在拒绝长大。奕华让自己的心智停留在了父亲死去的那一年。一个男人的死亡，中断了一个女人的成长。对女儿来说，也许只有再出现父亲式的男人，她才会真正意义上的开花结果，否则，就会直接由青涩变为苦涩，没开花就选择了枯萎。母亲想着，心便颤抖。

母亲知道继父是无法扮演让奕华成长的男人角色的，不仅因为奕华本身的抵牾，更在于她与第二任丈夫的关系已岌岌可危。母亲曾以风韵犹存打动过这个男人的心，然后像午后的阳光为这个男人挥霍了一场英式下午茶似的浪漫，终究还是直逼黄昏。母亲的更年期不可遏制地到来，绝经，多疑而忧愁，开始呈现出老妪的形态，包括用了更多时间来想念奕华。而奕华真正到了身边，心里又生出厌烦。的确，有时她相当厌恶奕华，尤其是发现她心思鬼祟的时候。

她问奕华：那个老乔是怎么回事嘛？

"不知您指的是哪个老乔？"奕华脸都未红一下。

真不要脸。有其父必有其女。母亲暗自骂道。"他来找过你的。"

"是吗？他可是我导师的丈夫，著名的学者。"奕华的表情仍不咸不淡的。

母亲有些愤怒："你知道就好。真丝衬衣不是给他买的吧？躲躲闪闪的，但愿你不至于这么傻和蠢。你们蓝家人不是自认为血统很高贵吗？"

女儿的脸终于红了。陡然跃上双颊的红晕，让女儿年轻又白皙的面容无比姣美。然而，她又讨厌起女儿情不自禁地害羞。太打动人了——竟从女儿面容上重温了过世丈夫的面容，想哭，却无从哭。她真是到了左不是右不是的年龄，感到日益的衰败，却对生命的衰败，无能为力。

她寄希望于奕华在上海找到一个称心如意的丈夫。把租出去的房子已收回来了一套，囤在那里，为奕华找对象增加砝码。她知道上海男人很实际，只要有房子，倒插门也是可以的。

但冷酷的现实在一年后粉碎了这对母女的盘算。有几个男人对奕华也动了心，鞍前马后地热乎。但不提结婚，说要待到调回上海拿到户口再论。上海男人是多情的、温柔的、绅士的，他们在长期兢兢业业侍候挑剔的上海女人过程中，让自己深谙了为夫之道。奕华差点就认为普天之下，就是上海男人可嫁。但上海男人又是彻头彻尾的现实主义者，他们永远只与粮票、肉票、文凭、户口这些看得见摸得着的物质较真。

因为户口，奕华心酸地告别了曾予她温柔体验的上海男人，仍得回渝都。

母亲站在火车站的月台上送她。上一次母亲的送别，是在南亘山的海棠渡。她十七八岁，远去川西的丹巴。当时，她立船头，母亲在岸边，怎么就觉得是自己把母亲抛弃了。现在，她在车上，母亲在车下，母女俩的眼眶都是潮湿的，忍着不哭，是怕哭起来惊天动地。奕华觉得她们都被抛弃了，被一股看不到摸不着的力量。奕华是离开前的晚上才知道母亲与继父已分道扬镳。

但，在火车开动的时候，奕华却听见母亲很大声、几乎是在叫喊地对她说：小华，别怕，我们有房子，我们有很多房子。

火车加快了速度，让母亲成了渐行渐远的上海地平线上的小黑点。逐渐清晰的是母亲拥有的那些房子，那些比男人更结实的房子。它们象征着一种力量、一种铜墙铁壁矗立于母亲身后。这使奕华想起电影《乱世佳人》最后一个镜头：卫希礼趴下了，白瑞德走了，失去男人的郝思嘉在痛不欲生的时候，突然触摸到土地。哦，她的土地，她一分耕耘就有一分收获的土地，谁也甭想拿走的土地。她拥有着土地，就坚信男人还会回来。

奕华回到学校便听到一个惊人的消息：她在上海的时候，上官子青竟主动要求援藏，独自调去了拉萨的一所中等学校。奕华正在学校新分的房子里思前想后该不该上黛岭333号打听一下，却迎来了不速之客，老乔。

才一年未见，老乔已老态毕露，腮帮子与脖子上的肉，像被泥石流冲塌的房舍，稀里哗啦往下掉，几乎都让人听得到皮肤衰老过程的声响。

提起上官子青，他竟呜呜哭起来，说她执意要离婚。离了，她远走西藏。他去找过两次，找着了也不愿见，怎么也不见。他说：都讲的是郎心似铁，没想到女人的狠才是真狠，男人哪里能比？男人的狠只在皮毛，女人却是心尖尖上，钢铁意志般的。原来，女人身体中竟是埋伏了那么多的男人元素。

奕华双唇哆嗦，嗫嗫嚅嚅地问：我老师，她怎么会？

"是啊，你的恩师她温顺、克己复礼，宁可天下人负她，也不负天下人。她怎会狠心？我去上海事先也给她说过。她挂着不咸不淡的脸子对我说：到此为止吧。我说，也许去了上海，一切才能为止的。

"在上海，我找不到你。复旦的人说，你很少正经上课，忙着找有上海户口的谈恋爱。去你家，你母亲说你到九江去了，与男友。知道她在撒谎。她很聪明。不觉得你母亲与你子青老师有相似之处吗？

"我如丧家之犬回到黛岭333号。家却真没了。子青搬去了她继母那里，那是她最不愿去的地方，竟去了，真正是狠了心。"

"是你太欺负人了，老师她好可怜。"

"你不也在欺负你恩师？"

奕华无言以对，脑子开始混乱，趴在鹅黄色棉布上的林阿子，一万只林阿子，鹅黄色的罪恶，又在她耳边轰鸣，让她头痛欲裂。她咧开嘴哭了起来，说：我俩到底是个什么东西啊？马上又捂住口：怎么不打自招地就把自己与这男人捆在了一架战车？心里更是五味杂陈：对那个女人的恨，其实是怨，更有对那个女人的思念。唯一清晰的是真实的悲伤，搅拌着她灵魂最无辜的地方，使她泪如泉涌,让她自己都很吃惊地往外奔涌,胸口却是翻天覆地地痛,痛得她快呕吐了。她想,也许吐出来就好了,必须有一个硕大的泄口,否则,她会被悲伤堵塞、挤满。挤得装不下时,只能崩溃。

老乔仍在呜呜地哭。

两人都被痛哭流涕搞得不知所措。

悲伤的两人哭着哭着便搂在了一起,拼着命吮吸对方的脸、眼睛、头发、耳朵……身体的每一个部分……仿佛那就是疗伤的药。他们简直像要吃掉对方,仿佛对方是自己天然的仇敌,你死我活的。最后,奕华发现老乔进入了自己的身体。进入前,他有着一瞬的犹豫,那东西颤抖了一下,像是朝着一种遥远致歉与告别,然后才带着迟疑进入到她身体里。

她接受到的已是强弩之末,这让她感到前所未有的屈辱。这个第一个进入她身体的男人竟是三心二意的,没有足够的心意与力量。

而她不也是三心二意的吗?他进入时,泪又从她的眼角往下流。她放他进来,以为可以通过这样的方式离那个女人更近些,至少与女人在分享同一个男人了——那个总是高高在上的女人,拒绝自己的女人。男人不过是个媒介罢了,她要抵达的是女人的一切,女人真实的男人、真实的生活与真实的内心。她不要女人沉稳、从容、孔武有力。想亲眼见到女人的痛不欲生,把头靠在她肩上说,奕华,我受不了了,我需要你。而她则会反过来像母亲一样替女人承受所有的痛苦,安慰女人,为女人赴汤蹈火。

在女人的男人进入她时,奕华发现,自己是多么爱女人啊,把少年时无法实施于上官子丹的爱,以及对大姑的思念全给了女人。她必须这样,有一个深爱的目标才能活着。她对女人过去、现在所做的一切,并非征服与超越,只为悲悯,对自己、对女人的悲悯。

可事与愿违。她看到女人的眼睛从屋顶的天花板穿透进来,看了她一眼,蔑视的,便消失了。老乔也说女人的眼睛就在屋里似的。他很着急,说:这一来,她再也不会原谅我了,我还有什么老脸去求她……说完,呜呜地又哭,挺委屈的,像是刚刚被奕华算计了、强迫了。

奕华哭得更大声一些,看到床上的一片狼藉。这便是她的初夜:混乱、恶心、脏,血在床单上留下了惊心的罪证,没有任何的欢愉和飞翔,倒像自己稀里糊涂被打劫了。

她忙用枕巾去盖住那惊心的红。

必须找到那女人。奕华对自己说。每说一遍就增加一分庄严感，仿佛有一件惊天动地的事等着她去完成。

从成都飞拉萨的贡嘎机场，她想象自己是诀别易水的义士，在风萧萧兮易水寒的气氛中去奔赴死亡。

可为什么会是一场死亡呢？

她把自己的梦想给扼杀了。她见到自己的梦渗出的血，惊心的红，如同她被女人的男人进入后，留在床单上的罪证或屈辱。是的，女人的男人，她在心里一直保持这样的称呼，难以改变，就像女人会是她永远的梦一样。她梦游般地去天边追梦时才发现，自己一直很在意追逐的并不是男人，而是女人。她爱的其实是女人——背叛父亲，是为了得到母亲；背叛女人，也是为了得到女人。她与女人的男人苟合，流出第一滴处子血，都是在向女人表白，在替女人受苦受难。她把自己当成垃圾献给女人，让女人与自己的对比中变得那样的高大而美好。

她梦游般去寻女人，遥远的拉萨，像爱情一般的遥远。自己无法抵达啊，她绝望。

"我觉得你的名字／从没有这么遥远／比任何星星都遥远／比细雨还要伤感。"西班牙诗人洛尔伽的诗跳进她的嘴边。那是个长得与作家卡夫卡有几分相似的男人，脸颊细长，眼神犀利又空洞，挣扎而绝望的表情令人心碎。那是个爱男人胜过爱女人的——男人。

她还想起他的另一首诗《梦游谣》，诗中的吉卜赛女郎像旗帜一样，飘扬在不可攀登的高处。诗人说：绿色／我喜欢你是绿色／绿色的风／绿色的树枝／船在海上，马在山中／她在栏杆旁入梦，腰肢笼罩着阴影／绿色的肌肤，绿色的头发／凉丝丝白银般的眼睛／绿色，我喜欢你是绿色／在吉卜赛人的月光下／她看不到万物，而万物都在看她。

奕华的女人也是站在高处的，如同经幡一样被风呼呼吹成了若干的彩条，碎了，碎了。只是，奕华若要去望，恐怕永远见到的都是黑色——黑色的身姿、黑色的痛苦。一朵黑色的花朵，是很难存活：紫外线会深入到花朵的基因里，摧毁它的遗传，让黑色的密码崩溃。

想到这些，奕华的悲伤更像黎明前的黑暗。

雪域高原却并没配合奕华的悲伤。八月初拉萨的天，蓝得那样的无辜，天真无邪的。无尽奢侈的阳光，宠着一座城，到处都是金光灿灿，像一匹大绸缎，被人舞出了浪声，哗，金色在云端；哗，金色又潜入拉萨河。奕华在这里走着，像是被阳光进入了身体，又播了种子似的，胸，莫名其妙就胀痛了起来，如同怀孕。走路的姿势也是两脚朝外拐，肚子先送出去，步伐有了拖沓。

可是，她怎么也见不到女人。

那个学校的教工宿舍全是红色的二层砖房，四四方方的形状，长成一个模样，一幢幢排列整齐，如同军队。她转了转，马上就找到女人住的地方。也是二楼的窗户，挂着墨绿色水草花图案的窗帘。帘子欲开还闭，半遮着，恰好证明有人住着。一打听，果然是女人的家。她很感叹：女人把在黛岭333号的一切痕迹全带走了，包括窗帘。老乔曾流着泪说，女人摘去了像框的墙壁，只剩下难看的一颗颗水泥钉，触目惊心。

她敲门，屋里没动静。就在楼下守着那扇窗。窗，却不知什么时候闭上了，并拉上了帘子。它代表着拒绝么？这来自黛岭333号的墨绿水草花图案的窗帘，在阳光明媚的拉萨并不合时宜。藏人家装饰窗户时，或是白色、或是绛红甚至黑色的厚麻布，显出单纯的幸福感。他们不会用这样色彩与意蕴含混的所谓古典的东西。高原上的城，每天都显得年轻，包括岁月这东西，它们不会着意显示沉重与古老。

墨绿的水草花代表永恒的拒绝么？

奕华怎么也见不到女人。学校已放假了，空荡荡的，闲人不多，奕华便算一个了，已被门卫盘问过多次。她出示了身份证、工作证、中国作协的会员证，才得以脱身。最后连门卫也开始同情她了，说：内地来的女同志，你有什么事就写封信，我帮你转上官老师吧。你这样天天等也不是个办法啊。上官老师出出进进谁说得准呢？别说你，我们见到她的面都难。

门卫的话，倒是给奕华提了个醒。她回到住的红十字会招待所，给那个叫上官子青的女人写了平生第二封长信，八千多字。比起第一封带着功利与计谋色彩的信，这一封可谓呕心沥血。

奕华在信中说：老师，我在等待。等待是对我罪过的惩罚。如果见不到您，我便继续等，不敢有任何怨言地等待着。也许会在雪域里等上一辈子的，只要您在这里。因为等待便意味着与老师同在，这让我幸福和满足。等待，甚至让我的罪恶之心，一点点在改变。

门卫说，已把它塞进上官老师家的门缝了。

没得到任何的回答，如石沉大海。

又是一封。

又是一封。

奕华每天从市区的红十字会招待所搭早班车来学校，便带来一封信。坐收班车回去，住六人房间，就着走道暗黄的灯光，贴着墙，又写信。

这是死亡般的等待，没有声响的、寂静的、无穷无尽的。最初奕华觉得苦不堪言。渐渐，竟有了喜欢。人生不就是一场等待吗？等待被生出来，等待死亡，最后是爱与恨的终极清算。如果真要死亡，奕华宁愿选择在雪域高原，因等待而死去。那也是为理想而死，为宗教而死。

等待让奕华一日比一日兴致勃勃，也消瘦。

八月在等待中离去，秋意以迅雷不及掩耳之势席卷了高原。奕华吃惊地见到满目的青绿被枯黄一夜间替代，如同她白皙的面容已被高原的太阳深度灼伤。有一次汽车走过拉萨河，外面的景色已被夜抹去，车厢突然亮起灯，她一回头，不期在玻璃窗上见到自己黝黑的一切，从脸、耳朵到脖子……更深黑的两团晕死死钉在了颧骨上，她用手拼命去擦，徒劳的，黑色仿佛已烙进她的骨髓之中了。又想起洛尔伽的诗：樵夫，将我的影子／砍落／让我从不结果的惩罚中／解脱……

正当奕华已把等待变成了生活，希望无穷无尽地继续下去的时候，女人倒不耐烦了，以一封回信终结了她的等待。

信不长，但足以让奕华读上一辈子。

信中说，她其实是爱奕华的，视为骨肉，从开始到现在。但她真不知该怎样去表达。从小，她便远离了母亲、姐姐。父亲又是疏离的，很少能见到，他总在忙工作。父女偶尔见面，他也只是匆匆忙忙问几句学习的情况。她是在学校的寄宿中长大的，没完没了的寄宿生活，使她不知何为家庭，也不知家庭里家具的颜色可以是深咖啡或檀木红以外的其他色，因为她住的集体宿舍里，床、椅、桌子这些公家的家具，永远是深咖啡色或檀木红的。她却更向往着家庭了。老乔，便曾是一个家庭的象征。奕华也是。

因此，她恨老乔，包括奕华。因为他们以随意的姿态剥夺了一个女人的理想以及在家庭中的尊严。她说，如果每个家庭都是王国，女人便是女王，与国王男人并驾齐驱的。女人并不是被男人授权的王后，等待着被男人呼来喝去的。女人侍候男人，那也是自己高兴所为，不过是与男人做平等的游戏而已。女人永远是自己的主宰，包括爱男人这件事。

她又一次问奕华，关于尊严，你懂吗？比爱恨情仇更重要的东西。你看水，够柔弱了吧，它可以曲折，可以跌宕，甚至奉迎。但绝不会因外力改变自己水的本质。

老乔与奕华她都爱着。但爱不足以让她活在一种被戏弄之中。离开便是她保持尊严唯一的途径。

有必要再见面吗？她反问奕华。为了你那可怜的忏悔之心。你其实比我更需要得到安慰啊。你以为可以轻松游乐的东西，最后将会是沉重的大山压在你身上，我对你的怜悯超过了对我自己——更爱你了，因为你正在犯我曾经犯过的错误。真的，奕华，你会相信我的爱是一种疼爱吗？因为再没理由保护你了，我可真想把你当成一个无辜的孩子来保护。

选择不见面，是不想伤害。安静，让一切都安静吧，对每个人都是公平的机会啊。

她告诉奕华自己已再婚。很好。上天已给了她公平。奕华若不信，可早晨去某某菜市场见她，只是要遵守不照面的原则。

最后她写道：奕华，你不晓得你已怀孕了吗？我已看到了。若没猜错的话，应该是老乔的吧。他从不给我，却给了你，已表明他的选择。也好。

你回去吧，为了孩子。相信因为孩子你会与男人达成妥协，真正抵达他们的身边。你会的。孩子会让女人委曲求全，愚蠢中生长出大智慧、大勇气。奕华，你会的。你的强悍比你自己意识到的要大得多，甚至，它超越了所有人的想象。

读到这，奕华带着一丝复杂的笑意去抚摸自己的肚子。可不是吗？它像是中了魔咒般的有一些不同了，触摸时像寻找到一座迷宫的大门，滋咔一声便打开了，里面隐藏的神秘，突然就咄咄逼人地扑来。呵，孩子，一个多么奇怪又鲜艳的词语在她嘴里呢喃，她羞愧而幸福。

离开拉萨前，她起了个大早去了某某菜市场。远远的，菜市场浓烈的各种气味让怀孕的她一个劲地想吐。

女人果然来了，坐在一个老男人的自行车后座。细看，男人其实也不算老，只是头发花白了。由于茂密，就更强调了这种花白。他脚踏地，一蹬，便停了车。等女人下车后，便身手矫健地从车上迈了下来，身材有着意想不到的高大，并巍然，背挺得笔直，让奕华想起小时候父亲悄悄哼唱的一首歌：在乌克兰辽阔的原野上，在静静的小河旁，长着两棵美丽的白杨……

那种高大是令奕华向往的。她心里却替老乔难受着。想着若让他见到这么个高大的男人走在女人的旁边，他会嫉妒得发疯吧？因为再宏大的思想，与伟岸的身姿比起来，都显得苍白啊。她甚至在想，恐怕女人早就有投奔高大、抛弃矮小老乔的打算了。而自己，恰好为女人提供了背叛的借口。

女人变化的巨大也让她吃惊，剪去了脑后的独辫，梳了个张瑜在电影《小街》中的假小子头，英姿飒爽的。又穿了件带运动元素的拉链短夹克，砖红色，高腰，收了下摆。从车上跳下来时，还泄露出后腰一线雪白的肉。在高原绚烂的阳光中，那一闪，惊鸿一瞥。奕华记得女人曾说，选择一个男人时便在选择一种生活方式了。还说过，要什么样的男人不过是女人对自己本质的表达。

奕华突然就笑起来，差点笑出了声。她在嘲笑自己哩——多可笑哇，她以为看到的将是黑色的身姿、黑色的痛苦。私心里觉得应该是这样的结局，让她能带着满腔的同情来俯视女人。也许，就与女人相濡以沫了。结果，倒被女人愚弄了一把，女人还是拒她于千里之外。

奥涅金

"那就结婚吧。"老乔说这句话时,奕华见到他眼里的光亮像骤然停电,悲戚的表情后隐藏着一座多么昏天黑地的帝国啊。

奕华下意识地盯了一眼自己的肚子。奇怪的是,快三个月了,它没有一点要隆起的迹象,像大地震发生前出奇的平静。但只要认真观察,便能发现灾难前的天与地会发出那么多预警,比如会放出铺天盖地的蜻蜓狠着劲地飞。奕华的乳房就是那蜻蜓,它边飞边吼叫,如猛禽般的凶狠又绝望地吼叫。是的,乳房在吼叫,震耳欲聋。奕华的表达,永远属于乳房的表达。她从拉萨回来,每个人都看到了这样的事实,这个女人的乳房像是在一场激烈的造山运动后陡然长高的山脉,并由此引起了大地的颤抖,让所有的目光都聚焦于她的乳房,如飞蛾扑火。

奕华带着这对奇怪的乳房,借着渝都还没消退的酷热天,抱着个大西瓜,天天往黛岭333号跑。

黛岭333号下午至黄昏的时光,缺乏窗帘庇护的客厅如同它那个灵魂躁动不安的男主人,衰相毕露。奕华便是在这样的氛围中与老乔聊着《红楼梦》。

奕华讲学校让她准备着给大四的学生开《红楼梦》选修课,"红楼"倒是读了好些遍,只是有一点始终不明白,想那贾宝玉祭晴雯,写了洋洋洒洒的一大通《芙蓉女儿诔》,写晴雯"其为质则金玉不足喻其贵,其为体则冰雪不足喻其洁。其为神则星月不足喻其精,其为貌则花月不足喻其色";写他对晴雯追忆:"眉黛烟青,昨犹我画;指环玉冷,今倩谁温……"他与晴雯也算是爱情了,其刻骨铭心昭然若揭。这种程度的爱,他除了给黛玉,恐怕就是晴雯了。可林黛玉不但不嫉妒,反而还字斟句酌地帮他修改,甚至建议他把"红绡帐里,公子情深"改为"茜纱窗下,公子多情"。林黛玉不是著名的小性子吗?宝玉与宝钗或史湘云稍有纠葛，她都会痛不欲生的，为何在这里又撇开了呢？

"嗨，"老乔长叹着，"像林黛玉那个时代、那种身不由己的女人，哪能指望向男人要专一的爱？能嫁给看得顺眼的男人已是奢侈了。晴雯一个丫环，不会对她的婚姻构成威胁的。可宝钗、湘云这些千金小姐就不同了，随时会挡了她的道。嗨，想来林黛玉也真可怜啊，忧患了一生，不过就是与宝玉的婚姻。至于宝玉把心掰成了几瓣，或把身子分解了几份，给了袭人或谁谁的，她竟不想去理会。"

奕华知道老乔是在借题发挥。但她又下意识地看着毫无隆起迹象的肚子，它其实是一种无法表达出来的屈辱，是需要伸冤与复仇的，甚至是征服。谁说女人天生是弱者？女人怀孕时，上天赋予她们身躯的庞大，往往会让她们心子也突然庞大起来，凶猛、坚硬无比。她们不会饶过男人的。她们要征服，像上帝创造一切那样充满激情和蛮不讲理，她们得征服。

奕华站起身来，瞧了一眼堆满茶几的西瓜皮，它们被啃得乱七八糟，如同被剥夺衣裤的男女。鲜红的瓜汁滴滴答答从玻璃边缘往下流，让她想起与老乔那场苟合后见到的狼藉，一股血腥味冲上她的喉头，她哇哇呕吐起来，吐出一摊深沉的红色。边吐，她边想着，明天我还得来，必须。还有后天，大后天……或许永远，永远都会像这样抱着地雷般的大西瓜，带着胀痛无比的大乳房来到黛岭333号。她必须这样，不给自己丝毫松懈的借口。她想起母亲当年，往父亲提包里塞避孕套。父亲把它们恶狠狠地扔出来，母亲又恶狠狠地塞回去，你死我活地斗，母亲寸步不让。当初她恨死了母亲，并暗自嘲笑着这个生育自己的女人。轮到自己才知母亲必须如此，她不仅在捍卫父亲，捍卫家庭，更在捍卫自己活着的尊严。

想到这些，她又大口大口地吐出更殷红的一摊水，像是呕吐出辽阔的承受。老乔也就在这样的时刻，充满哀怨地说：那就结婚吧。

奕华抬起头，继续干呕，她见到老乔的面容比黄昏更加苍老，如同看清自己的绝望是那样的十恶不赦。

2.

新婚夜也是让奕华耿耿于怀许久的事情。

结婚宴不过是在黛岭正街的小饭馆举行的。

奕华问老乔会有什么人来？老乔没好气地答：我会有什么人来呢，嗨，黛岭333号的沙龙将不复存在了。

奕华自己掰起指头算了算，能请的也就是马狂了。

于是请了马狂来。三人吃的是刚刚流行的酸菜鱼。老板从半人高的大瓦坛子里捞出几张青菜叶做成的酸菜，又从另一个小一些的瓦坛子里抓了一把泡红椒、青椒，老玉色的姜。老板娘是个脸盘圆鼓鼓的县份来的女人，说话间隔几个字就带一个"嗒"。比如，她问奕华：你老汉有些年龄了嗒。辣椒是不是少放点嗒？老板正用一把阔刀拍独蒜，听到后忙喝斥自己的女人：做活路就好好做，废话那么多。奕华其实挺羡慕这对夫妻——热气腾腾的，男耕女织的。

酸菜鱼上来后，奕华发现，老板特意在满盆的浮油上放了许多寸长的葱白，而不是葱花。

老乔与马狂倒一见如故。两人都健谈，相谈甚欢。

马狂已调到市政府一个处当处长，仕途亨通。但他仍热衷于过双重生活，老在社会上拉一帮人搞一些莫名其妙的事。他说，和几个朋友正在奕华的家乡南亘山搞一个男人研究所。奕华申明那里不是她的家乡。老乔厉色喝住奕华别打断，让马狂继续介绍男人研究所，看得出他非常感兴趣。

马狂说，研究的还只是些皮毛。不过已发现目前有太多的物种雄性基因弱化，向雌性靠拢，甚至就变成雌性了。比如，他们养了18只澳里奥鼠，12只是雄的，6只是雌的。他们把雄的6只饱喂，6只饥喂。饥喂的，吃不上东西，苦大仇深似的，倒缠着雌鼠交配。饱喂的，肚子吃鼓了，便翻着肥身子睡觉，很享受孤独，也忘了交配的事，便渐渐雌化了，最后它们的基因已接近雌鼠。

老乔感叹地总结了一句：看来古人说的饱暖思淫欲也不全对啊。恐怕就是科技太发达、文明太光辉，男人吃饱穿暖长肥，对女人就是有动的心思也无动的力气了。给你说吧，老弟，世界的未来是属于女人的，男人没戏。说完，他用眼神狠狠剜了奕华一眼，似乎奕华就是毁灭男人的凶手。

趁着老乔上厕所的工夫，马狂低声对奕华说：得吃点东西，狗屎也得囫囵地吞下去，就像要吞下一座地狱。否则，会饿死肚子里的那个人的。泪，便在奕华的眼眶转动，她想启动一丝笑，却没成功，嘴角的抽搐反而像被冻成铁板一块的冰河解冻时会发出的咔咔声响，恐惧得很。

"你咒我吧，往死里咒。可我需要这个孩子。我母亲总会走到我前头的，我不能孤家寡人。"

马狂摇头。奕华知道他不完全相信，因为自己的解释的确苍白。她在心里说，是的，还为征服。征服那个跑到拉萨以退为进的女人。其次才是她狂妄自大的男人。那个女人再强大，今生却无法拥有自己的骨肉了。而自己就是要用一个和她男人活鲜鲜的孩子，来证明是最后的胜利者。如果说是赌气，自己偏要赌。人活着不就是为一口气吗？

泪却不争气地终于流了下来，一泻千里似的，又悄无声息地流进地缝一般的衣领里去。马狂忙找纸巾让奕华擦干脸。"我怎舍得咒你？"马狂情人般的送来眼神，却又低头，说：人还是不错的，有思想。只是你竟跟了他……说到这，马狂调整了一下姿势，头再抬起来的时候重新装备了嬉皮笑脸的旧态："早知男人这副模样你也是可以接受的，我们这等老交情何不先下手为强啊，近水楼台嘛……"马狂力求把话说得不正经、俏皮，而在奕华听来却有点像《红楼梦》中晴雯死前向宝玉倾吐心声的意思，神情是脱不了干系的哀怨。在小饭馆油腻腻的桌子边，马狂的举动倒令奕华有些百感交集。

马狂告别后，她和老乔回到家，悻悻然的。面对的是他们的初婚之夜，却都没有做爱的兴致，各怀心思。

客厅里黑着灯，不知是开过灯把它灭了，抑或根本就没开，两人只顾就着黑暗默默地坐在沙发上。沙发自然不是过去的藤沙发了，是一套米白色的布艺沙发。不是奕华要改朝换代，是上官子青走之前，便把藤沙发处理掉了。她那么决绝，不留痕迹，却把更大的想象空间留给这对苟合的男女。夜里，月色还特别好，月光把外面几棵高大香樟树纷纭的影子，透过米白色的纱帘投在了地上，满地光与影的摇动，一点点向着沙发这边移来，像一群黑魆魆悄悄爬行着的动物。

奕华看不见老乔的脸，只有他的叹息在月色中凉意荡漾。

老乔说，写月影的都没有超过《西厢记》里崔莺莺那几句，太给人想象了："待月西厢下，迎风户半开。拂墙花影动，疑是玉人来。"只是那么费尽心机的诗情画意，最后也不过以上床收尾。老乔说到上床两个字，很是不屑。又说，知道么，张生与莺莺完事后不是红娘送出来翻院墙的吗？张生又把红娘推到墙角鱼水了一番，比干莺莺还带劲呢。没见他对红娘说么，"若共你多情小姐同鸳帐，怎舍你叠被铺床"。他不舍得红娘做这些，是想拿来做啥？妾呗。他干莺莺是混男人的资格与名义，是征服，体现男人的价值。干红娘，却是真正快活。普天下的男人都有干丫头的欲望，这也体现了某种权力。但再快活，男人也不会拿丫头当回事的。不是没心没肺，是因为缺乏难度系数，没有成就感嘛。

老乔的这通话，奕华听出了指桑骂槐的意思。他是在拿上官子青当主子，拿她当上官子青的丫头吧？他在羞辱她？他什么意思，他？

老乔觉察到奕华的情绪，即刻说：别乱想啊，我是在与你这个古典文学硕士讨论一下古典文学而已。你不是要给学生讲《红楼梦》吗？不是说你父亲对《红楼梦》有好多新颖见解吗？我恐怕也算红学专家了。有些发现是会吓人一跳的，愿听吗？

奕华知道他又要要无赖了，用他所谓的思想来占有，甚至是强奸这个月色娇媚的夜晚。他的话匣子就像潘多拉的盒子，一旦打开，语言的洪水便滚滚而来，他从不会理会别人爱不爱听。奕华从沙发间把身子提了起来，坐直，提醒自己，小心，别让快到来的滔滔不绝的语言把自己淹没。

老乔如是说——

实际上曹雪芹对性没多大兴趣，甚至对男女的性是抵牾的。"红楼"中就没写过一场漂亮的床事。你看他写贾琏问凤姐："我昨儿晚上不过要改个样子，你为什么就那么扭手扭脚的呢？"凤姐听了，把脸飞红，"嗤"的一笑，向贾琏啐了一口，依旧低下头吃饭，贾琏笑着一径去了。这一段写得多暧昧，让人读着都不好意思了，像撞上了自己的父母正干着事哩。

还有，他塑造的十二钗，大多适合意淫，拿来想象的，林黛玉首当其冲。所以，就是高鹗不篡改，曹雪芹也不会让宝黛结婚的。你想一想，当黛玉被压在了宝玉身子下，还会是世外仙姝寂寞林吗？其他的女人又有多少是性感的呢？宝钗是天生的母亲，成熟而琐碎；探春更像个女政客，过于精明；妙玉倒有点女人味，却做假，让矫情把她身上的那点生动给毁了；唯一令人来情绪的只有尤三姐。但又怕她向凤姐的泼辣方向发展，说不要脸就不要脸，说不要命就不要命。

宝玉其实是个性无能者，别看他干过袭人。他对男色的兴趣远大于女色哩。或者，他骨子里根本不想与女人干。他接近女人，不是为了爱，是学习。是向女人学习做女人的本领。这是他最大的心愿，所以才混入大观园。眼看着女人做不成了，便出家，当和尚。因为出家是他逃出男人世界、男人性别桎梏唯一的路。

曹雪芹理想的美人是什么？不是黛玉或宝钗，甚至都不是兼美的秦可卿。其实就是贾宝玉啊，这个既像男人又像女人的人——雌雄同体。这很接近柏拉图的理论嘛。柏氏说，人本来就是个雌雄同体的圆球。这也是人类最初的真相，最后的理想。

老乔讲得声嘶力竭，还不由自主站起了身来，挥舞着胳膊，像一只硕大的蝙蝠扇动着翅膀扑腾过来又扑腾过去，永无倦意似的。令奕华担心，这么大弧度的姿态，稍不慎，便会伤筋动骨，折了翅膀什么的。

新婚之夜的黛岭333号充满了沙龙气息。是黑暗中的沙龙。他扮演着一贯的形象——导师，向拥有的一个听众敬业地发表演讲。这样的事，以后再没发生过。婚后，老乔愈发郁郁寡欢，少言，消瘦，变得更加矮小。待到女儿出生，他的这种状态都毫无改变。他也去医院陪着奕华生产，只是话少，抱女儿的手臂缺乏深情。他很坦率地对奕华说，对传宗接代之类的事，一直兴趣不大。他说的是事实，他便很少与第一任哑妻生的儿女有来往。那两个孩子都已是二十多岁的成年人了。

母亲来侍候奕华坐月子，看到仅仅比自己小几岁的女婿这样的情形，心里大不了然。她不时从鼻孔里发出"吭"的声音，毫不掩饰其尖锐与嘲讽的意味，似乎在警告女婿：吭，别在我面前装，我可知道你是什么样的人。护犊的本能让母亲变得不可思议的泼辣。

但，剩下母女俩独处时，她会用最刻薄的语言来挖苦女儿的糊涂："照说，你们蓝家的人也是几代贵族了。可一遇到男女之事，骨子里都犯贱。你那个爷爷面子上看上去道貌岸然的，你奶奶病秧秧的，还没死呢，就爬上她丫环的床，就是你那个所谓小奶奶的床。你小奶奶为何尽着心侍候你我？心虚哩。你爸也贱……""别说了！"奕华捂着耳朵大叫，看人的眼神堆满着死亡般的灰烬。母亲被吓住了，真想一把抱住自己的女儿，哪怕她如此乖张……但，徒劳哇，母亲想。自己的手臂即使路一般的长，即使连地球都能拥入怀中，却难以抵达另一个女人的心灵。即使她是女儿，也不过是路人。

于是，从此与奕华说话倒客客气气。孩子满40天时，她小心翼翼瞅着奕华的脸色，以试探的语气说：不若，交我弄回上海带一带？你这么忙，又要教书、写小说的，你还是要事业有成，事业比男人牢靠。见奕华并不反对，母亲又说：知道你希望生的是儿子，不是女儿。倒不是重男轻女，只是不想生一个同自己一样的女人。我生你的时候也这样别扭过。但，小华，你要记住，这个你嫌弃的女儿，总有一天会救你的。

是吗，母亲，我救过你吗？奕华两眼苍茫地望着母亲，差点就有千言万语。她还想说：让我回到你的肚子里去吧，回到你的子宫里去吧，重新蜷缩成孕儿，或者干脆就是胚胎，让我待在温暖的黑暗中，永远不要出生。

泪水涌上了奕华的眼眶。

母亲却在"咯咯咯"地笑，脸都笑变形了。是对着外孙女笑的。这样的笑，母亲从未给过奕华，包括现在。母亲并没注意奕华情绪的变化。她一心一意在小婴儿身上，脸贴着小婴的脸，每根皱纹都因温柔的表情而变得不那么重要。母亲年轻了，又有些跃跃欲试。

婚姻继续。

女儿的远走，让婚姻安静得可怕，一尘不染似的。婚姻变得有些无凭无据了。更要命的是想象力的丢失，彼此都把对方看穿，一言一行都不过是比白开水更寡淡的玩意儿。厌倦似乎比预期来得更早些。许多年后，奕华偶尔读到著名诗人沈苇的《厌倦之歌》，有几行读得她心如刀割：厌倦了，这黯淡的心，这严峻的梦／这无益的劳碌，这磨损的肉体，这孤苦的长旅／这大地抽掉筋骨，这金属没有铿锵／这道路游动，像蛇张开了嘴巴……

婚姻也许还剩下稀疏的床事。

对此奕华也黯然神伤，憋屈得慌。对高大英俊男人的向往是她基因里携带着的。这一点母亲倒很了解她。母亲曾说：也许你找到一个像你父亲那样的男人便会安宁了。可她恰恰找了个矮小还苍老的男人。人生啊，每一步都有埋伏。她不过是想与所谓的独立思想先锋兼学者的老乔调调情，说白了，是想与一个智慧的大脑调调情，结果却成了又老又矮男人身体上的妻子。正如上官子青预言的，搬起石头砸了自己的脚。

而老乔简直就把奕华的怀孕当成了逼婚，甚至恨奕华当初与他的调情。他把自己的心猿意马归咎于奕华，把上官子青的离开归咎于奕华。一次，与奕华干完了那事，他抽着烟却无故哭了，说：子青跟我，是知道可怜我啊。她一直都是很可怜我的。

他讲起当年与还是姑娘的上官子青偷情，上官子青被当成第三者打。哑妻娘家那边的人把她的左耳都打坏了。"你一直不知道吧，你对着那只耳朵说话，为何子青的表情是漠然的。她从不让人知道。"

他泪水涟涟的模样不仅表现出对子青的深情与追忆，更是对奕华的控诉，又增加了奕华的犯罪感，似乎奕华扮演了十恶不赦的凶手，杀戮了一段美好的姻缘。奕华被他的哭泣与诉说弄得脑袋快爆炸了。她想，不能坐以待毙，必须还击，她要扭转这不公平的棋局。于是，便换作一种冷幽默的语调说，我是对不起老师，已罪有应得，受罚了。但你恐怕忘了自己的角色了，你不也是同案犯？或许，更该是主犯。你逃得了干系吗？

老乔针锋相对，毫不手软："男人犯罪都来源于女人的教唆，是夏娃指使亚当去偷食禁果的。你是'女奸'，女人中的奸细，有了你，鬼子才进了村。"

"哈哈，'女奸'，好一个有趣的新词儿，乔大师不愧是乔大师。只是忘了我这个'女奸'拜你所赐，鬼子自己不想进村，又何来'女奸'呢？乔大师啊，你得补一补逻辑学，否则你高智商的子青也会觉得你在一派胡言。"

奕华把食指逼进老乔的鼻尖，像插了一把匕首过去。老乔像是被戳破了洞的皮球，软软的一堆瘫在被窝里，呜呜地哭着说：是啊，我是同案犯、主犯、鬼子。我是有负子青的。年轻的时候在大林子，曾对老天发过誓，若赐我一个女人，会好好待。哑妻就不说了，可怎么就待子青也不好呢？也不知为什么，与女人真枪实弹待在一起了,就生厌得很,总守不住自己。在美国也去嫖过,一个白人,一个日本人。把日本女人干得走路都一瘸一拐了。回来后,又和一女学者发生过关系。子青都晓得,也痛苦,最后还是忍了。她说我有病。我是有病:一闭眼就觉得自己还是躺在大林子里,孤苦伶仃,人不人鬼不鬼的,只能从一个女人的面容幻想到另一个女人的面容。而现在这样的幻想继续折磨着我。当无法从幻想之苦中解脱时,便只能着陆于女人的身体了——从一个女人身上翻滚到另一个女人身上去,来回地翻滚、忙碌,在众多的身体、声音、喘息之间应接不暇,才知道自己是回到了人世间……奕华,你是作家,应懂得我的绝望多么深重。

奕华说,哦,我终于懂了,不过觉得这个世道欠了你,得偿还,可怜的女人便成了你讨债的人,尤其是你的子青。明明知道在欺负她,也就欺负了。只是没想到,那么多的事她都忍了,偏偏到我头上她就不肯忍。

"奕华,你是聪明的,知道子青是何等在乎你,所以才不能忍。说一千道一万,她离我而去,还是因为你。可是当初我们什么也没有哇,只是对你有一点幻想而已……"老乔满腹委屈地开始耍赖。

奕华从床上爬起来,把衣服穿完整,甚至抹上了口红。这让她觉得自己完全处于安全地带,有了力量来与仍赤身裸体躲在被窝里的男人谈判。她说:老乔,你记住,我不会是上官子青。你若有点什么幻想,我倒可以忍。因为我也有。扯平了。我倒不像上官子青那样迂腐。但不能嫖啊、通奸之类的。我平生最恨,亲爹也不会放过。说到这,触到奕华的痛处,她放声大哭,老乔也稀里哗啦地哭。

以后,每次两人做爱,他都会以忏悔的口吻谈起子青。子青成为了伴随他们夫妻性爱生活的必修课程。奕华有时甚至觉得干那事的时候,不单是她与老乔参与了,是一场三人的游戏。一回头,上官子青就在床的另一端。或者,老乔根本就是在与上官子青在做——与一个幻想在做,上官子青成了老乔无尽的思念。这是很奇怪的事情:当上官子青是水的时候,只是被人运用;成为了雾,便被人思念了。

奕华也在幻想。但不会是林肯。林肯永远如同党岭上的素荷那样圣洁。是高于尘世的东西。她想念过他的怀抱,却从不想其他的,视为肮脏。搬进黛岭

333号前,她拿出林肯送给她的手抄本《欧根·奥涅金》,抚摸那个男人的字迹,犹如那个男人的体温,甚或微笑时上翘的嘴角。多么幸福的抚摸啊,指尖都可能滴出欢喜的泪来,算是告别。之后,她把手抄本锁进母亲给她的纸皮箱里,像是在银行里存上了一大笔钱。不过,她告诫自己,不能轻易动啊。

……

床事渐渐成为了奕华憎恶之事,不光因为老乔的三心二意。

她一躺在男人身子下,那座山——站在妮儿河之中的男根山就被呼啸的妖风拦腰劈断,或被某个女人一口咬断,向她倾斜过来,"轰隆"地砸在身子上,把她压碎,压成尘土的一部分。

奕华试图抗拒,用还有知觉的身体抗拒着男人,如同在抗拒着对男根山的恐惧。然而,这种抗拒充满着矛盾和艰辛。

有时也对自己说:妥协吧,妥协吧。却又问自己,那么,能拿出哪一部分来与男人妥协呢?思想吗?无意识吗?还是卑贱的器官?

哦,卑贱的器官。它的卑贱在于总不像思想那样理性。奕华的身体的确很像一场又一场没完没了的盛宴,总在翘首以盼各路宾客的到来;或者,像饥饿的蚕儿,面对带着晨露的鲜嫩桑叶,常会低下高贵的头,愚蠢地、拼命地啃食。

有时幻想也在助长这种啃食。但幻想多么脆弱啊,并且混乱,甚至致命。

有一次老乔压在她身上,脸却变形了,是另一个男人了。他笑着,淫荡而下流,让人唾弃。背景是黄灿灿的花布门帘,一万只林阿子(蝉的地方语)在图案上鸣叫。啊,父亲。怎么会是父亲压在了自己身上?奕华惊出了一身汗。这是犯罪啊,人类最丧尽天良的犯罪啊。奕华捂住了脸。

那时奕华不过三十五六的年龄,心理上厌恶床事了,生理上仍情不自禁地要。她这种要,常让老乔力不从心。于是,老乔弄了一些春药做后盾,就有些得意洋洋。但奕华愈加不舒服,还携带着对老乔的轻蔑。有时她不耐烦了,故意春叫几声,伪装高潮,让男人善罢甘休。男人问她:爽吗?她不言,作心满意足的笑。她的脸色竟也作了桃色,让男人自以为是得意了。男人哪知奕华的痛苦?在幻想消失后,剩给她的便是赤裸裸的精神强奸。

是的,又是强奸。她从小知道男女之事的同时就听说的一个词。想起它,就是大姑描述的那个画面:在敌人的刑讯室,男人们把大姑的衣服扒光,如狼似虎地扑上来，入侵她的身体，用男人的邪恶——匕首般的生殖器，或者，干脆就是木棍、铁棒。男人多么仇恨生育他们的通道啊，他们的憎恨丧心病狂。

奕华记住了男人的丧心病狂。她唯能以仇恨回击，包括身体的。这样的仇恨，如同警钟长鸣，让奕华根本无法与男人达到鱼水之欢。

但，她的心灵却更思念着一个男人，愈来愈强烈，有点迫不及待，像行走于沙漠快被渴死了的人，在混乱的意识中，水，总会清晰而多情地浮现。哦，水是点缀在藤蔓上的花朵或吐着红信子的蛇，芬芳地缠绕，致命地缠绕，奕华仍为它做不尽的白日梦。即使是无尽的灾难也是好的啊，奕华像走夜路的人，小心翼翼举起思念如举着细微的烛火，生怕手一摇晃或一阵风刮，就让思念熄灭，前程再无亮光。

林肯，永恒的林肯，她最干净的一泓水，连身体欲望都渗不进这样的水中去，比天堂更崇高。可天堂便意味着今生的遥远，在彼岸。林肯也在彼岸吗，否则，为何总得不到他的丝毫信息？1992年后的中国，寻找一个人往往太容易，也往往更难。说容易是因为BP传呼机与"大哥大"手提电话在大街小巷此起彼伏、没日没夜地响遏行云。顺着响声，人跑到天上也会被逮住的；说不易，是整个社会都是一个变数，一百年太久，只争朝夕，朝夕间便地覆天翻，迅速地诞生与腐烂。人们下海了、出国了，或许还有死亡，谁说得清楚呢？因为谁都搞不太明白谁的底细了，唯有出现或消失走马灯似的轮回。

奕华只能用写作来自慰，从心灵到身体的自慰。她总喜欢写一些凄美的爱情故事，男主人公高大俊秀，有一双修长的穿着高帮长筒皮靴的腿，一张仿佛住在森林城堡里的王子的侧影。爱情的起落都会发生在月光下的云雾中。月光始终无法驱赶雾气，雾愈积愈浓，成为了囚室似的，爱情便死在了囚室里，睁着眼睛死的，死前还试图翻身。

奕华一次次被爱情"意淫"，自己写的与别人写的。某次，她在自己发表作品的杂志上，发现了一个署名奥涅金的作者，她呆住了，心被石子击起了万千涟漪，泪水一点一点从眼角渗出，模糊了她的眼睛。忙用手背拭去，生怕模糊间这三个字就消失。心，狂跳，要蹦将出来。会是他么？她迫不及待地读他的小说，想从其中读出一些蛛丝马迹的线索。

短篇小说叫《子夜》，写"我"，一个也叫奥涅金的男人，莫名其妙地从北方跑到南方叫碚城地方谈一笔莫名其妙的生意（哦，竟是碚城，自己待过的地方。奕华又是一阵心跳）。奥涅金写道，南方的碚城，种满法国梧桐。深秋，只有少得可怜的叶子还在枝头挣扎，像快被斩断的手掌，却受了风的鼓动，自不量力地在扇这座小城的耳光。更多的梧桐叶被人踩在了脚下，倒让人想到了叶落归根。

奥涅金去了泊在嘉陵江边的一条豪华船上，与人谈业务至子夜。为何是莫名其妙的子夜呢？他发出了深沉的疑问。疑问之后，小说才真正进入到核心。

那已是深秋有雨的子夜，巴山夜雨，让夜变得多少有些凄惶。生意朋友的车载着他从一个街道走过，黑漆漆的路上几乎没有行人，夜雨制造出的阴冷会钻进人骨头缝里去的，把良民与非良民都挽留在温暖的房间里。所以，他们的车灯可以肆无忌惮地四处乱射。没想到还真有被射中的目标——一个撑着伞站在梧桐树下的女人，把他好吓了一跳。

这个幽魂似的女人独自站在黑漆漆的街道，夜半三更的，她在干什么？她不害怕这样的黑，这样的孤寂吗？他清楚地看到，车灯扫射到她时，她的眼睛与他有迅速的遭遇，如短兵相接。她直视他，脸上带着笑意，更带着莫名其妙的矜持。至于她穿的是什么，竟被梧桐树干斑驳的图案搞混淆了，似乎重叠其间了。有那一瞬，她不过如一片枯叶，仍在枝头上挣扎似的。车滑过去了好远，他才想起她的嘴唇像火焰般的红，在子夜的黑底子上跳跃。那是极不正常的红与跳跃，接近肮脏。果然，朋友说：看到那只"鸡"了吧，是只老"鸡"。往小的说也有四五十岁了吧，还敢穿那么短的裙子，也不怕冷。这条街被称为"棒棒鸡"市场，妓女多瞄准靠一根棒棒为人担抬东西的下力人。这只"鸡"恐怕真的是太老了，夜半三更的，还没揽上"业务"。

朋友的话让奥涅金好一阵难受，他差点就要叫把车开回去了。"奥涅金热血沸腾，对自己说，男人，你应该把无家可归的妓女带回家，别让她们挨冻。做一个子夜的嫖客吧，这是责任。"小说中如此描绘着奥涅金冲动而复杂的悲悯情绪。

这个子夜的妓女竟让奥涅金想了很多年。他还想起了车灯照亮她时的许多细节，比如她笔直的站立姿态，举着伞，却把整个头暴露在冷雨中，当然也包括着大半个身子。她为何不能像电影中常见着的妓女形象，叼着烟，懒懒地斜歪着身子，满嘴挂着瓜子皮？若那样，他心里恐怕会舒服一些。可这个女人犹如哨兵一般笔直地站立，甚至让他想到了自己——他也一直笔直地站立，貌似庄严、尽职尽责。却是站在了并不情愿的生活境况中。

……

奕华被奥涅金的名字和他的小说折磨得快发疯了。她把电话打到杂志编辑、主编以及寄稿费的编务那里去，只为能得到奥涅金的真实信息。但没有人能说出所以然。编辑说，至今也不知奥涅金是男是女，此人的稿件信封上从来都写着"内详"，里面却什么都没有。他（她）也从不讨要稿费和样刊。只有最近的一篇小说是通过才流行的电脑邮件传过来的。但他们回电邮却被对方告之，那是个夜总会的公用邮箱，那里并没有叫奥涅金的人。

奕华没有灰心，对自己说，等待吧，他早晚会浮出水面的。也许她的命运注定是一场无尽的等待。

果然，不久她又在一本杂志上读到奥涅金的中篇小说《深不见底》。男主人公同样叫奥涅金。故事写了他与一个妓女的奇异之恋：

奥涅金对夜总会娱乐城之类的地方充满恐惧，觉得那里就像弯弯曲曲的大肠，人被吸进去，再出来，出口便何等的不堪。但那里却是他事业必须坚守的阵地。每次进夜总会他都要提醒自己，别让自己失踪，因为这里的每一扇门都是相同的，犹如一个个相同的女人挂着的相同笑脸。

但，他还是发现了一个几乎不笑的女人。她长得不算好看，粗糙，像川西高原上某些带着蛮荒气息的植物。关键是，每次撞见她时，她都是靠着进厕所的那扇大门旁打着手机。有两次，他竟见到打手机的她淡淡地笑着，像红石榴被人咬开，露出水晶般的粒。她的笑充满一种温柔的暴力，插进他的胸口，让他想起了曾在一座雪山下见到的另一个女人的笑，以及眼神。曾经的那个女人像雪山一样，蛮横而永远地挡着他的去路，他绕了千百次圈，仍回到雪山脚下，面对她的眼睛，听到来自荒原的呼唤。而这次，他又是情不自禁地向往了。当然，也包括怜悯。

哦，他的怜悯只能赠给妓女了，这些人类古老而低贱职业不屈不挠的传承者。她们与男人的关系往往最为简单、公平与温存；她们在男人这里索取的是男人最容易拿出手的东西。因为简单，男人仿佛世世代代都需要这支女性的同盟军。他把怜悯赠予给这些亘古的同盟军还在于，其他的女人都无比强大了——他的妻、他的情人们，她们总在一个更高的境界看清他的卑贱和懦弱，从心里是看不起他的，他怎么去实施自己的怜悯呢？只剩下妓女了，因为他们都是心灵的卑微者，都是贱人。

他和这个打手机的妓女有了奇怪的关系，他们并不是情人，没有肉体实质的缠绵，只是偶尔会相抱着在床上静静地睡觉。女人总给他描述自己出生的那座大山里有多么穷。贫困交加的母亲讨厌她如同讨厌悲哀的日子，常常拎着木棒子追她几匹山追着打她，所以她像羚羊般地跑得快，曾获得过全县中学生运动会100米短跑的亚军。母亲只喜欢弟弟，弟弟漂亮又聪明，现在是某名牌大学财经专业的高材生。她也喜欢弟弟，弟弟是她生命中最爱的男人。"你信不信，我便是为了供弟弟的开销，才做这一行的。我天天给他打手机，就怕他的钱不够花。他快要去'考研'了，你信不信？"她眼中闪着光问奥涅金。"乖，我信。乖，睡吧。"他让这个人类唾弃的妓女像女儿一样把头钻进自己的腋窝，而用双臂与侧着的身子轻轻地、像柔软的棉被一样去覆盖着她，比云朵更温柔。他会一夜都保持这样的姿势，只怕惊了这个女儿般熟睡的人……然而，他何曾相信她的故事呢，这些妓女编造起苦难史来也是那么的相同。他会去轻信一个妓女的话么？

读到此，奕华目瞪口呆。说什么好呢？这是一个被撕心裂肺了的男人灵魂，奕华已嗅到它在烈火、滚水间被燃烧与煎熬时所发出的气味。多令人窒息的气味啊。奕华又想起当年在丹巴党岭的深夜，读林肯写的小说带给她的窒息——她亲手掀起了疯狂的沙尘暴，然后，把自己活埋进十八层地狱。而现在，她快人到中年，连活埋自己的血性都没有了，唯有祈愿奥涅金不是林肯……

林肯该有这样的生活轨迹——与他高干子女的妻子占尽人间的繁华，拥有漂亮的儿子或女儿。读完国内名牌大学便去了欧美留学，经常徘徊在哈佛或牛津大学的某些地带。成为了植物学界赫赫有名的专家，经常在国际会议上作学术报告，讲千古名花——素荷。

5.

1997年的秋天恍惚而来，像一个骑手在马背上打着盹，被马"扑通"一声重重地摔在地上，还睡意朦胧。

奕华到成都参加一个笔会，也是整个人的恍惚，好几个心怀异念的男人在她周围盘旋，竟浑然不觉。直到她想起了丹巴，想起这个时季的党岭那些金黄或艳红会把她像腌萝卜干一样地腌熟，突然便决定去那里走一趟的时候，两眼才炯炯发出了光芒。

她约了几个男女坐长途车去丹巴。辗转几百里到丹巴某个像样点的旅馆时候，已是漆黑的夜晚。小县城电力不足，更把这样的夜描绘得天寒地冻的。还好，有一个叫央金的女服务员非常热情。她两颊挂着两团高原红，像挂了两盏红灯笼，举手投足的豪爽劲都让奕华想起当年植物考察队的那个央金大姐。

她问服务员央金，能找到出租的越野车带他们去党岭吗？央金说，她哥就有一个，不过是北京吉普。若要，她打电话让哥明早就开过来。说完，她顺手往门外一指："喏，那辆路虎越野车明晨也要上党岭，说是从北京那边开过来的。可惜他们已有两人了，你们这么多人坐不下的。"奕华看见了那辆"路虎"在黑暗中隐约的身形，像一头准备入睡的熊。她在想：是什么样的人，会开这样豪华的越野车去爬党岭那种前途未卜的、接近原始的山路呢？这时，她发现了央金放在柜台后面桌上的一本杂志，这本杂志为她做了专辑，发了她的两个短篇小说，一篇随笔，还登了小传和生活照。

"奇怪，这样的杂志丹巴也有卖？"她疑惑地问起了央金。

央金有些羞涩："丹巴哪有？是开路虎车的大哥带来的。和他聊天说我喜欢文学，读高中时也在校刊上发过诗歌、散文的，他就把杂志借过我看看，明晨他走时再还。"

奕华翻着杂志，见到在印有她小传和照片的那一页折了一角。她抚摸着折痕，一个念头像天外飞来的陨石砸中她，迸溅出万丈火焰。她在一片模糊的泪光中想象着折出这一角的手，会是当年在党岭上伸向她的那只白皙而干干净净的手么？那只手如神的举止，一直停留在她的岁月里，在月光与素荷以及迷雾之间。

"他与谁来的，长成什么样？"奕华像浑身着火似的，开始了颤抖。她只得把身子靠在柜台上，像一床破棉絮搭拉在那里，失去了自主。

央金显然被奕华的反应搞懵了，她漂亮的大眼睛写满了惊讶。"姐姐认识那位大哥吗？那位大哥长得瘦高瘦高的，皮肤白。他也带着一位姐姐。那姐姐怎么说呢，"央金停顿了一下，从嘴角发出"滋"的一声，"那姐姐长得不好看。"央金下了这么个绝对的结论。

"那，他们住几号房？"

"他们已睡了。刚才我送开水敲门，他们就告诉我，睡了。"

……

奕华撩开厚布帘，打开玻璃窗，一次又一次向黑暗探出身去。她在盯住那辆熟睡的路虎车———一头像熊一样睡得没心没肺的家伙。她问自己，就这样盯上整整一夜不眨眼吗？

显然不可能。天吐鱼肚白的时候，她竟该死地睡着了，还做了个该死的美梦——在梦中，月亮竟能发出声音，它把双嘴张成O型或是清瘦的D型，像风吹树叶那般唱着歌，歌，断断续续，像一个人走着走着，总会停下来回头张望。海子上的雾气终于在这天籁般的歌声中散去，海子一片澄明。素荷顶着它们皎洁、几乎至透明的花朵，开始在海子水面上游荡，像一群容貌姣好的船娘。林肯对她说：奕华，你要相信这是真实的。即使整个地球毁灭了，你也要相信今夜真实无比。否则，奕华啊，你怎么活下去？奕华哭了，哭得比月亮的歌唱更响。林肯把手伸给了她。白皙而干干净净的手，无比真实地攥在她手中了，那手带着男人的问候，像神的举止……

但一阵强烈的轰鸣击退了月亮的歌声，直抵奕华的耳膜。奕华躺在了一缕冰冷的光亮中。她清醒了，第一时间里便意识到，是那辆"路虎"在发动。她翻身下床，披头散发、赤脚，开窗，从二楼的窗口往下望。恐怕是她开窗时过于慌张，使的劲太大，窗户像被炸弹炸开似的，"砰"的声响回荡在寒冷的初晨。路虎车的一侧竟打开了，一个女人伸出头来向她的窗口张望。"有那么一瞬，我们目光遭遇，如短兵相接。"她想起了奥涅金在《子夜》的一段话。只是，只是这个女人怎么会有这种眼神？属于她蓝奕华的眼神——如匕首显现，充满着温柔的暴力。

……

她想象她们的北京吉普是碾着"路虎"的印痕向着党岭飞驰，如同她在攥住林肯那只梦中的手。窗外开始飘雪，越往山上走，雪下得越密。雪开始堆积在一片片的金黄或艳红之上，像陡然诞生的一座座巍然圣洁的宫殿。而路边那种曾金灿灿的、有点像波斯菊花态的格桑花，却一朵朵地被冰霜包裹了起来，被封存至另一个世界中去了。这个世界只能透过玻璃般透明的冰，见到它被凝固了的花容以及沉默的一生。奕华也曾有过这样的片刻——当年与林肯坐在寒冷的深夜等待素荷开花时的她，以为自己已被冰雪封存成为了标本，是林肯让她热泪纵横，冲破了冰的囚牢。

哦，林肯，林肯，她这一生注定抓不住的影子么？悲痛欲绝也不行？

因为，司机便是这个时候告诉奕华，不敢再开了。早晨慌张之中，竟忘了给车辖辘上防滑链。而现在道路上已有大量积雪。给多少钱，也不敢再开了。

奕华"通"地跳下车，迎着雪粒子往山深处跑。有几次脚一滑，差点就摔下崖去。但，她仍不管不顾连走带跑地向前赶。哦，雪粒子啊，你都配被称作花么？她大声吼叫：你承认你就是箭矢吧，要来就来吧，我接受你的万箭钻心……

那一天是1997年的农历九月十六，素荷十年一开的花期。奕华却半途而废。

旗袍

2000年元旦，新千年到来。

奕华坐在马狂的黑色奥迪车上，正在渝都最繁华的步行街边缘，左冲右突，向所有挡道的人、车以及高高耸立的男根似的建筑，发起冲锋。奕华每天的生活都像这样快马加鞭、时不我待。这不，她正赶着去参加渝都精英女子协会举办的一场盛大的旗袍秀派对。

她陡然觉得两边的建筑物几乎都到了直冲云霄的地步，如果说像男根，也是一根根地独自为阵、势单力薄的，比她的男根山更危机四伏。她透过车窗往上看时，总会产生晕眩感，尤其是看到国内一家著名的时尚杂志，把一幢"男根"几乎全覆盖，做了张天大的海报——"她世纪，女人的精彩"，几个大字也是惊天的。海报上穿黑皮衣、戴墨镜的女郎骑在如猛兽般的摩托车上，向着挤满"男根"身形的天空，冲锋。

"她世纪"，奕华轻声咀嚼这个新名词，怎么就感觉几个字都四四方方的，像被人故意地刀劈斧削地造了一个型，造就了几粒骰子，"哗啦"丢在了不同的牌局上，然后再起哄，说，赌吧。

马狂疯也似的玩着方向盘，听到奕华的大呼小叫，便开心地呵呵大笑，然后阴阳怪气地说：哦，原来"她世纪"就是你们一帮女人用旗袍把身子包裹得凹凸有致，衩，开到大腿根，然后抱成团，自慰？

"都是局级干部了，还口无遮拦。"

"不是的，奕华，我是觉得这个他妈的以旗袍为名义的女人会实在无聊。旗袍是个什么东西？上紧下松的，想卖弄又故意羞答答，我最烦女人穿这样的服装，让人想起笑靥如花，其实想掏空你腰包的迎宾小姐。再说，这个聚会又是你们大学班上那个姓秦的家伙搞的，你凑什么热闹？不是很烦她吗？她当初甩出两张'人流'条子攀了个 11 级干部的儿子,现在还不是被人扔了?当然她也算发达了,钱财是捞到手的。听说没有,好几个房产公司,她都占了股,所以屁股后面也还有一帮子小白脸追随呢。"

奕华喜气洋洋地说,我倒是冲着她去的。她求了我好几回呢。多好玩的事。你也尝到过被人求的快感吧。

马狂又酸溜溜地说:还旗袍派对呢。不过是些离了婚的半老婆子,扎堆,叽叽喳喳而已。有多大意思?

奕华知道马狂诅咒旗袍派对,是因为被她伤了自尊。本来派对规定,须带一位丈夫以外的男士。她可以带马狂的,但想了想马狂穿长马褂的模样,恐怕比耍猴的好不了多少,女人们会暗地嘀咕她:只带得出这般品相的人吗?她自然不能被嘲笑,情愿孤身赴会。两袖清风的飘逸,倒给人无穷的想象力。

马狂说,我开到之后便会立刻消失的。车夫嘛,要知趣。需要接时,我会招之即来。

奕华笑靥如花,想起秦同学说须带丈夫以外的男人赴会时那种气势如虹的口气;想起马狂说秦屁股后追逐着嫩水儿般的俊男,又禁不住喃喃咀嚼"她世纪"这个新词儿,心里有隐秘处在颤颤绽放,如石头里蹦出了花朵。

长江边的酒吧,像偎在水岸边的趸船,踏上去有摇摇晃晃的漂浮感。寒天寒地的江风从门窗的缝隙飕飕渗进来,像钻进了万千条冰凉的蛇,缠绕于那些着旗袍的光膀子、光腿子之间。

但江风也吹旗袍醉。那些被外力陶醉或自我陶醉的旗袍无疑都在奕华眼前东倒西歪。哦,这些声势浩大的旗袍,像一场声势浩大的沙尘暴,一下就迷糊住了奕华的眼睛。并且,那么多旗袍的彼此粘连、重叠,像泥巴遇上水,有了永世的恩爱似的。旗袍们多么芬芳啊,无论是轻佻的玫瑰香还是异类的薰衣草或沉稳的檀香型,都相安无事、彼此致敬。

而这么多旗袍扎堆,并不完全像马狂预想的那样,只顾着叽叽喳喳的东家长西家短。着旗袍的女人早就不屑于干那种事了。她们甚至都不是来这里风花雪月一场的，而是为着扩大人脉、交流信息、找寻商机。奕华听到一个被称作"徐爷"的女人悄声指着另一个"旗袍"，对手下的说：那人，得给我拿下。

奕华那位秦同学穿了一件比西藏的天空还要湛蓝的旗袍。以金色盘边的粉彩龙，从左肩至腿，几乎飞腾在她全身。而她的马蹄领有着放纵的意思，像挖了口井似的，让她丰满犹存的乳半遮半掩，令人想入非非。她亲热地一把抓过奕华的手，活泼少女般地摇晃："你太漂亮了，太有创意了。我们伟大的西城大学的女生就是不同凡响。"她的语调歌咏般地充满夸张。

其实那天奕华穿得极为低调。洗得灰扑扑的牛仔布做的刚过膝的短旗袍，中式直扣从高耸的企鹅领，翻越右斜襟，一直抵向摆脚。直扣像最简单的算术题，让她身上毫无秘密可言。可闪烁着哑光的铜扣头，又让一切变得没那么简单了。还有她那双牛仔布镶了皮做成了长靴，手腕上戴的价格不菲的骷髅银手镯——奕华这一身，表面上看去带着简陋的自谦，其实是天衣无缝的别致，充满着藐视一切的气息。

秦同学咬着奕华的耳朵说：我要你来，是将给你一个天大的惊喜。你会成为今天旗袍秀，不，明天整个大渝都的焦点人物。记者将踏破你的门槛，你会比你的乔大师还会得到市里那帮人的重视。说完，她转头，扭着腰肢往台上走，把奕华呆呆地扔在一旁。奕华见她迈上舞台时，过于活泼，一趔趄，差点就是个狗吃屎。但马上就有三个俊俏的小男生争先恐后地飞奔过去，扶住她。

秦同学迅速站定，摆了一个亮相的 pose，眼波流逸，环顾四周，然后发出了小女生般柔美的声音：

"各位，您们肯定都听说过格尔这个跨国集团的名字。这个集团的领导层一直相当神秘，不过是个副总裁兼发言人在媒体前晃动。但你们知道它真正的掌门人是位叫格蕾丝的女士吗？这位女士掌握着多少财富我就不细数了，俄罗斯、巴西都有她圈的地。她也是我们渝都请都请不来的财神爷。而格蕾丝从来都让人只闻其芳名，不见其倩影，神秘得很，少有人见到真佛面。今天，我倒把她请到了这里，就在我们舞台的幕帘后，大家鼓掌。"

场内响起稀疏的掌声。更多着旗袍的女人仍只顾缠着另一个"旗袍"，讲着自己的事情。

只有奕华让眼睛跟随着一束橘黄的光，向幕帘后探寻。只见得一个人影在帘后晃动，声音传出来："请别鼓掌，我这个丑媳妇是见不得公婆的。"好家常的话语。人影闪出来，白晃晃的一团。走到台正中时，被一缕玫瑰红的光笼住，冷飕飕的寒天寒地突然就被隔离了遥远。

她穿着白色旗袍，像是一种麻质布料缝制，宽袍大袖，袖口像两朵快蔫掉的喇叭花。脚上是黑色的北京扣袢布鞋，白与黑的对立又包容，貌似寡淡中，埋藏着隐忍的忧伤，让奕华一下子就想起张爱玲形容旗袍初兴时，女人们穿着它"严冷方正"的清教徒似的模样。

面对这模样，奕华差点"啊"的叫出声来了——她太像一个人了。难道，她就是秦指的天大的惊喜？可能吗？这么多年的杳无音信？鬼差神使了吗？奕华心里即刻被什么堵住了，如同她走着自己的路，不相干的人却拼命给她塞来推销产品的传单，动作相当粗暴无理，根本就不考虑她愿不愿接受。这个女人会是秦塞给她的传单吗？她对这种可能性充满着恐惧。忙把自己藏到了一堆"旗袍"之中，再见机行事。

"我想纠正刚才美丽的秦女士的介绍，我并不是什么格尔集团的掌门人，我们的总裁永远是我的先生。只是他常常在北极、南极间往返，或是去攀登世界的某一座高山，我只是暂代他做点功课而已。"她的声音低沉漂亮，极像梅丽尔·斯特里普在电影《走出非洲》一段讲故事时的声音表现。

她有点东张西望，似乎在寻觅。"我其实也算渝都人，在这里长大。我的中文名叫南丁。"突然，她的声音发抖了，朝着台下没有灯光照拂而变成黑鸦鸦一片的"旗袍"深情地叫道：奕华，你在哪儿啦？刚才还见着你哩，你在哪里啦？

奕华被人迅速地从"旗袍"群里拎出来，推上了台。南丁一把抱住了她，泪，热乎乎的，滴在了奕华的脖子里、肩头上："多不容易啊，妹妹，快23年了，我一直想着你呢。这次下决心来渝都，就是冲你来的。"

台下响起了热烈的掌声、唏嘘声。女人们不是都那么喜欢戏剧效果么？人生如戏、悲欢离合的，当不成演员，当观众也好啊，只要有戏一幕幕演下去。

奕华突然成了主演之一。她对这一角色感到相当别扭，首先是来自身体的。身体很难说谎，对一切的突如其来会有本能的冲动反应。她几乎是一把推开了南丁——她好久没与人这样毫无距离地肌肤相亲了，她受不了。但又立即为自己的举动后悔——已是主演了，台下有那么多的观众盯着，真真假假也得把自己的戏演得天衣无缝才行。泪，果真便淌了下来，多少也带着百感交集。哪怕是仇人呢，不也是一道从岁月间穿越过来的？何况面前的女人亦敌亦友，欲说还休。

她便作惊讶状地望着南丁，一遍遍地喃喃："南丁姐，真是你吗？我不敢相信。"她上下打量着南丁，如同电影《白毛女》中大春在山洞里对喜儿的辨认。又啧啧有声地说：南丁姐，你是仙女变的吗？还是那么年轻，那么娇艳。你让我们这些人怎么活？

奕华并非都在说假话，她真是无比困惑于南丁容貌的依旧鲜亮、依旧姣好。她曾经若干次揣度过经历岁月变迁之后南丁可能存在的形象，希望见到的是一张倍受摧残的脸；最宽容的，也该是胖得难以收拾的大脸盘和大块头躯体了，那样才体现上帝的公平，因为南丁已从她手上掠走了世上最好的东西。然而，眼前的南丁，体态轻盈，皮肤紧致光洁，脸型已从过去的圆盘子脸变成有着尖尖下巴的瓜子脸了。"原来这世道没什么公平可言，只有强权。"奕华暗自思忖，妒意油然而生。奇怪的是她并不怎么妒嫉南丁拥有的跨国集团、财富和荣耀，而是容貌——女人心心念念的容貌。

"旗袍们"更是热烈地鼓着掌，要南丁分享容貌"保鲜"的秘密，这是女人们最致命的要务，也是最致命的痛苦。或许财富、地位，她们都可以靠自己的打拼得到。而容貌呢？容貌像画在虚幻中的大馅饼。她们总想找到一把钥匙，开启虚幻之宫的大门，把馅饼收入囊中……

秦摆摆手，让大家停止喧哗。又用少女般柔美的声音歌咏般地说：我倒知道格蕾丝女士永葆美丽的最大原因，姐妹们想听听吗？秦嘴角一翘，挤出两个酒窝，拨弄出一股子令人难以忍受的媚态来。"格蕾丝美女的美丽源泉来自与先生几十年的爱情。他们从小青梅竹马，是彼此的唯一；长大后又琴瑟和谐，共打天下。打出了一番令人瞩目的大事业。"秦又是头一偏，问，"格蕾丝女士，您算是人中之凤、女中豪杰了。那么，在集团与家庭中，您与先生究竟谁说了算？"

南丁的表情中有一丝令人几乎觉察不到的窘态，她甚至掠过隔在中间的秦，去看了一眼奕华，然后才款款而言：我很喜欢诗人艾青夫人高瑛写的那首《致艾青》。几句话，却耐人寻味。姐妹们不烦，我念给大家听听："我有时走在你的左边／有时走在你的右边／但仔细想想／还是走在你的后边。"

南丁低沉而漂亮的声音在酒吧的每一个角落回荡，所有"旗袍们"的叽叽喳喳都因这样的朗诵而停息。突然的安静，使场子里的人陡然发现有许多船只仿佛正"嚓嚓"擦过酒吧的门窗，呼啸而过，让酒吧有着近似余震般的摇动——这真个忙疯了的时代，连夜晚也在来去匆匆，不肯入眠。汽笛声、江浪的吼叫声，声声像冲锋号吹起，号召着人们投入这激烈的奔忙、激烈的夜。

而这种激烈更强调着酒吧内奇怪的安静。秦已察觉到这安静充满着的危机，立马对音响师说：放曲子，跳舞。

是苏联的歌曲《纺织姑娘》，跳华尔兹的。

"旗袍们"环顾场内，男人寥寥无几。那么令人遐想的规定——带丈夫以外的男伴来，终成虚化。只有秦和很少的人带来了青嫩的男孩或沧桑的老男人，实现了这豪迈的举措。"旗袍们"自然是不屑老男人的。但青嫩男孩更让她们无所适从。面对青嫩，她们有着自觉的羞愧，更别说调情了。那会被她们自己都看不起的，视作有乱伦嫌疑的犯罪。

场内的灯光倒是愈加五彩斑斓了，照亮着五彩斑斓的旗袍——短俏与齐脚款的；高开衩、低开衩的；如意襟、琵琶襟、双襟的；竹叶领、滴水领、凤仙领的；刺绣的、镶色的、滚边的；轻盈秀丽的海派风格与矜持华贵的京派传统的。这是好盛大的一个旗袍节日，旗袍笑逐颜开的狂欢。但，妙曼的歌声再怎么回荡，许多穿着旗袍的女人不过是你看着我，我看看你，面面相觑。谁是她们的舞伴？她们面对的似乎是像沙尘暴般没完没了的旗袍。永远的旗袍。该死的旗袍。

南丁再一次登台，举着酒杯对众"旗袍"说，喝酒吧。我专门从北京带来的法国普罗旺斯地区产的红葡萄酒。养颜呢，喝下去，就像有一缕普罗旺斯的阳光照着呢。姐妹们喝吧。奕华，你多喝点。

她将手中的满满一杯红色"忽"地倒入口中，然后问后台的电子琴伴奏师：会不会弹《西波涅》的伦巴曲，就是张曼玉在电影《阮玲玉》中跳的那段？伴奏师弹出几个音，南丁轻轻跟着哼了两句："对，就是它。节奏还可以再快点。"她又为酒杯斟满神秘莫测的红色，边喝边晃晃悠悠地跳起了伦巴。透过高脚杯，可看见红色液体在激烈地晃荡，如同火车正面临着随时都可能脱轨、被抛出去的灾难……

西波涅，你像朝霞一样美丽。

西波涅，像夜莺，在那月夜歌唱，

你呀，西波涅，

你的嘴唇甜甜蜜蜜像一朵玫瑰花，

引来蜜蜂采摘它，

西波涅，我的幸福就是你呀，

西波涅……

她仰头，双眼微闭，用没端酒杯的另一只手在空中旋转，像是在采摘虚幻中的玫瑰，一直从台上跳到台下，跳到奕华的对面，让奕华无处躲藏。

许多年，林肯与她捉着迷藏，兜着圈子呐，山重水复的神秘无限。蓦然回首，林肯不过就站在那里，平淡无奇的，似是而非的。

一个女人扮演了林肯的代言者，重归奕华的世界。通过她的中介，奕华似乎又在与林肯产生一种联系，像丢失了某件贵重物品，因时光过于久远，已绝望地打消了寻找的念头了，突然却见到了"失物招领"启事。但薄薄的一张纸，代表不了失物的本事。就如南丁绝对代表不了林肯。并且，她在干着毁灭的事，毁灭奕华一直保存得那么完好的幻影，那幻影属于遥不可及，属于奕华的独自享有，属于奕华在银行为自己存蓄的财富。但竟跑出一个人来粉碎了奕华的私享，并一一罗列出真相，说：假的。你清醒吧，你存的钱全是废纸……这个破坏者怎不激起奕华的厌恶，甚至仇视呢？

南丁真看不出自己脸上的真实表情？看得出来还在自己面前晃来晃去，不就是挑战？

"嗨！"奕华突然叹气——因为林肯，南丁恐怕会老处于挑战的状态中，多少令人唏嘘了。她一直在充当索债者么？林肯一直在偿还么？欠债人与债主间除了同床异梦，会有诗意可言么？想着，奕华便觉得面前的挑战者有不可名状的可怜。她冷眼旁观，南丁的舞姿过于谨慎，几乎没怎么摇动的胯部，简直称得上端庄而矜持了。刚才，觉得她在台上的风骚，更多的是因为她高举着盛满妖艳红色的酒杯带来的错觉。可此刻，奕华觉得她更像擎着奥林匹克火炬的希腊女神，想把自己奉献出去的女神。

"奕华啊，找个时间带着女儿到北京来玩吧。要不，夏天我们又要回美国那个家了。林肯走前还得去厦门的南普陀寺当一阵子义工，他喜欢。他原来爱满世界跑，现在倒喜欢在家打打坐、抄抄佛经什么的。"

"滋。"奕华嘴角一撇，似笑非笑的，想着南丁的卖弄和炫耀还是那老一套，看似温情脉脉、贴心贴肺的，其实是当救助站的面包，在四处派发呢。

奕华装醉，故意迷迷糊糊地接过话头，以试探口吻发起进攻："你家先生还是个大作家吧？我见过他写的一些东西，笔调真像杜拉斯的《情人》……"

南丁一愣，笑容僵住了，眼神里堆积出了惊愕的乌云，到最后竟有一丝惊恐了。正好曲子完了，她慌张地转头去看了一眼，再回头面对奕华时，"扑哧"地笑出了声："你搞错了吧？你才是大作家呐。他才不写什么东西。还说中国是没有真正文学的，现在作家写的东西像幼儿在搭积木。生活倒更像文学了，处处都是文学，人人都是作家。你说这人说话多讨厌。"

南丁真是聪明，话语指东打西，夹枪带棍的，奕华不知该如何接下去了……

自然是冷场。在休止符状态中，奕华呆呆地望着面前的女人，仍在琢磨她刚才那个意味深长的眼神——从惊讶到惊恐的眼神，多少被弄糊涂了：这女人是在说谎，还是就是事实呢？抑或，她的确从来就不知道林肯在写小说？她真像一个谜啊——那样的眼神与那样的侃侃而谈，甚至带着攻击性的回答，这之间，是多么的不配套。

谁才是女人的真相？

只有弄清楚女人的真相，才能找到一直困绕奕华的那个问题，那个她迫切需要知道答案的问题：林肯是不是奥涅金？

这很重要吗？

是的，很要要。

如果林肯就是奥涅金，意味着林肯对奕华不完全是虚幻的。他们的灵魂一直相伴而行。

显然此时，在一脸明媚的南丁脸上什么都找不到了。她已神采奕奕地投入到更激烈的舞曲中，舞姿仍是端庄而淡定。只是喝酒来了劲头，与谁都"砰砰"碰着杯。见奕华还默默地呆在那儿神思恍惚，忙找人为奕华斟酒，满满的一杯。然后抚着奕华的肩头，碰杯。她说 cheers，便自己先一口干了。

又为自己斟上了一杯。

"奕华啊,你知道你有样东西让我羡慕死了吗?你漂亮的女儿啊。前些时,我去上海托人找到你母亲了。你母亲没给你提过?小姑娘比你当年还漂亮哩。你猜她的嘴巴有多乖巧?叫我南丁姐。我说比你妈还老呢,怎能叫姐?她说你长得就像姐姐嘛,人的生理年龄与实际的岁数不完全相关的。呵呵,太可爱了。可惜,我没有生育,我和林肯膝下无子。要不,我的儿子娶你的女儿多好。"她端起酒欲一干而尽,手却发抖,那妖艳的红色全倒在她的下巴上了,形成一道红色的瀑布,从下巴落向她麻质的白旗袍,前襟被弄湿了一大片,如画水墨画时,渐渐洇染出的牡丹。

她反复念叨:"假如我有儿子,娶你的女儿,多好。"

奕华说,你喝多了。便让服务生扶她去坐一坐。但她仍攥着奕华的手不放。

此刻,奕华发现满场的"旗袍们"都充满着醉意了。如果说刚开场时,这里的醉,不过是故弄玄虚的装腔作势,而到了这时,所有的东倒西歪都无比真实。只见一个穿紫檀木色香云纱旗袍的女人,端着酒杯向另一个与她穿着同款的女人走去,然后"叭"地扇了那女人一耳光:"这衣服也是我老公买给你的吧。还敢故意穿到这里来与我'撞衫'。"两只酒杯同时落地,发出清脆的声响,玻璃碎片、妖艳的红色液体随着"旗袍们"的尖叫,在她们脚下被踏来踩去,一片狼藉。

奕华盯着自己盛满红色的杯子,五彩斑斓的旗袍都在那圆形的玻璃光影间晃动、碰撞、交织。它仿佛变成了魔镜,把所有自以为是的缤纷多姿都收入它的方寸之间。犹如旗袍,以为它能纵容女人的许多想象、欲望、得意与一往无前,以为它能让女人胸与臀、大腿那么肆无忌惮地凸现。其实,当女人真正地旗袍加身时,才知动弹起来多么困难——增一分嫌肥减一分嫌瘦,胯不能宽,腰不能圆,臀不能瘪,步子不能迈大,表情不能焦躁。穿旗袍的女人啊,只能是雨打芭蕉的时季,手握小团扇,闲淡地坐在门口等男人回家的女人;结着丁香般愁绪的女人。女人把自己装进旗袍里,到底,还是为了穿给男人看的。

……

抵近子夜,旗袍秀派对在一种不尴不尬的氛围中结束了。马狂的车载上了两个仍散发着葡萄酒气的女人。本来南丁执意要叫接待方来车,还说要把奕华送回黛岭333号的。奕华说，算了吧，我送你到酒店，该尽的地主之谊。

奕华坐前面，南丁坐后排，隔着黑暗说话，有一搭无一搭的。车子还没绕完江岸的路，奕华便听到后排传来一阵粗细不均的呼吸声，以为是南丁睡着了，便对马狂说："恐怕是太累。下午才从北京飞来，明上午又要飞济南。"话音未落，猛听见南丁说，我好难受，能不能下车去透透气？刚才那个酒吧里酒气冲天，臭哄哄的，堵得我胸口发慌。

……

这是沿江剩下的最后一段路了。水声在看不到的江堤下喧闹，像发高烧说着胡话的孩子，正折腾着呢。隔着江堤上的人行道和铁艺栏杆，江水毫无危险，反而充满着悠然的审美价值。南丁伏在栏杆上，说，好难受，把酒能吐出来一些就好了，可偏偏就像鱼刺，卡在了身体的某个地方，吐不出又咽不下去。她浑身更加难受了，头痛欲裂。吐不出又咽不下去啊，再怎么努力也是徒劳。她声音哽咽。

……

江岸边还有些女人在徘徊。一些衣着廉价而混乱、乡里乡气的女人。过路的车灯照亮她们的时候，可以见到夸张的假睫毛和红唇像一些沉重的仪器堆放在她们脸上。女人看到她们时，几乎面无表情，甚至都不拿诧异的眼光去更多打量到来的不速之客。这些女人的注意力在另一个方向：男人走过来了，驻足，低着头与她们轻声交谈。

"嗨！"南丁叹息，抓住栏杆难受地扭动，真是吐不出又咽不下去啊。她喘着气，嘴里却喃喃，如同在梦中呓语："嗨，这些女人啊。她们倒可以离男人这么近……"

江对岸闹市区的建筑，像是被变焦镜头一下子拉近了，近在咫尺。失去灯光装点的一幢幢高楼，站在黑夜里，沉默，宛如没有声响的海市蜃楼。或者是，蜕去了羞态的男根。

奕华潸然泪下，好像是没由头，却又带着诚恳。她怕被南丁发现，忙扭转过头去，却见远处有个影子伫立，似乎正注视着她们。这个魑魅般的玩意儿啊，最近老在奕华的白日梦中如影相随，捉不住、逮不到、兜着圈子呢。奕华也曾怀疑：它或许只是出没于自己心中之魔的幻影吧。

上邪

奕华45岁那年对人说：我要弄出点动静。结果便是把自己的笔名改成了男根。

用该名发表了一大堆小说，什么贱就写什么。但，一切反响平平。文坛上那些爱骂人的老人家都很匆忙，忙着走南闯北去开研讨会或采风，场子都赶不过来了，哪有时间来顾及一个有些黄色的笔名？网上倒有几个人骂上了几句，没人附和，也就偃旗息鼓，接着便是无边的沉寂。

奕华有些愤愤然。深感这年头的危险，每个人都活得匆忙，日理万机似的，根本没时间去打量别人怎么样；每个人都急于表达，如同进入了KTV包房，只顾着当"麦霸"，扯着喉咙吼叫，哪有耐烦心去倾听别人的歌声。这世界怎么啦？匆忙与霸权已在消灭人们的好奇心和想象力，甚至性的欲望。鲁迅曾说过的，以前男人见着女人露出的脖子或胳膊也会想入非非的事，不复存在了。现在，一个男人或女人无聊了在闹市里裸奔，也不过是个娱乐符号，登在报纸第四十版的右下角，新闻不会超过两百字，因为它的卖相日益萧条。

奕华对这个时代渐渐没有了指望，再怎么作秀都难以惊世骇俗。奕华不知所措。她开始衰老，由着心沉浮。

其实，她写的并不都是烂作品，至少小长篇《男根山》还是不错的。奕华为此痛彻心扉，希望有人认真读读她的《男根山》。读一读，人是不是就会发觉自己的匆忙多么无意义。

《男根山》故事梗概：

史上曾有一支叫蓝衣军的攻打下渝都。其实，这队人马三分之一皆为女人。她们白天操枪当战士，晚上便为军妓，哪怕当上女将军了，也一样要去男人那里侍寝。天经地义的，没人觉得不妥。

打下渝都的那天，城楼上，男人正忙着奸淫掠来的民女。光天化日之下，男人脱光衣服，像蜕了毛的公狮向一个个同样被剥光了的女人扑去。哭喊声震天，集体的奸淫比集体的杀戮更摧毁着人的神经。

女战士们目睹比地狱还恐怖的场景，呕吐，悲号，有些人吐出了殷红的血。她们昨晚还与男人干着那种事儿。肌肤相亲的时候，女人产生过幻觉，以为男人是爱自己的，至少爱着自己的身体。忘掉他们之间不过一个是嫖客一个是妓女。总之，许多年了，女人们跟随着男人，无论拿她们当妓或佣人，都是欢喜的。因为被男人需要着。但，男人们却那么简单地就背叛了她们的感受。

她们集体逃跑，集体地抛弃了男人。在离渝都几百里外的山崖上，建立了一个女人山寨。女人入伙这里有一条必须遵守的条件：彻底忘掉男人，从身体到心灵都从属于自己。

女人们开初是欢天喜地的。她们可以自由自在、可以头不梳、脸不洗，衣衫也用不着整齐。尤其奇怪的是，住山崖上，女人特别爱放屁，有些人的屁很响，打起来像惊雷。好在都是女人，没什么不好意思的。每个女人嗅到别人的屁都笑一笑。山寨到处都充满女人的屁味。

女人已忘掉自己是女人了。

有一个女人一直试图掩盖自己的屁。她克制，以最大的毅力。她的克制让所有的女人都害怕，她们看出她是多么在乎自己的女人身份。可没想到，有一天她憋不住了，放出一个屁来，震动了整座山，她成了"屁王"。

那个时候女人们还不知叫这个无名的山寨什么才好？这个地方让她们有点发怵了，心里空旷。这里到底不像一个归属。她们开始想男人了，怀想起自己的父亲或儿子，就是不敢想丈夫。她们是妓女，千人可妻的，没有资格想丈夫。但有时管不住身体时，也禁不住把男人当丈夫想了。丈夫是多温暖的称呼啊，叫起来像是在叫魂儿。丈夫也就像是灵魂活泛时不断旋舞着手——是一种灵魂之舞。灵魂垂下双臂时，她们便成了行尸走肉……

想念痛彻心扉。太难受的时候，她们就觉得该把男人雕刻出来，或于石壁，或于山崖……而男人是个什么模样竟记不清了，只记得那玩意儿，历历在目，如皇天在上。

一锤一锤地雕，像是在心尖尖上雕。雕的过程，也在释放对男人的饥渴。

第一个把男根雕刻出来的是那个"屄王"。她双手血肉模糊，见到自己的作品像见着了鬼，哭，嚎叫。挣扎着站起身，对姐妹们说：不要再雕了，我们又在创造自己的敌人。就做自己的男人吧，雌雄同体，我们也会活下去的。但没有谁听她的，或，谁都听不见了。每个女人都匍匐于地无比虔诚、无比专注、无比深情地雕刻着男根的每一丝细节：一根比一根粗壮、一根比一根栩栩如生。没有人抬起头来看她一眼，连同她的哭与嚎叫都没人关注。匍匐于地的女人只顾着去爱自己创造的作品，疯狂地崇拜，如皇天在上。"屄王"绝望了，她纵身一跳，从此有了"舍身崖"。而女人们占山为王却四处刻着男根图腾的山寨，被人称作了"男根山"。

小说稀里糊涂便画上了句号，奕华却为此差点虚脱。《男根山》出版后曾有评论家严厉批评其结尾的糟糕。"看得出作者在关键之处尚欠功力。"评论家说。对此，奕华承认，自己不但尚欠功力，连力气也不够了。像生下了一群孩子却无力抚养的母亲，她不知拿这些男根山上失去男人的女人命运怎么办好？是让她们重返男人世界，还是就这样千古孤独？

但写小说的过程却令奕华始料不及，也像在雕刻男根，意淫。有几次写着写着，与自己笔下的男人缠绵，竟达到了高潮，比真正与男人荷枪实弹地干更心旌摇曳。

奕华的身体愈来愈惧怕真实的男人了。一靠近男人，皮肤就像被火灼了，疼痛难忍。从某种意义上讲，老乔也是。有一次他们做爱，老乔突然停止，翻身从床上滚下了床，大笑，笑个不停。奕华赶紧用被褥遮住胸，对老乔说：你笑场了。你怎么可以笑场呢？事后，奕华都为自己的比喻吃惊。它太准确了，准确得令人心酸，欲哭无泪。

从此他们分室而居。黛岭333号的夜晚，有了两座鸡犬相闻，却老死不相往来的村庄。

45岁的奕华突然绝经，如同遭受百年一遇大旱而干涸的河流。她才知道"艳若桃花"并非是指脸色的，而是形容经血。经血欢畅地在全身奔涌时，千朵桃花才会次第为女人绽放。初潮来临时，母亲对她的宣布还犹在耳边："你是女人了。"那时，她多么憎恨女人这个名词，多么留念小女孩那种不受性别干扰的青葱时光。而现在，她爱自己是女人了，上苍却偏偏要让卵巢与子宫寿终正寝。或许，干脆就是粗暴地遗弃，一点交情都不讲。她被悬在空中，徘徊于雌雄之间。她无法对自己的性别做出判断。她将回归何处？会变成男人吗？或者又回到婴儿般的雌雄共体的状态中，让一切归零？

不公平的是，老乔依然欣欣向荣。除了苍老，上帝并没有在男人身上收回更多象征性别的东西。

夜晚，他习惯把他的"村庄"封锁，奕华不知他在里面鼓捣什么。有时深夜里，奕华发现他的"村庄"虚掩，"村民"不知去向。他肯定是提着鞋，光着脚丫，蹑手蹑脚走过奕华的门口，悄声下楼，溜出大门的。他竟让大门也虚掩着，不顾她的安危了。

再睡觉的时候，奕华一把把地吃安眠药，她不要自己在深夜醒来，面对令她目瞪口呆的危险。但梦中却是老乔为她盛满的一盆蛇汤，里面有着蛇头簇动。她喝一口，就会吞下万千条的毒蛇，然后被咬碎五脏六腑。她惊出一身汗，还是在深夜里瞪大了眼。可噩梦却继续——无尽的黑，要埋葬她了。她已见到自己躺在荒野里的情形：饿极了的野狗已在她的墓穴前徘徊，盗墓者的嘴脸也在手电筒的光晕中看得清晰。可是，她还有什么值得偷盗的东西呢？除了可怜的灵魂。

还有一次，奕华从学校提前回家。开了门，见黛岭333号的客厅黑洞洞的，窗帘严丝密缝。正以为没人，却见沙发那边传来窸窣声响。再看过去，老乔坐在一角，旁边是正街香烟摊守摊的女人。

老乔面无表情。女人倒努力朝她微笑。女人的上牙床比起下边来有异常的宽阔，当中还有两颗龅牙闪现。嘴一张开，就像挂在峭壁上的危崖。而牙龈间的污垢也在微笑时暴露无遗。那种黑，比黑洞洞的客厅更黑。

女人指指茶几说：我是来为乔大师送烟的。奕华瞥了瞥那包几块钱的"红梅"，暗自发笑：这偷情的道具未免也太廉价了吧。她冷笑着问：你们没嗅到一股子臭味吗？像是什么东西被烧焦了？

老乔没理睬，抓起报纸看起来。女人边附和着"是有一股子气味哩"，边往门边撤。门打开的时候,光亮照着她的脸,奕华被吓了一跳:分明是个被考古的北京猿人在朝着她微笑呢……

奕华冲到老乔面前:"这是你又一想象,又一个'女奸'?"

"别大呼小叫的,得有点教养。你以为你含沙射影的,人家没文化的就听不懂?不要让这黛岭满街的女人见着你就望风而逃嘛。"老乔说得气定神闲的。

奕华气得浑身发抖。"呵呵,原来你是要把这满街的女人都变成你的想象、你的'女奸'啊……"

奕华坐在自己的房间里痛哭,鹅黄色的林阿子,一万只林阿子,鹅黄色的罪恶,又在她耳边轰鸣。她快被这如同永生永世的声音折磨得发疯。不行,不能疯掉。她忙找出笔和纸,"滋滋"地用锋利的笔尖把纸摧残得体无完肤。她写道:好吧,就让那对狗男女在笔下永垂不朽吧……半夜,她梦游似的来到老乔的门。门紧锁,如铜墙铁壁。便拼命打门,到后来几乎是砸门了,咚—咚—咚,声响把黑暗都吓了一跳。却没有谁来为她开门,只听到丈夫均匀的鼾声,说明丈夫的睡眠不错。到天亮的时候,才听到他的梦呓,先是在可怜巴巴地哭泣似的,到后来像在谴责一个人,吵架。他绝望地叫喊:"你还不来,谁给我收尸啊……"第二天,果然在丈夫的身上嗅到了死亡的气息,竟恶狠狠地诅咒:去死吧!去死吧!不能怪我。上帝也不能怪我。却又突然往地上"呸呸"几声,申明自己的诅咒是言不由衷的。她害怕上帝当了真。

奕华的日益削瘦,让马狂再不敢说"活该"之类的玩笑话,而是买了一大堆她的《男根山》送自己所认识的人,然后欢天喜地来向奕华汇报:"同志们都看得热泪盈眶。奕华,你会大红大紫的。你从不是一棵树,是整个森林。你的存在从不属于一个男人,属于公众。所以,你不能为着一个男人摧残自己哈。"

马狂疯疯癫癫的俏皮话也没能让奕华稍露笑意。一次,她神情凄婉地对马狂说,有时真想纵身一跳……

"别跳。这个世界是属于你们的。并且,归根结底是属于你们女人的。"

马狂要带奕华去看他朋友策划的一场异类行为艺术。说一看就会长女人的志气、灭男人的威风。

是一台男人炫耀阴柔之美的内衣秀，男人要变天的艺术。

所谓秀，自然是炫耀。

奕华发现如今的男人如此热衷于炫耀了。

过去都是女人爱炫耀，只因女人的弱小，才放大自己的声音。男人沉默，沉默间深不可测。可是，当男人热衷炫耀后，不但没帮上他们的忙，反而兜出了滑稽可笑的底子。

灯光，粉红的，像樱花飘洒。两个孔雀妆容的男人出场，戴着长长的金指甲，扭动屁股、腰肢，跳杨丽萍的《雀之灵》。

然后是穿着束身内衣的男模特儿出场。

然后是穿着各色网眼连裤袜的男人出场。

一个柔美的男声在幕后解说：这个时代是个想象力飞翔的时代，混搭主宰了一切。最伟大的混搭就是突破男女的界限。一个女声接了上来，用强势又戏谑的口吻说：20世纪是女人向男人靠拢，21世纪该是男人向女人靠拢了。还有什么女人拥有的，男人不向往？怀孕、生育，男人也已跃跃欲试。不要以为这是乱伦和摧毁，要展开双臂，迎接这个非凡的时代……

她的话音刚落，身穿束身内衣、收腹裤的男模特儿正向奕华这边走过来。他们穿着8寸高的高跟鞋，船型款，后跟细若韭菜叶，挂在那里，只是虚拟。可以想象他们走路会是多么的艰难，因为鞋与脚基本处于分裂状态。他们只有加大扭胯的弧度来保持高大身材的平衡。终于伫立，摆了一个pose，一个男模脸上带着偷欢的表情，仿佛刚刚偷吃了妈妈藏在柜子里的糖果，有了恶作剧的成就感。而另一个却扭头斜睨着自己的高跟鞋，有着孤芳自赏的凄清神情。他们的胸大肌已被束身衣彻底地挤成了一堆，像女人那般饱满的双乳，从阔边的低领冲出来。收腹裤却把下身收拾得一马平川，再无凹凸，那玩意儿竟不见了。

奕华听到旁边有个东北口音的男人在抱怨：我才不要周身上下像肉肠一样被裹起来，那活得有啥劲？男人才不向女人学呢，女人的文明是折磨自己取悦他人，高跟鞋、束身衣……怎样不舒服就整怎样的，男人能这样傻？旁边的女人不以为然，从鼻子里"哼"了一声，说，得为你们制造"人造经血"了，要不，你们懂女人一个屁啊……

从秀场出来，路上明晃晃的，汪着一凼凼的水。刚下过一场大雨哩。星子穿云破雾而出，倒比素日多了些明亮。天与地也像刚复婚的男女，多了些百感交集的恩爱。星子也闪烁在一汪汪的水凼中，被奕华与马狂"叭嗒"、"叭嗒"地踩破。奕华说，男人的炫耀真是可怕。马狂叹起气来："你哪里知道，这哪是男人在炫耀？做垂死挣扎了。男人的气数将尽，无路可走了。"话说得奕华戚戚然。

奕华才觉得自己是无路可走的。她时刻想逃离黛岭333号。但在大街上茫然徘徊时，惦着的，仍是要回到那里去。

又踩破一个星子时，她突然问：马狂，你怎么还不结婚？马狂耸耸瘦巴巴的肩膀，又是嬉皮笑脸地说：我结了婚，你要是纵身一跳，谁来接住你啊？

奕华盯住这个男人，眼前浮现的却是党岭月光下小妖一般盛放的素荷。

奕华对自己说，不能坐以待毙。干脆，就摧毁吧。她得拿出点石破天惊的行动，来阻止自己平庸地老去。

她到派出所把自己户口上的姓名也改成了男根，以此为仪式，来与占据她45年的"蓝奕华"的名字告别。谁知这个告别式给她带来了运气，她的小说《男根山》莫名其妙地火了。记得有一个叫"情不自禁"的网友在论坛上写道：用男根做笔名，只为哗众取宠。用男根做姓名，倒是一种献身。奕华看后，哭笑不得。又想，到底是自己把自己给献身了。

她已无法掌控新名字带来的影响力了。这种影响力也让她哭笑不得。曾有一个制造中式"伟哥"的厂商，抱着钱，找到她，让她做产品的代言人，在电视画面中，深情地凝视药丸，喃喃地说：哦，原来，你中有我，我中有你。奕华更是愤愤然了。

她选择了逃避，让"男根"暂时离开一片沸腾的沃土。她先后去了俄罗斯和法国。在巴黎，竟遇到了二十多年来杳如黄鹤的林一白。这个曾是她恋人的男人却变成了女人。沧海桑田啊，她难以接受这样的现实。到达法国南部小镇的时候，她已形销骨立。坐在女友家的小院中，听着一种叫"莎乐美"的风呼呼从头顶吹过，竟幻觉：男根山也被风拦腰一断……

奕华带着郁闷的情绪从国外回到黛岭333号，却意外地接到一个男人的电话。

男人自称老乔是他的导师，他是老乔的弟子。

声音怯怯的，有些女兮兮的。是奕华喜欢的那种男人示弱的风格。但接下来，倒出乎她的意料。

他说，是小师母吧，我找的其实是你。

奕华对这个称呼相当讨厌。说，你可以对我直呼其名。

叫你男根吗？声音还是怯怯的。但透着挑衅。

有什么事嘛？奕华已感到这个男人是有备而来的。

男人仍不正面回应，只是说，小师母大概记不起我了，那时，我是常来黛岭333号的。

奕华随口应答：怪不得听声音有些熟。

不，你不会熟悉我的。男人决然地坚持，你真的不会熟悉我的。

也许吧，谁知道呢，那时黛岭333号有许多人。奕华无心恋战。

"我在街上与你对面撞过，你也是没有反应的。我倒是前些年在一个旗袍秀派对上见过你。不久前还见到你和一个瘦小男人走在南岸呢，穿着石绿的绣花衣，是绣的荷花吧，很丰满的荷花，占了衣服的三分之一。你很爱南岸吧？记得你在一篇文章中写，喜欢一个叫马拉的人写的诗：《心中的南岸下雨了》。南岸在你眼里就是烟雨迷蒙的吧，永远看不真切。所以，你永远也不会知道临江的崖上有多少危房在汽笛声中摇摇欲坠。"

他的话让奕华有些惊悚。旗袍秀那夜伫立在远处的人是他吗？许多年一条捉不住、甩不掉的影子是他吗？那种魍魉常在她梦中像手一般伸出来，扯断她的神经。

"你有什么事情给你导师讲吧。"她不客气了。

"不，不，小师母，哦，对不起又这样叫你了。我还痴长你几岁呢。可不这样叫你又怎样叫呢？"男人语气有了哀求。

男人介绍自己叫某某姓名，如今在某房地产公司谋事。怕奕华不相信似的，说可以上网去查自己的资料。

奕华终于知道此人是谁了。是的，他是渝都房地产业的大亨。所谓的十强之一。但，这不是关键。而是他的名字老让奕华想起门缝间的一双眼睛，以及跟踪……她故作轻松地说，大老板找我有啥事？不至于又拿《男根山》去打广告吧……

男人打断她的话："不，广告多么侮辱《男根山》、侮辱小师母你。我为《男根山》所做的事将是形而上的。是艺术。你知道你的《男根山》有多棒？尤其是结尾：那个"屁王"跳下崖去却没女人看上一眼，更别说哭泣了。每个女人都顾着忘情地雕刻男根，偶尔累了，抬起头来休息，也只是在互相比较谁把那玩意雕刻得更像。嗨，读着令人森森背凉。你知道吗？你的才华有时相当残忍。人家以为你的东西不过在哗众取宠，迎合市场。其实，那只看到你的掩体，更深的东西藏在一片热热闹闹之中，那是你要的效果。你不怕别人说你浅薄，就怕别人说你是有思想。难道把思想与女人扯到一块，真的就很可怕吗？男人有思想，会让他们更像男人；女人有思想，就失去女人味。这是什么变态的逻辑？"

奕华握话筒的手开始发抖。男人的确读懂了《男根山》，甚至，她这个人。但她并没有得一知己的喜悦，反而惴惴不安。因为她在明处，他却在暗处。这是不平等的。她对他产生了浓厚的兴趣，让她反而不急躁了，只是嘴上仍催促他有事谈事。

男人感觉到了她的平静。女人一平静就会变得很聪明，他再兜圈子也无趣了，便亮了底牌，说很想买《男根山》的版权或直接由奕华改编的电影剧本。将投巨资来拍成一流的文艺片，冲戛纳电影节。导演就请谁谁谁，主演找苏菲·玛索，她兼有欧亚风情，倒出新。只是有点苍老了，还肥。好在"屁王"也该有点沧桑感吧，她身体上更换过无数的男人，每个男人都是岁月啊，男人让她还没年轻就直接苍老了。只是，苏菲必须减肥。必须。多给点片酬而已。

男人说他在渝都城西搞了一个集水上娱乐、健体、养生的俱乐部，把泡温泉、游泳、皮划艇全弄到了一块。俱乐部的名字倒干脆——"大戏园"，言简意赅。想请导师与小师母去那里玩一玩，与他一聚，也商谈小说购买之事。

老乔哪肯去。

说起某某人，老乔先知先觉：看看，我当初说对了吧，此人要掀大风浪的。你蓝奕华是他的对手吗？他自称是我的弟子，我还不承认呢。当年他的确常跑到这里来，像个勤杂工，一来就帮忙修水龙头、挂画……很勤快，如同一只狗一样在主人面前察言观色。谁的扫帚倒了、笔掉地上了，不用说，肯定是他去拾弄的。他时刻都在准备着侍候人。子青特别喜欢他，说这孩子懂事。可当了大老板后，有什么事找他，见面就打哈哈，却并不办事，滑头儿一个。

老乔愈说愈激愤："知道他是怎样发迹的吗？他最初不过是一个厂子以工代干的工会人员。听人说某退休老婆婆的儿子是国家某部的头儿，便经常往她家里钻，侍候得比亲妈还用心哩。老婆婆的儿子也是个孝子，自己没法尽孝，人家帮着尽了，自然要投桃报李。某部搞试点安居房项目时，便调了他去做了一个子项目的负责人。后来又给了他不少项目，独立做，便渐渐发达了。我的那些真正的弟子讲：他是靠侍候人上去的，像李莲英。但有什么法子呢，成功了，便是英雄，英雄不问来路！告诉你吧，最要小心的人便是奴才——'子系中山狼，得志便猖狂'。为你奔忙的十个奴才的身影中，就有九个是野心勃勃的，恨不得把主子给吃了。"

不知什么时候开始，老乔变得怒气冲冲。他的抱怨终日在黛岭333号的客厅盘桓，如同他身体中渐渐散发出的垂死气息为这个风雨飘摇的家庭蒙上的阴影。有时，他会嚷着要回大林子去，在那里再搭一间小木屋，独自住，当墓穴住。"反正，外面也不需要我了，何不提前把自己给埋葬？"他像在威胁谁，又像在说服自己。他嘴里整天都挂着把他青葱岁月折磨得死去活来的大林子，像在惦记久违的故乡。

对于奕华的走红，他不过"啧啧"咂嘴。有记者曾问他如何看待女性主义文学的崛起？他用了四个字：此消彼长。神情忧虑。

无疑，他最憎恨商人。尤其是由奴才变成的商人。因为商人剥夺了思想家愈来愈多光荣的空间。商人成为了这个时代的英雄——这个金钱至上、GDP

至上，抛弃大师的时代，他感到自己像是骑了匹瘦马的堂吉诃德，遭遇着一辆辆"宝马"、"奔驰"的阻击。

偶尔他也发出声音，谴责社会已垃圾如山：文学、艺术、媒体、建筑、会议、领导讲话、突发事件……垃圾啊，全是垃圾，我们早晚要被垃圾埋葬。他发出呐喊，一针见血。却毫无回响。久了，也就闭嘴了。那是因为找到新乐趣，串场子般地去替人当评委或当导师。

但这样的机会对老乔来说，愈来愈少，少得让老乔惶恐。这些惶恐是从每天清晨开始的。那时老乔已穿好西装，打好领带，甚至还喷洒了一点巴宝莉的男式香水。他一直把对香水的热爱表现得明目张胆，以示有着旅居美国的经历。接下来老乔等待着出发。但，电话和手机却迟迟不响，老乔只得把注意力放在电话、手机身上了。

这些冷冰冰的、代表着人类文明符号的通讯工具，会带给一个男人什么呢？外面世界的呼唤？如同大自然在通知猎物的动向？

奕华见到了老乔何等地坐立不安。他一眼眼盯着电话或手机，像在张望还未到达的情人。有时，还会很仔细检查电话机的各个部分，如同在查看女人的身体。但电话与手机就像一些势利的婊子，无情无义的。当灰暗的天光不声不响地进入这个寂静的家庭时，老乔的叹息接踵而至。

叹息对奕华简直是场灾难，大脑像被水泥搅拌机不停地搅拌着。她快疯了。她对老乔说：别叹息了，你干脆哭吧。说完，她做了一个母亲抱儿子的动作。老乔推开她，冷眼望着：你真是个傻女人，还轮不到你来可怜我……话音未落，却流泪了。老泪纵横。

……

关于"大戏园"，老乔为何最终又肯去了呢？皆因女研究生的缘故。两个女孩说是慕名寻来的，带着敬仰之心和茅台酒、价钱昂贵的保健药品，希望乔大师帮忙指导硕士论文，这让老乔喜出望外。他从这个女孩的脸上流连到那个女孩的脸上，逼人的青春，花枝招展，唤醒了他残存的战斗力。

女孩们睁着大眼睛貌似天真地打量着黛岭333号的一切，谈吐却老道。尤其是个子更高的那一个，斜着眼看人很有点姚俐俐年轻时的模样，相当擅长卖弄风骚了。

听说有人请导师去"大戏园",导师还爱去不去的,她们两眼发光,说,想不到那样的大老板竟也是乔大师的弟子。又娇声央求也带上她们:导师啊,"大戏园"的会员卡可是20万一张的,还不是什么人想办就办得了。对那个老板来说,玩钱还真不稀罕,得玩艺术、收藏之类的。他玩的是收集四川"三星堆"流落在民间的文物哦。

一番话刺激了老乔。他暗笑自己迂腐:能享受奴才的成功,不是更彰显着自己的成功么?

奕华倒奇怪两个女孩怎么知道这么多事。原以为女孩子读到硕士、博士的,必定是两耳不闻窗外事。这些女孩懂这么多,想必就不一定一心只读圣贤书了。

"大戏园"的3号泳池叫"巫山云雨"。四周拔地而起的山堡,便是山了。虽也有着突兀的耸立。但,这就是巫山么?没有高度与深度,稀疏的云雾,哪里遮得住神女与楚王的高唐相会?太明白的世界自然藏不住神话的。而失去了神话,哪来什么"巫山云雨"?只剩下遍山奇怪的枫树。叶,殷红,红得发紫,像是在原来红得很纯的颜料中,加上了来路不清的蓝与黑色。泳池的温泉,热气升腾,水蒸气附在红叶上,凝结成的水珠也是紫红色,顺着叶尖往下滴,仿佛在下紫红色的雨。稀疏却色彩暧昧的云朵飘浮在泳池之上,让这座人工的"巫山云雨"仿佛有了预谋,使人惴惴不安的,倒像真要发生点什么事情似的。

泳池的右侧是一个舞台式的社交场所,高过泳池足足一米。穿着形形色色泳装的男女,在上面走动,像大戏拉开前,演员们在做走台的准备。总之,那是个让人炫目的焦点区域。

奕华见到丈夫老乔也在上面晃动,带着两个如花似玉的女孩子。女孩子穿着比基尼式的泳装。一个穿的是紫与黄两色交叉的横条纹的,够大的胸部被横条纹作了进一步的夸张,让乳房有点呼之欲出。另一个穿的是玫瑰红的胸衣,秋香绿的丁字裤,恰如一株快开谢了花、叶生发出来的桃树。女孩子们的身材都还算漂亮,肉,紧实光洁,着实让人赏心悦目。她们亦步亦趋地跟在老乔身后,叽叽喳喳的,生怕不能引人注目。穿横条纹的那位,老在表演摇摇欲坠、会失足掉进池中的把戏,让老乔一次次"英雄救美",从后面一把抱住她,像一条细绳要去拉住滑向江心的大船。"情急之中",老乔总是用手不小心抱住那对呼之欲出的、年轻的——乳房。

泳池上下有许多身份不明的女孩在男人身旁周旋。水和水边的洋酒让她们格外兴奋,和男人们学着好莱坞电影镜头中的享乐者,趁着水的迷离,频频干杯,把红色或黄色的液体倾入池中,让池水也像人一样含混模糊了。沉醉的人儿,搂抱着迷失于蔚蓝之水下,突然又哄笑着冒出水面。而谁都看得出,那是被伪造的蔚蓝之水,如同被伪造出的鸡蛋一样不可思议。而背景音乐却是著名歌剧《风流寡妇》中的二重唱:《相对无语》,多明戈版的,男女声唱得深情又绝望。

奕华发现这里的背景音乐全是世界经典歌剧的选段。它们在这个充满着闹腾与欲望的地方盘旋,前赴后继似的,如同电影《肖申克的救赎》,歌剧《茶花女》的咏叹调在监狱上空固执地回荡。它试图在照亮什么、冲破什么。

但这里出现的"多明戈"实在令人感到好笑。它能照亮什么呢?难道是丈夫那样的身体吗?奕华想。

奕华还是第一次见着老乔把他穿得如此少的身子,暴露在大庭广众之下。

实在难看,不只是矮小与衰老,关键是不成比例,腰长腿短,小肚子挺了出来,像女人怀了三个月的孕。皮肤却出奇的白,比女人更细腻,软沓沓的,不管不顾地直往下坠。奕华想,曾经每每熄了灯,便是在与这堆软沓沓的东西做爱,便如鲠在喉。

老乔似乎并不在乎自己身材难看。他站在上面,正享受着许多人艳羡的目光。人们肯定在议论:这老头子是谁啊,带着两个如花似玉的女人来招摇?是的,他很享受。他的身材如何已不重要了——女人,尤其是漂亮的女人成为他的延伸,他价值的体现,甚至,成为了他的一部分。男人征服世界早就不靠身材了,得靠大脑、计谋与钱。好身材又能怎样呢?好身材的男人很可能正在矿井下挖煤呢。

这世界完蛋了。奕华在水下咕哝,明知丈夫是听不见的。他掠过奕华的目光,带着轻蔑。他在向奕华炫耀——用年轻女人的身体向正衰老的女人炫耀。

老乔正在做下水前的热身动作,有个女人一直贴着他,帮他抬胳膊屈腿的。那女人穿着黑泳衣,像一件黑色晚礼服,后背满是镂空的黑纱花,让性感显得高贵又神秘。

那女人是谁呢？奕华恍惚——不就是自己吗？自己明明在水中，甚至已看见自己白胳膊白腿的身体在水中漂起来了，像无奈的鱼，游来游去，却找不到目标，怎么可能又跑到那上面去了？难道人可以一分为二，自己看到自己？这是否就是所谓的灵魂出窍？但，她的确那么清晰地看到了自己——十多年前的自己，无知、自以为是、毫无畏惧……

奕华又低头，水中的身体有了沉重，像年久失修的船。胸，很平淡，千呼万唤，再也不可能像岩石一样挺立了。她想起读高中时，男生给她取的绰号叫"乖咪咪"。丰满的胸，曾让她的少女时光充满了忧伤。而跳《乳汁》青嫂的情景还恍然如昨：身子一探，胸就送出去了，台下有不怀好意的男人喝彩，母亲一记耳光扇了过去……

奕华觉得不能再在"巫山云雨"这里待着了，太多年轻女人的身体在威胁着她，包括自己的曾经。

奕华独自来到另一处的泳池。

泳池的造型很奇怪，像一条河似的绕着一座孤零零的小山流淌。奕华选择它，倒不是对它的景观有什么兴趣，只是这里的人不多。泳池里有成群的小鱼，专爱吃人的伤口或死皮。人就不动了，斜靠在池边的大青石上，任鱼啄来啄去。开始有些微疼，犹如针刺。稍顷，竟舒坦无比。但奕华却静不下心来享受，她有些焦灼，不知老乔的弟子何时出现？

他们下午3点进园，竟不见那人，那人安排了手下来迎接，手下的人说，老总晚6点赶来。让老师和师母尽情玩，他请吃晚饭。当时老乔的脸色就沉下了。若不是见着两个女孩子兴致勃勃的，早就扬长而去。

奕华一肚子窝火——花招！那个人又在玩花招。一贯的方式，没什么稀奇的。只是，她为何要盛妆出场？她在家中竟花掉一个多小时用Dior的蜜粉去补救脸上开始呈现的色斑，如同试图补救自己千疮百孔的人生，又用兰蔻防水高密度睫毛膏刷出浓密的睫毛。尤其，采用了一种新概念来处理了眉毛：不像过去画得纤细、高高挑起，带着夜场的妖冶。而是把眉头画得略粗，眉型宛若卧蚕，短、俏皮，像不谙世事的少女之眉。而着装，竟在被称为火炉的渝都七月天选择了穿旗袍——她万分憎恶的旗袍。这是奕华常干着的事，把自己抛进矛盾的旋涡，自虐。当她终于把自己装进一件短俏的旗袍，她见着镜中的女人睫毛颤抖，眼神寂静，如虫鸟闹腾却不见一丝风、暴雨将至的热带雨林。

是的，旗袍，女人的铠甲或武器，更何况是意味无穷的露肩短俏旗袍。所谓短俏，便是裙摆在膝盖之上。这不但需要一双玉腿，还得有毫无瑕疵的膝盖。人的膝盖长得漂亮的，寥寥无几。而45岁的奕华穿上短俏旗袍仍无懈可击。旗袍是织锦缎的，黑色暗花，那是更黑的牡丹在其间翻云覆雨的。款式却安静，并无其他的开破或衩，只在左肩处贴了一只硕大的盘扣，用黑与银双色布盘就的十二瓣菊，扣也不像扣，花也不像花的，倒像潜伏在那里的大蜘蛛。人稍作举动，"蜘蛛"便如同发现了食物，张牙舞爪去猎取。

旗袍经奕华这么一穿，竟褪去了妖冶与性感，有点斜风细雨中的楚楚可怜了。只是，它怎么适合去赴一场与水有关的约会呢？老乔瞟了瞟，便心明眼亮地说她武装到牙齿了。奕华脸一红，也不反驳。她穿成这样，的确是有所期待的。她这样的年龄需要一点自欺欺人。

但，她没想到老乔的弟子会让她等待。

她用装在旗袍里的身体与心情在大戏园里久久徘徊。她的盛妆在迎面而来的一群群"比基尼"前，更暴露出明目张胆的等待，以及滑稽性。

谁都无法体会大热天被装进旗袍里的人是怎样一个快被逼疯了似的难受？等待也就愈加可怕了。奕华的面容因太多的等待变成了一张苦难地图；等待亦是屈辱的。逼迫她不得不脱掉旗袍，如同放下自己的武器，穿了件有点衣不蔽体的黑泳衣，赴汤般地跳入了水中。

他真不在园子里吗？她觉得刚才那手下与他们说话时有个转头回看的下意识动作。后面是座像巴塞罗那圣家族大教堂的建筑，高耸的柱形楼有蜂窝似的小窗。她仿佛听到有扇窗"砰"地关上。

那人肯定就在园子里，藏在暗处，就像他藏在电话那头，盯着她。她不禁有些战栗。

奕华焦灼，一会儿觉得水的热度快把她窒息或融化。爬上岸，又冷得发颤。

七月的大热天,天气不该是乍暖还寒的,该不会是自己有了更年期的症状?一想到更年期三个字,更是焦灼。她已不止一次发现,自己对名誉的渴望远胜于对男人的渴望,名誉给她的快感远胜于与男人做爱。名誉会给她一种强大的力量,让她在男人的世界畅通无阻,要风得风,要雨得雨,男人拿她没有了办法,她以自己的名义取代了男人。

遐想让奕华舒服了许多。她抬头打量,才发现泳池两边,随水蜿蜒的是一些高大古老的洋槐树,树上已挂满了花,玉白色或绛紫,一串串沉甸甸的,如放陈旧了的鞭炮。它们正逢第二茬花期呢,发出懒洋洋的闷香。洋槐树的存在,更让这里不像泳池,像河。有洋槐树的枝丫断欲未断,垂在水边,残存的花成为玉白或绛紫的诱饵,却作弱不禁风的模样。小鱼全窜了过来,黑麻麻的一片,对着水中的花影,无计可施。奕华疑惑,这地方怎么似曾相识?

正纳闷着,一个声音在喊:小师母。回头,太阳正准备着下山,一道逆光打过来,那人刚好在逆光中,脸像童话似的不真实。他又喊了一声:小师母。带着一点戏谑的口吻。但戏谑并非来自轻松,而试图在掩饰什么。掩饰什么呢?或许就是紧张。奕华见他绕到了对岸,脱去浴袍,下水,"嗵"地一声,像个愣头愣脑的小毛孩慌慌张张掉进了水里。男人四五十岁的样子,夕阳刚好照亮他的身体,黑黝黝的朱古力肤色,穿着刚流行的高科技制造的莱卡泳裤,那玩意儿被安置得很妥帖,像猛兽盘踞在那里。奕华脸一红,突然不知眼睛该往何处看了。

他发现了奕华的窘态,在离她两三米的地方停住,又喊了一声小师母,倒显出几分深情。

奕华说:算是熟人了吧。

"当然呵,小师母恐怕有些忘了,在黛岭333号,我在木梯子上,小师母在木梯子下,如花似玉的。只是那时你还不是小师母呢。"

奕华怎么会记不得这个男人呢?那一次,她急着回去赶硕士毕业论文,天还不算晚,上官子青帮奕华找的房子又在附近,就任她独自走了。下了石梯,绕过大黄葛树,便是青石板小路通正街。奕华却怎么觉得有人跟踪。猛回头,那影子一闪，躲了起来。奕华灵机一动，随意找了路边的一幢二层居民楼，跑上去，躲在一犄角往下看，见跟踪者躲在一棵香樟树后面也正慌慌张张往上看，还伸长脖子、踮着脚跟，一副望眼欲穿的样子。奕华差点笑出了声，想这香樟树并不粗壮啊，怎么遮盖得住人的身子？这人不过掩耳盗铃……

那天之后，他再来黛岭333号，碰到奕华的目光，便躲闪，甚至有一种求饶的表情。再以后，就消失了。

那个跟踪者现在站在她面前，看她的眼神已肆无忌惮了，或者，居高临下了。这让奕华相当不舒服，她仿佛嗅到了一股复仇的硝烟味，忙转身走。她想，千万不能把自己对名誉的渴望寄托在一个复仇者身上。

他倒没追随她，原地站着，幽幽地说：我是真正欣赏小师母的才华啊，《男根山》有几人能看得懂？连乔大师都未必吧。我却看懂了，小师母的忧患很深啊，小师母考虑的是人类的问题。

奕华转过身，没好气地说：你别师母长师母短的，我担当不起你这个大老板的师母。而你凭什么说老乔看不懂我的《男根山》呢？

"你的确担当不起，因为你并不怎么爱乔大师。或许，你干脆就不太爱男人。而他看不懂《男根山》也是因为不太爱你，只爱那个叫上官子青的女人，一生都会爱的。上官子青为他扮演了幻梦中的女人，连生育也牺牲掉了。你恐怕不知道乔大师很厌恶生育的女人吧，就像公狮讨厌带着崽子的母狮。他曾把女人喂奶的乳房形容成'微型奶牛场'。而你却是借了怀孕的名义与他结的婚。我倒没想到你这么先锋的女性，也会找这么个土得掉渣的名义。"男人说话挖心掏肺，毫不留情。

奕华觉得与一个几乎是陌生人的男人讨论自己的私生活实在荒唐，转身又要走。男人却在说：对不起，不是要伤害你，有些话一直都想对你说的，找不到机会，快二十年了。你难道就不想知道我怎么就看懂了《男根山》吗？

真是撞上了鬼，躲也躲不掉的。奕华率性直面男人，还往前走了几步，一丝挑衅的笑意在她嘴角弥漫，斗志让她的模样有了风骚。她以攻为守："当年，为什么跟踪我？"

男人没想到奕华会问这样的事，有了扭捏，低声说：谁在跟踪你？我的家也在那一带哩。

见他的神态，奕华倒也不死缠烂打，也不想与他讨论什么文学。她觉得两个中年男女穿得这么少站在游泳池里谈文学，何等滑稽。于是，无话找话，问男人，你这个泳池的景观叫着什么呢？

"回忆。"男人说。又调侃：这里不让你回忆起点什么吗？比如，你的家乡南亘山？哦，忘了，那儿算不得你的家乡，你是正宗的上海人。如果把家乡比作母亲，那儿只是你的养母。

奕华"扑哧"一声笑了，为男人的比喻。笑过后，又悄悄惊讶，为男人的用心。怪不得对这里有似曾相识之感，不就是在摹仿南亘山的地貌吗？那中间拔地而起的就是男根山了；绕山成Q形的水，便是妮儿河，池边的植物也是烂贱又生动的洋槐树；伸进池水里的大青石完全像南亘山洗衣场那一带的。太逼真了，上面的"桄子"也像来自唐朝……

"它们不是仿的，是我花大价钱，一块一块从南亘山买了，搬到这里来的。我把那里沿河岸的地都买了，我修了看得见妮儿河的别墅。这样说吧，我差不多买了整个南亘山，我要在那里建一个世界最大的男根图腾公园。我正在接洽国外的大雕塑家，在男根山的峭壁上雕出更多的'桄子'。我的南亘山会成为所有女人的向往之地。我……"

男人的嘴唇卷成了O型，从里面不断蹦出"我"字，铺天盖地的。而稍顷，却有点像虚张声势的足球，比如中国队那样的，以为要向着某个方向射门了，结果，仍是盘带，蹉跎了半天，不过如梦游似的栽进了水中。

奕华的嘴角浮动着嘲讽的笑意，像当年看到了男人藏在香樟树后的身子一般，又识破了男人没藏好的狐狸尾巴。40岁以后，她愈发练就一双金睛火眼，像女版的孙悟空，想自欺欺人都难。她的言语倒还温婉，貌似示弱，其实是在掩护自己的火力。她款款而言：

"好有意思的名字——'回忆'，这样的河这样的山，似是而非、亦真亦幻、半信半疑，躺在温吞吞的水中，容易做梦吧，梦里不知身是客，会把他乡当故乡的。但，还该更准确与精致一点……真的以为，这样粗糙的河山，能让人产生回忆？"

这话并没惹恼男人，他反以一种漫不经心的神情打望了一眼自己的河山，笑嘻嘻地说：小师母指点得相当正确。你看，这水，再蜿蜒，也成不了妮儿河，小水沟而已，还泡着这么多人肮脏或金枝玉叶的身体。当然，小师母的是玉体。山就更不像话了，胖乎乎的小山堡，没有力度，最多也就是童子的……他顾不得奕华已皱起了的眉头，继续说——

"其实，小师母才是绵里藏针哩，句句话都锥得出人血来。只是女人啦，不该这么刻薄。我想说的是，这世界太拥挤了，它转动一圈，总有一些东西命中注定要消失的。"

"但不该是它们——'桅子'。你在南亘山应该听说，有个女人为了护着这些'桅子'，跳了崖。'桅子'算南亘山人共有的祖坟，你在挖别人的祖坟呢。"

说到这，奕华泪都快出来了。可，泪却来得迷惘——不久前，她悄悄回了一趟南亘山，竟迷了路，不知自己所见到的真是南亘山吗？那个曾让她憎恨、厌恶、爱恨交织、刻骨铭心的地方，她曾把遗忘它当成自己一生的事业。它却像藏在身体之中永不愈合的伤口。夜深时，稍一动弹，伤口便有撕心裂肺的痛。也曾妄想，到了天荒地老，南亘山消失了，她的痛就会变得无据可凭……没想到，南亘山果真快消失了，上天入地，都难觅往昔踪影。眼前的南亘山更像一个冒名顶替的家伙在她记忆中进出。甚至，她还怀疑，南亘山或许从来就没存在过，包括自己的少女时光、自己的父母。自己很可能是个来历不明的孤儿，孙悟空一般，从石头里蹦出来的。

当然，唯一还能给她一点记忆的是妮儿河之中的男根山了——那世间最硕大无朋的"桅子"。奇怪的是，它竟发福了，圆乎乎的，身体从上到下都揣着挂着重重叠叠的房子，像怀有七八个月身孕的女人……

男根山竟也变性了！

泪在奕华眼眶里转动，混合了天光，甚至还散发出气味，闷香，如同洋槐花。男人面露惊讶。"什么时候你对南亘山有这么深的感情了？"他说。

这话让奕华好害怕。难道，这十七八年来，一直有一双眼睛透过门缝偷窥她，让她的心事无处藏身？这算是深情吗？抑或，只是满足对一个女人心灵的入侵？

……

"知道你是瞧不起我的，"男人摆摆手，示意奕华不要打断他，"但是，我仍要说，这地球转一圈，有些东西注定要消失。不破不立。这是无可奈何的事。"

男人竟说得有些感伤。奕华不想被他的情绪诱导,那或许是可恶的陷阱。于是提高了嗓门,语气寒光一闪。

"谁该存在谁该消失,是上帝的安排,与我们何干?你不至于以为能替代上帝去决定谁的生死吧?"

"自然不敢。我配吗,在小师母眼里?只是许多事,现在恐怕连上帝也控制不了,整个一个乱纷纷的战国时代,多元社会、多头政治、多头权力和权威,还以为上帝只有一个吗?谁能引导我们?不过如《国际歌》所唱,从来就没有什么救世主,也不靠神仙皇帝。要创造人类幸福,全靠我们自己。"

"你是在曲解这首歌呢。我们不靠神仙皇帝来拯救自己,但也不能冒充神仙皇帝去毁坏世界啊。上帝之所以隐身了,是因为有太多自作聪明的人以为能取代他,以为当上帝就像竞选美国总统,拿着钱便可以去忽悠选民,拉拉选票。嗨,上帝正在被第二次谋杀呢。可这些人有多蠢,以为能统治人类便能统治自然。大自然可是一眼就识别得了谁是自己真正主子的。而人在大自然那里算个什么东西?小蚂蚁。说灭,眨眼的事。"

男人"啪啪"击打出水花,连说精彩。嘴角却浮动着一丝讥讽的淡笑。

"看来小师母没白跟乔大师一场哩,太有思想了。不过,我倒心疼起有思想的女人了,情愿女人不过是望雁生愁,对花流泪。"

"不都是男人逼的?男人既不想劳力又不想劳心了,女人怎么办?只得自给自足。"奕华有点像在叫嚣了,却多少带着挣扎的悲壮。

"但,小师母的自给自足是在逼我们的乔大师退位哩。他或许还不知道自己娶了一个什么?天敌啊。岂止是他,女人那么厉害、自给自足,男人何堪?一堆废物了。你说说男人该如何是好?不作为吧,坐在家里吧,你们会瞧不起的,男人也不是个男人了;作为吧,你们又说是在冒充上帝,在摧毁。而所谓作为,不就是要破旧立新?这世间真不是男人待的地方了,男人横竖活不过女人的。那就剩下你们长长久久地活着吧……"男人声音愈来愈低,最后,几乎变成了自言自语。而这种神情和语调却像不锈钢的汤勺在刮动瓷碗,刺激奕华的神经,滋滋,让人不能承受。奕华拼命地偏过头去,闭上眼,真的希望滋滋的声响,连同这个男人,赶快从她面前——消失……

"怎么呢，不舒服？"男人仿佛做了个搀扶她的姿态，"哦，小师母对这种话题烦了……好吧，不谈思想了，谈乔大师吧。他好吗？知道他是不喜欢我的。别否认嘛，准确地说是瞧我不起。"男人突然停顿。

俄顷，又用带着恶气的口吻继续说：围绕在他身边的人会怎么给他讲呢？哈，那家伙屁本事没有，只会侍候人。哈，我从不忌讳谈这个。我就是靠侍候人起家的。我侍候过多少人，你想不到吧，不同的时期侍候着不同的人，也算是与时俱进吧：八十年代初文学时髦，我侍候过大诗人；末期，思想家吃香，我侍候乔大师；后来便是有钱的老板；现在是掌权的官员。或许，我天生是侍候人的命。但所谓的成功人士，哪个不是善于侍候人的？察言观色，马屁拍得恰到好处，这难道不是智慧和学问？比那些搞火箭上天的人少用了脑筋？而那些端着高傲架子的人，到头来还不是被人呼来喝去的奴才命。

"你是在说我吧，"奕华打断他，"你是在笑我装得那么高傲，还不是屁颠屁颠跑到你这里来乞一杯羹。一个老女人了，别做梦了。这就是你今天的目的吧，羞辱我。要不，怎么把我们晾了半天，然后说东道西，批评我的生活，像个偷窥狂？

"我承认你的财富令人吃惊，并且品味不低，还有些思想。也承认，钱可以让男人更有魅力、更像男人，甚至光芒四射，有着话语权，说一无二，驷马难追。但，钱赋予了人胡说八道的权利吗？活得不爽了，大可去和小姑娘们打情骂俏，何苦来戏弄一个老女人呢，值吗，费那么多的心机？

"而且，你会失望。我还没你想象的那么贱。我承认，很渴望《男根山》拍成什么一流电影，冲刺什么戛纳电影节的。一个老女人，能指望的恐怕也就是点名誉了。但，那名誉不过是虚架子，脆弱着呢。哪像脸面，天天实打实地挂在脸上。活到这把岁数了，就只剩下它了，何苦要动辄就去搭上呢，如同搭上自己的命？

"还有，我未必就不如你自在。你有没有发现你的豪华世界也像一种虚构，如同我虚构的小说一样？你真的没发现虚构的危险？"

奕华始而说得慷慨激昂，终而诡异横生，自己都被这番话所打动，泪水扑腾而下。她第一次发现，自己身上蕴藏着如此浩荡的正义之气。并且，有着先天的演讲才能，这或许源自父亲的遗传。演讲，让她热血沸腾。只是，命运弄人，为何每次她慷慨激昂之时,都处于奇怪而尴尬的境地:一次是在大学的小树林,她赤身裸体对林一白发表演讲。这次是在泳池……

男人听着,不忿不怒,反而微笑,很享受的样子,似乎这一刻他盼望已久,好一会儿都不接话头,倒让奕华僵住,不知所措。只得胡思乱想。

我很泼辣了,泼辣会不会也是更年期的反应?但泼辣真是不错的,像洗了一场桑拿浴。奕华如此思忖。却更担心自己会变成一辆轰隆隆开动着的坦克,虚张声势、无坚不摧的样子。其实,每一次都像是先从自己身体上辗过。

她看了看沉默的男人,黄昏时光迷离的色彩,让他脸的轮廓模糊不清,表情也是,似乎被天光催眠了,睡过去,睡成一座貌似安全的死火山。奕华倒有点可怜起这个男人了。这个做白日梦的男人。

……

"看过美国小说家菲茨杰拉德的《了不起的盖茨比》吗?"男人终于醒了似的。

怎么没看过,那小说奕华很喜欢——财富与纵欲:挥金如土的富豪,道德沦丧、人情冷漠的世道。只有大富豪盖茨比做着永不腐朽的梦。

这是个来路不明的大富豪,有说他是德国皇帝的侄子,有说他继承了显赫家族的一大笔遗产。其实不过出生贫寒,也是靠侍候人起家的。而他所有的奋斗,只缘于一个梦想:娶有钱人家的小姐黛西为妻。当他还是个小军官时,两人也情深意浓,发誓要终生在一起。但对虚荣的黛西而言,金钱的魅力远胜于爱。她嫁给了有钱人汤姆。却并不幸福,汤姆总在外边拈花惹草,与加油站工人的老婆有染;而成为大富翁的盖茨比煞费苦心,终于能以挥金如土的名声与黛西交往了,甚至以为可重获黛西的爱。结果却被黛西算计。她驾着他的车撞死了丈夫的情妇,却与丈夫合谋嫁祸于他。可怜的盖茨比被汤姆情妇的男人谋杀了,尸体像一张废报纸似的漂浮在自家的游泳池里。送葬的人寥寥无几。盖茨比,消失了。一个物欲世界注定的、孤独的牺牲者。

"盖茨比很可怜吧。"男人咕哝着,又像是在自言自语,"他死在了自家豪华的泳池里。对不起啊,也是泳池,真有点巧合。死得孤苦伶仃的,血,像被泳池的水吸干了。黛西看都没来看一眼,和她的老公度假去了。其实,再豪华的游泳池从来都不属于盖茨比,如同黛西。他不过是个一穷二白的孤独男人,只拥有一副皮囊和对黛西执迷不悟的爱。"

男人顿了顿，像说自家兄弟一样，语调突然就有了一种感情："不知为什么每次读这本书都让我很难受，比如第一章的结尾——

"'他朝着幽暗的海水把两只胳膊伸了出去，那样子真古怪，并且尽管我离他很远，我可以发誓他正在发抖。我也情不自禁地朝海上望去——什么都看不出来，除了一盏绿灯，又小又远……'

"是的，绿灯。那灯下住着盖茨比的女神黛西。五年了，他似乎永远都隔着无法涉泅的海水在眺望自己的梦想，并献身于对它的追逐。一下子，又让我觉得盖茨比是幸福的，包括他的死亡。要知道，拿爱一个女人当一生的理想是相当疯狂与危险的行为。盖茨比却宁愿疯狂与危险，毕竟他有仰望银白星光的沉醉……所以，他是了不起的盖茨比……"

"你不会把自己当成了盖茨比吧，那么你的黛西呢？"话一出口，奕华赶紧住嘴，那种话真像是蹩足的调情。她窘住了。更发现自己被什么绊住，正往深处陷落。她得摆脱困窘，她得决然地爬上池子。

却恰恰遇上池子边缘最高的一长段。只得把两手加一条大腿先放上去，开始使劲。

黑泳衣是带裙摆的，原本把她的下面遮盖得妥帖。但爬的动作，却把裙摆撩了上去，剩下狭窄的一丁点可怜的布来掩住隐私，屁股几乎全暴露在这个男人眼前。她羞愤交加，干着急，却愈发爬不上去。

两只手在后面推了一把。她回望了一下，感激男人没触及她的屁股，否则，给那男人的将是一记耳光。

男人在身后说：小师母，你也开始老了。说得倒动情，不像是在讥讽，更接近悲悯。

男人还在她身后嘟嘟囔囔：小师母真不想知道我是怎么看懂《男根山》的？那些批评你结尾一团糟的狗屁专家晓得什么呀，男女之间自古以来就没理出个头绪，这是人类的无能，岂能怪你？嗨，男男女女哪有什么头绪啊，更别说终极的一决雌雄了。不过如一部"三国"谈谈打打，合久必分……

奕华没有再回头。终于，轮到她这么干脆利索地撇下一个男人了。却突然生出强烈的恐惧。怕回头再见不到一个活生生的男人。他替代了它——水中的小山堡,站在了那里,成为一根硕大的"桅子"。

奕华回到"巫山云雨",见老乔与两个女孩正闹腾得欢。在她们的怂恿下,一次次表演跳水。他双脚并在"舞台"的边际,起跳,侧身旋转,身子轻盈,像被神捧在手心儿的蒲公英,在天空任意行走,然后才梦幻般地钻进水里,只溅起少许的水花。

奕华看呆了。这是那个浑身上下挂着软沓沓一堆肉的男人吗?

想起上官子青曾说过的,老乔从小学开始就在渝都跳水队里培训。原来,这个男人也曾有身影在天高海阔中飘逸。但,他总是过于强调黑夜的沉重。

入夏以来,奕华半夜惊醒,常见着老乔的屋门虚掩。"村民"又溜出去了。她鼓足勇气拉亮灯,打量这个陌生的"村庄",见到了最不可思议的事情:老乔的床头、枕头边,堆放着一堆一堆的火柴盒。有些很新,有些却被踩躏得封皮模糊成囫囵的一团儿。这么多的火柴,像一座火药库似的躺在了老乔的身边。他随时都在打算把自己与黛岭333号点燃吗?

大门自然也虚掩着。奕华伸出头去看,晨曦朦胧,台阶上的青苔带了水气。老乔坐在其上,靠着一扇门,熟睡。嘴像婴儿吃奶一般在梦中咂吧咂吧,露出心满意足的笑意。可手里却紧捏住一样东西。奕华仔细看,呵,也是火柴盒。里面装有能让世间的美与丑通通付之一炬的火柴……

所以,现在,此时此刻,见着丈夫蹦得那么欢,心里竟是喜悦的,还有宁静。明明知道丈夫不是蹦给自己看的,是为其他的女人,也不生嫉妒。

她竟有一丝爱这个蒲公英般旋转着的身影了。也许这只是刹那间的幻觉,也许这真是她自虐情结在作祟。但至少,通向男性世界那扇紧锁着的大门,"滋咔"一声,在她面前露出了一丝缝隙。当年父亲的消失,曾让她对这扇大门后的一切充满恐惧、疑惑、不信任。关键在于,她从不相信自己有欲望与力量去推开它。

而此时此刻,却有一股子更大的力量让她伫立在那里,仰望着高处的丈夫,产生具有悲壮意味的联想:把站在高处一次次向下跳的男人想象成了胥,自己则成为了大姑,彼此遥遥相隔的天空,变成了一张又一张发黄破败的报纸,上面密密麻麻写满——

上邪,

我欲与君相知,

长命无绝衰。

山无陵,江水为竭,

冬雷震震,夏雨雪,

天地合,

乃敢与君绝。

是的,大姑变成了汉乐府民歌中的那位古女子,自己变成了大姑,三个女人却变成了千百万个女人,所有的女人,一起在呼天抢地,指天为誓:上邪、上邪、上邪——一个从血与肉中迸溅出的感叹词:天啊、天啊、天啊……无穷无尽的天啊……

奕华的脑子里全被这晴天霹雳般的感叹词塞满,一声接一声,配合丈夫跳水发出的"通"、"通"、"通",震耳欲聋。上邪,哦,天啊,奕华的脑子如同一座死火山突然醒来,开始喷焰。

当男人们一个个像流星般划过天际不知去向,女人再怎么赌咒发誓予以谁听?既然,爱的力量能使女人与男人生死与共直抵海枯石烂。那么恨呢?恨的力量只能驱使女人去灭绝男人吗,从精神到肉体?……

不,留着这些对手吧,哪怕因为仇恨。

是的,绝不能让对手消失。

……

两个女弟子让工作人员拿来了几个木箱,搭成了简易跳水台。丈夫在更高处往下跳。丈夫跳得一次比一次精彩。跳水让丈夫的身材像被魔术棒点化了,挺胸收腹间,大肚腩不见了,四肢随动作变得舒展而优美,身轻如燕,激荡着18岁的荷尔蒙的力量。泳池上下的人都停止一切活动了,专注地盯着丈夫看。

穿横条纹比基尼的女弟子似乎又在煽动老乔干什么。奕华见到丈夫像小伙子般向泳池旁的一座小山堡的顶上跑去。那里设计的是"飞流直下三千尺"的景观，人造瀑布从山堡上飞溅而下，击打着深潭，深潭有了雪白的光亮。而更多的潭水却有着可疑的碧绿，欲生欲死的迷离。人造的桃花在水面上浮动，春色无边，像一首被篡改了的唐诗。

老乔站在小山堡上，做了几个夸张的动作，很男人的动作。甚至还折了一截枫叶丫枝咬在嘴角，模样潇洒极了。奕华穿着泳衣挤在人群中仰望着他。丈夫也往下看，看见了奕华。却让奕华生疑：不是初夏吗，哪来的枫叶呀？果然，枫叶也是人造的，老乔的嘴巴已被枫叶染红了，血盆大口似的，殷红的汁顺着他嘴角往下流。

老乔已准备好了。

奕华没有制止他，与他交织的眼神中甚至有着鼓励。她实在不想阻止。此刻，他多帅啊，那是奕华从没见过的他作为男人的气势。那一瞬，一个男人的光辉，照耀人生。或许，每个人的身体里都潜伏着光辉，只是在等待着某个时机的绽放。

这个时机千载难逢。

丈夫很放心地一笑，双脚一并，踮立，手像胜利者般高高举起，向天际插去……深潭轰鸣，接受了丈夫，桃花零乱，击起千堆雪。然后，可疑的碧绿重现。可疑啊，一切归于平静。

奕华第一个叫出声来，声音比厉鬼还可怕。

她跳进了深潭。这里比她想象的更深。她向深处潜去。水的深处如同海洋般的干净。她在拯救：拯救男人与自己。因此，不再恐惧，也不拒绝了——她与水已不分彼此。

2010 年 4 月 14 日（第一稿）
2010 年 6 月 3 日（第二稿）
2010 年 8 月 28 日（第三稿）
2011 年 1 月 15 日（第四稿）

从遮蔽,到盛开

黄桂元

《男根山》剑指人类苍天,深陷岁月幽谷,里面的故事却风生水起,云蒸霞蔚。任何自以为是的望"名"生义,都失之简单和轻率,也都会破坏小说的质地和品位。君不见,有关两性演绎的攻防剧情跌宕起伏,一路绵延,却大多似曾相识,人们已渐渐感觉到了视觉疲劳,心理厌倦。一些女作家的欲望表演还不够情色吗?媒体炒作的推波助澜还不够添乱吗?女性主义文学的严肃意义因此常常无辜地被稀释、戏谑和亵渎,这也给吴景娅的突破性写作增添了被误解的难度。若非她的坚忍、通透与笃定,《男根山》恐怕早已夭折。

我的印象中,吴景娅堪称一位实力派美文高手,记得当年,不经意间读到了她的《镜中》、《与谁共赴结局》以及《美人铺天盖地》等集子,那些才华横溢的文字兼得北方之雄浑与南国之妖娆,有如急管繁弦缤纷而至,对笔者写作信心的打击几乎是毁灭性的。她的昔日散文固然美轮美奂,却多见青春期的梦影与落寞,而鲜有灵魂深处的挣扎与拷问。那时她的女性意识还处于被遮蔽状态。"我们革命时,都没拿自己当女人。"这话是《男根山》中大姑说的,寻常之中含着彻骨悲凉。在非常年代,性别的消失与异化都不稀奇。那一切毕竟渐行渐远。女人回到滚滚尘世,经西蒙娜·德·波伏娃提示,恍然发觉,主宰我们人类社会的皆为"男权中心"和"男性经验",而自己不过是"第二性别",是"他者",且无声无息,逆来顺受,昏暗中匍匐了远远不止千百年。

毫无疑问,这个事实意味着人类历史的可耻倒退。据说远古时期,人类非常渴望男女性别能够真正不分彼此,融为一体,这样的结果却使得他们无法继续生存,最终还是只能回归各自的性别,扮演不同角色和谐共处。世界史大师斯塔夫里阿诺斯在《全球通史》中指出,旧石器时代的两性关系,远比此后的任何时代都更加平等,但随着技术的进步和文明的发展,妇女却逐渐沦为弱势,依顺男人而失去自我,仿佛天经地义,顺理成章,从不曾听到为女性不公处境提出抗议的声音。女性史是一部苦难史,这也是女性主义文学必然存在的根本原因。

《男根山》让我们看到了吴景娅的浴火重生。这也只是小概率事件。不久前，一位中年文友曾在电话中对笔者谈起他的"恐惧"：你知道我最怕什么？荷尔蒙的流失啊！那些"江郎才尽"的庞然大物，为什么雄风不再？就是因为荷尔蒙偷偷溜号了，连一个招呼都不肯打！我深受触动。此君并非危言耸听，只不过中国作家普遍缺少荷尔蒙的危机意识，大多知天认命，乐得维持一种清汤寡水、无滋无味的写作，美其名曰"绚烂归于平淡"。吴景娅是个特例。她永远在为如何找到更饱满、更巅峰的写作状态而苦心积虑，必欲出手不凡。于是当同时代一些女作家纷纷凋零时，她的生命深处却有春雷滚动。

小说随之敞开了一种忧患视野。时光斑斓，红尘苍茫，"男根山"长年矗立，是隐喻，还是寓言，那个巨大阴影，为什么与生于斯长于斯的女人命运纠缠不休？"男根山很像奕华一生都放不下的十字架，背来背去，不知何时是个头"。45岁那年，女作家蓝奕华突然把笔名改成了"男根"，她还嫌动静不大，索性把户口名也换成"男根"，以示斩草除根的决绝。名字不过是个符号，她未必天真到以为换个名字就可以脱胎换骨，不再隶属于"第二性别"。波伏娃说："女人并非天生的，而是被动地变成女人。"早已被"变成女人"的奕华，雌激素正在不断衰减，却莫名其妙地与"男根"结缘，难道不是一种反讽？

还是在青翠欲滴的少女时期，奕华就被迫目睹了女人的种种噩运。在逐步"变成女人"的过程中，对奕华影响最大的是母亲、大姑、卡卡姑娘、上官子青等长辈女人。要害的是，她们无一例外，让奕华学会了仇恨男人。母亲祖籍上海，复旦大学中文系的高材生，漂亮，高傲，精明，却被南亘山的小城日子磨损得日益脱形、扭曲。那个整天在寺庙面壁的大姑，以惨烈的身体记忆告诫还只有十七八岁的奕华，像是在完成对一个女人的救赎："男人不是女人的亲人、朋友、同类，男人禽兽不如。"历尽沧桑的神秘老女人"卡卡姑娘"，更是把狠话说得字字见骨，老天爷造男根"是用来与我们女人配对，让我们生孩子、高兴的，男人却把它当成了铁锤、箭、匕首、枪，专门迫害女人"。上官子青是奕华的硕士生老师，清高，脱俗，却被感情与婚姻搞得身心俱疲，终于下了决心，离开痛哭流涕的乱情丈夫一走了之，给偷情成功的女弟子留下了老乔，一个鸡肋般的男人，还有一生的负疚、纠结和虚茫。

"男根山"一如既往地冷漠着。它见证了奕华的变化,她的花季怎样枯萎萧条,她的梦想如何土崩瓦解。她内心的疼痛和挣扎与日俱增。写作可以疗伤,也在加剧她的痛感。奕华审视着身边出没的一个个男人,目光凄然而凶狠。那些男人已面目皆非,不过是她生命中的过客。早早去世的父亲,记忆中陌生、自私而委琐,从不曾给过她和母亲实实在在的安全感。林肯是少女时遇到的爱神,他们一起寻找百年难遇的神奇素荷,普希金《欧根·奥涅金》是传递他们浪漫爱意的媒介,这对大家眼里的金童玉女,却无缘终成眷属,林肯只能是可望不可即、可遇不可求的镜花水月,与她灵魂相伴,直至永远。她怎能甘心?冥冥幻觉中,那一幕灵光乍现,"林肯变成了男根山那般巨硕的'桅子',强行进入了她的身体,她的私处被撕碎般的剧痛,血从那里流出,向床下流去,房子里全飘着她的血⋯⋯"那段刻骨铭心的爱,只能是她一生的凭吊和遥祭。

失去了梦萦魂牵的如意郎君,奕华反而自由无羁了,像是随时可以把自己的身体交出去。与新男友林一白的短暂交往,使她成为一段同性恋的牺牲品,她跌入了一个尴尬的感情深谷,艰难爬出,眼前一片虚无。她已经有些满不在乎了,"想象自己在耳边插上了石竹花,向着性挑衅。但她的对手在哪里呢?"她茫然四顾,渴望让自己风流一把。老乔是自己导师的丈夫,奕华却不想固守于伦理纲常和道德自律,她只是对真实的人性好奇。她和老乔的偷情,已分不清谁是猎手谁是猎物,惯性之下,她几乎就是在自暴自弃,破罐破摔,顺势让自己栽进了风雨飘摇的婚姻城堡,带来的却是绵绵无尽的失望。

什么样的男人有助于世俗婚姻?解答这个问题,著名的"木桶理论"(木桶的容积不取决于最长板而是最短板)或许会有些参考价值。日常婚姻的协调,更重要的应该是男人在柴米油盐方面表现出的"短板"作用,而对于一些孤高、饱学的知识女人,男人更吸引她们的则是他们的"长板"(精神、气质、见识、视野)。对于拥有"长板"的男人,吸引力也即杀伤力。吸引力、杀伤力与其欺骗性常常互为表里,相得益彰。根源可追溯到创世纪初的"原罪",用该小说中的说法,"亚当在上帝面前没说实话,男人由此变成了喜欢撒谎的人类"。应该说拥有超级"长板"的萨特一向拒绝撒谎,他从不讳言,在真正的爱人(波伏娃)之外,"能同时体验一下其他意外的风流韵事,那也是一件乐事"。早在青年时代，萨特就有惊人的野心，他希望能用自己的思想和写作为世间万物谋篇布局，重新命名，芸芸众生都在翘首他的拨云见日。功成名就后的萨特深得女人的崇拜与爱慕，他曾露骨地说过，"我写作一向是为了勾引女人，包括写剧本，也包括写小说和哲学论著"。男人如此厚颜无耻，并不断践行，女人的悲哀可想而知。波伏娃的智慧在于审时度势，从一开始她懂得自己并不可能成为萨特的唯一，"两个个体之间从来不存在和谐"（她的这句名言还被萨特转喻，写进自己的哲学巨著《存在与虚无》），正是波伏娃的因势利导，才使他们的爱情有惊无险，一生默契，如萨特所言，"密不可分，形同一人"。

在两性关系上，往往是女人的精神"清洁度"更高，对男人也更挑剔，而且不需要太多理由。比如马狂，在奕华的眼里只能是一个战友，无比信任却又无法接纳。马狂看得很透，对奕华嫁给老乔这件事更是洞若观火，认为没有几个女人真是因为爱男人身体而与他做爱的，女人更喜欢男人的大脑、口才、知识、权力和谎言，让这些进入身体，以满足自己的虚荣心。奕华被马狂点中"死穴"，也就承认了男人对女人不见得有什么具体的意义，心理需求往往大于生理用途。她甚至为自己选择老乔找到了一个堂皇理由，孩子。当老乔指责女人往往都很物质，她们对爱的定位多源于生存的需求与质量，而不是本能的反应，并强调男人看重女人的身体年轻漂亮，其实是更脱俗，对女人的爱也更接近生命密码的时候，奕华反唇相讥，女人看重男人的大脑、才华、名气、内在的丰富性，恰恰说明女人比男人更进化，更文明！并诘问他，爱一张漂亮的脸蛋，比爱一个智慧的大脑或名气高明到哪里去？双方各执一端，以深刻的片面丰富了一个有趣悖论。

奕华当然清楚，惯于招蜂引蝶的老乔不会是任何女人的唯一，却不愿丢掉幻想，只能是雪上加霜。奕华初次见到老乔，第一印象其实并不佳，"老乔只是上帝的半成品。……他的五官一如照片所表现的，称得起英俊。也有宽阔的肩膀和胸膛。但，到了下半身，上帝就像不耐烦了，乱七八糟地拼凑，腿太短，大腿粗壮，小腿过于纤细，庞大的脑袋和上半身压上去，让细脚杆不胜承受。叽叽咔咔作响。"一年后，奕华对他的观感更糟，"老乔已老态毕露，腮帮子与脖子上的肉，像被泥石流冲塌的房舍，稀里哗啦往下掉，几乎都让人听得到皮肤衰老的声响"。老乔如此不堪，为什么还去偷情，她就那么在乎男人的"长板"？女人常常是个多重性的矛盾体,"善良与邪恶、纯洁与凶险、天堂与地狱,皆为一念之间。"奕华虽明察秋毫,仍自食其果,最终悲哀地发现,"只有在幻想中才能展开爱的游戏。……接下来的性,如一截甘蔗,被榨去糖水后,只会剩下一堆渣。"被榨成渣的性,与人的生命需求实在是相距甚远。性感是个奇妙的东西,并不专属于男人或女人,它所透露出的生命力旺盛的性征感觉,是任何"长板"所无法一笔勾销的。性感源于身体活力,自然而神秘,无论男人或女人,最作不得假的就是身体的感觉和反应。一个人的感官对异性身体是否接纳或排斥,根本无法对自己说谎,此时的"力比多"指向往往比精神契合更为苛刻。这也意味着,爱情的游戏面对"力比多"便会原形毕露。无视此,就会受到老天的捉弄,这也是身体为人类文明坚守的最后一道底线。

奕华的自救行为开始于45岁那年。她把户名改成了"男根",是为表示自己"不甘平庸老去",意识深处却是对时间的恐惧。而时间其实是所有女人的天敌。孤傲、刚烈的茨维塔耶娃有一天站在镜子前,蓦然看到了自己的白发,顿时惊呆,许多幻想从此破灭。这位被誉为"20世纪最伟大的女诗人"只活了49岁,却分别与里尔克、帕斯捷尔纳克、巴赫拉赫和罗泽维奇等杰出男性留下过浪漫的情感佳话,最终选择自缢身亡,实质上选择的是绝望,让时间吞噬自己。波伏娃也记录过自己的内心惊悸:"当我看到衰老正一步步向我进攻,而我身体内部的一切都措手不及的时候,我被吓坏了……"

美永远是瞬间的。无论怎样挽留,美的消失都难以逆转,必然会被时间席卷而去,没有任何回旋余地。时间就是大限,面对时间,人是渺小的,女人尤其嶙峋和脆弱,时间的虚无感如影随形。这时候,有痛感的女作家最容易成为哲学家。女人抵御时间,又往往伴随着清算男人。时间君临万物,这点很类似男权,但这还不是问题的全部。时间过分宠爱男人,使他们习惯于喜新厌旧,妄自尊大。时间改变了女人的年龄、容颜和躯体,也改变着男人打量女人的目光。女人是否被男人欣赏来自时间的裁决,而男人最欣赏女人的,往往不是她们成熟的境界而是年轻的躯体。在时间的溶剂中,水性杨花的常常不是女人而是男人。女人抵御时间,其实是在抵御人类的不公。不过,时间并非只能给女人带来被动和无助,波伏娃就是以非凡的智慧化解了时间之殇,与萨特从容携手,一同经历了所有的繁华与平淡。时间对于他们是平等的。自信的女人荷尔蒙长盛不衰，绝不会轻易就范于时间的迫害，就像杜拉斯，活到了82岁，一生都在爱着，写着。也如伍尔芙留给伴侣伦纳德的临别之言："记住时光，记住爱……"

"退守女人之躯"，一味清算时间和男人，未必就是吴景娅的选择。她的视野拥有自己的制高点。美学崇尚感性，伦理学拒绝多愁善感，她游刃其间，只想用写作来证明自己真实地与这个世界遭遇过，就像伍尔芙说的，女人"必须生活过、爱过、诅咒过、挣扎过、享受过、痛苦过，而且要有巨人的胃口，吞食下生命的整体"。这一切过程，恰恰需要在异性那里得到证实。对于男人，吴景娅并没有后现代弄潮儿们的解构冲动，小说只是一个载体，一个寓言，承载并隐喻了两性存在的奥秘。埃莱娜·西克苏认为："人类的心脏是没有性别的，男人胸膛中的心灵与女人胸膛中的心灵以同样的方式感受世界。"两性的存在一荣俱荣，一损俱损，命运殊途同归，应如小说中妮儿河与男根山山水环绕那样，彼此"谅解"与默契。吴景娅拒绝给两性辟疆划界，而尝试着相互理解的可能，消弭彼此间的积怨和成见。她对男人的种种鄙陋、伪善、自私深表失望，对女性自身的弱点也在反省。女性主义作家有个通病，她们常常不遗余力地捍卫群体、同仇敌忾，同时对同性又表现得尖酸刻薄，有失仁厚。吴景娅没有这样，她对笔下的女同胞皆抱以善意的同情和悲悯。

小说的休止符令人惊诧莫名，唏嘘回味。兴致勃勃的老乔被两位年轻女子围簇着，兴冲冲爬上"巫山云雨"游泳池边的小山堡，纵身往下一跳，轰鸣的深潭接纳了他，然后是末日般的平静。有了美国小说《了不起的盖茨比》中盖茨比死在自家游泳池里那一幕的暗示，奕华倏忽跟进，令人揪心的是，她没有升腾而在坠落。奕华跳入深水，救老乔，是身不由己，还是主动选择，已经不重要了，关键是"她不再恐惧，也不拒绝了——她已与水不分彼此"。生活真的不再提供答案了，她必须采用非文学的方式，才能完成一种拯救吗？

读解《男根山》是挑战，也是享受。写作气质一向感性的吴景娅，呈示了一种难得的理性思辨深度，并与丰沛的原创精神互为养殖，从而同揽镜自恋的、苦大仇深的、刺耳尖叫的各类女人写作保持了个性距离。比如，有关旗袍的描写就给我留下了深刻印象。旗袍不仅是女人外在衣饰，更被吴景娅赋予了一种文化寓意，完全是匠心独运。对于中国女人，旗袍拥有自己的语言和编码，内存无比巨大，貌似一种女性解放的旗帜。各式各样的旗袍裹住了女人若隐若现的肢体，使之曲线起伏，仪态曼妙，动静皆宜，风情万种，更凝聚和吸纳了男人的无穷遐想。然而，旗袍也在制约女人身心真正的自由，可以看做是男人投射到女人身上的另一种"男根"阴影。作家对旗袍的诠释，意蕴深刻而另辟蹊径，在中国文学作品中还没出现过，堪称神来之笔。

小说中的纯文学浓香，处处弥漫，也很使人沉醉："雪域高原却并没有配合奕华的悲伤。八月初拉萨的天，蓝得那样的无辜，天真无邪的。无尽奢侈的阳光，宠着一座城，到处都是金光灿灿，像一匹大绸缎，被人舞出了浪声……奕华在这里走着，像是被阳光进入了身体，又播了种子似的，胸，莫名其妙就胀痛了起来，如同怀孕。"如此诗意的笔墨，足可见吴景娅的散文底蕴之斑斓、深厚。

作为长篇小说，《男根山》大胆而奇异的尝试也使人耳目一新。承载如此沉重的小说主题，吴景娅做了大胆而奇异的尝试，把奕华"变成女人"的曲折过程当做重要的叙事焦点贯穿始终，其间穿插了大量的历史传说、心理分析、内心独白、人性喟叹、灵魂拷问、情绪抒发，无限拓宽了小说空间和文本容量。小说的结构也有令人赞叹的独具匠心，若把整部作品比喻成一部交响乐，"男根山"的意象符号以各种形式的不断变换，如影随形，附着在每一乐章，犹如一次次不同旋律的变奏曲，反复低回，强化主题，袅袅萦绕，不绝于耳，极大地丰富了小说意蕴。而《女人的天敌》与《旗袍》两章的前后呼应，把女人悲剧的亘古性展示无遗，又推出了一系列同类作品中罕见的个性人物形象。这一切可以证明，《男根山》称之为小说佳品毫不为过。

女人写作有着得天独厚的自身优势，对此，就连以激进和尖锐著称的解构主义大师德里达也不得不低下高傲的头："我梦想像个女人那样写作。"写作的女人是怎样一种状态？伍尔芙的说法是，"女人应该有闲暇，有独立的财产和属于自己的房间"。这个房间寓意丰富，不仅指物质空间，身体感觉，更象征着一座精神城堡。若加上波伏娃的一段话，才是更完整意义上的女人写作："我只是一位作家———位女作家，而所谓女作家，她不是一位会写作的家庭妇女，而是一个被写作支配了整个生活的人。"同时拥有"闲暇，独立的财产和属于自己的房间"的吴景娅，一定深以为然。吴景娅是一个耐冷受热的孤独矛盾体，无论是做女人的世俗享受，巅峰感觉，或深渊体验，她都直接间接地拥有过。她由此跋涉在了不知终旅的女性主义文学之途。她正在接近时间深处的谜底。它会水落石出吗？

黄桂元：著名作家、评论家，《文学自由谈》副总编。已出版过随笔集《驿路芳踪》、《天涯背影》、《巅峰女人》，文学评论集《印象的描述》，长篇小说《远离尤物》等。

庄严而富有诗意地表达
——评吴景娅的长篇小说《男根山》

阎 嘉

一

在写小说和读小说早已成为一种奢侈之际，吴景娅的长篇小说《男根山》，出现在了我们这个"无庄严感"的后现代时代。这个时代的特征之一，就是小说中告诉我们的："中国是没有真正文学的，现在作家写的东西像幼儿在搭积木。生活倒更像文学了，处处都是文学，人人都是作家。"然而，《男根山》偏偏要在这样一种语境里现身。

一部小说的诞生，如同一个婴儿来到世间，除了给我们带来惊奇、喜悦、兴奋、激动之外，自然也会引起我们的追问和反思：它为什么要诞生，为什么要在这个时候诞生，它有什么企图？我们也可以借小说中的表达法——"无庄严感的时代"——来提问：人们为什么要在一个"无庄严感的时代"里写小说和读小说？

毫无疑问，这是一个既艰难，又富有挑战性的问题。

我以为，要回答这个问题，可以从英国著名小说家、《印度之行》的作者福斯特的小册子《小说面面观》开始。福斯特在这本在中国很畅销的小册子中表达过这样的感受："……小说卷帙浩繁又杂乱无章——没有山头可攀……它是文学领域中最潮湿的地区之一……尽管有些诗人轻视它，可是偶尔也发觉自己已置身其中了。有些历史学家发现自己失足陷进沼泽时，自然会懊悔万分的。"（第3页）福斯特的意思是说，小说难于界定的主要原因是，它一边连接着诗歌，另一边连接着历史。

福斯特这么说，似乎是在抬举小说这种文学样式。这当然没有错，但他的说法并不完整。在我看来，小说不仅与诗歌和历史有关，而且更与哲学有关，与作家对生活的哲学思考有关。不过，福斯特也从另一个角度稍稍触及到了这个问题。他说:"故事是小说的基本面,没有故事就不成为小说了。可见故事是一切小说不可或缺的最高要素。不过,我倒希望这种最高要素不是故事,而是别的什么东西……是悦耳的旋律,或是对真理的领悟。"(第23页)如果小说不能在娱情悦性之余给人以真理的启悟,给人以哲理的反思,大概就只能算做今日流行的那类"快餐文学",或者属于市井里巷、茶余饭后的闲谈或"八卦"。好的小说必定要在哲理思考方面给予我们的心灵以震撼。以此标准来看,小说《男根山》无疑达到了将生活、历史、诗歌和哲学融为一体的美学境界。

这部小说在哲理思考上最重要的一个立足点,就是要在毫无庄严感的时代坚持对"尊严"之真理的思索。相对于小说中对男女关系的关注来说,对"尊严"的思考是一个较为隐蔽的主题。如果读者不仔细阅读小说文本,不太容易把握住这个较为隐蔽的主题。当小说中的主人公蓝奕华去西藏寻找自己的老师上官子青时,上官子青说过这样的话:"关于尊严,你懂吗?比爱恨情仇更重要的东西。你看水,够柔弱了吧,它可以曲折,可以跌宕,甚至奉迎。但绝不会因外力改变自己水的本质。"这段话穿插在故事情节和人物对话之中,稍不留意就会被忽略。

其实,这是一个贯穿小说始终,隐含在上官子丹、上官子青、姚俐俐、大姑、奕华父母、"好舵爷"、"思想家"老乔等诸多人物命运中的深刻主题,它试图揭示:在社会的剧烈转型与价值观颠倒混乱的时代,什么样的生活算是有"尊严"的生活,怎样才能过上有"尊严"的生活。小说中的各色人物,他们的命运遭际,波澜起伏的故事情节,实际上都从不同的方面为这个主题做出了最好的诠释。上官子青的前夫、"思想家"老乔也产生过一个具有反讽意味的妙想,他最憎恨的人是商人,尤其是那些由奴才变成的商人:"因为商人剥夺了思想家愈来愈多光荣的空间。商人成为了这个时代的英雄——在这个金钱至上、GDP至上、抛弃大师的时代,他感到自己像是骑了匹瘦马的堂吉诃德,遭遇着一辆辆'宝马'、'奔驰'的阻击。"没有了尊严,思想家自然就会从公共生活的星河中心消失。

因而,我们应当把握住在浮华世界中追寻"尊严"这个隐含着的内在主线,据此去体悟上官子丹的何以要跳下舍身崖,去理解蓝奕华的父亲似乎显得突然的自杀,去解释上官子青何以离开"思想家"老乔的原因。"尊严"更是女主人公蓝奕华本人纠结多变、如同深渊般复杂之内心世界里真正的情结。在阅历了作者笔下不同人物多少都带有某种悲剧色彩的故事之后，我们就会明白：小说的作者是要以小说艺术的形式，偏偏要在这个"无庄严感的时代"来反思"尊严"这一重要价值，要在没有思想的时代追寻思想，要在没有诗意的时代追寻诗意。堂吉诃德的典故在后现代时代，不仅变成了戏拟式的反讽，甚至变成了一种后现代式的悲剧精神。

《男根山》中的主人公们与这部小说的创作者一样，不过是以艺术的方式将自己的意图告诉了读者，意在提醒读者：在人人都在为权力、金钱、名声、地位、生存、争斗、阴谋等等奔忙之时，人们可能应该停下来思考思考生活之流表层之下的一些重要问题。正如女主人公蓝奕华愤愤然的感慨那样："每个人都活得匆忙，日理万机似的，根本没时间去打量别人怎么样；每个人都急于表达，如同进入了KTV包房，只顾着当'麦霸'，扯着喉咙吼叫，哪有耐烦心去倾听别人的歌声。这世界怎么啦？匆忙与霸权已在消灭人们的好奇心和想象力，甚至性的欲望。"这些话，当然代表着《男根山》作者的一种态度。作者显然比大多数人都要清醒，她不仅要"倾听别人的歌声"，并且还试图深入每个人的灵魂与内心，要去进行一番探究和思索，尤其是要对尊严及其价值进行探究。

应当承认，我们中国的文学创作和批评传统，从来都不会像欧美"新批评"那样执意要斩断文学作品与作家之间的关系，从来都不会固执地只要求从作品"文本"中去寻求"意义"。我们的传统从古到今都把"文本"、"意义"、"作品"与作者联系起来，把它们都看成作家内心世界的投射。作为读者的我们，其实是通过作家心灵的窗口去看世界，仿佛要与作家同呼吸。这应当是天经地义的道理，没有什么不好。我们不能太把洋人说的话当回事，我们与他们有着不同的传统，我们看重和强调的是，作家经常要借小说中的故事和人物，直接或间接地表达自己对真理的领悟和哲理的思考。

二

《男根山》风起云涌、波澜诡谲、引人入胜的种种故事和情节中最为明显的一个方面,就是所谓的男女关系。这是小说作者进行哲理思考的又一个重要领域。

大凡人类存在着,人性存在着,男女之事不仅不可避免,而且时常都是艺术家们关注和表现的重要方面。前面提到过的福斯特在表现人性的问题上,表达过这样一个洞见:"如果人性会改变,那必定是因为某些个人想以一种新的方式来看待自己。打算这样做的人到处都有,但成功的为数不多,当中也有一些是小说家。"(第152页)福斯特的意思是说,人性(或如我们中国人所说的"食"、"色"之类)基本上是不变的,而所谓的"变",不过是人们看待人性的方式发生了变化。根本性而且重要的是"方式"。在我看来,吴景娅就属于这类为数不多的、能以新的方式来洞察人性的小说家之列。

一种新的看待人性的方式,首先体现在看待的视角和焦点之上。就视角而言,小说《男根山》当然采取的是一种女性视角。女性视角的独特之处,我以为不仅仅在于常人所说的细腻、周全、敏感、充满想象和设身处地的体察之类,更在于它出人意料之外的机敏、智慧和洞见。非常明显的是,《男根山》中能够体现上述特点的地方,俯拾即是。例如:"每个人的身体里都潜伏着光辉,只是在等待着某个时机的绽放。"又例如:"当男人们一个个像流星般划过天际不知去向,女人再怎么赌咒发誓予以谁听?既然,爱的力量能使女人与男人生死与共直抵海枯石烂。那么恨呢?恨的力量只能驱使女人去灭绝男人吗,从精神到肉体?"再例如:"女人爱男人的大脑、才华、名气、内在的丰富性或其他什么的,恰恰说明女人的进化比男人更快一些,更是文明人。她们是在把男人的内在外在作为统一体来考虑的,不单是能传宗接代的工具。"还有:"选择一个男人时便在选择一种生活方式……要什么样的男人不过是女人对自己本质的表达。"这一类的智慧和洞见,自然会让人想起英国的那个唯美主义作家王尔德,他最让人佩服的才能之一,就是能在不经意中说出充满睿智和情趣的名言妙语。比如,他说过"离婚最主要的原因是结婚"、"男女因为误会而结合,因为了解而分开"、"女人是用来爱的,不是用来被理解的"之类充满睿智讥诮的隽语。把对于人性、生活、男女关系的哲理用如此机智并且充满情趣的方式表达出来,无疑需要巨大的智慧与才华。

至关重要的是,《男根山》对男女关系进行哲学思考的焦点,是基于柏拉图的那个"雌雄同体"的理论:"人原本是雌雄同体的圆球:人自己爱自己、怀孕自己、诞生自己。人自力更生,不靠天神,人的力量相当强大啊,如同水。"然而,人何以要被分为男、女两个部分,并且要一辈子折腾着相互寻找、力图合为一体?原来,把人划分成既相互对立又相互追逐和依恋的男、女两半,是天神宙斯的阴谋,宙斯的目的在于"人忙着去找自己的另一半了,哪还有精力、智慧来与他对着干?"《男根山》中各色男女人物之间的恩怨情仇、聚散离合、生离死别,包括小说中对汉乐府诗《上邪》、《西厢记》、《红楼梦》等古典文学作品中所表现的男女关系的讨论,都或明或暗地围绕着"雌雄同体"这个焦点:男人和女人在根本上是同一的,之所以分离、对立、追逐、依恋,产生出种种流芳千古、缠绵悱恻、动人心魄的故事来,其实除了天神宙斯作祟的假想之外,小说作者还向我们揭示了权力、金钱、欲望、地位、财富、思想、虚荣心等等因素,它们都在男女分离之中扮演着重要的角色。

由此看来,"雌雄同体"这个焦点所起的作用,是要聚合与统摄围绕着男女关系的种种更深层次的矛盾和难题。或者说,"雌雄同体"这个焦点在表层的作用,既是探索人性和两性关系的起点,也是探索人性和两性关系的收缩点。而在更加深刻的层面,小说作者实际上是要向我们展示人性与两性关系的复杂性,要揭示权力、金钱、欲望等等世俗因素对人性与两性关系的渗透和侵蚀。例如,姚俐俐这个"被小城所有女人嘲笑的对象",竟然因为她那硕大的胸部而让一些优秀男人神魂颠倒,蓝奕华试图探究明白其中的奥秘:"女人胸部的能量有这样大?大得会让男人忘掉她的善恶、美丑、贵贱等等——人类衡量一切是非、道德、文明的标准?……看不透这个高高挺着胸穿过大街小巷的女人多么装模作样、小市民、丑恶、毫无底线地下贱?男人对女人身体的崇拜、热爱,会让他们不惜失去尊严,甚至,生命?"谁能向我们揭示出这当中的隐秘?蓝奕华由好莱坞电影《蒂凡尼的早餐》里穷姑娘向往金钱和上流社会的故事思索道:"文明的进化真是令男人痛苦的事,防不胜防:纸币或金条——这些用脑袋算计回来的东西成了衡量男人价值的标准,而不再是需要翻山越岭打来的血淋淋的老虎与兔子。本来,男人这类物种天生就该四肢发达、头脑简单。但文明社会却反过来了。四肢再孱弱的男人,只要有个聪明的大脑袋,挣得来金钱,就成为有价值的男人。""思想家"老乔也发表过关于女人的"宏论":"女人傻,是因为太精。她们爱男人，总是爱一些附加物，比如所谓的思想，所谓的名气，所谓的才华……帕瓦罗蒂……有什么好？好的不过是他的歌声、他的名气、他的钱。全世界的女人大概都不会拒绝嫁给他吧，也不管他作为一个生理性的男人是否优秀，只想着要去嫁他的歌声、名气与钱。女人多么物质，她们的爱已习惯性源于生存的需求与质量，而不是本能的反应。"诸如此类的哲理性反思，在《男根山》里总会随着故事情节的展开，不失时机地、恰到好处地出现，让人觉得它们的出现，如同植物开花结果一般自然而然。

与此有关，加上作者的性别身份，《男根山》中对两性关系的描写和反思，很容易让人想到一种所谓的"女性主义"的立场。我的看法是：我们千万不要简单地把欧美洋人的那一套女性主义理论搬到中国来，尤其是欧美自1960年代以来兴起的那一类女性主义，例如以克里斯蒂娃、朱迪斯·巴特勒等人为代表的那一套女性主义理论。那些理论不仅无比艰深难懂，无比地专业化，更重要的是它们也无比激进，无比另类，对我们来说极为隔膜。实际上，任何一种理论的背后，都有两种绝对分割不了的东西，即特定的语境和特定的传统。理论可以移植、旅行、搬家，而语境与传统永远都不可能跟着被移植、被旅行、被搬家。退一步说，即使中国本土有什么"女性主义"的话，那也绝对不同于欧美的女性主义。正因为这样，我才小心翼翼地要使用"女性视角"这个词语。也正因为这种独特的女性视角，以及独特的探究问题的焦点，才使《男根山》中的故事与众不同，大有看头，或者用商业性的俗话来说，这也是小说的"卖点"之一。

如果我们细读文本，确实会发现，作者对于所谓的"男人们"，有着很多精细的、鞭辟入里的洞察和剖析。比如，对蓝奕华的父亲，对林肯，对林一白，对马狂，对老乔，等等。然而，更为重要的是，作者的基本立场在小说中同样表达得很明确："女人更渴望男人的上半身，由形而上才能转为形而下。而男人从来向往的都是女人的下半身。下半身是他们永远的巢穴。所以，男人与女人，由于始点与终点的不同，只会是半路朋友，一世冤敌。却又是你中有我、我中有你的亘古伴旅。"这样，我们才会明白，小说中何以要一再醒目地写出那首堪称千古绝唱的汉乐府民歌《上邪》："上邪，/我欲与君相知，/长命无绝衰。/山无陵，江水为竭，/冬雷震震，夏雨雪，/天地合，/乃敢与君绝……"话说到此,有一点至少是大家公认的,即《上邪》是中国古代表达男女忠贞爱情的不朽之作。小说作者一再书写这首古诗绝非偶然。如果把这一事实与前述"雌雄同体"的观点以及作者对男女关系的明确陈述联系起来,非常明显的是,小说作者对男女相知相爱、相濡以沫、直抵海枯石烂的忠贞爱情,有着非常坚定的信念。这样的立场和观点,与西方洋人的那些"女性主义",可以说是风马牛不相及。所以,从这个意义上说,《男根山》的作者其实是在执着而艰苦地探寻男女关系,男女之爱,两性交往的尊严、价值、意义以及其中的难题。

三

行文至此,我一直在就《男根山》内含的意义与哲理在进行评论。但是,我们千万不要以为《男根山》的作者是在把小说当作哲学教科书来书写。不,绝对不是。作为艺术的小说与作为理性思考之王国的哲学,毕竟是两个不同的领域,各自有自身的特长和游戏规则。如果普天下的作家都把小说写得像法国启蒙思想家狄德罗的《拉摩的侄儿》或者伏尔泰的《老实人》那样枯燥乏味,那就与艺术相去甚远了。

除了与历史和哲学有联系之外,小说作为一种艺术的表达方式,最重要的特质还在于它的审美特性。我们依然可以借福斯特的观点来强调小说作为一种艺术的审美特性。他非常通俗地说过:"小说家必须激励我们这些读者看下去,这才是至关紧要的。"(第70页)"小说技巧中最复杂的问题不在于按某种公式行事,而在于作者使读者接受自己观点的能力……"(第69页)其实,中国的小说和西方的小说,从诞生之日起,就与讲故事紧密地联系在一起。能够把故事讲得精彩,这是作为小说家的基本素质。福斯特还说:"……一部文艺作品有其独特之处,有其自身的不同于日常生活的准则。我们只问事实是否对小说适合,凡是适合的便是真。"(第94页)"……故事仍要求我们有好奇心,情节要求我们用智慧,图式也要求我们有美感。图式能使我们把小说看作一个整体。"(第132页)除了这些要求之外,我觉得,福斯特忽视的一个因素是,他自己曾经提及过的诗歌。如果加上诗歌的因素,我认为,优秀的小说应当富有诗意地讲述故事。这是作为艺术家的小说家与民间的说书艺人最大的差别所在。

是的,要富有诗意地、优雅地讲述故事。《男根山》讲述故事的方式,既不是单线条式,也不是链条式,更不是平行式,而是网状式的:每个故事单看起来像一组一组独立的电影镜头一般,但各组镜头之间又形成了相互交错的复杂关系。也有的时候,一个故事套着一个故事,不断延伸,甚至延伸到神话和幻想,然而在不经意之间,它们又闪回到原来的主线之上。蓝奕华在丹巴党岭的种种经历,以及一个个富有诗意的故事是这样拉开序幕的:"梨花,全新的梨花,女婴般地笑得纤尘不染。清晨,一拥而上展现在奕华眼前,她猝不及防地见到这个新世界,不知所措了——"接着,依此而交错地展开了卡卡姑娘、东女儿国、"八寸王"、林肯、素荷的故事。其中既有与历史和现实密切相关的因素(如林肯的故事),也有充满奇幻色彩的神话故事(如东女儿国、西夏后裔"八寸王"的故事)。每个故事各自有各自的兴趣点,而所有的故事又都或明或暗地指向如何庄严地生活,指向男女两性关系的主题。这些故事,与发生在男根山的那些色调阴郁、充满诡异乃至玄幻气氛的故事,形成了鲜明的反差。读者的心情,时常在大起大落、跌宕起伏的节奏中摇荡,如同不由自主地随着过山车在飞驰旋转,有时甚至让人分不清哪是现实,哪是梦幻。

福斯特在分析小说艺术时,提出了故事、人物、情节、幻想、预言、图式和节奏共七个要素。其中,他就"人物"这个要素所发表的意见,产生过很大的影响。福斯特认为,小说中的人物有两类,一类是"扁平人物"或"性格人物",也被称为"类型人物"或"漫画人物":"他们最单纯的形式,就是按照一个简单的意念或特性而被创造出来。"(第59页)他们的主要特点是容易辨认,并且读后容易被读者记住。另一类则是"圆形人物":"一个圆形人物务必给人以新奇感,必须令人信服。如果没有新奇感,便是扁平人物;如果缺乏说服力,他只能算是伪装的圆形人物。圆形人物的生活是丰富多彩的……"(第68页)如果我们同意福斯特的这些看法,并且以它们作为标准,那么我们可以发现,《男根山》中所描绘的几十个人物,哪怕是仅仅短暂而模糊地出现的南亘山小城中心中学革委会王姓主任、"每月简"的主任和那三个妇女等人,显然都不属于那种类型化的"扁平人物"。

其实,我们感受到的《男根山》中的人物,也并非仅仅是具有"新奇感"的"圆形人物"。我们很难找到什么固定的人物模式来套在小说《男根山》对人物的描绘之上。例如，小说开头不久，就对主人公蓝奕华的亮相做出了这样的刻画："奕华穿了一条黑绸长裙，及踝，下摆阔大，像一朵倒放的、快开过气的黑色郁金香。头上用红丝线扎了高高的朝天独辫，化了个深不可测的烟熏妆，着黑色的夹趾沙滩拖鞋，十个脚趾甲涂成金色。那还只是四月天，气温却邪乎地直逼39度，炫目的金色在可怕地融化。她还在胸口前垂着一把匕首的首饰，刀尖直指心窝，令人发怵。"我们能用怎样的词语来对这样的刻画进行概括？我觉得，除了读者亲自通过细读文本去体验之外，任何概括或归类都是苍白的。再如，小说中有一段对苏联芭蕾舞女皇乌兰诺娃的照片的刻画："有一张的容颜已经很老了，鼻与唇间的皱纹如梦魇般幽深，仿若被岁月雕刻在石头上了，甚至可让人听得见铁器击石的叮当声。但，她仍有一双肌肉发达的腿，像男人一样有力量。只有眼睛还是女人的，勇敢的妩媚。"在这里，我们似乎也听到了作者刻画的笔力如同铁器击石的叮当声。小说对姚俐俐形象的刻画尤为精彩："她人很高，但身长腿短、上粗下细，像一支大号的毛笔插在了细颈的笔筒中，让她变成了一个笑柄。"姚俐俐哭诉时，"泪，又簌簌而下，也不拭，薄薄的脸被泪弄成了一盘糨糊。却突然，头一偏，溜着眼看人，耍娇。""姚俐俐的笑，顷刻间像被烙铁烙伤，由红转紫，好惨烈的笑。"我们从这些刻画中感到了一种强烈的节奏感和韵律感。在所有这些对人物的刻画之中，有一个极为明显的特点，那就是其中闪耀着中国传统艺术刻画人物形象的神髓——传神写照，气韵生动。这些审美特质，肯定是福斯特们所无法领悟到的。

  福斯特们更无法想象和领悟到的是，我们中国的艺术传统，历来讲究诗情画意与文辞优美。这方面的审美特质，是西方小说不那么看重的。用诗歌和散文诗的笔法来写小说，并非人人都能够达到，这需要有很高的艺术素养。让我们看看在小说中对那座至关重要的"男根山"和"妮儿河"的描绘吧："那山的确很孤独：三面都是万丈绝壁，赭色石崖。被太阳一照，没有鲜亮起来，反而暗下去，呈深紫，有时又呈深咖啡色。而从另一个角度看，山更像一柄古铜色的利剑，凶光毕现，不可一世，没什么能与之抗衡的。绝壁之下，是密实的竹林、芭蕉林和桑树。竹林黑压压的，像被浓墨浸泡过的云烟，把山脚的每一寸空隙统统塞满；芭蕉林兵荒马乱似的，像热带雨林的克隆。只有绿意盎然的桑树是温柔的景象，尤其是嫩叶儿刚爬上枝丫的那几天，像处子四处张望着的脸子，清纯又多情，向着妮儿河抛媚眼哩。""妮儿河的水，冬天是灰的，初春才有了绿模样。懒洋洋的绿，不情不愿似的，更别指望它惊艳了。"这样的景象，是奇异？诡异？阴森？突兀？还是别的什么？而我们作为读者能够明显感觉到的是，词语之间和句子之间强大的张力，使我们的想象力朝着四面八方展开，几乎是无限地展开，其基调则是极为凝重而神秘的。可是，当我们看到小说对西藏高原的描绘时，仿佛听见了如华尔兹舞曲般奢华的节奏："八月初拉萨的天，蓝得那样的无辜，天真无邪的。无尽奢侈的阳光，宠着一座城，到处都是金光灿灿，像一匹大绸缎，被人舞出了浪声，哗，金色在云端；哗，金色又潜入拉萨河。"这让我们感到，《男根山》的作者似乎与小泽征尔指挥庞大的交响乐团一样，凭着自己的想象力和才华，能够让各个声部跟随着自己的想象力驰骋，时而高亢，时而低沉，时而舒缓，时而急促。

我必须要特别强调，或许我们过多地受到西方小说的影响，过分关注人物形象、故事情节、主题与意义之类的东西，并未注意到应当把作为"文学"或"艺术"的小说当作优美文字来书写。我的意思是说，无论什么样的艺术，只要它是真正的艺术，那就意味着它与野蛮、粗俗、粗糙、草率、平庸有着不可逾越的鸿沟。我们也可以换一种方式来说：人类对艺术的追求，就是为了摆脱野蛮、粗俗、粗糙、草率和平庸；一旦达到了艺术的至高境界，那就意味着站在了野蛮、粗俗、粗糙、草率和平庸的对立面。这是一个永恒的悖论。因而，我始终认为，所有关于高雅艺术与通俗艺术的争论，从理论上说都是伪命题。下面，我罗列了一些摘自《男根山》中的句子，意在突出小说作者在运用语言艺术方面的功力："恍若天堂里的菊花"；"如一个飞逸而过的眼神"；"高空的圆月已经在做落下去的准备"；"雾像一部'红楼'，充满着文艺气息的忧伤"；"迷蒙的眼神漫过泛黄的相纸，向不可知的未来延伸"；"有着'美人沟'的精致下巴先送过来的"；"苦难对于生活是绝望的，对于文学却是无以复制的美"；"像午后的阳光为这个男人挥霍了一场英式下午茶似的浪漫"；"能享受奴才的成功，不是更彰显着自己的成功"；"她用装在旗袍里的身体与心情在大戏园里久久徘徊"；"她们从未见过几个大男人这么奢侈和漂亮地展现在面前"。这类例子还可以不断地罗列，但我们要明白，作为一门艺术的小说，必需语言艺术方面的锤炼和功力，应当书写得像诗歌一样地优美。这可能是中国小说与西方小说最大的不同之处。

最后，让我们回到本文标题内含的意义上来。我所说的"庄严"，是要强调艺术家应当在没有庄严的时代敢于坚持自己的价值立场和信念；我所说的"富有诗意"，是要强调作家应当把小说当作艺术来对待，这就意味着小说艺术与低俗、媚俗、物质、铜臭等等追求有着本质的不同。

本文所引福斯特《小说面面观》的版本为：[英]爱•摩•福斯特《小说面面观》，苏炳文译，广州：花城出版社，1984年版。这是国内较早的一个译本。以下出自这本小册子的引文，均只注明页码。

阎嘉，男，文学博士，四川大学文学与新闻学院教授，博士生导师。四川省学术与技术带头人，四川省有突出贡献的优秀专家。哈佛大学访问学者；台湾南华大学客座教授。